Mariée... ou presque

*

Une alliance surgie du passé

KAT CANTRELL

Mariée... ou presque

TULLE BLANC ET LUNE DE MIEL

Traduction française de
FRANÇOISE HENRY

HARLEQUIN

Titre original :
FROM EX TO ETERNITY

Ce roman a déjà été publié en 2021

HARPERCOLLINS FRANCE
83-85, boulevard Vincent-Auriol, 75646 PARIS CEDEX 13
Service Clients — https://www.harlequin.fr/contenu/contactez-nous
ISBN 978-2-2805-1670-9

Édité par HarperCollins France.
Composition et mise en pages Nord Compo.
Imprimé en mars 2025 par CPI Black Print (Barcelone)
en utilisant 100% d'électricité renouvelable.
Dépôt légal : avril 2025.

FSC www.fsc.org MIXTE Papier issu de sources responsables FSC® C159065

Pour limiter l'empreinte environnementale de ses livres, HarperCollins France s'engage à n'utiliser que du papier fabriqué à partir de bois provenant de forêts gérées durablement et de manière responsable.

1

Même les amibes devaient avoir une vie sexuelle plus intense que la sienne, se disait Cara Chandler-Harris.

Car préparer un défilé de mode dans un hôtel des îles Turques-et-Caïques, au lieu de folâtrer dans les vagues bleu cristal de l'océan, avec un compagnon à demi nu, le corps couvert d'huile solaire, n'avait rien d'érotique.

Elle avait été pressentie pour présenter ses créations, des robes de mariée qui tiraient leur inspiration de l'univers des contes de fées, à deux cents professionnels du métier au cours des trois jours que durerait ce salon du mariage. Pour Cara Chandler-Harris Designs, entreprise encore débutante, cet événement représentait une véritable aubaine, et elle devait absolument rester concentrée sur ses objectifs professionnels.

Elle jeta un regard au top model debout devant elle dans une robe de mariée de soie blanche et lui demanda de se tourner. Puis, grimaçant parce qu'elle s'agenouillait pour la millième fois, elle piqua une épingle dans la dentelle soulignant la jupe.

— N'oublie pas que ses talons feront douze centimètres, pas dix, lui rappela Meredith, sa sœur et assistante, en lui tendant une épingle. Et, oui, j'ai vérifié une nouvelle fois avec la ligne aérienne, le bagage manquant qui contient les chaussures sera là vers 16 heures.

— Merci. J'ai tenu compte de la hauteur de ses talons. Cinderella est-elle prête ?

En hochant la tête, Meredith rejeta sa longue queue-de-cheval derrière son épaule.

— Il ne reste qu'une légère retouche à faire à la taille. Je me débrouille bien pour harmoniser mannequins et robes, tu ne trouves pas ?

Bien sûr, et Meredith le savait. Son rôle d'assistante designer lui allait comme une seconde peau.

Cara sourit.

— Tu crains d'être virée pour avoir arraché la manche d'Aurora ?

— Non. Je m'inquiète davantage à propos de certaines choses que tu ignores encore.

Avec un sourire énigmatique, Meredith lui tendit la dernière épingle et se mit à fredonner entre ses dents tout en tapotant les touches de son portable.

— Tu sais que je déteste cette chanson, marmonna Cara, une épingle dans la bouche.

— C'est bien pour ça que je la chante. Le rôle d'une sœur cadette, c'est bien d'agacer son aînée !

— Non, son rôle est de s'occuper du défilé. Il aura lieu dans trois jours, et nous n'avons même pas fait de répétition.

A l'idée du retard pris, elle sentit l'angoisse lui serrer la poitrine. Bagage manquant, robes froissées, climatiseur défaillant, la terre entière semblait s'être liguée contre elle. Et ce n'était que leur premier jour à Grace Bay.

— Pourquoi t'ai-je laissée m'entraîner dans cette histoire ?

Cara ignorait par quel mystère son nom était arrivé sur la table des puissants qui avaient sélectionné les participants à cet événement. Bien sûr, depuis dix-huit mois qu'elle était dans le métier, quelques mariées de Houston s'étaient rendues à l'autel dans l'une de ses robes. Et, bien sûr, toutes avaient eu l'honneur des pages de luxueux magazines de mode. Et, encore bien sûr, Chandler *et* Harris étaient deux noms connus à Houston. Seulement, Grace Bay était très loin de Houston.

— Parce que tu reconnais mon génie. Arrête de stresser. Il est trop tard pour avoir des regrets.

— Peut-être, mais des retouches sont encore nécessaires.

Meredith agita la main vers deux jeunes femmes en blanc, apparues à l'entrée du chapiteau de toile, pieds nus, puisque les chaussures des top models se trouvaient dans le bagage manquant.

— Où est Jackie ? s'enquit Cara.

— En train de rendre tripes et boyaux, répondit une des jeunes femmes avec un haussement d'épaules. Je lui avais bien dit de ne pas boire l'eau du robinet.

Cara fronça les sourcils.

— Mais elle est parfaitement potable !

— C'est que Jackie a un autre problème, dit Meredith, en posant une main sur son épaule. Un virus probablement. Ça va passer.

— Il vaudrait mieux. Elle doit être sur le podium dans six jours.

Un virus susceptible de se répandre comme une traînée de poudre... Cara examina d'un œil soupçonneux la compagne de chambre de Jackie.

— Comment te sens-tu, Holly ?

La blonde filiforme, vêtue d'une création de dentelle française baptisée Belle, posa sur elle un regard désabusé.

— Elle n'a rien attrapé. Elle est enceinte.

Jugeant le moment bien choisi pour s'asseoir, elle se laissa tomber sur une lourde toile qui couvrait le sable tandis que la révélation de Holly provoquait cris et remous parmi les filles.

Meredith s'assit près d'elle.

— Je ne savais pas pour Jackie. J'aurais...

— Ce n'est pas la fin du monde. Partout, tout le temps, des femmes tombent enceintes et travaillent pendant leur grossesse.

— Je porterai la robe pour la répétition, dit Meredith après un instant d'hésitation.

Une chance que Meredith ne lui ait pas demandé comment elle se sentait. Elle avait eu son compte de ce genre de questions, deux ans plus tôt, quand elle n'avait pu mener à terme sa grossesse. Dessiner des robes l'avait distraite de son chagrin, et elle n'avait aucune envie d'en reparler.

— Elle est trop étroite du buste pour toi, et je ne peux pas la modifier à ce point en quelques heures.

Cette robe, toutefois, n'était pas trop étroite pour elle.

La malédiction d'avoir de petits seins.

Meredith avait hérité de l'avantageuse chevelure acajou des femmes de la famille Chandler, de leur corps aux formes généreuses et de leurs manières gracieuses. Pour sa part, Cara tenait des Harris, et son père était réputé pour son intelligence et son sens des affaires, par pour sa beauté. Sans être vilaine à regarder, elle n'aurait pu prétendre à la couronne de Miss Texas, comme sa mère et Meredith.

Elle se leva.

— Je la porterai.

Elle l'avait déjà portée. Pas une robe de mariée arborant son label n'échappait à son test. Le premier assemblage terminé, elle passait la robe et, debout devant le miroir à pied, elle disait :

— Je le veux…

Et, si les mots lui faisaient monter les larmes aux yeux, la robe était réussie.

Sauf qu'elle pleurait toujours parce qu'elle créait des rêves de dentelle, de soie et de bonheur éternel pour les autres, jamais pour elle. Elle n'était qu'une couturière reconnue. Une couturière *célibataire.*

Laissant Meredith et les filles en pleine effervescence sous le chapiteau, elle foula une étendue de sable et s'engagea dans l'allée menant à l'hôtel, composé de deux immeubles jumeaux de quatre étages se dressant au bord d'une immense piscine.

Coups de marteaux et cris résonnaient dans l'air tandis que les ouvriers mettaient la touche finale aux travaux de rénovation exécutés pour la réouverture de l'hôtel prévue à la fin de la semaine.

Elle longea la piscine, attendit cinq minutes l'ascenseur, puis, perdant patience, monta trois étages pour gagner la chambre de Jackie, voisine de la sienne.

Elle apporta à la jeune fille un soda prélevé dans le réfrigérateur avant de récupérer la robe jetée à la va-vite sur le lit. Elle se mordit la langue pour retenir une remarque. Les innombrables heures de travail qu'avait nécessitées la conception de cette robe semblaient très peu compter dans la liste des préoccupations de Jackie.

La robe lui allait. Jogging, régime pauvre en glucides et volonté de fer, sauf en ce qui concernait sa consommation de cabernet, lui conservaient un poids stable. Les calories apportées par le cabernet ne comptaient pas.

Le miroir la narguait, mais elle l'ignora. Son reflet lui rappellerait ce qu'elle savait déjà. Elle était condamnée à rester une éternelle future mariée.

Elle retourna au chapiteau pieds nus, parce que ses chaussures la faisaient souffrir et que l'ascenseur n'avait pas été réparé malgré les promesses de la directrice. Elle avait porté des talons aiguilles toute la journée. Une obligation, tout autant que le maquillage et les bijoux. Une femme Chandler-Harris ne quittait la maison qu'impeccablement vêtue. Mais, après le lot de problèmes que cette journée lui avait apporté, elle n'avait aucune envie de reprendre l'escalier en talons hauts.

Elle passa quelques minutes à montrer aux filles comment se déplacer sur le podium. A leur crédit, aucune ne se permit de faire remarquer que le mannequinat était leur métier. Pourtant, si quelqu'un avait osé lui donner des conseils pour dessiner, elle ne se serait pas privée de remettre rudement en place l'importun.

Son métier était sa vie, et rien ni personne ne l'empêcherait d'échanger son rêve de mariage contre une florissante affaire de création de robes de mariée.

Alors qu'elle se trouvait à l'extrémité du podium, expliquant deux ou trois points de détail, les filles s'agitèrent.

— Craquant, murmura Holly à Meredith, les yeux fixés sur l'entrée du chapiteau, par-delà l'épaule de Cara.

Voyant Meredith écarquiller les yeux, elle se retourna, prête à réprimander l'intrus qui se permettait de s'introduire sur son lieu de travail. Mais les mots moururent sur ses lèvres, et une brusque nausée faillit lui faire restituer son petit déjeuner.

— Euh... Cara, chuchota Meredith. A propos de ce que j'ai fait en douce... Surprise !

Elle devait rêver. Debout au milieu de son chapiteau, Keith Mitchell en personne, très chic en costume sombre, croisa les bras et inclina la tête. Son regard perçant la détailla de la tête à ses pieds nus, s'attardant sur la robe de mariée.

— C'est curieux. Cette vision me paraît familière.

Cara s'éventa à la Scarlett O'Hara, et accrocha à ses lèvres son plus aimable sourire.

— Par exemple ! Keith Mitchell, mon futur marié en fuite ! Toujours fidèle à tes chaussures Speedy Gonzales ?

Keith baissa les yeux sur ses luxueuses chaussures italiennes.

— Elles sont confortables.

— Tant mieux pour toi, chéri. Tu vois la porte derrière toi ? Eh bien, prends-la et disparais.

Le sourire de Keith dévoila des dents éclatantes de blancheur.

— Désolé de te décevoir, mon cœur, mais ça sera difficile, étant donné que c'est mon événement.

Elle déglutit pour chasser l'amertume dans sa bouche. *Keith Mitchell.* Que pouvait-il bien fabriquer à Grace Bay ?

— Tu comptes sans doute postuler pour remplacer un de mes mannequins ? Je dois bien avoir en réserve une robe à ta taille.

Keith. Ici, à Grace Bay, à deux mètres d'elle en robe de mariée. Ses orteils se crispèrent. Sans ses escarpins à talons, elle se sentait nue.

— Je ne parle pas du défilé, mais du salon dans sa globalité, précisa-t-il en lui adressant un clin d'œil. Le groupe Regent m'a engagé pour transformer cet hôtel en rendez-vous de la mode nuptiale le plus coté du monde. Si je me débrouille bien, on me demandera de reproduire l'exploit dans leurs autres propriétés des Antilles.

Au secours ! Il était venu jouer les premiers rôles dans ses pires cauchemars et monopoliser l'oxygène de l'île entière !

— Tu t'occupes donc de mariages, à présent ? Si mes souvenirs sont bons, autrefois, ce n'était pourtant pas ta spécialité.

— Un mariage sans épouse, c'est toujours bon à prendre, dit-il, accompagnant sa remarque d'un rire et d'un clin d'œil.

Sa libido en sommeil depuis deux longues années se réveilla soudain, et elle sentit avec dépit ses joues s'empourprer. Dans ses veines circulait l'ADN de générations de Belles du Sud.

— Malgré tout, tu devrais chercher un job plus dans tes cordes, répliqua-t-elle, suave.

Meredith eut alors un petit bruit de gorge, une sorte d'avertissement. La plupart des hommes ne voyaient Cara sortir ses griffes que lorsqu'il était trop tard. Mais Keith, qui n'était pas la plupart des hommes, se contenta de rire.

— Je sais. Mais, à vrai dire, je ne m'attendais pas à te revoir en robe de mariée. Que de doux souvenirs cette vision réveille en moi !

— Epargne-moi ton cinéma, Mitchell. Que dois-je faire pour que tu te tiennes à l'écart de mon chemin pendant les six prochains jours ?

Keith la gratifia d'un coup d'œil brûlant. Avec ses cheveux courts, couleur du ciel à minuit, son corps soigneusement entretenu et ses yeux noisette profond, il était d'une beauté renversante. Comme toujours.

— N'y songe même pas ! s'exclama-t-elle en secouant la tête alors que son corps s'était mis à chantonner sans sa permission. Tu aurais pu coucher tout ton soûl avec moi si tu étais allé jusqu'à l'autel. Maintenant, cette possibilité t'est définitivement fermée !

Le visage de Keith se durcit. Mais Mitchell le missile, comme on le surnommait, ne mettait pas la main sur les compagnies en faillite grâce à ses atouts physiques. Froid, intransigeant, sans pitié, voilà l'homme qui se tenait devant elle. Il arborait la même expression que la dernière fois qu'elle l'avait vu dans son dressing, trois quarts d'heure avant que l'organiste entame la *Marche nuptiale.*

— Nous allons travailler ensemble, Cara. Au coude à coude. Je suggère que tu oublies notre malheureuse histoire et fasses preuve de professionnalisme.

Derrière eux, les top models se taisaient, mais leurs regards lui brûlaient le dos.

— Trésor, je t'avais oublié cinq minutes après ton départ.

Un mensonge éhonté qu'elle proféra sans sourciller. Il ne releva pas, bien qu'elle ait l'intuition qu'il voyait clair en elle.

— Dans ce cas, pas de problème. Nous irons boire un verre tout à l'heure pour rattraper le temps perdu.

— C'est tentant, mais non. Les professionnels ne boivent pas pendant le travail.

Keith quitta le chapiteau de plage en ayant réussi à se maîtriser. Un exploit, si l'on considérait qu'il sortait d'une salle remplie de femmes en robes de mariée. Que le ciel le protège des futures épouses !

Il poursuivit son examen du site, indiquant au passage les problèmes qu'il détectait à Alice, son administratrice, qui, trottinant auprès de lui, prenait des notes en sténographie. Elle était depuis longtemps accoutumée à ses grandes enjambées, et son aptitude à rester à sa hauteur était l'une de ses qualités.

Il appréciait les gens compétents.

Tandis qu'il évaluait les progrès du chantier, s'entretenait avec l'équipe chargée de la restauration et réglait un petit problème d'équipement, il ne parvint pas à chasser de son esprit l'image de Cara dans sa longue robe blanche.

Il ne s'agissait pas seulement de la robe. Dans son rôle de femme d'affaires, Cara l'avait impressionné.

Plus il essayait d'oublier, et plus il pensait à elle. C'était Cara, mais une Cara différente de celle qu'il avait connue. Fascinante et déconcertante à la fois.

Quand il l'avait sélectionnée pour le salon nuptial, il n'avait pas imaginé qu'elle produirait un tel effet sur lui. Ses robes de mariée commençant à créer l'événement dans les milieux avertis, il n'avait pas pu laisser ses sentiments personnels peser sur ses choix professionnels. Il devait viser le meilleur, et ses recherches approfondies lui avaient appris qu'il le trouverait chez Cara Chandler-Harris Designs.

La décision de se mettre en contact avec Cara avait été facile à prendre. En revanche, la revoir n'avait rien d'évident.

Cara était une femme froide, calculatrice. Toutes les femmes étaient calculatrices, bien sûr, en tout cas, celles qu'il fréquentait, mais Cara s'était révélé la pire en cherchant à le piéger dans un mariage dont il ne voulait pas. Heureusement, son plan avait échoué, et il s'était tiré indemne de l'aventure.

Jamais il ne referait l'erreur de se forcer à demander la main d'une femme pour découvrir que ses efforts ne servaient à rien. A lui, il avait fallu beaucoup plus que cinq minutes pour surmonter le traumatisme, mais il avait fini par oublier, et il pensait rarement à son ancienne fiancée... jusqu'à aujourd'hui.

Depuis plus de six mois, son travail de consultant avait pris le pas sur toute autre préoccupation. Le groupe Regent l'avait engagé pour ranimer une chaîne d'hôtels anémiques des Antilles, et la preuve de la vie qu'il avait réussi à insuffler à celui-ci bruissait autour de lui.

Il adorait les défis.

Cara n'était qu'un simple rouage d'une machine plus vaste, et il n'avait pas le droit de se laisser distraire, quelle que soit l'étendue de sa surprise en découvrant qu'il était toujours attiré par elle.

— S'il vous plaît, Alice, voulez-vous faire envoyer une bouteille de cabernet dans la chambre de Mlle Chandler-Harris ? demanda-t-il alors qu'ils étudiaient les abords de la piscine.

Meredith buvait des cocktails, mais Cara aimait le vin. Et, si beaucoup de choses avaient changé en deux ans, il aurait parié que leurs goûts en matière de boissons étaient restés les mêmes.

— Bien, monsieur, dit Alice.

La plus vaste piscine à débordement des Antilles était dotée d'un revêtement sombre qui donnait à l'eau une teinte aigue-marine contrastant avec le turquoise de l'océan. D'intimes îlots qui seraient aménagés pour des dîners privés au cours de la semaine agrémentaient les bords.

La brise se renforça, secouant les parasols multicolores qui ombrageaient les stands. La moitié étaient vides et les autres connaissaient une longue liste de problèmes. Même si une grande partie des travaux qu'il avait ordonnés pour la rénovation des lieux avait été effectuée, les équipes avaient pris du retard. Mais, à présent qu'il était là, il exigerait des ouvriers un meilleur rendement ou guiderait les réfractaires vers la porte.

Keith Mitchell ne permettait à personne de bousculer son calendrier.

Dans trois jours aurait lieu l'inauguration de l'hôtel, qui coïncidait avec le début du salon nuptial. Des dizaines de commerçants, directeurs de médias, professionnels du mariage composaient le groupe d'élite invité pour la relance de l'hôtel comme première destination mariage.

Le défilé de mode de Cara serait un des points forts des festivités.

L'image de Cara en robe de mariée continuait de le poursuivre. Ses pieds nus montrant le bout de leurs orteils sous l'ourlet de la jupe l'avaient émoustillé. Il ne l'avait vue sans ses talons aiguilles que quand elle ne portait rien d'autre. Nue, Cara valait le coup d'œil.

Le désir était fort entre eux, et il semblait qu'il n'ait pas perdu un pouce de son intensité. Un mauvais calcul de sa part, mais rien qui ne puisse se gérer.

La directrice de l'hôtel le retrouva dans le hall au sol en marbre de Carrare dans lequel l'emblème du groupe Regent avait été incrusté.

Elena Moore lui donna une poignée de main énergique.

— Bienvenue, monsieur Mitchell. Je suis heureuse de vous revoir.

— Moi de même. Montrez-moi ce que vous avez réalisé.

Il avait personnellement engagé Elena dont le mode de gestion lui convenait. Sa dernière visite remontait à trois semaines, et les efforts de recrutement d'Elena avaient porté leurs fruits au-delà de toute espérance. Presque tous les postes étaient pourvus, et la plupart des employés avaient reçu une formation. Elena lui fit part des principaux obstacles rencontrés, pour lesquels ils cherchèrent une solution, et il se déclara satisfait de la nouvelle orientation.

Après l'avoir mené à la suite en terrasse qu'il avait demandée, Elena disparut. Acheminées discrètement, deux valises portant ses initiales l'attendaient dans la chambre. La marque d'un excellent service hôtelier. En voyage trois cents jours par an, s'il connaissait quelque chose, c'était bien les hôtels.

Tout dans sa vie était délibérément temporaire, car il détestait les habitudes. Et il préférait relever sans cesse de nouveaux défis professionnels plutôt que de s'enliser dans la routine.

La vaste suite était équipée de trois écrans plats et d'une connexion Internet sans fil, ainsi qu'il l'avait réclamé. Après avoir testé l'installation, satisfait, il défit ses bagages et suspendit ses costumes dans le dressing, n'occupant qu'une des quatre tringles disponibles. Il voyageait léger, et toujours seul. Mais les clients apprécieraient l'espace disponible.

Après avoir appelé le service de chambre pour qu'on lui repasse ses chemises, il prit une douche pour chasser la fatigue du voyage. Ensuite, bien que le travail l'appelle, il prit le temps de savourer une bière belge bien fraîche, dénichée dans le mini réfrigérateur.

Il s'installa dans un confortable fauteuil sur la terrasse. Elle offrait une vue dégagée sur la plage immaculée que teintaient de rose les derniers feux du couchant. C'était un spectacle superbe, et les personnes recherchant une telle beauté se moqueraient du prix à payer, d'autant que le service dispensé par les membres d'un personnel trié sur le volet se révélerait impeccable.

Keith Mitchell atteignait toujours ses objectifs.

Il travailla jusqu'à ce que ses yeux le piquent, puis dormit quatre heures d'un sommeil réparateur. Il se réveilla à l'aube pour son jogging. Il avait à peine fini de s'échauffer quand un autre lève-tôt apparut sur la plage, à une centaine de mètres. En temps normal, il l'aurait soigneusement évité, car il aimait la solitude. C'était la nature du métier de consultant de bouger sans arrêt. De toute façon, les attachements qui duraient n'avaient aucun sens à ses yeux, et il était bien trop occupé pour s'apitoyer sur son manque de relations.

Seulement, son chromosome Y n'avait eu aucun mal à reconnaître Cara. Leur bref échange de la veille n'ayant pas satisfait sa curiosité sur ce qu'avait été sa vie ces deux dernières années, il s'avança vers elle. En outre, il tenait absolument à comprendre pourquoi il l'avait toujours dans la peau après tous les mensonges qu'elle lui avait servis.

— Depuis quand cours-tu ?

Elle lui jeta un regard de biais.

— Je pourrais te poser la même question.

Il haussa les épaules.

— Depuis quelque temps. Je ne rajeunis pas.

— C'est d'une originalité...

Elle attacha ses cheveux avec un élastique et écarta les bras afin d'exécuter quelques mouvements de flexion latérale qui plaquèrent son haut rouge sur sa poitrine et découvrirent une bande de peau lisse. Il nota de nouveaux reflets blonds dans ses cheveux châtains qui brillaient contre la toile de fond de l'océan.

— De quel côté vas-tu ? demanda-t-elle.

Abandonnant à regret le spectacle, il désigna la gauche.

— Tu veux te joindre à moi ?

— Non. Je veux aller dans la direction opposée.

— Attention. Tu ne voudrais pas que les gens se méprennent. Cette attitude peut donner à penser que tu n'en as pas fini avec moi.

— Dans tes rêves.

Elle s'élança pourtant dans la direction qu'il avait indiquée. Il régla son allure sur la sienne, et ils coururent en silence le long de la plage, à distance des vagues qui déferlaient sur le rivage. Il ne s'agissait pas d'un silence amical. Trop de non-dits se dressaient entre eux.

Il faisait un temps de septembre idéal. Frais le matin, alors que, plus tard, Grace Bay atteindrait les vingt-cinq degrés. La première fois qu'il avait posé le pied à l'hôtel Regent de l'île Turques-et-Caïques, il avait immédiatement choisi l'endroit comme pièce maîtresse d'un projet de destination luxueuse pour les mariages. Et il était bien certain que son choix ne décevrait personne.

Au bout de deux kilomètres, il s'attendit à voir Cara s'effondrer en cherchant sa respiration. Mais elle poursuivait son chemin à foulées gracieuses, pas même essoufflée. Impressionnant. La Cara qu'il avait connue rechignait à fournir un effort plus violent que se vernir les ongles.

Mais, à vrai dire, il ne la connaissait pas vraiment.

D'un commun accord, ils firent demi-tour. Arrivée à l'hôtel, Cara marcha en rond le temps de retrouver un rythme de respiration normal, et il l'observa à la dérobée tout en ôtant sa chemise pour s'essuyer le front. Sa peau avait pris de l'éclat alors qu'elle n'y avait pas encore étalé la moitié du contenu d'un magasin de cosmétiques. Autrefois, il appréciait la sophistication de Cara quand il l'emmenait dîner et passait le repas à s'imaginer la débarrassant de ses beaux atours. Mais, ce matin, il avait devant lui une version naturelle d'elle qui le séduisait tout autant.

Reprends-toi, Mitchell ! Ce n'est vraiment pas le moment de fantasmer.

Elle vit qu'il la regardait et croisa les bras sur sa poitrine.

— Je veux savoir, dit-elle. Pourquoi moi, entre tous les créateurs de robes de mariée ?

— Tu avais été sélectionnée, à ma grande surprise.

— C'est si difficile d'admettre que je sais coudre ? demanda-t-elle, relevant le menton d'un air de défi.

Certainement pas. L'inconcevable, en revanche, était qu'elle ait profité de son brûlant désir pour le piéger et le contraindre à l'épouser.

— Il y a deux ans, après avoir obtenu ton diplôme en marketing, tu étais stagiaire junior — autant dire serveuse de café — dans une agence de publicité, et puis, boum ! A présent, tu diriges Cara Chandler-Harris Designs. Alors, pardonne mon étonnement. Quoi qu'il en soit, ton nom est respecté dans le métier. C'est pourquoi tu as été choisie.

De plus, il était curieux de découvrir si elle était active dans l'entreprise. Peut-être employait-elle quelqu'un qu'elle faisait travailler dans l'ombre pendant que la gloire rejaillissait sur elle.

— Pour info, ce boum dont tu parles m'a coûté dix-huit mois de nuits sans sommeil et quelques cours de design. Et, si tu veux tout savoir, j'ai emprunté pour créer mon entreprise. Je n'ai reçu un sou de personne.

Pas même de son père ? Il paraissait peu probable que John Harris n'ait pas aidé sa fille à démarrer son affaire.

— Le nom de Chandler-Harris ne dépare pas sur ton logo, reconnais-le.

— Ce n'est pas un crime d'avoir des relations ! Si j'ai bonne mémoire, le président du groupe Regent est marié à une amie de ma mère. Ce n'est peut-être pas un hasard si tu travailles maintenant pour eux.

Il eut envie de sourire. Dans le passé, elle n'avait pas un tel aplomb, mais il aimait bien sa nouvelle façon d'être.

— Tous les gens qui réussissent ont des relations.

— Exactement. Et je compte bien continuer à utiliser les miennes.

La lumière de l'aube éclairant le visage de Cara, il décela une lueur de défi dans ses yeux couleur café.

Il remit à plus tard d'élucider le sens de ses paroles, quand il aurait le temps de se pencher sur leur relation. Bien qu'il soit persuadé qu'elle comptait l'utiliser très différemment de lui.

— Mais pourquoi des robes de mariée ?

— C'est une histoire amusante. Figure-toi que j'ai été abandonnée le jour de mon mariage, et il me restait sur les bras la robe que j'avais inutilement fabriquée.

Un souvenir surgit dans sa mémoire. Cara dans une robe blanche au bustier incrusté de perles, une expression curieuse sur le visage quand elle s'était retournée et l'avait aperçu sur le seuil de son dressing. Il n'était resté que le temps de découvrir la vérité au sujet de sa fiancée, et puis, il était parti.

— Tu avais confectionné ta robe ?

Avec un regard plein de mépris, elle se laissa tomber sur le sable.

— Si tu t'étais intéressé aux préparatifs du mariage, ce ne serait pas une révélation !

— Si tu avais été raisonnable, je me serais peut-être montré plus attentif.

Elle avait été impossible. Une vraie pile électrique.

— C'était mon mariage, Keith.

C'était également le sien, ce qu'elle semblait oublier, mais il était vrai qu'il n'avait guère prêté attention au choix du centre de table ou de la couleur du gâteau. Sans états d'âme, il lui avait laissé les coudées franches, et puis, il avait décroché. Ce mariage, il ne l'avait pas souhaité ; il s'était juste déclaré parce que c'était la seule chose à faire.

— Tu as donc cousu cette robe toi-même. Et ensuite ?

Elle le dévisagea, très calme.

— Norah m'a demandé si je pouvais la rectifier pour elle. Ce que j'ai fait, et elle l'a portée un peu plus tard à son mariage. Ensuite, Lynn a voulu que j'en confectionne une pour elle. Et, comme je n'étais pas à court d'amies célibataires, mon entreprise était née.

Il revit Norah et Lynn, les demoiselles d'honneur trois et quatre. Bien qu'il soit désormais à distance de sécurité de Houston et de son mariage manqué, ces souvenirs lui revinrent avec une clarté qui le mit mal à l'aise.

Il ferait mieux de rentrer prendre une douche. La perspective de l'inauguration planait sur lui telle une ombre menaçante, et rien de productif ne sortirait de cette conversation.

— Tu aimes ton métier ?

Une expression de surprise passa sur le visage de Cara comme elle se relevait, ignorant ostensiblement sa main tendue.

— Oui. Ce n'est pas ce que j'avais envisagé pour moi, mais j'avais besoin...

Elle reprit sa respiration, et il eut l'impression qu'elle avait changé d'avis sur ce qu'elle allait dire quand elle reprit :

— ... d'occuper mon temps.

Enfin, une parole sensée. Elle exerçait le métier de créatrice de mode pour tuer le temps en attendant de mettre le grappin sur un mari. Toutes les femmes avec qui il était sorti ne songeaient qu'à accéder au titre prestigieux de Mme Mitchell. Et Cara n'était pas différente.

Sauf qu'elle avait tout de même monté sa propre affaire. C'était aussi surprenant que fascinant, et il avait le sentiment qu'elle disait vrai en affirmant qu'elle s'était passée de l'aide de son riche papa. Malgré lui, il était admiratif.

— Tu es très bien considérée et tu as drôlement bien réussi pour quelqu'un qui est tombé dedans accidentellement.

— Je préfère penser que c'était la providence.

— Pourquoi ne pas créer quelque chose de plus raisonnable que des robes à usage unique ?

— Tu as déjà fait un gâteau ?

— J'en ai mangé. Est-ce que ça compte ?

Pour toute réponse, elle leva les yeux au ciel.

— Quelquefois, quand tu prépares un gâteau, il ne présente pas très bien. Il se peut qu'il n'ait pas la même épaisseur partout, ou bien, il a accroché au plat. Le glaçage dissimule toutes les imperfections. Une robe de mariée, c'est comme un glaçage. Les futures mariées se sentent belles dedans. Et c'est merveilleux de se rendre compte qu'on y est pour quelque chose.

— Je constate que ton diplôme en marketing ne t'est pas inutile. C'est de la publicité mensongère, en fin de compte.

Son domaine d'excellence.

— Toujours aussi cynique à ce que je vois ! riposta-t-elle.

Elle épousseta le sable du fond de son pantalon, qui couvrait d'agréables rondeurs soulignées par son geste.

— C'est à se demander pourquoi tu m'as demandée en mariage, ajouta-t-elle.

Il s'arracha brusquement à sa contemplation.

— Parce que tu étais enceinte, voilà pourquoi !

Ou, du moins, parce qu'elle le lui avait fait croire.

2

Cara s'enfuit avant de s'effondrer en sanglots sur la plage. Se précipitant dans la chambre qu'elle partageait avec Meredith, elle claqua bruyamment la porte derrière elle.

— Comment as-tu pu me faire ça ?

La couverture du lit de Meredith bougea légèrement, et un discours incompréhensible sortit de dessous.

— En quelle langue parles-tu ? demanda-t-elle, agacée.

Meredith entrouvrit les yeux.

— Par quelle question dois-je commencer ? Sans une tasse de café, tu n'obtiendras qu'une réponse.

— Keith. Tu savais qu'il était derrière mon invitation.

Plusieurs personnes avaient incidemment parlé devant elle de la reconversion de Keith comme consultant, mais elle était atteinte d'une telle surdité dès que son nom venait à être prononcé qu'elle n'avait pas saisi que cet hôtel appartenait au groupe Regent.

— Attaque-moi en justice si tu veux. Ton affaire avait besoin de ce salon pour passer à la vitesse supérieure. Où est le mal ?

Meredith s'assit et repoussa les cheveux de son visage. Si Cara n'avait pas autant aimé sa sœur, elle l'aurait haïe.

— Ce n'est qu'un ex-fiancé, poursuivit Meredith. Une vieille histoire que tu as complètement enterrée, non ?

— Complètement.

Enfin, en partie.

Elle se laissa tomber sur le lit, broyant du noir. Elle avait besoin d'une bonne douche et d'un solide pieu de bois à planter dans le cœur d'un mort-vivant qui avait pris l'apparence d'un dénommé Keith Mitchell.

— Ne proteste pas trop fort, dit Meredith, tu vas te faire du mal. A défaut d'autre chose, c'est l'occasion de tourner définitivement la page. Saisis-la.

Soudain, le regard de Meredith se fit inquisiteur.

— Je ne comprends pas. Hier soir, tu ne l'avais pas si mal pris. Que s'est-il passé ?

— Keith fait du jogging à présent. Mais peut-être le savais-tu aussi ?

— Vous êtes faits l'un pour l'autre, affirma sa sœur en lui tirant la langue. Seuls des gens un peu fêlés se lèvent à l'aube pour courir. Visiblement, il a perdu les pédales, tout comme toi.

— Crois-moi, il est en possession de tous ses moyens. Ce qu'il a perdu, c'est son humanité.

— Parce qu'il t'offre une occasion unique de présenter tes robes au monde entier ? Tu as raison. Ça dépasse les bornes.

Cara se prit le visage dans les mains et en appela à sa force de caractère. Elle en avait à revendre, sinon elle ne serait pas sortie de son dressing le jour de son mariage, après avoir perdu non pas une, mais les deux choses qui comptaient le plus dans sa vie. Et là, tout de suite, elle aurait bien aimé que cette force de caractère resurgisse.

— Il m'avait demandée en mariage juste parce que j'étais enceinte. Comment ne l'ai-je pas compris ?

— Bien des hommes n'auraient pas fait le geste.

Meredith passa un bras autour de ses épaules, et cette marque d'affection l'émut.

— Tout de même, ajouta Meredith, c'est difficile à avaler.

Cara hocha la tête tout en reniflant contre l'épaule de sa sœur.

— Je croyais qu'il m'aimait.

— L'un n'exclut pas l'autre. Il t'aimait probablement. Peut-être songeait-il vaguement à unir vos deux vies, et la nouvelle de ta grossesse lui a donné une raison d'accélérer le mouvement.

— Oui, et j'ai tout gâché.

— Il vaut mieux que tu aies découvert son instabilité à

ce moment-là. De toute façon, je n'étais pas fan du nom Cara Chandler-Harris Mitchell. Si vous comptez vous réconcilier, envisage cette fois de garder ton nom de jeune fille.

Elle grimaça.

— Je préférerais mourir que de me réconcilier avec Keith !

Le sourire entendu que Meredith lui jeta par-dessus son épaule en se rendant à la salle de bains n'améliora pas son humeur.

— Hier, déclara Meredith, j'aurais pu allumer les bougies d'un gâteau d'anniversaire avec les étincelles qui crépitaient dans le chapiteau.

— Elles étaient dues à un court-circuit du robot qui sert de cœur à Keith !

— Tu en as peut-être fini avec lui, mais la réciproque n'est pas vraie. L'erreur est humaine. Il veut peut-être une seconde chance.

— Une chance de m'achever ? Merci bien !

A présent, elle se repassait leur conversation du matin dans la tête. Il avait paru sincèrement désireux de savoir ce qu'elle était devenue. Et il rayonnait toujours de ce charme aguicheur auquel elle était restée bien moins insensible qu'elle voulait le reconnaître.

— Tu es une fille intelligente, dit Meredith, s'adossant au chambranle de la porte de la salle de bains. Réfléchis. Il ne t'a pas invitée seulement pour tes talents. N'importe qui peut flanquer de la dentelle sur un bout de satin et coller le tout sur le dos d'une future mariée aux yeux pleins d'étoiles ! C'est la créatrice qu'il veut, pas les créations.

— Il peut toujours attendre ! Un brillant avenir s'ouvre devant moi, et je peux t'assurer qu'aucun homme n'y aura sa place.

Cara poussa sa sœur pour entrer dans la salle de bains.

— Et, avec ta mauvaise plaisanterie sur les bouts de dentelle et de satin, tu as perdu l'occasion de passer la première !

Meredith sortit de mauvaise grâce et referma la porte derrière elle. Furieuse, Cara se glissa sous les jets de la douche.

Donc, à en croire Meredith, l'invitation serait un moyen voilé de tenter une réconciliation. Il lui avait fallu beaucoup de courage pour rassembler les morceaux éclatés de sa vie et de son cœur.

Comment pourrait-elle pardonner à Keith de l'avoir lâchée au moment où elle avait le plus besoin de lui ?

Il n'était pas du bois dont on fait les maris, point final.

Après s'être séchée, elle passa une tenue flatteuse, et n'oublia pas de chausser des escarpins à talons.

L'ascenseur semblait fonctionner. Mais alors qu'elle s'en réjouissait, quand les portes s'ouvrirent, elle se retrouva face à la dernière personne qu'elle souhaitait rencontrer.

Avec un sourire, Keith examina d'un œil approbateur ses Louboutin.

— Tu descends ?

Elle acquiesça et pénétra dans la cabine, angoissée à l'idée que, comme le suggérait Meredith, celui qui l'avait lâchement abandonnée le jour de leur mariage puisse désirer renouer.

Pourquoi une telle panique, elle l'ignorait, car il n'existait pas de mots, dans aucune langue, pour la convaincre de faire un nouvel essai. Elle fixa l'intervalle se réduisant entre les deux portes qui se refermaient, et fit de son mieux pour dissimuler son agitation. La chaleur du corps de Keith irradia instantanément dans l'espace exigu et s'insinua par tous les pores de sa peau. Elle avait déjà suffisamment chaud et était assez contrariée. Il était si fort, si solide et… si arrogant que c'en devenait insupportable.

— Est-ce que tu cours tous les jours ? s'enquit-il poliment.

— Oui. Et toi ?

Sa mère aurait été fière. Vingt-huit ans à lui apprendre à être aimable, quelles que soient les circonstances.

— J'essaie. Courir m'aide à m'éclaircir les idées.

Elle ravala la réplique qui lui vint immédiatement à l'esprit. *Pas très efficace si tu envisages une réconciliation.*

— Ah bon…

— C'est l'occasion d'affiner mes priorités de la journée.

— Désolée d'avoir troublé ta concentration ce matin.

Elle sentit qu'il lui jetait un coup d'œil, mais ne tourna pas la tête.

— Tu ne m'as pas du tout dérangé. Au contraire. J'étais content de te voir.

Elle commençait à en avoir par-dessus la tête de ces politesses.

L'ascenseur n'atteindrait-il donc jamais le rez-de-chaussée. Pourtant, l'immeuble ne comptait que quatre étages !

Au même instant, un grincement se fit entendre et l'ascenseur s'arrêta si brutalement qu'elle fut projetée sur les genoux. Puis, ce fut le noir.

Il ne suffisait pas de se trouver coincée sur une petite île avec Keith, il fallait encore qu'ils soient bloqués dans un ascenseur.

— Ça va ? demanda la voix de Keith au-dessus d'elle.

Apparemment, il avait plus d'équilibre qu'elle.

Elle se redressa en prenant appui sur la paroi, grimaçant à cause d'une douleur à la cheville.

— Ça va.

Une lueur apparut dans la main de Keith.

— Application torche de mon portable, annonça-t-il.

— Une application pour appeler le réparateur serait plus utile.

— Je suis en train d'cnvoyer un texto à la directrice.

Il se laissa glisser au sol et croisa les jambes.

— Du moins, nous ne risquons pas une chute vertigineuse. Nous devons être bloqués entre le premier et le rez-de-chaussée.

— N'est-il pas possible de trouver une issue par le plafond ?

Keith posa son téléphone à terre et examina les lieux.

— Peut-être si je te soulève. Reste à savoir si tu réussiras à ouvrir les portes du premier.

— A la réflexion, attendons les secours. Il fait plus frais ici que dans ma chambre. C'est déjà ça.

— Qu'est-ce qui se passe dans ta chambre ?

— Le climatiseur est en panne.

A la lueur émise par le téléphone, elle vit qu'il fronçait les sourcils.

— Pourquoi n'en as-tu pas parlé à la directrice ?

— Il me semblait que c'était ton rôle.

Elle ôta sa chaussure et massa sa cheville douloureuse. Enfin, à quelque chose malheur était bon. Elle avait une excuse toute trouvée pour couper au jogging du matin.

— Tu vois, ajouta-t-elle, j'aurais cru que le consultant responsable de cet événement se soucierait davantage de ce genre de détails.

— Les événements qui se trouvent sous ma responsabilité se déroulent toujours sans anicroche. Est-ce que tu t'es fait mal ?

— Pas du tout.

Son téléphone bipa, et Keith consulta le message.

— Ils seront là dans environ une demi-heure. Pourras-tu patienter ou devons-nous chercher une issue par la trappe ?

Une demi-heure confinée dans la cabine d'un ascenseur avec son ex-fiancé. On pouvait rêver mieux. Mais, s'il tentait une approche, elle aurait toujours la possibilité de se défendre à coups de talons aiguilles.

— J'attendrai. Je n'ai rien d'autre à faire aujourd'hui que paresser au bord de la piscine.

— Pareil pour moi.

— Je sais, riposta-t-elle, agacée. Tu es l'homme de la situation. Comment se fait-il que tu ne sois pas P-DG ? Trop permanent ?

Elle le vit pincer les lèvres, et du diable s'il ne réussit pas à lui rappeler l'habileté de cette bouche à lui donner du plaisir. La malédiction du célibat. Son corps délaissé devait pourtant comprendre à quel point Keith Mitchell manquait de charme.

Bon, évidemment, pas physiquement, mais du côté de l'âme, là où ça comptait vraiment.

— Je n'ai aucune envie de devenir P-DG, riposta-t-il. Je suis mon propre patron et je choisis mes combats. Et puis, je bouge, au lieu de jouer les ronds-de-cuir dans les bureaux d'une entreprise.

Voilà, c'était dit. Heureusement qu'elle avait découvert son allergie à l'engagement avant de l'épouser. Mais, à présent, d'autres questions se bousculaient dans sa tête.

Elle aurait mieux fait de les garder pour elle. Etre coincée dans un ascenseur n'autorisait pas à dire tout ce qui vous passait par la tête.

— Juste pour faire de l'humour noir, une fois marié, combien de temps t'aurait-il fallu pour ressentir la lassitude des sept ans ? Six mois ?

Bon, apparemment, impossible de tenir sa langue.

— Je t'ai laissée dire ce matin, mais éclaircissons ce point maintenant. Je ne t'ai pas quittée au pied de l'autel. Je comprends que ce soit plus drôle de réécrire l'histoire. Ainsi, la sympathie de tous t'était assurée.

Le rire forcé de Cara produisit un son étrange.

— Tu joues sur les mots, Mitchell.

— Pas du tout. Je ne t'aurais certainement pas fait cet affront devant toute une assistance.

— Eh bien, sois-en remercié. J'apprécie que tu m'aies évité l'humiliation d'avoir à annuler mon mariage quelques minutes avant la cérémonie. Oh ! mais où ai-je la tête ? C'est précisément ce qui est arrivé. Rappelle-moi la partie où tu as agi noblement.

— Cara, dit-il en soupirant, événement indépendant de notre volonté mis à part, nous n'étions pas faits pour vivre ensemble. Notre mariage aurait été un désastre. Tu t'en es sûrement rendu compte depuis deux ans.

— C'était une piètre excuse à ce moment-là, et elle ne s'est pas améliorée avec le temps. J'avais besoin de toi, et tu es parti.

— Tu avais besoin d'un mari. N'importe qui aurait fait l'affaire. J'ai juste été un peu lent à comprendre.

— Je t'aimais !

Flanquer son poing dans son arrogante mâchoire la démangeait terriblement. On pouvait toujours rêver. Mais, évidemment, sa main serait broyée avant qu'elle lui ait rectifié le portrait.

— Bien sûr, dit-il avec un sourire ironique. Tout comme j'étais amoureux de toi.

Il ne la croyait pas.

Toute trace de l'élégance propre aux Belles du Sud s'évapora quand elle lâcha :

— Contrairement à toi, je ne me mariais pas à cause de l'enfant. J'étais assez naïve pour croire que nous formerions une famille unie.

— Ce mythique bonheur familial aurait eu du mal à advenir, étant donné que tu avais inventé ta grossesse !

— Comment ? s'exclama-t-elle, son sang rugissant dans ses oreilles sous le coup de l'indignation. Je ne l'avais pas inventée !

— Tu as eu un sourire contraint et tu as déclaré : « Tu sais quoi ? C'était une fausse alerte. » Pratique que tu l'aies découvert quelques minutes avant le début de la cérémonie. C'est pour cette raison que je t'ai épargné la marche jusqu'à l'autel. Tu aurais mieux fait d'attendre encore un peu. Tu as trop précipité ton aveu, vois-tu.

— Une fausse alerte..., reprit-elle, reculant si vivement qu'elle heurta sa tête à la paroi. J'ai fait une fausse couche, espèce de salaud !

Il sentit un étau lui enserrer brutalement la poitrine.

— Une fausse couche ? Comment est-ce possible ?

— Tu as entendu parler d'Internet ? Fais des recherches !

Malgré son air assuré, à la lueur de son portable, il avait vu trembler la lèvre de Cara. Et il en fut profondément ému.

— Sur quelle planète fausse alerte signifie « fausse couche » au lieu de « pas vraiment enceinte » ?

Incapable de garder son sang-froid, il n'avait pu s'empêcher de parler sur un ton dur. Il fallait dire que le coup était rude. Si elle avait été vraiment enceinte, tout ce qu'il avait supposé à son sujet, au sujet de leur relation, peut-être même à son propre sujet, était faux.

— Sur la planète où les futures mariées doivent gérer des hormones en folie ! Dire que je ne voulais pas gâcher une journée aussi importante avec une aussi triste nouvelle. Ce que j'ai été bête.

Une fausse couche ? Il n'arrivait pas à se faire à l'idée.

— Tu étais vraiment enceinte ?

— On devrait élever une statue pour rendre hommage à ton génie.

Il était loin d'être un génie. Il ne comprenait même pas comment cela avait pu se produire. Et ses tempes bourdonnaient de tension et de nervosité contenues.

La fausse alerte était une fausse couche...

Quand Cara lui avait annoncé qu'elle était enceinte, il s'en était voulu de ne pas avoir suffisamment pris ses précautions, en matière de contraception, et d'avoir eu un mal fou à accepter l'inévitable, à savoir que, quelle que soit sa répulsion pour le mariage, il devait en passer par là s'il voulait continuer à se regarder dans une glace.

Le matin du mariage, Meredith l'avait trouvé ruminant de tristes pensées dans son coin et lui avait annoncé d'un ton solennel que Cara avait à lui parler.

Et il avait sauté sur l'expression « fausse alerte » comme un chien affamé sur un steak. Cerise sur le gâteau, il avait accusé Cara de l'avoir manipulé. Puis il s'était installé confortablement dans son rôle de martyr.

Il se frotta les yeux, ce qui ne fit qu'aggraver ses picotements sans pour autant modifier ce qu'il savait maintenant être la réalité. Cara disait vrai.

— A quel moment pensais-tu m'en parler ? demanda-t-il.

— Après la cérémonie. Quand nous serions seuls. Je pensais que nous pourrions pleurer tout à loisir et noyer notre chagrin dans le champagne que j'aurais l'autorisation de boire.

Il sentit les échos de la colère de Cara se répercuter contre les parois de la cabine étroite quand elle ajouta :

— Tu t'es figuré que j'avais menti en prétendant que j'étais enceinte ? Comment as-tu pu me croire capable d'une telle bassesse ?

Il passa une main sur sa nuque humide. Cette conversation s'orientait sur un terrain qui ne lui plaisait guère.

— Comment as-tu pu me croire assez méprisable pour t'abandonner si j'avais compris le sens réel de tes paroles ? Pourquoi ne m'as-tu pas arrêté ?

Du calme. Si elle lui laissait une minute, le temps de recouvrer ses esprits, il réussirait à formuler une réponse qui ne le ferait pas passer pour une sombre brute.

Je suis tellement, tellement désolé. J'aurais dû poser davantage de questions. J'ai tout gâché.

Mais, comme d'habitude, il ne parvenait pas à obliger des mots aussi chargés émotionnellement à franchir ses lèvres.

— Parce que j'avais compris, Keith ! J'avais lu le soulagement sur ton visage. Tu ne t'étais pas investi dans les préparatifs du mariage, et j'avais mis ça sur le compte d'une typique aversion masculine pour les fleurs et la musique d'église. Mais tu étais là, très calme, m'expliquant que, de toute façon, ça n'aurait pas marché entre nous. Fausse couche ou manipulation, ça revenait au même. Tu cherchais une issue de secours, et je t'ai laissé la prendre.

Tu as raison. Mille fois raison.

La sortie l'appelait déjà quand elle lui avait annoncé sa grossesse, petite bombe qui allait resserrer le nœud coulant autour de son cou avec une précipitation alarmante. Au premier rang de ses affections, il y avait le travail bien fait. Il avait eu la chance que son labeur acharné lui ait valu au fil des ans un compte en banque bien approvisionné, qui, en revanche, attirait malheureusement les femmes. Et l'idée de procurer une vie de luxe à une épouse dépourvue de toute ambition lui ôtait l'envie de se lier définitivement à l'une d'entre elles. Seule une grossesse imprévue avait pu faire tourner le vent.

Naturellement, il avait tiré des conclusions hâtives. Naturellement, il n'était pas resté pour discuter. Mais le canevas de ce drame avait été tissé bien avant l'épreuve de force finale. Peut-être même pendant l'enfance, quand il avait vu sa mère rentrer trois fois par semaine à la maison avec des sacs remplis de produits de luxe et changer sa Bentley tous les ans.

Toutefois, il ne pouvait considérer qu'il s'agissait de circonstances atténuantes.

— Je... tu ne méritais pas ça.

Il avait encore bien des choses à dire, mais les mots restaient bloqués dans sa gorge. Pour la première fois de sa vie, il ne savait comment gérer une situation, ni que faire de l'oppressante culpabilité qui plantait ses griffes dans sa poitrine.

En temps normal, Keith Mitchell n'était jamais pris au dépourvu.

— Non, je ne méritais pas ça. Mais autant que ça se soit passé ainsi. A l'heure qu'il est, nous aurions déjà divorcé.

— C'est un coup bas. Je serais resté avec toi pour élever notre enfant.

Tout comme il avait eu l'intention de l'épouser pour le bien du bébé. Sincèrement, il avait espéré que Cara et lui sauraient vivre côte à côte, en bonne amitié, comme ses parents l'avaient fait.

Pour ce qui était de l'enfant, il avait préféré ne pas trop y penser. Il ne s'était jamais senti à la hauteur du rôle de père. Et, malgré le chagrin, il valait peut-être mieux que ça se soit terminé ainsi.

— J'aurais refusé de rester avec toi, déclara Cara. Ce n'est pas le genre de mariage que je voulais...

Elle soupira.

— Je m'en serais sans doute voulu plus tard. Mais, c'est vrai, ça n'aurait pas marché. Tu es un pauvre type, mais tu m'as rendu service en t'en allant. Meredith a raison. J'avais besoin de tourner définitivement la page. Maintenant, c'est fait.

Le nœud dans sa gorge l'étrangla un peu plus. D'où sortait cette femme ? Elle n'avait rien de commun avec la Cara qu'il avait connue deux ans plus tôt.

A cette époque, elle était drôle, flirteuse, d'une compagnie agréable. Il n'envisageait pas que leur relation puisse prendre un tour sérieux. Quand elle lui avait annoncé sa grossesse, la décision de l'épouser avait mûri lentement, douloureusement. Mais il n'était pas du genre à fuir ses responsabilités.

A présent, elle possédait un étrange mélange de force, d'humour et de détermination.

Et il restait stupéfait de la métamorphose.

Il s'éclaircit la gorge.

— Tu as dit qu'alors tu m'aimais. C'est vrai ?

Jamais encore elle ne lui avait fait cet aveu, pas même dans les semaines qui avaient précédé le mariage.

— Je le croyais. Maintenant, je n'en suis plus aussi certaine.

Elle secoua la tête.

— Et, pendant tout ce temps, tu t'es figuré que j'avais feint d'être enceinte pour me faire épouser ? Si tu savais les noms d'oiseaux que je t'ai donnés pour avoir abandonné une femme qui venait de faire une fausse couche. Si ma mère m'avait entendue, elle m'aurait obligée à me rincer la bouche à l'eau savonneuse !

Il toussota, déglutit. Quelle difficulté à prononcer les mots !

— Cara... je... je suis navré. Que puis-je faire ?

— Tu as commis une erreur, tu t'es excusé. L'affaire est enterrée.

— Pas pour moi.

— Désolée, Keith. Ce n'est pas à toi de décider. Je t'ai déjà pardonné.

Il sentit une chaleur l'envahir. Un pardon librement offert. C'était un cadeau qu'on ne lui avait jamais fait, et qu'il n'avait jamais sollicité, ni désiré.

— En réalité, dit-elle soudain, cette semaine ne sera peut-être pas aussi horrible que je le redoutais.

Au-dessus de leurs têtes, les lumières se mirent à clignoter, puis s'allumèrent, et l'ascenseur reprit sa descente. Au rez-de-chaussée, les portes s'ouvrirent. Cara remit ses chaussures et se leva, grimaçant quand son pied gauche se posa sur le sol de marbre du hall d'entrée.

Il lui saisit le coude.

— Vas-tu pouvoir marcher sur cette cheville ?

Appuie-toi sur moi. Cette fois, je ne te laisserai pas tomber.

— Mon pied est toujours là, n'est-ce pas ? Je n'ai rien qu'une bonne bouteille de vin ne puisse soigner.

— Permets-moi de t'en apporter une tout à l'heure.

De nouvelles questions sur le passé surgissaient sans cesse, exigeant des réponses. Il n'était pas prêt à la laisser partir mais, en même temps, il était incapable de parler sans bégayer tant il était ému. Il verrait ça plus tard, quand il aurait repris ses esprits, ce qui ne saurait tarder.

Les yeux couleur café de Cara se posèrent sur sa main qui emprisonnait toujours son coude, et elle se dégagea vivement. Son regard intense laissait entrevoir des profondeurs qu'il n'aurait jamais soupçonnées chez elle.

— J'ai ma dose de Keith Mitchell pour la journée, lui assena-t-elle. Quand je disais que cette semaine ne serait peut-être pas aussi horrible que je le redoutais, je voulais dire que je pourrais te chasser de mon esprit sans le moindre regret.

Sur ces mots, sans se retourner, elle entreprit de traverser le hall en boitillant. Rongeant son frein, il s'éloigna dans l'autre sens. Il ne supportait pas d'être repoussé, surtout pas par une Cara inconnue. A ce qu'il pouvait constater, son métier de créatrice de mode n'était pas une lubie, et sa réussite résultait d'un dur labeur. Etait-il possible qu'elle ne soit plus à la recherche d'un mari ? Qu'est-ce qui aurait pu motiver un tel revirement ?

Cette semaine s'annonçait décidément beaucoup plus passionnante que prévu.

Il ne revit pas Cara avant le début de l'après-midi, quand Marla Collins, la coordinatrice du salon, convoqua tous les participants à une réunion.

Appuyé à une table installée le long d'un mur, il écouta de loin son discours. Assise au premier rang, Alice prenait des notes qu'elle lui expédierait ensuite par mail.

Son regard erra sur les visages jusqu'à ce qu'il repère les cheveux châtain doré de Cara, laquelle se penchait pour murmurer quelque chose à l'oreille de sa sœur, des horreurs sur lui, il l'aurait parié. Encore qu'elle avait dû se lasser de médire de lui ces deux dernières années, et qu'avec son métier elle avait probablement d'autres sujets de discussion que sa méprisable personne.

Avait-elle réellement pu lui pardonner aussi aisément, en l'espace de quelques minutes ?

Il avait assurément une centaine de sujets de préoccupation plus importants que celui-là, et pourtant la conversation de ce matin, dans l'ascenseur, ne quittait pas ses pensées. Comment aurait-il pu en être autrement ? Depuis deux ans, il vivait avec l'idée que Cara avait tenté de le piéger dans un mariage dont il ne voulait pas.

A vrai dire, cela ne l'avait pas empêché de dormir. S'il avait invité Cara à participer à cet événement, c'était uniquement pour s'attacher les services des meilleurs professionnels de la branche, pas pour s'exposer à une révélation modifiant totalement sa perception de la réalité. D'autant que, dans ce miroir, il n'appréciait guère son reflet.

Marla mettant un point final à la réunion, les participants rassemblèrent leurs affaires et quittèrent la salle en bavardant. Il attendit le passage de Cara, inventant une excuse pour lui parler ; malheureusement, quatre personnes attendaient pour lui poser des questions ou rapporter un problème, et il dut la regarder s'éloigner avec Meredith, sans un regard dans sa direction. De toute évidence, elle avait l'intention de s'en tenir à sa promesse de l'écarter de son esprit. Si seulement, il pouvait faire de même...

Cette toute nouvelle Cara l'intriguait énormément. Et puis, il ne pouvait laisser les choses en l'état après ses révélations. Elle avait tourné la page, pas lui.

— Veuillez m'excuser, dit-il à Elisabeth DeBolt, la responsable du centre de remise en forme, qui lui expliquait la couleur des carreaux qu'elle avait choisis pour les salons de massage.

Détails qui, habituellement, l'intéressaient. Mais pas maintenant.

Et, sans plus de cérémonies, il planta là Elisabeth et les autres pour suivre Cara.

Cara et Meredith n'étaient pas allées très loin. Au bord de la piscine, elles entretenaient une conversation apparemment très animée avec un garçon de piscine aux pectoraux proéminents.

Il nota dans un coin de sa mémoire d'avoir une petite conversation avec le responsable des loisirs. Cet hôtel était destiné à la satisfaction des couples, pas des célibataires, et les garçons de piscine qui exhibaient leur torse n'avaient pas leur place ici.

Keith étant également doté de pectoraux dignes d'admiration et dominant le jeune homme d'une vingtaine de centimètres, celui-ci eut le bon sens de s'éloigner en le voyant approcher.

— Merci beaucoup, Mitchell ! s'exclama Meredith. J'appréciais le spectacle. Même si tu as fière allure dans ton costume, je ne peux pas fantasmer sur toi.

Il sourit.

— Pourquoi ? Le code de l'honneur en usage entre sœurs l'interdit ?

— Non. Parce que tu es un sale type. Contrairement à certaines personnes que je ne nommerai pas, je ne pardonne pas si aisément. Souviens-t'en la prochaine fois que tu te retrouves dans une allée sombre.

Cara s'empourpra.

— Je te signale que je suis là.

— Tu crois que ça me gêne ?

Croisant les bras, Meredith le fusilla du regard.

— Méfie-toi. C'est moi qui l'ai tenue dans mes bras pendant qu'elle pleurait toutes les larmes de son corps sur ta lâcheté. Ne t'avise pas de lui briser encore une fois le cœur si tu ne veux pas que les requins se retrouvent le ventre mystérieusement plein !

— Je suis toujours là, dit Cara en poussant du coude sa sœur qui ne bougea pas.

Elles étaient de la même taille avec leurs talons aiguilles. Même nez et mêmes longs cils noirs d'encre, mais là s'arrêtait la ressemblance. Meredith avait une beauté éclatante, sur laquelle on se retournait dans la rue, tandis que Cara possédait un charme qui, pour être plus discret, avait néanmoins retenu son intérêt la première fois que leurs regards s'étaient croisés dans un bar, à Houston. Et, quand il s'était dirigé droit vers Cara pour se présenter et lui offrir un verre, il n'avait même pas remarqué Meredith, assise sur le tabouret voisin.

Il adressa un salut militaire à Meredith.

— Bien, madame. C'est compris. Pas d'allées sombres. Pas de cœurs brisés.

— Je suis sérieuse, Mitchell.

Elle approcha deux doigts en V de ses propres yeux, puis les pointa sur lui.

— Je t'ai à l'œil, ajouta-t-elle.

— Ne te tracasse pas trop au sujet de Cara, je suis ici pour travailler, et c'est ma seule préoccupation.

— Bien sûr. Et, moi, je suis ici uniquement pour les garçons de piscine.

Sur ces mots, elle tourna les talons, le laissant en tête à tête avec Cara. Celle-ci portait la même tenue que le matin, légère jupe d'été et élégant chemisier qui mettaient ses formes en valeur et dont le ton pêche attisait son envie de mordre dans le renflement de ses seins entrevus par l'échancrure.

La température extérieure s'éleva brusquement, bien qu'il eût juré qu'il faisait un doux vingt-cinq degrés cinq minutes plus tôt. D'apprendre qu'elle n'était ni menteuse ni manipulatrice produisait un effet libérateur sur sa libido. Cela couplé avec sa toute nouvelle situation d'entrepreneur à succès rendait soudain Cara extrêmement désirable.

Elle sourit, amusée.

— Meredith a hérité de notre mère le sens du mélodrame. Entre autres choses.

— J'ai toujours bien aimé ta sœur. Toi aussi, tu l'aimes.

— Je ne pourrais pas créer sans son soutien. Tu voulais quelque chose ?

Oui, il voulait quelque chose. Mais ce n'était plus ce qu'il voulait en quittant la réunion.

— Comment va ta cheville ?

— C'est pour t'enquérir de ma santé que tu m'as couru après ?

Un coup de vent rabattit les cheveux de Cara sur son visage et, sans réfléchir, il avança la main pour les repousser. Il la sentit se raidir sous ses doigts.

— En tant que participante au salon, tu as droit à toute ma sollicitude.

— Je doute de faire du jogging avant un petit moment, mais ça va.

— Quel dommage !

Il se réjouissait à l'avance de courir au côté d'une Cara dans toute sa beauté naturelle. Etrange. Le jogging était une activité solitaire ; c'était même pour cette raison qu'il l'appréciait.

Son téléphone vibra. Il le sortit de sa poche, consulta l'écran et jura.

— Un problème ? demanda Cara.

— Possible. J'ai l'œil sur une dépression dans l'Atlantique depuis environ une semaine. La National Oceanic and Atmospheric Administration vient de la classer en tempête tropicale.

— Tu as une application NOAA ?

— Bien obligé, quand on travaille dans un hôtel situé sur le front d'attaque des Antilles durant la saison des tempêtes. Je suis bon à ce que je fais, figure-toi.

Le regard de Cara s'attarda sur ses lèvres.

— Je suis très consciente de l'étendue de tes talents.

Sa voix avait pris une intonation sensuelle qui l'excita

instantanément. S'il trouvait le moyen de rattraper ses erreurs, elle serait peut-être partante pour renouveler leurs brûlantes expériences.

— Est-ce que tu flirterais avec moi, par hasard, Cara ?

Elle sourit et, en comparaison, la menace de Meredith parut soudain moins traîtresse.

— Pas le moins du monde. Ton meilleur talent est la fuite, et j'ai tout un tas de notes sur le sujet. Laisse-moi te montrer ce que j'ai appris.

Elle pivota sur ses talons aiguilles si sexy et boitilla à la suite de Meredith, le laissant seul au bord de la piscine.

Avec une tempête tropicale en perspective, l'inauguration et le salon, il ne pouvait se permettre de se laisser distraire par Cara. Leur histoire était douloureuse et une réconciliation probablement impossible, même si elle prétendait lui avoir pardonné.

Cependant, son refus attisait sa fibre compétitive. A une époque, il n'avait songé qu'à se libérer d'une future épouse dénuée de toute ambition et décidée à jouer les potiches, et aujourd'hui il ne songeait qu'à explorer les nouvelles facettes d'une Cara inconnue.

Aucun défi n'avait jamais rebuté Keith Mitchell.

3

— Comment ça, le vol est annulé ? Qu'est-ce que ça signifie ? s'exclama Cara en se laissant tomber sur le lit.

Et, dans un mouvement de rage, elle expédia ses Louboutin contre le mur.

Elles tombèrent mollement sur la moquette. Elle avait raté sa cible, comme tout ce qu'elle avait entrepris depuis son arrivée sur cette île faussement paradisiaque.

Meredith mit en route la deuxième tournée de café de la journée.

— A-N-N-U…

— Merci ! Je sais l'épeler. Pourquoi ce vol est-il annulé ?

Sa sœur haussa les épaules.

— Ennui mécanique, grève de pilote, disparu dans le triangle des Bermudes. Tu as l'embarras du choix. Mais cesse donc de te ronger les sangs. Tu n'auras qu'à porter la robe pour le défilé, et je dirigerai en coulisses. Les gens adoreront voir la créatrice présenter son modèle.

— Si je ne me ronge pas les sangs, rien n'avancera !

Cara avait déjà réexpédié Jackie chez elle, et sa remplaçante aurait dû atterrir à Providenciales Airport une heure plus tôt. Sauf que son vol avait été annulé.

— Laisse donc Keith t'apporter la bouteille de vin qu'il t'a promise. Tu as besoin de te détendre.

— Un jour, il faudra que je pense à arrêter de te rapporter l'intégralité de mes conversations.

Avec une grimace, elle frotta sa cheville qui la faisait souffrir, contrairement à ce qu'elle avait affirmé à Keith.

Elle fit un rapide inventaire de ses chaussures et se rendit compte que, à part ses tennis, elle n'avait que des escarpins à talons vertigineux.

— Je n'ai aucune envie de me retrouver en compagnie de Keith.

— Dans ce cas, je la boirai. La bouteille qu'il a envoyée hier n'était pas mauvaise.

Ayant refusé énergiquement de laisser une goutte franchir ses lèvres, elle n'en savait rien.

— Tu peux fantasmer sur lui, tu sais. Même coucher avec lui. Je m'en moque.

Meredith s'immobilisa au beau milieu de la pièce.

— Oh ! j'ignorais que tu avais encore des sentiments pour lui. Mais arrange-toi pour qu'il ne le sache pas tout de suite. Il doit faire des efforts.

— Je n'ai plus de sentiments pour lui depuis belle lurette ! s'exclama Cara en se laissant tomber à plat ventre sur le dessus-de-lit de soie.

Evidemment, une protestation aussi véhémente n'arrangeait pas son cas. Elle se retourna sur le dos et fixa le plafond.

Elle pouvait à tout instant rappeler sa colère.

Elle se rembrunit toutefois en constatant que, malgré ses efforts, elle n'éprouvait aucun ressentiment. Il fallait se rendre à l'évidence : elle n'en voulait plus à Keith. Il avait paru si bizarre dans l'ascenseur quand elle l'avait accusé d'être un salaud. Et il était resté sans voix, ce qui ne lui arrivait jamais.

Ainsi, elle avait compris qu'il lui avait dit la vérité à propos des raisons de son départ. Bien sûr, toute perdue et malheureuse qu'elle était, elle aurait dû lui parler immédiatement de la fausse couche quand il était entré dans son dressing. Tous deux avaient commis des erreurs, celle de Keith à première vue plus flagrante et inexcusable, mais elle était passée à autre chose. Elle avait un métier à exercer.

Elle s'assit.

— J'ai des retouches à faire. Toi aussi, d'ailleurs. Ecoute, je te remercie d'avoir pris ma défense hier, et j'ai apprécié que tu menaces de le jeter aux requins, mais rien ne se passera avec Keith. Pour tout dire, dorénavant, il sera interdit de prononcer son nom. Keith Mitchell, mon lord Voldemort à moi.

— Hmm. Extérieur glauque, mais ressemble à Ralph Fiennes en dessous. Un délicieux accent ?

— Tais-toi. Je vais faire mes retouches sur la plage. Le bruit des vagues est relaxant, paraît-il.

Elle rassembla son matériel de couture et rangea la robe pliée dans un sac tandis que Meredith gloussait en jetant la moitié d'un morceau de sucre dans son café.

— Moi, je vais travailler à la piscine. J'y verrai peut-être Paolo si ton petit ami ne vient pas le terroriser. Ne m'attends pas.

La plage était déserte. Toutes les personnes présentes œuvraient dans l'ombre à l'organisation du salon nuptial. Elle étala une bâche de plastique sur des chaises longues afin d'y déposer les robes, à l'abri du sable. Cela fait, elle s'installa confortablement pour une séance de travail. Les retouches n'étaient pas très importantes, mais elle confectionnait ses robes à la main, et chaque point devait être refait avec le plus grand soin. Pas de retouches rapides à la machine à coudre chez Cara Chandler-Harris Designs.

Bien sûr, si, à la suite du salon, son entreprise prenait de l'ampleur, le recours aux machines à coudre deviendrait inévitable.

Elle enfila une aiguille et la piqua dans la soie étalée sur ses genoux. C'était désormais sa vie. Quel que soit son désir de se marier, ce bonheur était réservé aux autres femmes. Elle n'imaginait pas faire suffisamment confiance à un homme pour tomber amoureuse, encore moins pour l'épouser. Chaque jour, en se réveillant, elle espérait s'apercevoir qu'elle avait vaincu sa méfiance. Mais cela ne se produisait jamais.

En attendant, elle cousait. Les vagues venaient mourir à quelques mètres d'elle, et la brise légère portait jusqu'à elle le cri des mouettes. Elle n'avait pas à se plaindre de sa vie. Elle avait trouvé le moyen d'être contente au lieu de follement heureuse, et c'était suffisant.

Elle cousait depuis un certain temps quand une ombre se

profila sur la robe. Levant les yeux, elle maudit le frémissement de plaisir et de trouble sensuel qu'elle ressentit en voyant Keith. Il fallait reconnaître qu'il était vraiment très, très, séduisant.

— Occupée ? demanda-t-il.

— Pas du tout. Je me fais bronzer.

— Navré. Ma question était idiote.

Sans y être invité, il s'assit en face d'elle sur une chaise longue, leurs genoux se touchant presque, et il fixa ses pieds nus.

— Ta cheville te fait encore souffrir ?

— Ça fait je ne sais combien de fois que tu me poses la question ! Dis-moi plutôt ce que tu mijotes.

Il eut un sourire éclatant de blancheur.

— Ai-je besoin d'un prétexte pour te parler ?

— Non. Il faut prendre un numéro. Tu ne vois pas comme je suis populaire ? ajouta-t-elle en désignant la plage vide. Mais chaussures et sable ne font pas bon ménage. C'est pourquoi je suis pieds nus. Et arrête de me demander des nouvelles de ma cheville !

Elle détestait la faiblesse sous toutes ses formes, surtout en présence de Keith qui la détectait avec la précision d'un radar.

Elle soupira. Keith n'était pas l'odieux personnage qu'elle avait cru pendant deux ans. Il fallait arrêter de penser à lui sous cet angle.

— Dans ce cas, je vais trouver une autre excuse. Dînons ensemble.

Son rire fusa, irrépressible.

— Non, vraiment ! Qu'est-ce que tu veux ?

— Bien des choses, mais, en particulier, ton avis. La coordinatrice de mariage de l'hôtel a donné sa démission sans préavis. Sa première tâche était d'organiser un mariage fictif pour le salon, et ce plan est à l'eau. Tu crois que tu pourrais voir avec un membre de la direction ?

Elle dévisagea Keith sans réussir à déchiffrer son expression.

— Tu me demandes mon aide ?

— Je n'ai pas honte de le dire. Je suis acculé. Je te dédommagerai pour ton temps.

Elle ne put s'empêcher d'être flattée qu'un homme comme Keith la supplie à genoux de lui accorder son aide.

Malgré tout, sa requête la prenait au dépourvu.

— Pourquoi me demander à moi, justement ?

— Parce que tu as déjà organisé un mariage.

— Très délicat, Mitchell. Et bien pratique.

— Il ne s'agit pas de commodité. Je t'ai vue à l'œuvre, et personne d'autre que toi ne sera à la hauteur de mes exigences.

Il la fixait de ses yeux noisette qui en disaient beaucoup plus long que sa bouche.

— Donc, à présent, mon talent pour organiser un mariage est devenu un atout. Si mes souvenirs sont bons, tu étais moins enthousiaste il y a deux ans !

Elle s'attendait à ressentir de la colère, mais celle-ci l'avait bel et bien désertée. En déclarant, dans l'ascenseur, qu'elle lui avait pardonné, elle avait voulu l'ennuyer, mais il semblait bien que ce soit la réalité.

Et il sollicitait son aide pour l'organisation d'un mariage. Rien n'aurait pu l'exciter davantage. Enfin, presque rien.

— Je ne peux pas revenir sur le passé, mais je peux essayer de me racheter. Parle. Tes désirs sont des ordres.

Le regard brûlant de Keith tomba de nouveau sur ses pieds, et ses orteils se mirent à la picoter. Elle les enfouit dans le sable, où il ne pourrait les voir.

— Oublie.

Elle n'avait pas envie de savoir comment il comptait se racheter. Enfin, peut-être un peu, par pure curiosité.

— Je t'aiderai, mais sache que je suis exigeante et qu'il n'est pas facile de travailler avec moi.

Les genoux de Keith s'agitèrent tout près des siens, et les frôlèrent quand il se pencha en avant.

— Je n'en attendais pas moins. Merci.

Elle reprit son souffle. Le contact des genoux de Keith la troublait et réveillait des sens depuis trop longtemps endormis.

— Quand as-tu besoin de moi ?

— Tout de suite.

Elle se sentit captive de l'intensité de son regard et il lui sembla que sa peau la brûlait. Certains endroits intimes s'échauffaient également et imploraient des caresses.

— Je peux te consacrer une heure. Est-ce suffisant ?

— En une heure, on peut faire beaucoup de choses.

Elle s'humecta les lèvres. Elle avait tant envie de sentir la bouche de Keith sur la sienne.

— Nous parlons toujours de la même chose, n'est-ce pas ? demanda-t-elle.

Il lui tendit une main qu'elle prit avec réticence, et il l'attira à lui tout doucement.

— Je l'espère.

— Très bien, lâcha-t-elle, reculant brusquement hors de la zone de danger. Le temps de ranger ma robe, de prendre mes chaussures, et j'arrive.

— Je vais prévenir Mary de ton arrivée.

Il la laissa partir sans la quitter des yeux.

— Cara ? dit-il alors qu'elle était encore à portée d'oreille. Toi et moi savons que nous ne parlons plus de la même chose.

Elle s'enfuit, de peur que son désir ne prenne la direction des opérations. Elle arriva à sa chambre hors d'haleine et furieuse contre elle-même.

D'accord, Keith était très séduisant et toujours à même d'allumer son désir. Maintenant qu'elle le savait, elle se méfierait. Ils n'étaient pas en vacances et avaient beaucoup à faire. De plus, il lui faisait peur. Elle avait déjà parcouru ce chemin avec lui, et il n'était pas semé de roses.

Cet homme avait un sérieux problème d'engagement. Elle ne supporterait pas une nouvelle déception amoureuse, ni une aventure sur une île tropicale avec Keith Mitchell. Sur ce point, ils avaient des avis radicalement opposés. Le long terme ne l'intéressait pas ; elle ne jurait que par cela.

Et puis, Keith s'était révélé capable de déjouer leurs méthodes de contraception. Et, comme elle ne prenait pas la pilule en ce moment, l'abstinence était la seule protection efficace.

Heureusement, Meredith étant sortie, elle n'aurait pas à

supporter une conversation sur celui dont on ne devait pas prononcer le nom. C'était d'autant mieux que sa sœur lisait en elle avec une facilité déconcertante. Cara redoutait ce qu'exprimait sa physionomie. Car elle devait reconnaître que le fait que Keith avoue qu'il avait besoin d'elle et loue en même temps ses talents d'organisatrice de mariage la bouleversait encore plus que ses regards brûlants.

En attendant Cara à la réception, il envoya des e-mails pour ne pas avoir l'air d'un adolescent espérant secrètement tomber sur l'objet de sa flamme. Mais, bien sûr, ce qu'il mourait d'envie de faire à Cara s'apparentait beaucoup plus à des préoccupations adultes. Même si elle avait l'intention de prétendre le contraire, le petit jeu sensuel sur la plage, tout à l'heure, n'était pas uniquement de son fait.

Lui, du moins, regardait la réalité en face. D'accord, le salon occuperait cent pour cent de son temps de travail, mais qu'y aurait-il de répréhensible à se détendre ensuite avec une ex ?

Un claquement de talons annonça l'arrivée de Cara, mais il n'en avait pas eu besoin pour sentir l'instant où elle franchissait la porte. Sa tenue pêche était toujours aussi excitante, et ses doigts le démangeaient de plonger dans ses cheveux emmêlés par la brise.

— Je suis là, annonça-t-elle.

Oui, elle était là.

L'air salin devait posséder une propriété spécifique, parce que, la première fois qu'ils s'étaient retrouvés ensemble, sa présence ne l'avait pas rendu aussi fou. A vrai dire, si ça continuait ainsi, il pouvait donner sa démission du groupe Regent avant le coucher de soleil. Se laisser dominer par ses émotions n'avait rien de professionnel.

L'assistante directrice de l'hôtel, une native de l'île avec quinze ans d'expérience, sortit de derrière le bureau.

— Mary, je vous présente Cara Chandler-Harris, dit-il. Cara, voici Mary Kwane. Mary assure les fonctions de coordinatrice de mariage le temps que nous trouvions une remplaçante.

Mary jaugea rapidement Cara avant de lui tendre la main.

— Quelles sont vos qualifications ?

Cara lui serra la main en souriant.

— J'ai organisé un mariage en deux mois.

— Combien d'invités ?

Mary ne mâchait pas ses mots, mais son professionnalisme était au-dessus de tout soupçon. Normal. Il n'engageait que le dessus du panier.

— Cinq cents. Avec deux salles et deux thèmes différents.

Il marqua un temps d'arrêt. Vraiment ? Deux thèmes différents, c'était ridicule. Il n'en considéra pas moins Cara avec un nouveau respect parce qu'elle avait réussi ce tour de force enceinte, et sans son aide.

Et puis, à cause de lui, elle n'avait même pas profité des fruits de son labeur. Son cœur se serra. Il aurait tant voulu se racheter. Mais aussi pourquoi l'avait-elle laissé partir sans chercher à s'expliquer ?

— Je vous laisse, dit-il.

Et il s'éclipsa.

Durant les heures qui suivirent, il essaya de se plonger dans son travail, mais son esprit restait obnubilé par Cara. Il avait beau se dire qu'il ferait mieux d'oublier à quel point il la trouvait belle et appétissante, et combien il désirait relever le défi qu'elle représentait, il n'arrivait pas à se raisonner. Pourtant, elle lui avait bien fait comprendre que rien ne serait possible entre eux.

Son pense-bête sonna pour lui rappeler l'anniversaire de sa mère. Avec le décalage horaire, il pouvait la joindre avant qu'elle se prépare pour sa soirée en ville. A cette occasion, son père l'emmenait invariablement à l'Opéra et souper ensuite.

Sa mère répondit à la quatrième sonnerie.

— Bonsoir, maman. Je te souhaite un bon anniversaire !

— Keith. C'est gentil d'appeler, dit-elle froidement, comme s'il ne l'appelait jamais, ce qui était faux. Apprécies-tu ton séjour aux îles Turques-et-Caïques ? Personnellement, à cette époque, je préfère Bali. Mais j'imagine que Grace Bay doit être plaisant pour une petite escapade.

Cara est ici, maman. A l'hôtel. Elle est toujours superbe, mais différente aussi, de façon déroutante. Je ne sais que faire à son sujet.

— Je ne suis pas en vacances, maman. Je travaille.

Dans la famille Mitchell, on ne *travaillait* pas. On gagnait de l'argent aussi discrètement que possible. Ni son père ni sa mère ne comprenait son besoin de briser les traditions familiales et de se salir les mains. Cependant, il n'avait aucune envie de suivre les traces de son père, dont l'activité la plus intense des vingt dernières années avait été de jeter un coup d'œil au portefeuille d'actions amassé en tant que gestionnaire de fonds.

Une déontologie sans faille, la satisfaction d'obtenir des résultats tangibles et la fierté de s'être fait tout seul, voilà pourquoi il se levait le matin. Pas pour l'argent. L'argent n'était qu'une récompense pour avoir suivi sa propre voie. Ce que son père ne comprenait pas, et il ne se gênait pas pour exprimer la déception causée par le désintérêt de Keith pour le monde de la finance.

— Quel temps fait-il ? demanda-t-il.

— Epouvantable. Je disais justement à ton père que cette humidité est suffocante.

— As-tu reçu mon cadeau ?

— Bien sûr. J'aurais préféré que tu me l'apportes en personne, mais tu es si occupé à *travailler.*

Il réprima un soupir. S'il enregistrait cette conversation, il pourrait éviter à sa mère de ressasser chaque fois les mêmes griefs.

— Je viendrai bientôt vous rendre visite. Peut-être le mois prochain, après l'inauguration de l'hôtel.

Les visites à ses parents lui coûtaient autant que les appels téléphoniques. Mais il se pliait régulièrement aux deux, parce qu'ils y tenaient. Ce qu'il comprenait mal, car ils étaient juste des étrangers partageant un même patronyme. Ils n'abordaient jamais de sujets intimes, ni aucun sujet de fond. Depuis toujours, ils entretenaient une relation superficielle.

— Ton père a de nouveau des douleurs dans la poitrine.

Son père avait toujours des douleurs dans la poitrine parce qu'il refusait de suivre un régime, mais sa mère préférait se décharger de sa culpabilité sur son fils.

— Ne tarde pas trop, ajouta-t-elle. Ce pourrait être trop tard.

Cara dirige sa propre affaire, ce qui ne t'impressionne pas, je sais, puisque tu n'as jamais reconnu la somme de travail qu'il m'a fallu fournir pour parvenir au même résultat. Si cela ne paraissait pas un peu condescendant, je dirais que je suis fier d'elle.

Il mourait d'envie de se confier à quelqu'un qui s'intéresserait réellement à ce qu'il pouvait ressentir, à ses rêves et à ses désillusions.

— Une tempête tropicale se prépare, dit-il, sachant que ça ne servirait à rien. Elle se dirige vers les Bahamas et pourrait frapper Miami.

— Allons, les météorologues seraient incapables de prédire où va tomber une chaussure qu'ils lâchent devant eux !

— Amuse-toi bien à l'Opéra, maman. Embrasse papa pour moi.

Il coupa la communication et écarta la pensée de ses parents de son esprit.

Le sentiment de solitude que cette conversation avait fait naître fut plus difficile à chasser.

Dix minutes plus tard, Elisabeth lui envoya un message à propos d'un problème surgi dans le salon de remise en forme, message qui fit immédiatement jaillir une idée dans son esprit.

Il trouva Cara et Mary en conversation très animée.

— Les futures mariées n'ont aucune envie qu'on choisisse les fleurs à leur place, disait Cara d'un ton si aimable qu'on aurait pu les croire amies de longue date.

Sauf qu'une tension à couper au couteau régnait dans la salle.

— Il faudra bien qu'elles acceptent, si elles viennent à Grace Bay. Les couples ne pourront tout choisir à l'avance.

Mary tapotait la table de ses longs ongles, et son accent îlien semblait plus marqué.

— Voyons, c'est l'utilité d'Internet, répliqua Cara. Il faut leur donner la possibilité de choisir sur photos.

— Nous n'avons pas le budget pour un site interactif.

Mary leva les yeux en l'entendant toussoter.

— Je croyais que vous discutiez du mariage fictif, pas des services de l'hôtel, fit-il remarquer.

— On ne peut séparer l'un de l'autre, dit Cara avec un sourire suave à l'adresse de Mary. Tu invites des rédacteurs en chef de magazines de mariage au salon. Ils vont relater le mariage fictif. Le mois prochain, une future mariée va tomber sur ces pages et penser que c'est exactement ce qu'il lui faut, pour finir par s'apercevoir que le mariage fictif ne correspond en rien aux offres de l'hôtel. L'effet sera désastreux.

— Excellente remarque, admit-il après quelques instants.

Bras croisés, Mary leur jeta un regard assassin.

— Commencez donc par expliquer aux dirigeants de Regent les dépenses entraînées par vos idées grandioses !

Il eut une meilleure idée.

— Mary, je voudrais un rapport détaillant les offres de services mariage proposées par l'hôtel avec les budgets afférents. Cara, venez avec moi.

— Nous n'avons pas terminé, fit-elle, contrariée.

— Pour le moment, si. J'étudierai ce soir le rapport de Mary et nous nous reverrons demain matin. Merci à vous deux pour votre implication enthousiaste.

Il se retint de sourire devant la mine renfrognée des deux intéressées. Ah, les femmes et le mariage ! Mélangez les deux et fuyez.

Mary sortie, l'air mécontent, Cara se renfonça dans son fauteuil et croisa les jambes d'un air de défi au lieu de le suivre comme il le lui avait demandé.

— Ça te plaît de jouer les machos ?

A présent qu'ils étaient seuls, il ne chercha pas à dissimuler son amusement.

— Assez, à dire vrai. Viens. A moins que tu ne préfères que je te porte.

Elle croisa les bras, ce qui eut pour effet de faire ressortir ses seins d'une manière charmante.

— Où allons-nous ?

— Surprise !

Elle garda son air buté.

— Je ne dînerai pas avec toi. J'ai une tonne de travail et, apparemment, je devrai encore perdre de mon précieux temps demain à faire le tien. Sauf si la surprise inclut vin et bain à bulles, tu peux la garder.

— Justement !

Il la prit par les mains et la tira doucement de son siège.

— La directrice du salon de remise en forme a besoin d'un cobaye aux goûts de luxe pour tester le personnel récemment engagé. J'ai tout de suite pensé à toi.

— Drôle de compliment, grommela-t-elle.

Son visage s'éclaira pourtant, et son expression lui alla droit au cœur. Elle était toute proche, assez proche pour que lui parvienne un parfum vénéneux à l'égal de l'opium.

Un petit mouvement, et leurs corps se rencontreraient. Et il n'arrivait pas à réduire à l'obéissance son regard qui s'obstinait à explorer le décolleté de Cara.

— Je crois même qu'elle a mentionné du champagne, ajouta-t-il d'une voix légèrement étranglée.

Il était encore temps de faire machine arrière...

— Montre-moi le chemin.

Il n'arrivait pas à détacher son regard des paillettes d'or qui brillaient dans ses yeux café.

— Tu n'es pas trop occupée ?

— Pour des soins de beauté ? Jamais !

Au son de sa voix légèrement rauque, il prit conscience qu'il était en train de perdre la tête.

— Par ici, dit-il en s'écartant.

Ses sens bouillonnaient tandis qu'il se dirigeait vers le bâtiment abritant le salon de remise en forme. Sous le soleil de fin d'après-midi, les ombres s'allongeaient déjà. Ce serait une longue, longue soirée, bien frustrante, soupçonnait-il.

Après avoir présenté Cara à Elisabeth, il s'apprêta à se retirer.

— Où vas-tu ? demanda-t-elle.

— Travailler.

D'une main sur son torse, Cara l'arrêta.

— Pas si vite, Mitchell. Nous avons à discuter. De plus, tes goûts sont aussi sophistiqués que les miens.

— Tu veux me transformer en cobaye, c'est ça ? Passer une journée dans le salon de beauté ne fait pas partie de mes projets.

Pas plus que d'écouter Cara lui reprocher ses crimes. Son inconscient s'en occupait très bien.

— Des miens non plus. Et pourtant je suis là, pour te rendre service. Le moins que tu puisses faire, c'est d'écouter ce que j'ai à te dire à propos des services nuptiaux. Mary va commettre des erreurs.

S'il s'agissait de parler travail, c'était différent.

— D'accord, je reste. Mais pas de manucure pour moi. Je me ferai discret dans un coin.

— Toi, discret ? Un éléphant dans un magasin de porcelaine, oui !

— Le personnel est prêt, annonça Elisabeth.

Elle guida Keith jusqu'à un fauteuil et installa Cara dans un second, en face de lui. Trois jeunes femmes en blouse, munies de tout un assortiment d'instruments de torture, s'agglutinèrent autour d'elle, parlant entre elles, à Cara, à Elisabeth, tout en s'activant sur les ongles de leur victime, sur son visage. Qu'elles l'ignorent ne le gênait pas, car son rôle d'observateur le satisfaisait totalement, surtout quand une des femmes ôta les chaussures de Cara et plongea ses pieds dans une bassine d'eau savonneuse.

Après quelques minutes, l'esthéticienne entreprit de lui masser la voûte plantaire. Et il avait un peu honte de trouver la scène érotique.

— Elisabeth..., dit-il à voix basse.

Elle s'approcha.

— Dites à ces jeunes femmes d'y aller doucement avec la cheville gauche de Cara. Elle s'est fait une entorse ce matin.

— Bien, monsieur.

Elle rapporta la consigne à l'intéressée. De toute évidence, Cara entendit, car, plissant les yeux, elle lui tira la langue.

— Je croyais que tu voulais parler, lança-il, élevant légèrement la voix.

— C'était avant de savoir que tes magiciennes allaient me réduire à l'état de chiffon.

Elle ferma les yeux, s'abandonnant au délice du massage.

— Mais je sais que tu es occupé, reprit-elle. Alors, écoute-moi.

Devant son abandon, il frémit de tout son corps, et des accès de désir le torturèrent pendant la demi-heure où Cara lui exposa les problèmes identifiés lors de son entrevue avec Mary. Ensuite, elle se lança dans une tirade passionnée à propos de fleurs, de lunes de miel et de… vols de papillons. Avec son tempérament romantique, Cara allait mettre en plein dans le mille.

Il ferait mieux de prendre ses remarques en considération, ainsi que le rapport de Mary. Demain.

Les esthéticiennes posèrent enfin leurs instruments et aidèrent Cara à s'extraire du fauteuil. Une fois debout, elle vacilla. En homme digne de ce nom, il glissa un bras autour de sa taille pour la retenir.

Elle se blottit un instant contre lui, ce qui n'avait rien de surprenant, car leurs corps se connaissaient intimement. Deux années n'avaient pas suffi à lui faire oublier la courbe d'une taille qui semblait faite pour le creux de sa main.

Une fois passée la porte du salon, il se rendit compte qu'il était tard. Un spectaculaire coucher de soleil embrasait le ciel d'or, de pourpre et de feu. L'océan avait pris un ton bleu soutenu et la brise apportait sa fraîcheur dans l'intérieur des terres.

— Excellent choix, Mitchell. On pourrait croire que tu l'as fait exprès.

— J'apprécie le compliment, répliqua-t-il en riant. Malheureusement, je suis incapable de contrôler la nature.

Elle s'écarta, et il ressentit une désagréable impression de vide.

— J'ai passé un très bon moment. Merci.

— J'aimerais faire plus.

— Je l'aurais parié.

Elle lui jeta un coup d'œil amusé.

— Est-ce maintenant que tu vas mentionner l'heure et suggérer que nous allions nous restaurer ?

— Il faut bien que tu manges.

— Pas avec toi !

Elle fit brusquement demi-tour et s'éloigna en boitillant. En une enjambée, il la rattrapa et la coinça contre le mur du salon. Quelques centimètres seulement séparaient leurs poitrines.

Elle soutint son regard quand il posa les mains sur le mur, de chaque côté de sa tête.

— Tu dois aller quelque part, Cara ?

Encore tout émoustillé de l'avoir vue roucouler sous les soins experts prodigués par d'autres mains que les siennes, son corps exigeait la satisfaction de ses désirs.

— J'ai un rendez-vous, dit-elle en s'humectant les lèvres. Et ce n'est pas avec toi.

Un sourd grondement monta de sa poitrine.

— Annule-le.

— Je n'en ai pas envie.

Reste. Je veux passer du temps avec toi. Apprendre à connaître celle que tu es devenue.

Il se pencha vers elle, et ses seins frémirent quand elle reprit sa respiration.

— Tu en es sûre ? Tu sais que ce n'est qu'une question de temps avant que je pose mes mains sur toi. Ici…

Il traça une ligne le long de sa gorge et s'arrêta sur la naissance des seins. Si elle lui avait donné le moindre signe d'encouragement, il aurait continué.

Leur passé, ses erreurs, les réactions qu'elle provoquait chez lui, tout cela était trop compliqué. Mais il ne savait que faire de la passion qui flambait entre eux.

Il s'approcha encore.

— Va prendre une douche glacée, lui suggéra-t-elle. J'ai l'impression que tu en as besoin.

Elle avait apparemment remarqué une érection difficile à dissimuler.

— Viens la prendre avec moi.

Je ne veux pas rester seul.

— Cela n'irait-il pas à l'encontre du but recherché ? Je vais aller droit au but, Mitchell. Tu ne m'intéresses pas. Je ne comprends même pas comment tu as pu supposer le contraire.

Quand il pressa son bassin contre son ventre, elle entrouvrit les lèvres, et un souffle rauque s'en échappa.

— Je lis entre les lignes.

Elle redressa le menton, ce qui eut pour effet d'amener son visage tout contre le sien. Il cessa de respirer et dut se retenir au mur.

— Tu sais ce qu'il y a entre les lignes, Keith ? J'ai besoin d'air.

Et, se glissant avec agilité sous son bras tendu, elle s'éloigna. Sans boiter.

4

Cette nuit-là, Cara dormit très mal. Elle aurait aimé rejeter le blâme de ses insomnies sur Meredith mais, quand le soleil se leva, elle n'eut plus le cœur de lui reprocher un retour très matinal et d'une discrétion discutable.

Son agitation n'était pas le fait de sa noctambule de sœur, mais du spécialiste de la lecture entre les lignes. Pourquoi fallait-il que Keith se montre si charmant, si difficile à tenir à l'écart ?

Deux tasses de café et une douche n'améliorèrent pas son humeur.

— Il est l'heure de se lever ! dit-elle en tirant sur les couvertures de Meredith.

Sa sœur s'étira tel un chat repu en clignant des yeux.

— Bonjour à toi aussi. Il reste du café ?

— Tu es trop guillerette pour quelqu'un qui a dormi cinq heures.

Meredith sourit.

— Paolo a travaillé dans un hôtel de Phuket et, crois-moi, la Thaïlande semble un endroit formidable pour y apprendre des trucs intéressants, si tu vois ce que je veux dire.

— Je ne veux rien entendre ! coupa-t-elle sèchement. Nous avons beaucoup à faire aujourd'hui, et je ne sais comment je me suis laissé piéger par « celui dont on ne prononce pas le nom » avec une histoire de mariage fictif.

Le sourire de Meredith s'élargit.

— Tiens donc, tu ne sais pas comment !

Sa sœur gagna la salle de bains, nue et parfaitement à l'aise.

Mais évidemment, quand on possédait un corps de rêve, qu'y aurait-il eu à cacher ?

En soupirant, Cara se remit aux retouches délaissées la veille pour cause de soins de beauté. En tout cas, ils lui avaient fait un bien fou. Sa cheville ne la faisait presque plus souffrir. Elle soupçonnait que, tout en insistant sur l'aspect test du personnel, Keith avait voulu lui faire un joli cadeau.

Quoi qu'il en soit, elle devait cesser de penser à lui et surtout oublier les bons côtés de leur relation. Il n'y avait aucune chance pour que cette histoire finisse bien.

Elle piqua l'aiguille dans le tissu, heureuse à l'idée que cette création transformerait un mannequin en radieuse mariée. Et peut-être qu'une vraie future mariée souhaiterait la porter pour ses noces ? Elle serait alors ravie de la retoucher pour elle. Quoi qu'en dise Keith, ces robes n'étaient pas à usage unique, et elle répondait à un besoin essentiel des futures mariées en les aidant à vivre le plus beau jour de leur vie.

Et puis, Cara Chandler-Harris Designs répondait à un autre besoin. L'entreprise lui donnait l'impression d'avoir une place sur terre. Un jour, le mariage lui donnerait ce sentiment d'appartenance. En attendant, elle coudrait.

Quand, une heure plus tard, Keith lui envoya un texto, la vue de son nom sur l'écran de son portable la fit frissonner de plaisir. Très vite, elle se ressaisit. Enfin, elle n'avait plus l'âge de se comporter comme une adolescente énamourée !

— Je vais retrouver Keith sur la plage, annonça-t-elle d'un ton naturel. Tu peux rester ici et travailler sur les robes.

— Tu plaisantes, j'espère ! s'exclama Meredith, se levant si brusquement qu'elle fit tomber la boîte de bobines de fil. Je ne manquerais ça pour rien au monde !

— Ce n'est pas un spectacle ! Nous nous voyons pour mettre au point le mariage de fiction. Le salon commence demain, et ces robes ne vont pas se retoucher toutes seules, il me semble.

— Ecoute, répliqua Meredith, pliant soigneusement la robe qu'elle retouchait, dès que Keith et toi vous retrouvez dans la même pièce, c'est un spectacle. Et je peux très bien m'occuper des retouches tout en observant.

Elle ne répondit pas. D'abord, parce qu'elle ne comprenait pas très bien pourquoi elle avait protesté. Elle n'avait pas besoin d'être seule avec Keith ; la présence de témoins était même fortement recommandée.

En réalité, la plage grouillait de monde. Aurait-elle oublié un détail ? Elle aurait pourtant juré que Keith lui avait demandé son aide parce qu'il était à court de personnel.

Un coup de vent rabattit ses cheveux sur son visage au moment où elle l'apercevait.

— Qu'est-ce qui se passe ? s'enquit-elle.

— Nous allons répéter la cérémonie. Ce sont les participants.

— Très bien. Mettons-nous au travail. Vous...

Cara posa une main sur l'épaule d'un jeune homme au visage poupin qui passait par là.

— Il faudrait installer des chaises blanches sur une dizaine de rangées de chaque côté de l'allée menant au kiosque de verdure. Venez me trouver quand ce sera terminé.

— Bien, madame, dit le jeune homme.

Voyant que Keith la regardait en souriant, elle ressentit une douce chaleur dans son ventre.

— C'est la chose la plus sexy que j'ai jamais entendu prononcer au milieu d'une foule, déclara-t-il en croisant les bras. Recommence.

Elle sourit froidement afin de masquer le plaisir que lui causait son approbation.

— A toi. Va chercher Mary et demande-lui les fleurs présélectionnées qu'elle affectionne tant. Sois aimable, sinon elle t'arrachera la tête juste pour m'embêter. Elle peut les apporter elle-même ou envoyer quelqu'un. Il me les faut juste très vite.

— Là, mon efficacité va t'impressionner, dit-il avec un clin d'œil.

Il envoya un texto.

— Ensuite ?

Elle lui adressa un sourire, sincère cette fois, bien qu'en lui confiant la tâche elle ait eu l'intention de s'en débarrasser quelques minutes, le temps de se ressaisir.

— Tu veux vraiment que je te dise ce qu'il y a à faire ?

— Tu es tellement sexy quand tu donnes des ordres...

Sous son regard chargé de sous-entendus, elle sentit de nouveau le trouble l'envahir.

— Musique, murmura-t-elle, faisant appel à ses talents mondains pour prononcer correctement le mot.

Si elle avait appris quelque chose de sa mère, c'était bien à faire bonne figure en public, même en étant intérieurement perturbée.

— Enregistrée ou en direct ? poursuivit-elle.

— Enregistrée, pour le moment.

Le regard de Keith était rivé à ses lèvres, et tout son être frémit en le voyant pencher la tête. Là était la cause de ses insomnies. Elle avait rêvé que Keith réduisait à néant l'espace entre eux et l'embrassait avec son habileté démoniaque.

Ils n'avaient pas bougé, et pourtant le sable sous leurs pieds semblait s'écouler à une vitesse alarmante. Inutile de prétendre n'être pas intéressée alors que tous deux connaissaient la vérité.

— Monsieur Mitchell...

Ils tressaillirent et se tournèrent dans la direction d'où venait la voix. Un gardien posa une question. Keith y répondit et se tourna vers la plage où se déroulaient les préparatifs de la cérémonie, non sans qu'elle ait eu le temps de saisir une expression de regret sur son visage.

Mais pourquoi se mettre dans des états pareils, et devant tout le monde, encore ? Comme s'ils n'avaient rien de mieux à faire.

Keith parut également se ressaisir, car il n'échangea pas de regard avec elle durant les deux heures qui suivirent. Peu à peu, le décor prenait place, mais le vent ne cessait de disperser les pétales de rose que Mary avait semés dans l'allée et entre les chaises.

— Pourquoi diable avoir organisé ce salon en septembre ? demanda Cara alors qu'une des torches soulignant l'allée s'éteignait.

— Parce que septembre est la période la plus creuse de l'année. Et puis, l'hôtel doit ouvrir en octobre. Nous allons donc conclure un marché avec notre ami Mark, l'ouragan tropical, et prier pour qu'il passe au large.

L'inquiétude dans la voix de Keith était si manifeste qu'elle éprouva le désir étrange de lui faciliter les choses dans la mesure de ses moyens.

— Le décor est suffisamment planté pour une répétition générale, déclara-t-elle. Qui veut jouer les rôles des mariés ?

Devant la lueur qui passa dans les yeux de Keith, elle sentit une soudaine chaleur l'envahir.

— Pourquoi pas nous ? suggéra-t-il. Me ferais-tu l'honneur d'accepter d'être ma fiancée pour de faux ?

Elle réprima un rire hystérique.

— Pourquoi pas ? Autant que je continue sur ma lancée.

Toujours future mariée, jamais mariée. L'histoire de sa vie.

Quand Cara prit sa main comme si elle avait vraiment l'intention de s'unir à lui par les liens sacrés du mariage, il eut du mal à dissimuler sa stupéfaction. Il s'était attendu à ce qu'elle redresse le menton et lui conseille d'aller se chercher une fiancée ailleurs. Car il plaisantait.

— Tu es vraiment décidée ?

Elle devait répondre par la négative. Comment auraient-ils un point de vue extérieur sur la répétition en étant partie prenante ?

A vrai dire, elle devait refuser, tout simplement parce que cette mascarade représenterait un cuisant rappel des événements survenus deux ans plus tôt.

— Bien sûr. Pourquoi pas ?

De la tête, elle désigna le kiosque que Mary et elle avaient passé trois quarts d'heure à fleurir.

— J'ai envie de voir ce que ça donne.

Un rappel assez peu subtil du fait que, deux ans auparavant, elle n'avait pas savouré le résultat de ses efforts. Mais enfin, si elle arrivait à en plaisanter, c'était qu'elle avait vraiment classé l'affaire.

Il s'enhardit jusqu'à risquer lui-même une boutade.

— Finalement, tu vas voir ce que ça fait de me traîner à l'autel.

Elle eut un sourire narquois.

— Finalement, j'ai réussi à obtenir ton aide pour l'organisation de la cérémonie.

Touché.

Ils échangèrent un sourire, et le fardeau qui pesait sur ses épaules depuis la scène de l'ascenseur s'allégea sensiblement. Mais par quel miracle lui avait-elle accordé son pardon ?

Ils se tenaient toujours la main, détail qu'il ne tenait pas à faire remarquer afin de ne pas perdre ce lien ténu avec une femme qu'il ne connaissait décidément pas aussi bien qu'il l'aurait voulu.

— Que faut-il faire ?

— Occupe-toi des invités, moi, je m'occuperai de la musique et de l'officiant.

Elle retira sa main, et il ressentit un manque.

Il la regarda demander à Meredith et au garçon de piscine attaché à son ombre d'installer de quoi écouter de la musique. Elle était toute aux préparatifs, et le décolleté de son chemisier de soie révélait si délicieusement la naissance de ses seins qu'il avait bien du mal à détourner le regard. A regret, il finit par s'éloigner pour remplir sa mission, regrettant de n'avoir pas suggéré d'utiliser ensuite la suite nuptiale.

C'était cependant pour le mieux. Elle l'aurait sans doute encore repoussé alors que son ego était encore douloureux de la rebuffade de la veille.

En peu de temps, une cinquantaine de ses employés se retrouvèrent installés sur les sièges, et l'homme qui tenait le rôle d'officiant avait pris place dans le kiosque.

Cramponnant un bouquet de fleurs que Mary lui avait mis dans les mains, Cara l'attendait devant le kiosque. Meredith mit en route le lecteur de CD, et des accords pleurnichards de violons s'élevèrent.

Comme en hommage à la solennité du moment, le vent se calma. Keith remonta l'allée au milieu d'une marée de visages souriants. Visiblement, ses employés appréciaient de le voir jouer les premiers rôles.

Pourtant, il ne voyait que Cara, se détachant sur le fond fleuri du kiosque et la majesté de l'océan. Avec son sourire radieux, elle ne lui avait jamais paru plus belle. Jaillie du passé, une image d'elle en robe de mariée se superposa à celle de la jeune femme d'aujourd'hui.

Elle était également belle alors, ainsi que le décor qu'elle avait créé, mais il préférait de loin ce mariage-ci, et pas seulement parce qu'il serait toujours célibataire à la fin. C'était peut-être à cause de la plage, ou de la sobriété des accessoires, il trouvait la cérémonie bien moins pesante et moins chargée d'attentes.

Cara avait fait du bon travail, ce qui ne le surprenait pas. Il ne l'aurait pas chargée d'organiser la cérémonie s'il n'avait été sûr du résultat.

Soit, il était peut-être un peu surpris. En réalité, la façon dont elle prenait ses responsabilités à bras-le-corps le sidérait.

Il la rejoignit devant le kiosque, avec, en tête, une liste de détails à améliorer. Il faudrait ratisser le sable, chercher un autre officiant puisque celui-ci serait occupé ailleurs. Et que Cara cesse de lui sourire ainsi. Ça l'empêchait de se concentrer.

— Qu'est-ce qui te rend si joyeuse ? demanda-t-il brusquement. C'est un faux, tu sais.

— Ah, mais tu te trompes ! riposta-t-elle. Je vois sur ton visage que tu es très satisfait de la prestation. Ce qui signifie que tu me dois un mariage et, quand je le réclamerai, il te paraîtra très vrai, tu peux me croire !

La remarque fit naître toutes sortes de possibilités intéressantes, qui, par ailleurs, contredisaient l'attitude intransigeante de Cara la veille. Après tout, l'idée de lui demander de jouer le rôle de la mariée se révélerait peut-être la meilleure de la semaine.

— Nous verrons ça, grogna-t-il, indifférent aux paires d'yeux qui les observaient.

Une mise en garde pour la galerie. Etre pieds et poings liés, à la merci de la jeune femme qui se trouvait à son côté, ne lui déplaisait pas du tout.

Elle lui fit un clin d'œil et donna des instructions aux assistants tandis qu'il notait d'autres détails. Malgré sa qualité, le travail de Cara n'était pas parfait. De petits ajustements seraient en permanence nécessaires, même après l'ouverture.

Derrière lui, la musique s'interrompit brutalement, laissant place au bruit du ressac. Les mouettes volaient au-dessus de leurs têtes, leurs cris apportant un complément étrangement approprié à la scène.

L'officiant s'éclaircit la gorge.

— Mes chers amis, dit-il, nous sommes rassemblés ici pour célébrer l'union...

— Vous pouvez sauter cette partie, coupa-t-il sèchement. Je le veux, elle le veut. Pas d'objections.

Cara lui donna un coup de coude.

— C'est moi l'organisatrice, je te rappelle, et j'ai demandé à Hans de prononcer le discours entier. Si on saute des parties, ce n'est pas une répétition. Sais-tu combien de temps dure la cérémonie ? Non, bon alors, tais-toi et écoute.

Les assistants murmurèrent leur approbation, et il ravala ses remarques. Cara avait raison, après tout.

Comme Hans reprenait son homélie, il jeta un regard de biais à Cara.

— Fais attention à ce que tu souhaites, chérie, murmura-t-il entre ses dents.

— Qu'est-ce que c'est censé signifier ? chuchota-t-elle en retour.

Et le vent rabattit une mèche de cheveux couleur miel sur ses lèvres, attirant son regard sur celles-ci.

— Que je suis entièrement d'accord avec toi pour que nous suivions le protocole...

Il attendit que Hans les ait déclarés mari et femme pour la prendre dans ses bras.

— *Tout* le protocole, ajouta-t-il alors.

Et, écartant les cheveux de Cara, il posa ses lèvres sur les siennes, tout doucement, pour lui donner le temps de s'habituer à l'idée.

Elle se laissa aller contre lui, ce qui alluma son désir. Elle l'avait toujours excité, mais pas à ce point, jamais avec cette violence incontrôlable.

Oubliant de se montrer délicat, il l'enlaça plus étroitement et inclina la tête pour trouver un meilleur angle. Et leur baiser prit une tournure intime. Il ne pouvait pas se maîtriser.

Les lèvres de Cara étaient douces, accueillantes, si réactives qu'il l'aurait volontiers prise à même le sable. Naturellement, ils avaient fait l'amour un nombre incalculable de fois par le passé, mais ce n'était pas la même Cara. Et, de celle-ci, il sentait qu'il n'arriverait pas à se rassasier.

Le geste tenté pour la prendre dans ses bras sans qu'elle proteste revenait tel un boomerang le jeter dans l'enfer du désir.

Il mit un certain temps à percevoir les cris d'approbation et les sifflements de la foule.

Cara eut un mouvement de recul. Il la lâcha et trouva très sexy ses cheveux ébouriffés.

Lui qui prônait une absolue concentration dans le travail, que lui arrivait-il ?

Il lui arrivait Cara Chandler-Harris.

Elle frappa dans ses mains pour ramener le calme et donna de nouvelles instructions, ainsi que l'ordre à Mary de consigner soigneusement chaque étape de la cérémonie en vue du vrai mariage fictif. Leur baiser ne semblait pas avoir affecté le moins du monde ses capacités intellectuelles.

Lui la regardait en homme qui venait d'embrasser une femme et désirait plus.

— Tu as accompli un excellent travail avec cette répétition. Puis-je te demander un autre service ?

— Ça dépend.

Comme elle plongeait son regard dans le sien, il vit dans ses yeux le reflet de son propre trouble, ce qui lui donna le courage d'aller au-devant d'une nouvelle blessure d'amour-propre.

— Je voudrais que tu inaugures la suite nuptiale avec moi.

Il avait tant envie de découvrir *tout* ce qui avait changé chez la nouvelle Cara.

Elle ne cilla pas.

— Je te conseille de ne pas réitérer cette proposition. Sinon, je lâche Meredith sur toi.

Il sourit.

— Allons, tu as dit que ça paraîtrait tout à fait réel à la fin de la cérémonie. Notre baiser était sincère. Soyons sincères à fond, Cara.

Elle éclata de rire, ce qui l'échauffa dangereusement.

— Ecoute, Keith, tu as un salon à organiser, et moi j'ai des modifications à apporter à mes créations si je veux pouvoir les lancer chez les grands. C'est aussi réel que ce qui s'est passé entre nous. Pour le moment.

Sur cette énigmatique dernière phrase, elle se dirigea vers l'hôtel, le laissant tout déconfit. Elle ne faisait pas autant de manières autrefois.

Quand ils s'étaient connus, il s'était montré insistant, mais elle, de son côté, ne s'était pas refusée longtemps. Cela avait-il diminué son charme à ses yeux plus qu'il l'aurait supposé ? Parce qu'il ne nierait pas qu'il la désirait avec mille fois plus d'ardeur que deux ans auparavant.

Et, comme ce désir nuisait à sa concentration, plus tôt il l'aurait dans son lit, mieux ce serait.

Cette cible, il ne la raterait pas.

5

Peu après que Cara se fut réfugiée dans sa chambre, la pluie se mit à cingler les vitres, produisant un désagréable tambourinement, très différent du bruit cadencé des averses de Houston.

Si seulement elle n'avait jamais entendu parler du salon nuptial de Regent, elle serait terrée dans son appartement, bienheureusement ignorante du fait que Keith pouvait mettre à bas ses défenses et certaine d'avoir comblé le vide laissé en elle grâce à sa carrière.

Ses lèvres la picotaient encore du baiser de lord Voldemort Mitchell, roi des sorciers en séduction. Mais elle éprouvait un réel chagrin. Keith égalait chagrin d'amour. Point à la ligne.

Pourquoi ne l'avait-elle pas giflé ? Elle avait tout de suite compris son intention quand il avait accepté de respecter le protocole. *Tout* le protocole. Chaque seconde passée avec Keith était un pas de plus vers le pays d'où l'on ne revient pas.

Meredith entra dans la chambre en riant, trempée jusqu'aux os, son soutien-gorge visible à travers son chemisier. L'eau s'écoulait sur ses tennis Prada tandis qu'elle essorait ses cheveux. Après examen plus attentif, Cara se rembrunit. Rectification. Il s'agissait de *ses* tennis Prada.

— Quand t'ai-je permis d'emprunter mes chaussures ?

Meredith plissa le front comme si elle réfléchissait.

— Quand tu es née ? C'est une règle entre sœurs. Ce qui est à toi est à moi et réciproquement. Tu te souviens ?

— N'empêche. Demande la prochaine fois.

— Tu es folle ! Imagine que tu aies refusé ?

Meredith se débarrassa des chaussures ainsi que de ses vêtements tout en se rendant à la salle de bains, pas du tout gênée de laisser des flaques d'eau sur son passage.

— Et cesse de te défouler sur moi de ta mauvaise humeur, ajouta-t-elle. Ce n'est pas ma faute si tu as encore un faible pour Keith et s'il est impossible de l'éviter sur une île !

— Rien à voir ! riposta-t-elle en adressant une grimace à sa sœur.

La porte de la salle de bains se referma au beau milieu de sa phrase. En réalité, elle était de mauvaise humeur parce qu'elle avait passé tellement de temps à aider Keith qu'elle était en retard pour ses retouches.

Evidemment, peu de chances pour que Meredith avale ce mensonge. Car elle avait bien deviné que son humeur massacrante était due au fait qu'elle n'avait pas giflé Keith parce qu'elle mourait d'envie qu'il l'embrasse. Ç'avait été si amusant d'organiser ce mariage fictif qu'elle avait fini par se prendre au jeu. Qui résisterait au vénéneux cocktail mariage, Keith et brise océane, le tout dans un lieu paradisiaque ?

Sauf que ce n'était pas son mariage, et que, comme la première fois, elle n'épouserait pas Keith.

Elle piqua son aiguille dans la robe disposée devant elle, sans réussir à se concentrer sur son ouvrage. Encore une fois, elle avait porté une robe de mariée, mais elle était toujours célibataire quand elle l'avait retirée.

Cependant, à la différence de la première fois, elle avait un métier passionnant. Et ces retouches devaient être exécutées avec la plus grande minutie, car de la perfection des robes qu'elle présenterait au défilé dépendait la réussite de son avenir professionnel.

C'était tout de même plus important que la perspective de se marier un jour, non ?

Son portable à la main, Meredith sortit de la salle de bains après avoir battu le record de la douche la plus longue.

— Paolo vient de m'envoyer un message. Le personnel a décidé d'organiser une petite fête pour se détendre. Hans s'occupe du buffet et Keith a déverrouillé la cave à liqueurs. Habille-toi et viens.

— Tu ne vois pas que je suis occupée ?

Un peu tôt pour se retrouver dans l'orbite de Keith, surtout devant le reste de l'équipe, qui avait assisté au baiser brûlant qu'ils avaient échangé.

— Tu as besoin de t'amuser, Cara ! Rires, alcool et sexe. Tous trois à ta portée.

Meredith se glissa dans une robe couleur chair qui lui arrivait à mi-cuisse.

— Tu peux juste manger, ajouta sa sœur. Tu te morfondras plus tard. Ne me laisse pas y aller toute seule.

— Dans cette robe, tu ne cours aucun risque.

Meredith lui jeta un regard mauvais par-dessus son épaule.

— J'ai apporté cette robe Balenciaga pour toi, parce que je sais que tu l'aimes. Je veux bien te la prêter, encore que tu te sois montrée mesquine avec tes Prada.

Elle éprouva du remords. Meredith était une sœur aimante, et elle ne cessait de la critiquer. De plus, ce n'était pas sa faute si Keith et elle formaient un couple détonant.

— Tu es gentille. Je t'accompagnerai, mais garde la robe.

Comme la pluie ne cédait pas, il leur fallut un certain temps pour traverser le terrain à découvert en partageant un minuscule parapluie. Et, quand elles arrivèrent, la fête battait son plein.

Comme annoncé, tout le monde semblait présent. Assise à une table, Mary riait avec des serveuses, et Holly, qui ne perdait jamais son allure de top model, même en dehors de ses heures de travail, bavardait au bar avec le gestionnaire des services.

Paolo vint à leur rencontre, tous muscles dehors, deux verres à la main. Il en tendit un à Meredith et lui adressa un sourire d'excuse.

Peu lui importait. Si elle avait envie d'un verre, elle était assez grande pour aller se le chercher toute seule.

Sa sœur but une gorgée de sa boisson, et adressa à Paolo un sourire enjôleur.

— Merci. J'adore ce cocktail.

— Pour toi.

Cara se retourna pour se retrouver devant celui dont on ne devait pas prononcer le nom. Il lui tendit un verre de vin couleur rubis. Elle l'accepta en remerciant d'un signe de tête parce qu'elle se sentait incapable de prononcer une parole. Elle en but une gorgée. Il s'agissait d'un exquis cabernet qui donnait en bouche un avant-goût de paradis.

— Tu sers ce vin aux invités ? demanda-t-elle quand elle eut suffisamment repris ses esprits pour parler.

— Seulement à ceux qui occupent la suite nuptiale.

Il heurta légèrement son verre contre le sien.

— J'avais l'intention de le goûter dans la suite avec toi, mais tu as tout de suite pensé au pire. Dommage.

— Pas grave. J'en ai tout de même eu un verre...

Elle but une nouvelle gorgée en espérant dénouer sa gorge douloureuse. Elle n'était pas vraiment jalouse de la relation dépourvue de complications de Meredith avec Paolo. Même, bizarrement, il lui semblait tout à coup avoir la meilleure part. Il fallait avouer que c'était bien agréable d'avoir les attentions d'un homme comme Keith.

Elle devrait sans doute remercier Meredith de l'avoir incitée à venir au lieu de broyer du noir dans sa chambre. Et broyer du noir pour quoi ? Parce qu'un homme séduisant l'avait embrassée ? Il était peut-être temps de se détendre et de prendre la vie du bon côté.

Le chargé des loisirs tapa dans ses mains pour attirer l'attention de son public.

— Il me faut deux couples de volontaires pour jouer à notre version du Jeu des jeunes mariés, déclara-t-il quand il l'eut obtenue. Enfin, vous n'avez pas besoin d'être un vrai couple, il faut juste avoir envie de jouer.

Elle jeta à Keith un regard de mise en garde, qu'il intercepta avec un sourire.

— Je n'osais pas en rêver, dit-il. Laissons aux autres l'occasion de faire semblant d'être mariés.

Il se laissa tomber sur une chaise et tapota le siège voisin. Etant donné qu'il avait renoncé à les faire participer au jeu et kidnappé une bouteille de vin pour elle, elle obtempéra.

Il se pencha vers elle à la frôler.

— Ta robe te va très bien.

Elle s'empourpra, regrettant que son trouble soit si perceptible.

— Allez. Tu dis ça à toutes les filles.

— Tu es la seule à qui je parle. Ce qui n'est pas un hasard.

Quand il glissa un bras sur le dossier de sa chaise, elle songea à lui jeter un regard réprobateur. Mais sa robe était décolletée dans le dos, et la manche de Keith lui effleurait la peau d'une façon très agréable. Si elle le lui faisait remarquer, cela attirerait inutilement l'attention générale. Elle laissa donc faire, tentant d'ignorer la chaleur que sa proximité faisait naître en elle.

Sans surprise, Meredith et Paolo grimpèrent sur l'estrade et prirent les sièges installés du côté gauche. Cecelia, une serveuse, et le jeune homme au visage poupin montèrent à leur tour sur l'estrade pour prendre place à droite.

L'animateur, qui se nommait Mark, tendit tableaux effaçables et marqueurs aux concurrents et demanda aux jeunes femmes de répondre à la première question concernant leur nouvel époux.

— Caleçon ou slip ?

Les jeunes femmes griffonnèrent sur leurs tableaux et, quand Mark leur demanda de révéler leur réponse, Cara ouvrit de grands yeux en découvrant que sa sœur avait marqué :

« Rien ».

Les fossettes de Paolo se creusèrent quand il leva son tableau. Il y avait écrit :

« Nada ».

Il y eut des rires et des applaudissements. Cecelia et son mari d'emprunt, entre qui ne semblait pas régner une très bonne entente, avaient donné des réponses contraires, si bien que Meredith et Paolo gagnèrent un point.

— Je suis surprise que tu aies accordé cette pause, chuchota

Cara à l'oreille de Keith, se rapprochant pour se faire entendre au milieu du bruit, mais surtout pour respirer son odeur masculine.

— On ne peut pas travailler vingt-quatre heures sur vingt-quatre, répondit-il. Nous nous y remettrons demain, à supposer que la tempête nous laisse en paix.

— C'est très humain de ta part, se contenta-t-elle de dire, étonnée malgré tout de sa compréhension.

Sa sœur et le garçon de piscine, qui continuaient à collectionner les points, gagnèrent haut la main. Ils se congratulèrent chaleureusement avant de quitter la scène.

Pour une raison obscure, Cara leur cria alors :

— Je parie que vous êtes incapables de battre un vrai couple !

Meredith la toisa par-dessus son épaule.

— Et moi, je parie qu'il n'y en a pas un seul dans l'assistance ! Par conséquent, nous sommes champions, mes amis !

Et elle leva deux doigts en l'air en signe de victoire.

C'en fut trop pour Cara.

— Viens, dit-elle à Keith.

Et, sans même le regarder, elle se leva et le traîna sur la scène.

— Prépare-toi à une douloureuse défaite, annonça-t-elle à Meredith.

— Tu crois ça, riposta sa sœur avec un large sourire. Assieds-toi, Paolo. Nous allons leur renfoncer les sarcasmes dans la gorge !

Des encouragements jaillirent de la foule tandis que Mark pêchait une deuxième série de questions.

Cara risqua un coup d'œil vers Keith qui l'observait d'un air amusé.

— Qu'y a-t-il ? demanda-t-elle, sur la défensive.

— Je n'aurais jamais cru que tu nous ferais passer pour un couple.

— Mais je ne feins pas. Nous avons été un couple, et nous n'aurons aucun mal à faire ravaler leur victoire à ces champions de pacotille.

— Je suppose que tu m'en voudras beaucoup si nous perdons ?

— Mettons qu'il vaudrait mieux ne pas perdre.

Après avoir imité un roulement de tambour, Mark posa la première question aux femmes.

— Quelle est votre position favorite ?

Cara grimaça. Bon, elle l'avait bien cherché. En secouant la tête, elle écrivit :

« Position du missionnaire ».

Sa mère aurait fait un arrêt cardiaque si elle avait su que sa fille faisait étalage de ses préférences sexuelles devant un auditoire, mais du moins pouvait-elle, en toute sincérité, sauvegarder une certaine dignité.

— Montrez vos réponses ! cria Mark.

Meredith et Cara levèrent leurs tableaux. Comme des rires montaient de l'assistance, Cara se démancha le cou pour lire sur le tableau de sa sœur :

« P-DG ».

Elle eut un sourire en coin. Meredith avait suffisamment d'ambition pour décider du menu du dîner, mais sûrement pas pour devenir P-DG. La pauvre chérie avait décidé de la laisser gagner.

Keith exhiba son tableau qui portait heureusement l'annotation :

« Missionnaire ».

Sur celui de Paolo, on lisait :

« Toutes ».

Sauf qu'elle ne fit pas très attention, occupée qu'elle était à se représenter Keith, nu au-dessus d'elle...

Comme il s'éclaircissait la gorge, elle le regarda, à peu près certaine à en juger par la lueur malicieuse de son regard qu'il connaissait la teneur de son fantasme et approuvait de tout cœur.

Brusquement échauffée, elle s'agita sur sa chaise tout en imaginant ce qui se passerait si elle acceptait d'essayer la suite nuptiale après la fête.

Mais non. Elle ne ferait pas de folies de son corps dans la suite nuptiale. Elle était ici pour travailler, pas pour perdre son temps et son énergie dans une aventure passagère avec un homme qui avait eu l'occasion de flirter avec elle tout à loisir et avait préféré disparaître.

— Question suivante, annonça Mark. Peu de gens le savent, mais votre mari est… Allez-y, mesdames.

Quel genre de question était-ce là ? Elle se creusa en vain la cervelle mais, comme Meredith avait déjà griffonné sa réponse, elle écrivit la seule chose qui lui passait par la tête et leva son tableau.

Elle avait marqué :

« Joggeur ».

Mais Keith avait indiqué :

« Microbrasseur ».

— Qu'est-ce que ça veut dire ? s'écria-t-elle, trop surprise pour faire preuve de discrétion. Tu fabriques de la bière ?

Keith haussa les épaules.

— C'est ma marotte depuis dix ans.

Message reçu. Keith avait fabriqué de la bière pendant qu'ils vivaient en couple. Elle l'ignorait. Ce jeu était stupide. Constatation qui n'éliminait pas son dépit.

Leurs concurrents avaient tous deux inscrit :

« Ceinture noire de judo ».

Vraiment ? Elle considéra Paolo avec un nouveau respect tout en repoussant l'idée dérangeante que sa sœur connaissait mieux son flirt des Antilles qu'elle ne connaissait l'homme qu'elle avait failli épouser.

A la question suivante, elle partit désespérément à la recherche de son verre de vin.

— Mon mari et moi avons des idées complètement opposées sur…, avait indiqué Mark.

Elle supposait que le mot *mariage* ne conviendrait pas étant donné les circonstances. Elle termina lentement son cabernet sans pour autant réussir à stimuler son cerveau. C'était injuste. Ces questions étaient bien plus difficiles que celles du premier tour.

Plus difficiles surtout parce que Keith et elle étaient devenus des étrangers. Peut-être l'avaient-ils toujours été. Après tout, elle n'avait appris sa phobie de l'engagement que récemment. Alors qu'il aurait été plus judicieux de l'apprendre avant d'organiser leur mariage.

Et quand aurait-il été plus judicieux de découvrir qu'il ne l'aimait pas ? Sauf qu'elle aurait pu s'en rendre compte toute seule. Mais elle n'avait même pas compris que ses propres sentiments n'étaient pas aussi forts qu'elle le croyait. Elle aurait juré être amoureuse de lui, mais ne connaissait pas son passe-temps.

En désespoir de cause, elle inscrivit :

« La religion ».

Keith était catholique et, enfant, elle avait fréquenté l'église méthodiste.

Le tableau de Keith disait :

« La tenue des comptes ».

Elle leva les bras au ciel.

— Quand je reçois mon relevé de banque, j'entre mes transactions dans mon livre de comptes. Et c'est fait.

C'était du moins ainsi qu'elle procédait à l'époque où son père approvisionnait son compte. A présent, elle faisait attention à chaque centime, mais Keith n'avait pas à le savoir.

— C'est ainsi que tu gères ton affaire ?

— Je t'en prie ! riposta-t-elle. Je paie un comptable pour s'en occuper.

Avec une expression indéchiffrable, il tapota le tableau.

— Comme je disais, complètement opposés.

Opposés également sur tous les autres points importants comme l'amour, le mariage, les enfants, sauf qu'elle commençait à se rendre compte qu'elle n'était pas non plus très claire sur ces sujets. Raison pour laquelle, peut-être, elle n'arrivait pas à dépasser le stade de la cérémonie pour devenir une véritable épouse…

— Nous, simples mortels, sommes incapables de calculer mentalement le prix du contenu de notre caddie, dit-elle, englobant de la main la foule ravie. Enfin, nous le pourrions si nous étions comme toi à un sou près, Mitchell.

— Je suis flatté, riposta-t-il en souriant, d'une, que tu te rappelles, détail trivial, qu'il nous est arrivé de faire des courses ensemble, et de deux, que tu m'accordes un statut divin.

Lord Voldemort avait parlé. Elle éclata d'un rire amer, sans trop savoir ce qu'elle trouvait drôle.

— Dernière question, annonça le maître de cérémonie. Lequel a dit le premier à l'autre qu'il l'aimait ?

Le tableau de Cara tomba bruyamment à terre. Elle ne pouvait pas repasser par ce genre de tortures.

Avec un sourire d'excuse pour son personnel, Keith s'élança derrière Cara qui avait pris la fuite. Restait juste à espérer qu'elle ne lui démettrait pas la rotule quand il la rattraperait.

Seulement, il ne pouvait la laisser, alors qu'il l'avait sentie proche des larmes.

Il devinait qu'il ne s'agissait pas d'une simple vexation parce qu'ils avaient perdu, mais de quelque chose de plus profond. Et il éprouvait un inexplicable besoin de savoir de quoi il retournait.

Cara courait sous l'averse tropicale avec une aisance surprenante pour quelqu'un qui portait des hauts talons. Il la poursuivit jusqu'au seuil de sa chambre et arriva à temps pour poser une main sur la porte avant qu'elle la lui claque au nez. A vrai dire, elle ne s'était sans doute pas aperçue qu'il l'avait suivie.

— Cara !

Elle se retourna brusquement.

— Qu'est-ce que tu veux ?

La vue d'une Cara trempée de la tête aux pieds lui donna un coup au cœur. Sa petite robe rose lui collait à la peau et ses seins, libres de tout soutien-gorge, pointaient hardiment sous le tissu. Vision plus érotique que si elle avait été debout devant lui en tenue d'Eve. Ses cheveux pendaient en mèches dégoulinantes autour de son visage, et eux aussi semblaient avoir été confiés à une équipe de visagistes pour rendre l'effet le plus excitant possible.

— Ça va ? demanda-t-il.

Elle s'essuya les yeux d'un revers de la main.

— Il semble évident que non. Je suis partie parce que j'avais besoin d'être seule. Laisse-moi.

Bras croisés, il s'appuya au chambranle de la porte.

Il ne partirait pas alors qu'elle paraissait si bouleversée. Et si sexy.

— Dès que tu m'auras expliqué ce qui se passe, je te laisserai. Je ne croyais pas que tu avais un tel esprit de compétition. Ce n'était qu'un jeu.

— Bien sûr, c'est le problème, n'est-ce pas ? riposta-t-elle d'une voix tremblante. Tu me connais bien, n'est-ce pas ?

— Pas autant que je le désirerais. De là, l'invitation à me rejoindre dans la suite nuptiale.

Elle le fusilla du regard.

— Tu me connais déjà sous cet angle, Mitchell !

— Vraiment ?

Il se glissa à l'intérieur, referma la porte et s'y adossa.

— Tu n'as pas appris de nouveaux trucs en deux ans ? Tu t'es mise à courir ; tu es peut-être passée au yoga tantrique.

Une flamme s'alluma dans le regard de Cara, séchant ses larmes, ce qui était le but recherché. Son inexplicable émotion le mettait mal à l'aise. De la sueur coulait le long de son cou.

— Non. Et pour info, ces deux dernières années, j'ai été occupée à monter mon affaire, pas à perfectionner mon Kama Sutra. E,t si tu réussis à me séduire et que c'est fantastique, en sauras-tu plus long sur moi en tant que personne ?

— Je saurai que tu es quelqu'un avec qui j'aimerais passer plus de temps, suggéra-t-il.

Il tira sur le col de son T-shirt.

— Enfin, Cara, c'est un four ici ! Comment peux-tu dormir ?

— Merci de noter que le climatiseur ne fonctionne toujours pas. Et ne t'avise pas d'utiliser cet argument pour m'attirer dans ton lit !

— Je n'y songe même pas, prétendit-il.

Elle n'avait pas besoin de savoir que c'était exactement ce qu'il avait eu l'intention de proposer. Mal à l'aise, il fourragea dans ses cheveux humides.

Il ferait mieux de partir. La tension crépitait entre eux. Si elle avait été de nature sexuelle, il aurait pu gérer, mais elle était d'un autre ordre, plus pesante, plus profonde. Et il ne savait qu'en faire, surtout après le baiser fougueux échangé sur la plage. Et après avoir joué au jeu des jeunes mariés et s'être rappelé avec une douloureuse précision Cara nue sous lui.

Il fixa le mur derrière elle, sans calmer les réactions contradictoires qui l'agitaient. Peut-être feraient-ils mieux de revenir au sujet de départ.

— Qu'est-ce qui t'arrive, Cara ? Je n'arrive pas à croire que tu sois partie en courant juste parce que Meredith et son étalon ont gagné à un jeu stupide. Si elle sait que Paolo est ceinture noire, c'est qu'il a utilisé cette info pour la draguer. Toutes les femmes disponibles de l'île savent qu'il est ceinture noire. Maintenant, qu'il le soit ou pas est une autre histoire.

Le mur était d'un beige affreusement triste avec une photographie de coquillage encadrée suspendue en plein milieu. Qui décorait ces chambres ? Un vieillard à moitié aveugle ? S'il avait échappé à son œil de lynx que la décoration avait besoin d'un sacré coup de neuf, c'était qu'il était trop occupé à poursuivre de ses assiduités une femme qui n'avait cessé de le repousser au cours des deux jours écoulés.

— J'ignorais qu'il était ceinture noire, dit-elle en reniflant.

Mais son expression avait perdu de sa dureté.

— Es-tu disponible ? demanda-t-il.

— Non ! Enfin, peut-être. Je ne sais pas.

Elle se laissa tomber sur le lit comme si ses jambes ne la portaient plus et se frotta les joues.

— C'est le problème. Je ne sais plus rien.

Elle paraissait si abattue qu'il se sentit de nouveau mal à l'aise.

Parle-moi, chérie, avait-il envie de lui dire. Mais les mots ne franchissaient pas ses lèvres.

Comme elle ôtait ses chaussures, il se risqua à venir s'asseoir près d'elle. Grave erreur. A présent, il était assez près pour toucher son fantasme, et trop loin de la porte par laquelle il ferait mieux de disparaître.

Cara avait besoin de… quelque chose que Keith Mitchell était probablement la dernière personne au monde à pouvoir lui offrir.

Pour une fois, il se trouvait démuni et ne savait que faire.

6

Poussé par la nécessité d'agir, sans un mot, il lui prit la main et la posa sur ses genoux. Elle referma ses doigts sur les siens, et son estomac se contracta.

— Tu n'as pas besoin de rester pour me regarder m'effondrer, tu sais. Retourne à la fête. Je vais bien.

— J'ai juste envie de rester assis près de toi.

Ce qui, malgré la tension qui régnait, était la pure vérité.

Il essaya de se convaincre qu'il restait par goût du défi. Il sentait toutefois qu'il y avait davantage, et le mystère le clouait sur place.

— Parce que tu t'imagines que tu vas parvenir à tes fins.

Une brusque colère lui coupa le souffle.

— Naturellement ! Je vis pour profiter de la faiblesse des femmes qui pleurent, c'est bien connu ! Franchement, tu ne pourrais pas cesser de supposer que seul le sexe m'intéresse ?

Choquée, elle le dévisagea.

— Je te prie de m'excuser. Je ne... attends. Tu veux dire que ce n'est pas uniquement pour coucher avec moi que tu es là ?

Il gémit intérieurement en sentant se refermer sur lui le piège qu'il avait lui-même tendu. Cinq minutes plus tôt, tout ce qui l'intéressait, c'était le sexe. Ou, du moins, il ne pensait qu'à ça. Quand donc tout avait-il basculé ?

— Examinons ça de plus près, tu veux ? Je rate une fête où l'alcool que je paie coule à flots. Il pleut et je te suis quand même jusqu'à ta chambre. Tu es bouleversée, d'une humeur de chien, et je reste. Il me semble que les faits parlent d'eux-mêmes mais, comme il paraîtrait que non, je dois le dire. Tu comptes pour moi, sinon je ne serais pas là.

Mais enfin, d'où sortait-il un tel discours, qu'il sentait sincère, de surcroît ?

— Oh...

Il vit toute une palette d'émotions passer sur le visage de Cara.

— Je suis désolée de te priver de la fête et d'être de mauvaise humeur. Tu n'y es pour rien. Je remets juste en question mes choix de vie, et il se trouve que tu es dans la ligne de mire.

— Bon à savoir. De toute façon, je ne suis pas là pour t'empêcher de réfléchir. Si tu veux, je t'écouterai.

Elle s'allongea sur le lit, regarda le plafond comme s'il détenait le secret de l'univers et poussa un soupir.

— Comment se peut-il que nous ayons été sur le point de nous marier sans réellement nous connaître ?

— Eh bien...

Tu étais enceinte ne semblait pas la bonne réponse.

— Il me semble que la vraie question est : pourquoi cela t'importe-t-il autant ? Nous ne nous sommes pas mariés, que je sache.

— Mais je l'aurais fait ! Je ne crois même pas que j'étais amoureuse de toi. Je m'en étais convaincue, mais je n'en suis pas sûre. Comment est-il possible que je ne sache pas ?

Elle crispa les poings sans que ça ne semble la soulager de sa frustration.

— Et d'où me viennent ces doutes ? D'un jeu censé être drôle. Vraiment pas l'occasion idéale pour réfléchir à des choix vieux de deux ans !

Il ne put s'empêcher de tendre la main pour repousser une mèche humide collée sur son front. Un bon prétexte pour la toucher, et peut-être lui communiquer ce qu'il ne pouvait dire avec de simples mots.

— Bon, d'accord, ils me viennent du jeu, reprit-elle. Mais aussi de la conversation que nous avons eue dans l'ascenseur. Et du baiser.

Elle se mordit la lèvre.

— Laisse tomber le baiser.

Sa main s'immobilisa.

— Pas question. Quoi à propos du baiser ?

Elle hésita si longtemps qu'il douta qu'elle finisse par répondre. Mais, finalement, elle se tourna vers lui.

— C'était juste… différent. Nous nous sommes très souvent embrassés avant. Comment cela peut-il être différent ?

— Différent en mieux ou en moins bien ?

— Tu vas à la pêche aux compliments ?

Comme il levait les yeux au ciel, elle haussa les épaules et sourit.

— Ce n'était pas pire. Mais ce n'était pas comme d'habitude.

C'était peut-être la meilleure nouvelle de la journée. Mais sa satisfaction se métamorphosa inexplicablement en anxiété.

— Peut-être parce qu'il était spontané, dit-il. Sans les pressions.

— Peut-être.

Il céda à son envie de lui caresser la tempe, pesant ce qu'il avait envie de lui dire et ce qu'elle avait envie d'entendre. C'était un moment important, et il ne voulait pas tout gâcher.

— Une chose est sûre, nous n'en sommes plus au même stade de nos vies. Tu es à la tête d'une entreprise. J'effectue les plus grosses missions de consultant de ma carrière, ce qui entraîne des responsabilités considérables. Nous ne pouvons donc, ni l'un ni l'autre, nous permettre le luxe d'une relation permanente, et notre baiser relevait totalement du moment.

Non, c'était bien plus. Il fallait rectifier tout de suite. Ce baiser relevait d'un ardent besoin de retrouver l'autre, de découvrir qui il était devenu.

Je t'en prie, Cara, dis-moi qu'il ne signifie rien.

— C'est bien le problème, dit-elle avec une moue. Je veux une relation stable. Enfin, je le voudrais pour plus tard.

— Et, pour maintenant, que veux-tu ?

Il la comprenait si mal. Une vraie catastrophe.

— Toute ma vie, j'ai voulu faire un grand mariage et connaître le bonheur d'être simplement Mme X. Et puis, tu es parti.

Les yeux de Cara le transpercèrent.

— Alors, reprit-elle, je me suis dit qu'il était inutile de me lamenter sur ce qui n'était visiblement pas fait pour moi et qu'il valait mieux me concentrer sur Cara Chandler-Harris Designs. Et, quand j'ai relevé la tête, j'avais une affaire de robes de mariée au lieu d'un mari. Et c'est probablement ce qui devait arriver. Ces derniers jours, je me suis aperçue que j'ignorais tout de l'amour.

Ses yeux s'emplirent de larmes, spectacle d'une tristesse insoutenable. Il prit son visage dans ses mains pour l'obliger à le regarder.

— Qui sait ce qu'est l'amour ? Tu crois que Meredith et Paolo sont amoureux et que c'est pour cette raison qu'elle connaît les réponses à quelques questions stupides ? L'amour n'est pas aussi miraculeux qu'on le dit.

L'amour n'existait probablement pas. En tout cas, il n'en avait jamais fait l'expérience. Mais tant de gens y croyaient qu'on ne pouvait être sûr de rien.

Elle grimaça.

— C'est tellement compliqué. Je croyais essayer de t'oublier et, au lieu de ça, je reçois un sévère avertissement : il semble que je n'aie aucune idée de ce que devrait être une relation. Et, maintenant, que suis-je censée faire ?

— A mon avis, tu as besoin d'une aventure torride sur une île tropicale avec quelqu'un qui saura te traiter comme tu le mérites, répondit-il d'un air entendu. Pas de pression, pas de cloches de mariage résonnant dans le lointain ; juste deux adultes consentants prenant du bon temps ensemble.

— Ce serait formidable, sauf que Paolo semble assez attaché à ma sœur.

— Aïe ! s'exclama-t-il, espérant ne pas paraître pathétique.

Elle le regarda.

— Je prends note de tes conseils, d'accord ? Et je te remercie de me tenir compagnie, mais je suis fatiguée.

Elle le congédiait bel et bien.

Il sortit, maudissant le destin qui avait jugé bon de l'échouer sur une île en compagnie d'une femme qu'il désirait comme un fou et ne pouvait avoir.

Il ne savait trop comment il avait réussi à soutenir cette

conversation émotionnellement chargée sans avoir de crise cardiaque. Tout cela pour aider Cara. Quel dévouement, tout de même !

Il courut sous la pluie jusqu'à l'autre bâtiment et gagna sa chambre au lieu de rejoindre les autres.

Il avait envie d'être seul.

Quand Cara ouvrit les yeux, elle eut la surprise de constater que le réveil indiquait 7 heures du matin. Dans le lit voisin, une bosse marquait la présence de Meredith, qu'elle n'avait pas entendue rentrer. Soit sa sœur avait appris à regagner son lit sans faire de bruit, soit elle était plus fatiguée qu'elle ne pensait. Elle avait dormi d'une traite.

Après le baiser, la présence compréhensive et solide de Keith étendu sur son lit, elle s'était attendue à une nuit d'insomnie.

Eh bien, pas du tout.

Elle se leva et gagna la fenêtre. La pluie n'avait pas cessé de tomber. Elle remua sa cheville blessée et se rendit compte qu'elle n'était pratiquement plus douloureuse. La perspective de courir sous la pluie lui parut plaisante. Du moins ses chances de tomber sur Keith seraient-elles réduites.

Elle était encore déprimée de son constat d'échec de la veille et ne disposait pas de boule de cristal pour l'aider à voir clair dans ses véritables objectifs. La présence de Keith sèmerait un peu plus de confusion dans son esprit.

Ils se croisèrent à quelques mètres de sa porte.

— Tu cours avec moi ? demanda-t-il d'un ton très naturel, comme s'il n'existait aucun problème entre eux.

Mais en existait-il vraiment ? Comme il l'avait fait remarquer, ni l'heure ni le lieu n'étaient propices à une relation.

L'invitation à se glisser sous les draps avec lui avait été claire, mais il n'avait pas exercé de pression sur elle. Tout bien considéré, la veille, il s'était comporté en gentleman. Il méritait une trêve dans les hostilités.

— D'accord.

Ils coururent en silence sous la pluie. Le sable humide se révélant plus traître qu'elle l'avait supposé, elle se concentra sur les éléments au lieu de se flageller au sujet des erreurs du passé ou de celles qui la guettaient dans un nébuleux futur.

Une excellente thérapie, au demeurant.

Après avoir couru trois kilomètres dans un sens, trois dans l'autre, ils ralentirent près du kiosque où ils s'étaient promis amour et respect lors du mariage fictif.

— Quels sont tes projets pour aujourd'hui ? s'enquit-elle, soudain réticente à mettre fin à ce qui, malgré la pluie, avait été une agréable façon de commencer la journée.

Et puis, pour être honnête, elle n'arrivait pas à se sortir de la tête la conversation de la veille. Si Keith n'était pas uniquement intéressé par le sexe, alors, par quoi d'autre ?

— Je dois inspecter les chambres de l'hôtel. Si l'on en croit la tienne, nous ne sommes pas prêts à accueillir le public, et la majorité des clients est attendue demain, pour le début du salon.

— C'est une tâche énorme.

Le site de l'hôtel comptait plus de cinq cents chambres et, dans son immeuble, il n'y avait toujours pas d'ascenseur en état de marche.

Il sourit.

— Toutes mes tâches sont énormes. Repousser la tempête tropicale Mark en sera une insurmontable.

Elle essayait de se persuader que la pluie était normale à cette époque de l'année et qu'il n'y avait pas de quoi s'inquiéter, mais quelque chose dans le ton de Keith retint son attention.

— Elle va nous frapper ?

Keith essuya la pluie qui ruisselait sur son visage.

— C'est inévitable.

— Comment ? s'écria-t-elle, incrédule, nous pouvons affronter une tempête ici, sur cette île ? Sommes-nous en danger ?

Des images d'ouragan, vues à la télé, défilèrent dans sa tête, avec les dégâts dus aux vents et aux inondations.

Pourquoi n'avoir pas évacué l'île quand il en était encore temps ?

— Moins que dans les huttes branlantes des habitants de l'île.

D'après les prévisions, la côte Est serait la plus exposée. Peut-être qu'ici, à l'ouest, nous subirons tout au plus une coupure de courant.

Il haussa les épaules.

— Le spectacle doit continuer.

Il semblait si confiant qu'elle fit taire ses craintes.

— Laisse-moi t'aider à faire le tour des chambres, proposa-t-elle impulsivement.

— N'as-tu pas de travail ?

— Si. Mais je suis la patronne !

C'était la première fois qu'elle pensait à elle dans ces termes.

— C'est-à-dire que je peux demander à mes employés de faire le travail pendant que je fais... autre chose.

— Dans ce cas, j'accepte volontiers ton aide. Retrouvons-nous dans le hall d'ici trois quarts d'heure.

Mécontente d'être réduite au rôle d'« esclave » pendant que Cara allait s'amuser avec Keith, Meredith but son café avec une moue boudeuse. Le temps que Cara soit prête à repartir, sa sœur avait toutefois sorti son matériel de couture.

Elle courut sous la pluie tout en faisant taire la petite voix qui lui demandait à quoi elle pensait en laissant derrière elle ses responsabilités. Et pour quoi faire ? Pour aider Keith dans *son* travail ?

Il sourit en la voyant approcher. Les tongs empruntées à sa sœur produisaient un drôle de couinement sur le sol de marbre, mais il ne baissa pas les yeux. Toute son attention se concentrait sur son visage, et il lui souriait de ce sourire assassin qui la bouleversait.

Elle soupira. Autant admettre que sa proposition de l'aider cachait le désir d'apprendre à connaître le Keith Mitchell rencontré la veille. Qui il avait été. Qui il était maintenant. Ce qu'il attendait de l'avenir.

Rien de répréhensible à ça.

Elle avait failli l'épouser, mais ne comprenait pas ses motivations les plus élémentaires. Il était temps que ça change.

Il lui tendit une tablette électronique.

Elle examina l'écran qui répertoriait une cinquantaine de points.

— Chaque chambre doit obtenir au moins quarante-huit

points positifs, mais aucun des problèmes ne doit relever des dix premiers, expliqua Keith. Quand tu inspectes une chambre, entre son numéro en haut, puis utilise le stylet pour cocher les cases.

— C'est... très élaboré.

— Le groupe Regent m'a engagé pour remettre sur pied cet hôtel. Les chambres étaient les moins bien notées des enquêtes de satisfaction réalisées au cours des cinq dernières années auprès des clients.

— Si tu veux finir aujourd'hui, il faudrait mettre au moins dix personnes sur le coup.

— Sans doute. Mais je mets la barre si haut que je ne fais confiance à personne pour effectuer ce test.

Et pourtant il lui faisait confiance... Elle lui en fut pathétiquement reconnaissante.

— Par où devons-nous commencer ?

Du geste, il désigna le bâtiment où ils se trouvaient.

— Nous allons monter tout en haut et descendrons, toi d'un côté du hall, moi de l'autre.

— Je croyais que nous allions travailler ensemble, dit-elle, déçue.

Il posa sur elle un regard appuyé.

— Tu as conscience que nous allons inspecter des chambres d'hôtel ? Des chambres *vides.* Avec des lits ? Vu ?

Une soudaine chaleur l'envahit tout entière.

— Bien sûr que j'en ai conscience ! Ne crains rien, chéri. Je te promets de ne pas porter les mains sur toi.

Aurait-elle oublié qu'on ne provoquait pas Keith Mitchell ?

Son rire résonna délicieusement en elle.

— Nous serons beaucoup plus efficaces dans des chambres séparées. Crois-moi.

Au bout de une ou deux heures de ce travail, Cara avait l'impression qu'elle pourrait l'accomplir en dormant. Tableau au mur. Vu. Rideau de douche présent. Vu. Climatiseur en état de marche. Vu.

Ce dernier point l'agaçait. Toutes les chambres visitées jusqu'à présent possédaient un climatiseur en état de marche. A la vingtième chambre, elle sentit qu'elle avait un compte à régler avec un certain Mitchell. De plus, se livrer à ce pensum toute seule était ennuyeux.

— C'est quoi le problème, Mitchell ? demanda-t-elle en passant la tête par l'entrebâillement de la porte de la chambre dans laquelle elle l'avait vu disparaître.

Sa tablette à la main, il émergea de la salle de bains. Et elle le trouva si séduisant qu'elle n'arrivait pas à en détacher son regard. Il s'était débarrassé de sa veste et les manches retroussées de sa chemise découvraient des avant-bras musclés qui donnaient un avant-goût du reste de son corps.

— Quel problème ?

— Toutes les chambres ont l'air conditionné. Pourquoi est-ce que j'occupe la seule dont le climatiseur est en panne ?

— Si je me souviens bien, tu m'as prié de ne pas me servir de ce prétexte pour t'inviter dans mon lit. Je m'en suis abstenu.

— Donne-moi une de ces chambres, dit-elle, appuyée au chambranle de la porte et bien décidée à se montrer aussi obstinée que lui. Celle-ci a l'air bien.

— Ces chambres sont réservées aux invités du salon. Je ne peux pas les mettre dans un immeuble dont l'ascenseur est en panne.

Elle se rembrunit.

— Mais, pour moi, c'est assez bon ?

Le sourire de Keith déclencha un vol de papillons dans son ventre.

— Tu n'écriras pas d'articles injurieux sur une panne d'ascenseur ou de climatiseur dans un magazine consacré à la mode nuptiale, n'est-ce pas ? Il faut absolument que nos invités soient impressionnés. But que tu atteindras, pour ta part, avec tes superbes robes. Et moi, en m'assurant que toutes les chambres sont parfaitement équipées pour l'arrivée des huiles, demain.

Sans s'en rendre compte, elle avait franchi le seuil et se trouvait maintenant près de Keith, au beau milieu de la pièce.

— Ta chambre est dans cet immeuble, fit-elle remarquer.

— Parfaitement.

Le message que lui envoya son regard était clair : il voulait bien partager sa chambre avec elle, mais aucune autre n'était disponible.

Elle enfonça un doigt dans son torse.

— Si tu arrêtais d'être odieux.

Incroyable comme il était grand quand elle ne portait pas ses chaussures à talons. Et sa poitrine, sous son doigt, dure de muscles dont elle se souvenait très bien. Il lui fallut beaucoup de volonté pour laisser son doigt en place au lieu d'en suivre les contours.

Mais pourquoi se censurer ? Il ne l'en aurait pas empêchée. Il l'aurait même sûrement encouragée.

Il baissa les yeux sur son doigt.

— Tu avais promis de ne pas porter les mains sur moi. Faut-il que la tentation soit grande pour que tu brises ton serment.

Au moment où elle retirait vivement sa main, il l'attrapa et la maintint posée à plat sur des pectoraux durs. Elle sentit les battements du cœur de Keith s'accélérer sous sa paume quand elle regarda ses lèvres. Ce fut un vrai délice quand il l'embrassa.

— C'était juste une ligne directrice. Ce que tu peux être rationnel...

Elle ferait mieux de retourner à la chambre qu'elle inspectait. Elle n'avait pas terminé et...

— Tu veux vraiment que je renonce à toute raison ? demanda-t-il doucement. La logique a du bon. Par exemple, nous nous trouvons dans une chambre d'hôtel qui sera occupée par un jeune couple. Ce serait vraiment dommage que le lit n'ait pas accueilli auparavant quelques torrides ébats. Logiquement, je devrais m'assurer que cet hôtel obtienne d'excellentes notes dans tous les domaines.

— C'est un raisonnement, euh... très rationnel.

Apparemment, son cerveau avait cessé de fonctionner, car elle ne désirait être nulle part ailleurs que dans cette chambre tout en pensant que ce n'était pas une bonne idée d'y rester.

Il se pencha et murmura à son oreille :

— Heureux que tu sois d'accord.

Le nez de Keith frôla son oreille, et elle pencha la tête. Les lèvres de Keith effleurèrent son cou. Elle se cambra, tant le contact lui procura du plaisir.

Il appuya ses lèvres expertes sur sa peau et la lécha à petits coups de langue. Des frémissements de volupté lui arrachèrent un cri.

Il prit son visage dans ses mains et attira ses lèvres à lui. Son baiser étouffa ses gémissements de plaisir, et ses bras emprisonnant sa taille l'étreignirent avec force.

Elle sentit son corps s'embraser. C'était exactement le genre d'intermèdes qu'elle avait eu en tête en se proposant pour cette tâche herculéenne. Elle n'arrivait pas à oublier que, la veille, il avait reconnu tenir à elle autrement que pour ses performances sexuelles. Et cet aveu avait peut-être changé le cours de leur existence.

Elle voulait explorer cette possibilité, découvrir enfin l'endroit où elle se sentirait à sa place, endroit qu'elle avait cru trouver avec lui, deux ans plus tôt. Elle voulait savoir ce qui pourrait être possible, à présent, après ce premier échec. Ces derniers jours, elle avait eu l'impression d'en apprendre davantage sur Keith qu'au cours des six mois qu'ils avaient passés ensemble. Mais elle voulait encore plus.

Elle voulait savoir à quoi l'amour ressemblait. A quoi il ressemblerait dans *leur* relation. Le vrai amour, pas la pâle copie qui avait été leur.

Leur baiser se faisait d'instant en instant plus passionné. Keith l'écrasait contre son corps robuste, entre ses mains puissantes. Elle le respirait, s'imbibait de lui. Puis il glissa un genou entre ses jambes, faisant naître un brûlant désir.

La sonnerie du téléphone de Keith la fit sursauter et mit fin à cet instant d'intimité. Comment avait-elle pu perdre la tête aussi vite ?

Se reculant, elle le dévisagea.

— Tu avais tout manigancé ?

Il secoua la tête.

— Non.

Sa consternation la fit sourire.

— Nous pouvons reprendre plus tard où nous en étions, suggéra-t-elle.

Proposition accueillie par un sourire carnassier.

— Je pensais que nous pourrions en profiter maintenant *et* plus tard.

Elle grimaça.

— Bien que ce soit logique de vérifier *toutes* les fonctionnalités de la chambre, nous avons pas mal de travail aujourd'hui. De plus, si nous voulons être vraiment consciencieux, il faut tester les lits de toutes les chambres.

— C'est drôle, je pensais la même chose.

Il regarda son téléphone, jura.

— Que se passe-t-il encore ? marmonna-t-il.

7

Maintenant que Cara avait mis le holà à ce qui se serait sûrement terminé nus sur le lit, Keith avait le plus grand mal à faire comprendre à son corps que la récréation était terminée.

Il relut le message en essayant de se concentrer et poussa un grognement de dépit.

— Il semble que nous inspections inutilement les chambres, expliqua-t-il. Providenciales Airport est fermé à cause de la tempête.

— Qu'est-ce que ça veut dire ? Le salon est annulé ? demanda-t-elle d'un ton inquiet.

Il préférait son expression précédente, pleine de sensualité.

Avec un soupir agacé, il tapa un rapide message pour Elena.

— Pas question. Enfin, peut-être… je ne sais pas. On peut supposer que l'aéroport rouvrira dans quelques heures et, dans cette éventualité, nous devons nous en tenir à notre planning.

Des membres supplémentaires du personnel devaient arriver aujourd'hui, et tous avaient un rôle prépondérant dans la mise en place du salon.

L'interruption lui rappela qu'il n'était pas en vacances avec Cara, libre de la séduire, de lui faire l'amour sur la plage, ou de prendre une douche avec elle. La seule eau qu'ils partageraient dans un futur proche serait celle qui tombait du ciel.

Il trouva déroutant de s'apercevoir que la quantité énorme de tâches qu'il avait à faire et qui se dressait entre lui et son désir le rebutait. Transformer cet hôtel en destination nuptiale de luxe était son métier, et les zéros que Regent alignait sur sa feuille de paie le dédommageaient grassement de ses efforts. Mais, pour la première fois de sa vie professionnelle, son désir et son métier s'opposaient.

Considérablement frustré, il expédia un texto à Alice lui demandant d'organiser une réunion avec les membres de l'équipe. Avec la fermeture de l'aéroport et la tempête imminente, on s'attendait à ce qu'il prenne ses responsabilités de chef, et il ne pouvait décevoir les attentes des employés.

Cara ramassa sa tablette abandonnée sur la commode.

— Si je comprends bien, pas question de reprendre plus tard où nous avons été interrompus ?

Il n'allait pas avoir beaucoup de temps à consacrer à Cara. Et elle méritait mieux qu'un quart d'heure derrière une porte. *Il* méritait mieux.

— Si j'arrive à régler les principaux problèmes, je t'enverrai un message, peut-être aux alentours de 9 heures. Tu viendras boire un verre dans ma chambre. Ne sois pas en retard.

— Sinon ?

— Sinon je viens te chercher, et tu perdras un article vestimentaire par minute qu'il m'aura fallu pour te trouver.

Elle eut un rire de gorge.

— Essaies-tu de me convaincre d'être à l'heure, ou bien, au contraire, d'être en retard ?

— Va, dit-il en la poussant doucement vers la porte. Termine les chambres de ton côté et laisse-moi faire mon travail sans venir me rebattre les oreilles avec tes problèmes d'air conditionné.

Ils se séparèrent, et il continua son inspection jusqu'à ce qu'Alice le prévienne qu'on l'attendait dans la salle de réunion du bâtiment principal. Il courut sous la pluie et passa l'après-midi en conversations ennuyeuses sur des sujets aussi passionnants que plans d'urgence, déclarations de sinistre et préparation à la menace d'inondation.

Il dut faire appel à toutes les ressources de sa volonté pour rester concentré d'autant qu'il aurait préféré noyer ses soucis auprès de Cara. Et, durant tout ce temps, il suivait sur son écran les progrès de la tempête.

La bonne nouvelle : elle ne s'était pas métamorphosée en cyclone.

La mauvaise : l'aéroport était toujours fermé.

Quand ils déclarèrent la réunion terminée, il était près de 10 heures. Le vent hurlait au-dehors, projetant des objets contre les murs du bâtiment. La tempête, qui avait ralenti en atteignant les terres, battait le pays depuis des heures.

Elena se prit la tête dans les mains en gémissant.

— Dites-moi que ce n'est pas vrai, murmura-t-elle. C'est fou. Chaque fois que je regarde le programme du salon, je m'imagine qu'une solution miracle va se présenter et que tout va bien se passer.

— Il n'y aura pas de miracle, juste des heures et des heures de travail sans récompense.

Habituellement, il gardait pour lui ce genre de commentaires, mais il était à bout de diplomatie et de patience.

Elena se rembrunit.

— C'est impossible !

— Vous avez raison, nous verrons le résultat de nos efforts. Un jour.

Il avait juste un peu de mal à voir clair dans la brume qui enveloppait ses problèmes professionnels et personnels.

— Je ne sais pas ce que j'ai, ajouta-t-il.

— Vous travaillez entre douze et seize heures par jour depuis des semaines, voilà ce que vous avez. Faites donc une pause. La tempête fera les dégâts qu'elle doit faire, et personne n'y changera rien. Nous ferons une réunion demain matin, à supposer que l'hôtel soit toujours debout.

Il eut un sourire las mais sincère. S'il avait choisi Elena Moore, c'était pour son pragmatisme. Il l'appréciait d'autant plus en cet instant où il mourait d'envie d'envoyer un texto à Cara afin de s'assurer qu'elle était toujours d'accord pour venir boire un verre dans sa chambre.

— Excellente idée, dit-il en s'emparant de son téléphone.

Si Cara ne dormait pas encore, il aurait peut-être une chance de soulager un peu de sa frustration. Tel un adolescent, il garda son téléphone à la main, écran dirigé vers lui pour intercepter la réponse de Cara dès qu'elle arriverait.

Silence total.

Elle faisait peut-être la tête parce qu'il était 9 heures largement passées et qu'il insistait tellement sur la ponctualité.

Il se hâta de gagner l'immeuble où se trouvait sa chambre, sans parapluie, luttant contre des rafales de vent qui menaçaient de le jeter à terre. Enfin, il finit par saisir la poignée de la porte et par se mettre à l'abri, trempé de la tête aux pieds. Cara aussi serait trempée le temps qu'elle arrive, s'il réussissait à l'amadouer.

En sortant de l'ascenseur, il lui envoya un nouveau texto.

La porte de sa chambre passée, soudain très las, il s'effondra sur la causeuse. Il était trop fatigué pour prétendre qu'il n'attendait de Cara que des plaisirs physiques alors que, en vérité, il aurait été ravi de profiter simplement de sa compagnie. Ce soir, il avait besoin de Cara, mais pas uniquement pour coucher avec elle. N'était-ce pas étrange ?

A 10 h 45, le coup à la porte tant attendu n'était pas arrivé. Elle ne viendrait pas. Restait à décider s'il lui restait assez d'énergie pour la pourchasser jusque chez elle.

Cara vira sur ses talons pour repartir dans la direction opposée, son téléphone serré avec tant de force dans sa main que c'était miracle que l'écran ne se brise pas.

La chambre était malheureusement trop petite pour qu'elle parvienne à se décharger de sa frustration.

— Cette moquette ne va pas tarder à se mettre à hurler, lança Meredith sans lever le nez de sa tablette, sur laquelle elle regardait *Bridget Jones* pour la millième fois. Qu'est-ce que tu fabriques encore ici ? Ça fait une demi-heure que Keith t'a envoyé un message.

— Je ne peux pas faire ça.

Elle se sentait incapable d'esquisser seulement un pas vers la porte, ou de répondre à son message. Incapable de prendre une décision, sa vie en eût-elle dépendu. Elle se trouvait devant une frontière, et n'imaginait pas ce qui se passerait si elle la franchissait.

Au fil des heures, son indécision, née juste après avoir quitté Keith, avait pris des proportions monstrueuses.

Une part d'elle espérait qu'il serait trop occupé pour la voir, et qu'ainsi elle pourrait éviter la frontière un peu plus longtemps.

Ce qui n'avait pas empêché Meredith de l'obliger à enfiler des sous-vêtements affriolants, puis de lui passer de force les bras dans une robe bain de soleil outrageusement décolletée.

Elle ne s'était pas trop inquiétée. Keith ne se manifesterait sans doute pas.

Et puis, son téléphone avait sonné, la faisant basculer instantanément en mode panique.

— Faire quoi ? riposta Meredith. Laisser un homme très séduisant te faire du bien ? Tu es bonne pour l'asile, ma pauvre fille.

— Pas du tout !

Enfin, si.

En gémissant, elle s'assit par terre.

— Il m'a avoué qu'il tenait à moi tout en disant, pratiquement en même temps, que nous ne pouvions nous offrir le luxe d'une relation pour le moment. Qu'est-ce que ça veut dire ? Est-ce qu'il envisagerait pour plus tard... Ou bien est-ce que c'était juste pour m'attirer dans son lit ?

— Tu poses la question à la mauvaise personne.

— Je ne peux pas la poser à Keith ! C'est lui qui m'a embrouillé les idées.

Avant de venir à Grace Bay, elle était persuadée d'avoir tout compris. Elle avait créé son affaire pour surmonter le chagrin causé par le départ de Keith, et s'était découvert un métier qu'elle aimait et dans lequel elle s'épanouissait.

Mais elle n'avait pas imaginé que ce métier pouvait servir de substitut à une relation. Pas plus qu'elle n'avait imaginé que Keith réapparaîtrait dans sa vie et lui prouverait qu'elle ignorait tout de ce qui était censé se passer après le mariage.

Et encore moins qu'elle désirerait l'apprendre auprès de lui.

Meredith renifla.

— Je ne vois pas ce qui peut t'embrouiller les idées.

— Eh bien, la suite ! Si je couche avec lui et que nous nous apercevons que nos idées sur les relations diffèrent totalement ?

— Voyons, tu prends les choses du mauvais côté.

Sa sœur se débarrassa de sa tablette et, d'un air grave, posa son menton sur sa main comme elle le faisait quand elle s'apprêtait à dispenser un sage conseil.

— Cesse de te comporter en gamine. Tu es une femme. Use de ton pouvoir pour déshabiller Keith, te servir de lui. Et, quand il sera reposé, recommencer. Sois fière d'être une femme et prends ce que tu désires.

Elle eut un sourire désabusé.

— C'est donc ça, le secret ?

— Il n'y a pas de secret ! Tu réfléchis trop. Ne laisse donc pas le passé gâcher ton présent.

— Dis-moi, depuis quand es-tu experte en relations amoureuses ?

C'était injuste, plutôt une allusion au fait que sa sœur se montre extrêmement discrète sur sa vie amoureuse, ou son absence.

Les rapports de Meredith avec les hommes commençaient et se terminaient dans la chambre à coucher, ce qui ne justifiait pas sa méchanceté.

Elle voulut s'excuser, mais sa sœur la coupa.

— Je suis surtout experte dans l'art de les gâcher, dit Meredith, une ombre passant sur son visage. C'est pourquoi je sais ce qu'il ne faut pas faire.

Après tout, Meredith avait peut-être raison. On était à Grace Bay, pas à Houston, rien ne l'empêchait de faire ce qu'elle voulait, ou d'être qui elle voulait. Si Cara Chandler-Harris avait été capable de monter son affaire, elle devait être également capable d'avoir une liaison sur une île tropicale avec son ex.

Meredith désigna la porte.

— Va, et prie pour qu'il ne soit pas mort d'ennui.

Elle prit sa respiration. Elle pouvait le faire. Du moins, elle pouvait frapper à la porte de Keith.

Un pas à la fois.

Keith s'éveilla le cœur battant et se releva de la causeuse où il s'était endormi. Ces petits coups ne pouvaient provenir que d'une seule personne.

Il ouvrit grand la porte.

— Tu es en retard. Autrement dit, tu vas perdre un vêtement pour chaque minute.

Son sang courait plus vite dans ses veines pendant qu'il la détaillait. Elle était mouillée, certes, mais pas assez.

— Il me semble me rappeler que tu devais venir me chercher, dit-elle posément.

Elle posa son parapluie contre un mur.

— Et tu ne l'as pas fait, ajouta-t-elle.

— Maintenant, qui est logique ?

Il lui tendit la main et, quand elle la prit, il l'attira à l'intérieur de la pièce. Lumières tamisées, musique de jazz en sourdine. Si elle l'avait prévenu de son arrivée, il aurait fait davantage d'efforts. Encore fallait-il savoir dans quel état d'esprit elle se trouvait. Un grand retard chez une femme ne laissait généralement rien augurer de bon sur le plan amoureux.

— Belle mise en scène, déclara-t-elle. Le privilège du patron.

Si seulement elle cessait de parler à tort et à travers.

Elle s'assit gracieusement dans un fauteuil de cuir, ignorant la causeuse sur laquelle ils auraient pu se blottir l'un contre l'autre.

C'était peut-être le problème. Mais, si elle n'était pas décidée à reprendre où ils en étaient restés, pourquoi était-elle venue ?

— Je ne croyais pas que tu viendrais.

Il s'en voulut tout de suite de l'avoir dit.

Cara s'éclaircit la gorge.

— Je ne le croyais pas non plus. Mais, maintenant, je suis là.

Quelque chose se dénoua dans sa poitrine. C'était vrai, elle était là. Et cela suffisait.

Pour la première fois dans leur relation, il désirait sincèrement passer du temps avec elle, parler, connaître son avis sur...

Mais enfin, que lui arrivait-il ?

Il lui versa un verre de vin, s'installa en face d'elle et se sentit soudain tout bizarre. Comme s'il s'agissait d'un premier rendez-vous.

Et c'en était peut-être un, avec celle qu'elle était devenue. Un premier rendez-vous pour repartir de zéro après le désastre de leur ancienne histoire. Peut-être était-elle également parvenue à cette conclusion, d'où la distance.

Elle avait gagné le droit d'être courtisée, quel que soit le nombre de fois où ils avaient fait l'amour par le passé.

— Quelque chose m'intrigue, dit-il après avoir bu une gorgée de vin. Qu'attends-tu de ce salon, professionnellement parlant ?

— Une bonne publicité pour mon entreprise, bien sûr, répondit-elle, surprise.

Il sourit, malgré l'étrange tension qui régnait entre eux.

— Je veux dire, quels sont tes objectifs ? Augmentation de tant de pour cent de tes commandes ? Quel est ton coût d'investissement par rapport au profit ? Enfin, ce genre de choses.

— Pourquoi veux-tu le savoir ?

Elle semblait plutôt méfiante.

— Parce que je m'intéresse à toi.

Un peu trop sentimental à son goût. A présent, il avait l'impression de se déplacer dans des sables mouvants.

— Et puis, je voudrais connaître l'ampleur de tes pertes au cas où nous serions obligés d'annuler le salon.

C'était mieux. Rester sur le terrain connu des affaires.

— Tu n'as pas à les couvrir si c'est ce que tu as en tête.

— Non, ce n'était pas mon intention.

Il avala la moitié de son verre de vin dans l'espoir de synchroniser son cerveau et sa langue.

Peut-être ferait-il mieux de se taire et de l'embrasser. Sur ce plan, ils n'avaient jamais eu de problèmes de communication. Mais les vibrations qui circulaient étaient si étranges qu'il hésita. De plus, il s'était défendu de ne s'intéresser qu'au sexe. Alors, autant s'entraîner.

Après avoir repris sa respiration, il se lança de nouveau.

— Les affaires m'intriguent. Circulation des capitaux, marges, déclarations de pertes et profits. Les feuilles de calcul sont ma passion. C'est pourquoi j'aime le rôle de consultant, parce que je peux fouiller dans la vie même de l'entreprise. Quand nous sortions ensemble, nous ne pouvions pas parler affaires. A présent que nous avons des intérêts communs, j'ai envie d'en parler avec toi.

Il la vit se détendre.

— C'est la chose la plus gentille que tu m'aies dite, Keith.

— Euh ... pardon ?

Il la regarda poser son verre sur la table sans cesser de le fixer. Puis elle se leva, contourna la table pour venir poser un baiser sur sa bouche et lui caressa la joue avec une expression de tendresse qui le cloua sur place.

— Tu viens de dire que tu me considérais comme ton égale. C'est le plus beau compliment que tu pouvais me faire Merci !

Elle s'installa sur la causeuse au lieu de reprendre le fauteuil et tapota le coussin près d'elle.

Il changea de place avec plaisir tout en se demandant par quel miracle son amour névrotique de l'entrepreneuriat lui avait permis de faire basculer la situation.

— La vérité, reprit-elle, c'est que je n'ai pas fait de projections sérieuses pour ce salon. J'ai assez d'expérience de marketing pour savoir que la publicité est reine, mais difficile à quantifier. J'aimerais avoir des chiffres solides, mais c'est dur de porter à la fois les casquettes de P-DG, directrice financière, responsable du marketing, tout en créant mes modèles.

— Je te donnerai un coup de main, proposa-t-il spontanément en respirant une bouffée de son parfum exotique. Ce sera drôle, tu verras.

C'était curieux. Ce parfum enivrant ne lui rappelait rien. Sans doute parce qu'il ne l'avait pas remarqué. En tout cas, pas comme maintenant où il avait l'impression qu'il était l'émanation même de Cara.

— Il n'y a que toi pour trouver ça drôle, dit-elle en riant. Mais ta proposition m'intéresse. Je tuerais père et mère pour que tu mettes tes compétences à mon service, mais je paierai plutôt. Dis ton prix.

— C'est une offre gracieuse. J'insiste. Ce sera un remerciement pour ton aide.

Pour sa participation au mariage fictif et à l'inventaire. Et pour son pardon qui comptait tant à ses yeux.

— Eh bien, si j'avais su que ce serait ma récompense, j'aurais fait bien plus ! Mais je ne peux pas accepter ton aide gratuitement. Et, si tu ne veux pas d'argent, qu'est-ce que je peux te donner en échange ?

Instantanément, ses atermoiements s'envolèrent comme par enchantement, et tout redevint normal.

— Je suis sûr que nous trouverons un arrangement, murmura-t-il, enroulant sur un doigt une mèche humide des cheveux de Cara. Mais c'est moi qui te suis redevable. Après tout, c'est toi qui as dû affronter la pluie pour venir.

— Pas de problème. Le jeu en valait la chandelle !

— Vraiment ?

L'idée l'échauffa.

Posant une main sur sa cuisse, elle se pencha, le regardant à travers ses cils baissés.

— Vraiment. Tu as l'air conditionné.

Il rit un peu jaune.

— Entre autres luxes. Laisse-moi t'en faire l'inventaire.

Avant qu'elle puisse répliquer, il lui saisit le menton et l'embrassa. Son doux soupir l'électrisa.

Le stress de cette longue journée s'évapora tandis qu'il s'immergeait en elle. Les douces lèvres de Cara prirent vie sous les siennes, elle glissa ses doigts dans ses cheveux et se blottit contre lui. Il se sentit submergé par un désir intense.

Tant de temps s'était écoulé depuis qu'il avait tenu dans ses bras une femme qui l'intriguait autant que Cara. Leurs corps se connaissaient intimement, mais les nuances de la nouvelle Cara érotisaient l'expérience. Qu'allait-il encore découvrir de nouveau chez elle ?

Elle souleva sa chemise de son pantalon, et ses doigts se promenèrent dans son dos. Il eut la sensation que tout l'air se vidait de ses poumons.

— Attends.

Attends. Je veux t'aimer comme tu le mérites. Comme j'aurais dû t'aimer la première fois.

Quand il se laissa glisser à genoux entre ses jambes, elle se pencha pour l'embrasser. D'une main, il la repoussa doucement en arrière.

— Laisse-moi faire, murmura-t-il.

Il baissa les bretelles de sa robe et de son soutien-gorge, dénudant ses seins.

Superbes. Les pointes saillant sous son regard lui donnaient envie de déclamer de la poésie. Mais il ne connaissait pas un vers capable de rendre la beauté de Cara à demi dénudée.

— Je pourrais te contempler pendant des heures, murmura-t-il.

Mais il avait envie de la toucher. Il caressa sa poitrine avec un tout nouveau respect. Tout en savourant le contact, il l'adorait du regard.

Elle l'observait avec curiosité, comme si elle ne comprenait pas très bien où il voulait en venir, ce qui le déconcerta. Ne l'avait-il pas entourée de ce genre d'attentions par le passé ? Leurs relations physiques étaient satisfaisantes autrefois.

Aucune importance. Elle était venue à lui ce soir et, quelles qu'aient été ses motivations, il allait faire de ces instants un souvenir inoubliable.

Keith Mitchell atteindrait son objectif ou mourrait en essayant.

8

La pluie qui frappait les carreaux se mêlait aux accords de jazz pour créer un tempo sensuel qui semblait se diffuser dans le sang de Cara. A moins que ce ne soit le regard brûlant de Keith, plein de promesses et d'intentions coquines, qui l'échauffait.

Quand elle avait frappé à sa porte, elle s'attendait à passer une bonne soirée avec lui, comprenant un échange physique satisfaisant. Il avait prouvé par le passé qu'il était un amant généreux et plein de fougue. Ils se déshabillaient, faisaient agréablement l'amour, et voilà tout. Pourquoi cela aurait-il été différent aujourd'hui ?

Et pourtant. Tout avait commencé par cette scène de séduction sur la causeuse, pas du tout dans ses habitudes d'autrefois, où il aimait aller droit au but. Ce fut alors qu'elle se dit que cette soirée ne se déroulerait peut-être pas tout à fait comme prévu.

Inopinément, Keith baissa la tête pour prendre entre ses lèvres la pointe d'un sein. Puis sa langue entra en action, léchant, suçant, faisant courir de longs frissons de volupté dans tout son corps. Avec un soupir, elle se cambra pour mieux s'offrir. Ainsi choyé, son mamelon durcissait dans la bouche de Keith. Quand elle sentit ses dents effleurer le bouton sensible, elle poussa une longue plainte.

Il passa à l'autre sein, le pinçant, le triturant, comme s'il avait tout son temps, tandis qu'elle avait l'impression de se liquéfier sous ses divines caresses. Il referma ses mains sur son buste, faisant jaillir ses seins, et continua de les lécher et de les sucer tandis qu'elle se tortillait, la tête en arrière sur les coussins.

Elle poussa de petits cris de volupté tandis que des mots sans suite lui passaient par la tête. Elle songea à lui donner à son tour du plaisir mais, sous l'intensité des sensations, ses bras, comme de plomb, refusaient de lui obéir. Elle ignorait que ses seins étaient aussi sensibles, mais aucun homme n'avait encore pris tant de soin à le lui démontrer.

Si Keith n'avait cessé de lui répéter combien elle avait changé en deux ans, il lui avait paru le même. Jusqu'à ce soir.

Il leva la tête, et elle croisa son regard plein de passion et d'une mystérieuse intention. Se soulevant légèrement, elle ôta sa robe et la jeta par-dessus l'épaule de Keith. Toujours à genoux, il se pencha alors vers le creux de ses cuisses.

Il n'allait tout de même pas... Voyons, il avait toujours respecté son...

Des étincelles jaillirent dans son sexe comme il y posait ses lèvres, le mordillant à travers le string.

Elle voulut se redresser, mais deux mains fermes la repoussèrent sur les coussins tandis qu'il... qu'il glissait sa langue sur... sur son sexe. Il fallait qu'il arrête. Ce n'était pas... elle ne pouvait... Et puis, l'exquise torture s'intensifia encore quand il glissa ses doigts sous la ficelle du string pour empoigner ses fesses afin de la maintenir en place. Sa langue se glissa sous le tissu pour trouver sa peau, et son léger contact la titilla délicieusement.

C'était une expérience incroyable.

Les mains glissées dans ses cheveux, elle s'agrippa à lui tandis qu'il la conduisait vers l'extase. Encore et encore, sa langue se promenait sur son clitoris, puis plongeait dans son sexe pour revenir au point de départ. Des points lumineux brouillaient sa vision, et la jouissance déferla sur elle telle une vague de fond.

Haletante, elle chercha les épaules de Keith pour s'y cramponner. Peu à peu, les battements de son cœur se calmèrent et son cerveau se remit à fonctionner normalement.

Elle pensa alors que, si faire l'amour avec Keith avait toujours été agréable, ce n'était en rien comparable à *ça*.

— Que s'est-il passé ? demanda-t-elle quand elle put parler.

Le sourire satisfait de Keith s'élargit.

— Tu veux que je recommence pour que tu y voies plus clair ? Parce que je serais heureux de t'obliger.

— Tu sais très bien ce que je veux dire ! Ça ne se passait pas ainsi entre nous autrefois.

En haussant les épaules, il lui prit un pied pour détacher la bride de son escarpin.

— A Houston, nous menions des existences agitées, dit-il. Et nous ne vivions pas ensemble. J'avais du mal à prendre mon temps, sachant que des journées de douze ou quatorze heures m'attendaient.

L'escarpin glissa de son pied, et il entreprit de lui masser la voûte plantaire, ce qui était si bon qu'elle poussa un gémissement de plaisir.

— Parce qu'une journée épuisante ne nous attend pas demain ?

— Non. D'où tiens-tu ça ?

Il tourna la tête vers la fenêtre où la pluie battait inlassablement les carreaux.

— Quand j'entends le vent hurler à travers les palmiers, je me dis que j'ai toute la nuit pour faire ce dont j'ai envie.

En entendant ces paroles, il lui sembla que tout son corps fredonnait un air heureux. Elle avait reçu de sa mère une éducation stricte, définissant les limites à ce qu'une femme pouvait se permettre. L'amour physique se pratiquait, certes, mais avec la bonne personne, et elle n'aurait jamais imaginé coucher avec un homme avec qui elle n'envisageait pas de passer sa vie.

Mais, en réalité, elle n'éprouvait pas de réelle aversion pour l'aventure. Simplement, elle n'avait jamais eu l'occasion d'y goûter. Maintenant, comme le lui conseillait Meredith, il était peut-être temps de s'autoriser à prendre son plaisir sans se poser de questions. D'autant que, avec Keith, elle ne risquait rien. Et puis, ce serait d'autant plus facile ensuite de mettre fin à leur liaison.

— C'est plutôt prometteur, dit-elle d'un ton taquin. Dis-m'en plus.

Son sourire plein de sous-entendus la fit frissonner de la tête aux pieds.

— Rappelle-toi la réponse que tu as faite lors du jeu des jeunes mariés à propos de ta position préférée.

— J'ai répondu celle du missionnaire. Qu'y a-t-il de mal à ça ?

— Rien du tout...

Il embrassa son pied, puis couvrit sa cheville de baisers papillons.

— Mais il y en a tant d'autres que nous pourrions essayer...

L'idée prit racine, s'épanouit. Restait un point de détail qu'elle n'arrivait pas à élucider.

— Pourquoi maintenant ?

L'autre escarpin atterrit au sol, et Keith plaça une de ses jambes sur son épaule et replia l'autre sur ses seins, l'ouvrant à son examen attentif. Elle le laissa faire et en tira un plaisir inattendu.

— Tu es une femme d'affaires, maintenant. Une femme indépendante. C'est très excitant.

Etrange. Ainsi, dessiner des robes de mariée lui conférait une plus grande sensualité ?

L'idée la fascinait. Keith n'était pas excité par sa lingerie fine, ni par son rouge à lèvres ou par la couleur de ses cheveux. Non c'était quelque chose d'impalpable qui lui avait ouvert ce nouveau champ de possibilités.

Mais on parlait trop ici, et c'était entièrement de son fait. Cependant, avant qu'elle décide quel serait son prochain mouvement, il frotta sa joue râpeuse contre sa cuisse. C'était à la fois légèrement douloureux et très excitant. Et elle s'étonna de l'intensité de sa réaction à la sollicitation.

Quand ses lèvres atteignirent le tissu de son string, il la regarda à travers ses cils.

— J'ai toujours eu envie de le faire.

— C'est ainsi que ça marche ? demanda-t-elle d'une voix un peu rauque. Nous faisons tout ce que nous voulons ?

— Oui, répondit-il en hochant la tête. Prends en charge ton plaisir, Cara. J'insiste. Sois aux commandes. Je ne m'en plaindrai pas.

Enhardie par ses conseils, elle se souleva sur ses hanches et frotta son string contre sa joue.

— Recommence, dit-elle, mais sans le string.

Sans un mot, il tira sur le sous-vêtement et le lui ôta, puis il se réinstalla entre ses cuisses, mais, contrairement à la première fois, la douceur ne semblait plus à l'ordre du jour.

Il agrippa ses hanches, pour l'attirer au bord de la causeuse, et lui écarta les jambes. Sa langue passa sur son bouton encore sensible et, avec un petit cri, elle s'arc-bouta. Puis il glissa deux doigts en elle et les fit aller.

Ses hanches se balançaient comme de leur propre volonté tandis qu'il l'amenait toujours plus près de l'orgasme. Et, bientôt, celui-ci explosait en ondes qui se répercutèrent dans tout son corps.

Alors qu'elle était encore sous le coup du plaisir, il murmura :

— Tu sais ce qui est vraiment bon ? Que je te pénètre quand tu n'es pas tout à fait redescendue.

Comment ? Ce serait encore meilleur ? Elle s'assit encore tout étourdie et fit voler les boutons de la chemise de Keith en la lui arrachant.

Quand il sortit les bras de ses manches, le mouvement la fit basculer sur ses genoux. Elle en profita pour sceller ses lèvres aux siennes et se perdit dans la splendeur de son baiser.

Que de plaisir lui avaient donné ses belles lèvres… Que de plaisir elles lui donnaient encore…

Elle lui dégrafa son pantalon. Il voulut l'aider à le lui retirer mais, aux prises avec un côté pendant qu'elle tirait de l'autre, il ne lui fut d'aucune utilité. Finalement, elle trouva sa peau nue et en caressa chaque parcelle découverte.

Il renversa la tête en arrière et poussa une sourde plainte. Elle sourit, surprise. C'était enivrant de causer du plaisir à un homme si maître de lui et si viril.

— Maintenant, dit-elle.

Et, joignant le geste à la parole, elle le poussa en arrière et s'installa à califourchon sur lui.

Sans un mot, il leva deux doigts dans lesquels il tenait un préservatif. Bien sûr, il maîtrisait la situation. Elle repoussa l'idée qu'eux, entre tous, ne devaient prendre aucun risque, et attendit qu'il place la protection.

Elle le guida ensuite en elle. Il avait raison, c'était délicieux. Encore toute sensibilisée, moite, humide, elle faillit jouir instantanément sous la friction additionnelle

Rejetant la tête en arrière, elle trouva un rythme qui tirait des grognements d'approbation à Keith. Elle baissa les yeux sur lui, allongé sous elle telle une offrande à une déesse, et la conscience de son pouvoir la frappa.

Il tendit la main pour la toucher, mais elle secoua la tête et mêla ses doigts aux siens pour lui clouer les mains au sol. Bien que sachant qu'il pouvait se libérer à tout instant, elle s'émerveilla de pouvoir contrôler quatre-vingts kilos d'homme en excellente condition physique.

Il ferma les yeux alors qu'elle accélérait le mouvement, et là où leurs corps se joignaient une brûlante boule d'énergie se formait. Des mots sans suite sortirent de ses lèvres tandis que les spasmes de son orgasme irradiaient dans tout son corps.

Epuisée, elle se laissa tomber sur le torse de Keith au moment où son propre plaisir le terrassait. Il referma les bras sur elle et l'étreignit sauvagement avant de se laisser aller.

Ils gisaient enlacés. Elle n'aurait pu bouger le petit doigt, l'hôtel fût-il en feu.

— Incroyable..., murmura Keith.

— Et plus encore...

Tout ça, parce que Keith l'avait encouragée à déplier ses ailes. Et seulement parce qu'il s'agissait d'une simple aventure.

L'idée l'attrista un peu. Pourquoi leur sexualité n'avait-elle pas été plus inventive quand ils étaient ensemble ?

Parce que, de toute évidence, ça ne marchait pas ainsi. Soit c'était tendre et plein de signification, soit c'était une flambée passionnée et passagère. Sauf que, franchement, ce n'était pas si tendre autrefois, quand elle croyait qu'ils s'aimaient.

— Tout en adorant la moquette, je commence à avoir des courbatures, murmura Keith en lui caressant les cheveux. Si nous passions au lit ?

— Je n'en ai pas fini avec toi.

— L'aube va paraître plus vite que nous ne le souhaitons, et la journée de demain risque d'être une épreuve. Tu ne veux pas qu'on dorme un peu ?

Dormir ici ? L'opposé d'une bonne idée ! Comme si elle avait reçu un baquet d'eau froide sur la tête, le bon sens lui revint. Se laissant rouler au sol, elle chercha sa robe et la fit glisser par-dessus sa tête sans prendre le temps d'enfiler ses sous-vêtements.

— Je... je crois que je vais réintégrer ma chambre.

Keith s'assit, nu, ses muscles jouant sous sa peau hâlée, ses cheveux tout emmêlés. Avec ou sans vêtements, n'était-il pas l'homme le plus craquant de la planète ? Pourquoi le quitter maintenant ?

— Reste. Je voudrais voir ton visage en me réveillant.

C'était donc ça...

— Non. J'aurais l'impression de vivre avec toi. Et nous n'avons vraiment pas de temps à perdre à ces sottises.

Tout en grimaçant en raison de la sécheresse de son ton, elle rassembla ses affaires et se dirigea vers la porte avant qu'il puisse répliquer.

— Merci, Mitchell. C'était vraiment très bien. A demain.

Le vent soufflait si fort qu'il la faisait dévier par instants de sa trajectoire. Dégoulinante d'eau, elle atteignit enfin la porte de son immeuble. En grimpant l'escalier qui menait à sa chambre, elle se sentit saisie par le découragement.

Une relation libre d'attaches était sans doute plus simple. Il n'empêchait que son cœur se serrait quand elle revoyait l'expression impénétrable de Keith lorsqu'il l'avait regardée partir.

Son entreprise, Cara Chandler-Harris Designs, ne l'abandonnerait ni ne la décevrait. Qu'aurait-elle eu besoin d'une relation à long terme, de toute façon ?

Il laissa Cara partir et passa une bonne partie de la nuit à consulter en boucle les données du radar d'observation météorologique. Elles reflétaient à merveille le chaos qui régnait dans sa tête.

Trop agité pour dormir, il arpenta la suite, cherchant un objet à boxer, parce que ce serait le seul moyen d'expulser la mauvaise humeur qui l'avait gagné quand Cara était partie.

Pourtant, elle avait absolument raison. C'était mieux ainsi. Entre eux, c'était juste une aventure. Ils n'allaient tout de même pas commencer à dormir ensemble. Sur ce point, ils étaient entièrement d'accord.

Malgré tous ces beaux raisonnements, il se sentait frustré de n'avoir pu glisser dans le sommeil, Cara nichée contre lui, tous deux respirant en parfaite harmonie.

Furieux sans raison, il prit une longue douche et se força à se mettre au lit, où il écouta le vent hurler. Par moments il s'assoupissait, puis se réveillait en sursaut parce qu'il avait rêvé que Cara était revenue, s'excusant entre deux sanglots et l'implorant de la garder. Tout ça pour s'apercevoir que c'était seulement le craquement d'une branche ou le bruit de la pluie contre les carreaux.

L'aube le trouva d'encore plus méchante humeur.

Dans la nuit, la tempête s'était dirigée vers l'intérieur des Antilles et dévastait maintenant Cuba et Grand Cayman. A Grace Bay, l'heure du bilan avait sonné.

Grâce à son insistance pour installer des groupes électrogènes haut de gamme et un câblage électrique à l'épreuve des ouragans, l'hôtel disposait toujours d'électricité. Mais, encombrée de feuilles et de débris divers, la piscine faisait triste mine. Le kiosque avait disparu. La tempête avait même emporté les ancrages en béton et rempli les trous de sable.

La porte de la salle de sport pendait sur un gond et le sol disparaissait sous cinq centimètres d'eau. Heureusement, kayaks, planches de surf et autres équipements semblaient avoir été épargnés.

Les murs du bar extérieur montraient d'importantes éraflures dues sans doute à des branches d'arbres projetées par le vent. Ils devraient être restaurés, ce qui ajoutait à une liste déjà longue de tâches à effectuer.

Finalement, travaux de nettoyage et de réfection furent organisés, et le défi à relever parut moins insurmontable.

Vers le milieu de la matinée, Keith gagna son bureau pour

répondre à ses mails. Le café et le solide plan d'action lui avaient remonté le moral. Quand il vit Cara apparaître à la porte, il réussit même à sourire.

— Tu as une minute ? demanda-t-elle.

Il hocha la tête tandis que l'image de Cara dans sa superbe nudité lui traversait l'esprit. Alors que, au départ, il voulait juste ouvrir le champ de ses possibilités sexuelles, l'expérience s'était révélée la plus délicieusement érotique de sa vie.

— Que se passe-t-il ?

— Je voulais en savoir plus long sur le déroulement du salon.

Cara sèche n'était pas moins sexy que Cara dégoulinante d'eau. Elle paraissait reposée, comme si elle n'avait pas eu de problèmes de sommeil, et sa robe moulait des formes avec lesquelles il avait été heureux de refaire connaissance.

— L'aéroport doit rouvrir demain. Alors, le spectacle continue, quoique avec du retard.

Il les imaginait très bien avoir cette conversation à la table du petit déjeuner. Ce qui se serait produit pour peu qu'elle ait accepté de rester avec lui. Mais à quoi bon se torturer l'esprit...

— J'envoie dès maintenant le programme révisé à tous les participants. Tu es sur la liste.

— J'ai l'impression que l'hôtel n'a pas trop souffert. Comment ça se passe, pour le nettoyage ?

— Elena dirige les travaux, répondit-il en soupirant. Ça devrait aller.

— Tant mieux.

Cara franchit le seuil et referma la porte derrière elle avec un air mutin.

— Je vous prie de m'excuser pour le dérangement, monsieur Mitchell.

Avant qu'il puisse dire quoi que ce soit, elle avait contourné le bureau et s'installait sur ses genoux. Ensuite, elle prit possession de sa bouche avec une avidité qui alluma instantanément ses sens.

Elle essaya maladroitement de déboutonner sa chemise et, comme elle n'y parvenait pas, glissa ses mains dessous. Partout où elle le touchait, il ressentait des décharges d'énergie.

Ensuite, elle glissa la main dans son pantalon pour prendre son sexe dans son poing fermé. Ce qui lui fit perdre tout son sang-froid.

— Attends… je ne m'attendais pas à… et…

— Tout va bien, dit-elle en sortant un préservatif de son soutien-gorge. Cadeau de Meredith.

Le souffle qu'il retenait sans s'en rendre compte s'échappa de ses poumons. Heureusement, Cara avait compris la nécessité de se montrer prudents. Pas de pression, cette fois.

— Tu sais que j'aime beaucoup ta sœur ?

— Je le lui dirai, mais plus tard. Je veux que tu me prennes sur le bureau. Tout de suite.

Les mots les plus doux jamais prononcés. Il se leva prestement, Cara dans les bras, et la déposa sur le bureau. Ensuite, il se glissa entre ses cuisses et lui arracha robe et soutien-gorge. Ses seins magnifiques jaillirent, libres de toute entrave, et il se pencha pour prendre une pointe entre ses dents.

Elle était si belle que son cœur se serrait rien qu'à la regarder.

J'ai besoin de toi. Maintenant. Plus tard. Demain. Peut-être plus longtemps…

— Je te veux nu, dit-elle d'une voix étranglée.

Et ses doigts légers dégrafèrent son pantalon qui tomba à terre. Sa main se referma sur son sexe dressé qu'elle se mit à caresser.

Il tressaillit. Ce charmant intermède érotique allait s'achever avant d'avoir commencé si elle continuait ainsi. Ses doigts tremblaient quand il sortit le préservatif de son emballage. De désir et d'une émotion qu'il ne savait nommer.

Il s'avança pour la posséder, mais elle secoua la tête.

— Pas comme ça.

Elle se tourna sur le ventre et souleva ses fesses en le regardant par-dessus son épaule, fantasme polisson devenu réalité.

— Dépêche-toi, Keith, ordonna-t-elle. Prends-moi et fais-moi jouir comme hier.

Avec un grognement, il la pénétra, savourant sa tiédeur moite. Mais elle, impatiente, s'agitait, et ses petits cris de plaisir l'enflammèrent.

La saisissant par les hanches, il alla et vint en elle jusqu'à ce qu'elle se fige dans une immobilité de pierre avant d'être secouée d'interminables spasmes. Un dixième de seconde plus tard, il la suivait.

Incapable de se redresser, il resta au-dessus d'elle, en appui sur les bras. La joue collée au sous-main, elle souriait d'un air satisfait.

Elle semblait beaucoup apprécier la liberté qu'il avait insisté pour qu'elle prenne, et il était également heureux du résultat.

Et, soudain, il eut la révélation que, si leur liaison était si agréable, ce n'était pas seulement parce qu'elle était désireuse de pimenter leurs rapports, mais parce qu'ils étaient désormais égaux.

Quand il se sentit capable de se tenir sur ses jambes, il se pencha et posa un long baiser sur la tempe de Cara.

— Peut-être que, la prochaine fois, nous le ferons dans le lit.

Je te veux contre moi quand tu rêves.

— Non merci. On l'y a déjà fait des tas de fois. Mon prochain objectif, c'est le jacuzzi.

Il ravala sa déception. En réalité, il obtenait exactement ce qu'il désirait. De quoi aurait-il pu être déçu ?

— Accordé. Viens ce soir.

Il n'avait aucune envie de passer encore une nuit d'insomnie après le départ de Cara, mais il semblait qu'il soit incapable de lui résister. Il l'aida à se rhabiller. Elle l'embrassa sur la joue, avant de lui donner un baiser chargé de promesses sensuelles à classer 9 sur l'échelle de Richter.

Qui aurait pu lui reprocher d'acquiescer à tout ? Cette nouvelle Cara le médusait par bien des aspects. Et plus il essayait de se persuader que l'attrait qu'il éprouvait pour elle était strictement sexuel, moins il y parvenait.

Au beau milieu d'un salon bouleversé par les intempéries, c'était un jeu risqué. Il ferait mieux de se concentrer sur son travail plutôt que de rêver à une impossible réconciliation. Cependant, comme Cara disparaissait par la porte et qu'il réfléchissait au moyen de passer devant Alice avec ses boutons de chemise pendant au bout d'un fil sans perdre sa dignité, il attendait déjà avec impatience l'intermède promis dans son jacuzzi.

9

L'e-mail exposant le programme de réorganisation du salon se trouvait bien dans la boîte de réception de Cara quand elle regagna sa chambre, pas du tout honteuse d'avoir merveilleusement fait l'amour avec le patron, sur son bureau, au nez et à la barbe de ses employés.

Le surprendre dans sa tanière avait été plutôt osé. En même temps, elle savait qu'il ne l'aurait pas mise à la porte. C'était en partie ce qui rendait cette liaison si agréable ; elle n'avait pas à se demander où elle en était avec Keith, pas non plus à s'inquiéter qu'il l'abandonne encore une fois, parce qu'elle avait bien l'intention que leur relation reste drôle et légère, et temporaire, comme il l'avait spécifié.

C'était parfait.

Et il ne saurait jamais que, la veille, elle s'était endormie d'avoir trop pleuré parce qu'elle avait l'impression d'avoir vendu son âme au diable pour une compagnie qui portait son nom, et qu'elle entretenait une liaison purement sexuelle avec un homme qu'elle ne reverrait probablement pas de sa vie.

Le réaménagement du programme du salon prévoyait que le défilé aurait lieu le deuxième jour, ce qui était parfait. Meredith et elle auraient le temps de procéder aux retouches finales, à condition, bien sûr, qu'elle reste éloignée du bureau de Keith.

Chantonnant pour dissimuler la boule qui lui nouait la gorge, dont elle ne comprenait pas la présence, elle rassembla les top models et Meredith pour établir le calendrier des deux jours suivants. Elle répondit aux questions légitimes concernant l'hébergement et le report des billets d'avion. Le groupe Regent prenait en charge les frais supplémentaires occasionnés par la tempête, un geste élégant que, propriétaire d'une entreprise ne disposant pas de fonds illimités, elle apprécia particulièrement.

Ensuite, il fallut bien se plonger dans les comptes et régler quelques factures. Pendant qu'elle était en ligne, elle reçut deux demandes d'informations. La première concernait une future mariée désireuse d'avoir un modèle unique. Elle lui téléphona et, après discussion, elles tombèrent d'accord sur le genre de modèles qui conviendrait à la cliente. Elle promit d'envoyer des esquisses dès qu'elle aurait jeté ses idées sur le papier.

Ce fut après avoir raccroché qu'elle se rendit compte qu'au cours de la conversation elle n'avait pas une seule fois pensé à son mariage interrompu ni ressenti de tristesse.

Une victoire qu'elle savoura à sa juste valeur.

Elle avait avancé. Etrangement, c'était Keith qui l'avait aidée à se voir sous les traits d'une femme d'affaires, indépendante et responsable de son destin.

La seconde demande d'informations provenait d'un certain Nick Anderson. Elle nota le numéro de téléphone à rappeler, se demandant si elle aurait affaire à un futur époux aux petits soins, à moins qu'une de ses robes ne se retrouve dans une revue de drag-queens, éventualité qu'on ne pouvait exclure et qui ne la dérangeait pas pour peu que le chèque soit approvisionné et son nom correctement orthographié.

Quand elle appela, apprenant que la demande émanait d'Ever After, chaîne de magasins spécialisée dans les robes de mariée de luxe, son émotion fut grande. Visitant inopinément le salon nuptial de l'hôtel Regent, Nick Anderson espérait bien la rencontrer. Ever After ayant changé de tactique de vente, les dirigeants souhaitaient discuter de la possibilité de présenter ses modèles dans leurs magasins. Nick Anderson ajoutait qu'il avait été très impressionné par son travail.

Après avoir coupé la communication, elle demeura un bon moment abasourdie. Mais, brusquement, elle se leva.

Keith. Il fallait lui apprendre la grande nouvelle.

Bien sûr, les négociations avec Ever After pouvaient échouer. Il n'en restait pas moins qu'une personnalité influente de l'industrie nuptiale appréciait ses créations et souhaitait la rencontrer, avec à la clé une possibilité de partenariat.

Keith allait la féliciter, dire qu'il était fier d'elle. Puis il ajouterait qu'il trouvait très sexy qu'elle fasse carrière comme dessinatrice de mode.

En riant aux éclats, elle courut vers la piscine... et tomba nez à nez avec Meredith, qu'elle faillit renverser.

Sa sœur l'attrapa par les mains pour l'aider à reprendre son équilibre.

— Il y a le feu ? s'enquit-elle.

— Oh ! J'ai des nouvelles, des nouvelles...

A bout de souffle, elle voulut contourner Meredith pour courir à la recherche de Keith.

— Eh bien, j'attends !

Avec un sourire espiègle, Meredith posa une main sur sa hanche.

— Eh bien quoi ? fit Cara.

— Ne m'oblige pas à te supplier ! Quelle est cette grande nouvelle ?

Elle comprit enfin. Meredith pensait qu'elle la cherchait pour lui en faire part.

— C'est-à-dire que j'allais...

Elle ravala le reste de sa phrase. Difficile d'avouer qu'elle voulait partager son triomphe avec Keith avant sa sœur, son assistante, sa meilleure amie, sa complice.

— Laisse tomber.

— Tu ne veux rien me dire ? C'est injuste. Tu as allumé ma curiosité pour rien.

— Ce n'est pas très important, prétendit-elle. J'ai juste reçu une proposition pour mes robes, que je voudrais discuter avec Keith puisqu'il a proposé de me donner des conseils.

Elle avait un peu trop accéléré sur la dernière partie de la phrase, mais c'était exact. Et c'était mieux que d'avouer que l'idée d'en parler à Meredith ne l'avait pas effleurée.

— Tu es en train de tomber amoureuse, frangine.

La joie d'avoir quelqu'un qui lit en vous, sans problème...

— Mais non, protesta-t-elle mollement.

Pour un réveil, il n'était guère plaisant. Quand était-elle tombée du compartiment *sexe et rien d'autre* ?

En tout cas, il était temps de le réintégrer, et vite.

Glissant un bras sous celui de sa sœur, elle repartit avec elle pour leur chambre, tout en discutant de l'appel de Nick Anderson. Keith ne saurait jamais qu'elle s'était mise à penser à lui comme à quelqu'un avec qui partager les événements de la vie.

Elle se tint délibérément éloignée de lui le restant de la journée. Ce qui lui permit d'avancer dans les préparatifs du défilé. Et aussi de s'entraîner à juguler une sourde souffrance qui, elle le craignait, signifiait que Keith lui manquait.

A 9 heures, le message attendu lui parvint. Il l'invitait dans sa chambre sans un mot d'explication, comme s'il était certain qu'elle accourrait dès qu'il l'appellerait.

Eh bien, il n'avait pas tout à fait tort, et qu'elle tire la langue au téléphone ne changeait rien au fait que l'envie de le voir l'avait taraudée toute la journée.

Elle emprunta le deux-pièces de Meredith, qui se réduisait à trois timbres-poste reliés par une ficelle, et enfila un imperméable par-dessus.

Il renversa sa tête contre le bord du jacuzzi, yeux fermés, le temps de recouvrer sa capacité respiratoire. A quelques mètres de là, mollement allongée dans l'eau, Cara récupérait, probablement aussi épuisée que lui.

Résultat de la conjonction de jets puissants et d'une imagination débordante.

— Tu es étonnante, murmura-t-il sans ouvrir les yeux. Je ne pensais vraiment pas que tu accepterais cette dernière suggestion.

— Ça t'apprendra à bluffer.

— Je ne bluffais pas. J'espérais juste très fort.

Et il avait été récompensé au-delà de toute attente.

Des éclaboussures l'avertirent que Cara bougeait. Il se força à ouvrir un œil et la vit sortir du jacuzzi.

— Où vas-tu ? Nous venons juste de commencer.

Pourquoi était-elle toujours si pressée de disparaître ? Sa nudité était-elle si rebutante ?

Elle rit.

— Deux fois, c'est suffisant pour ce soir. Et une grosse journée nous attend demain.

— Un instant.

Il captura sa main pour l'immobiliser au passage. L'eau dégoulinait de ses cheveux et coulait le long de son corps nu. Une goutte tomba sur la pointe d'un sein, suppliant sa langue de la cueillir. Et, à cette idée, il eut une nouvelle érection.

Le seul fait de la regarder lui faisait mal tout au fond de lui, là où rien n'aurait su l'apaiser.

Il fallait la laisser partir.

Le salon ouvrirait le lendemain, et les dirigeants du groupe Regent seraient sur place dès 9 heures. Tout devant se dérouler sans anicroche, il était impératif qu'il porte une extrême attention au moindre détail.

— Reste boire un verre de vin, alors. Juste un verre. Tu dormiras mieux ensuite. C'est promis.

Ne pars pas, implora-t-il intérieurement. *Pas cette fois.*

Si seulement il comprenait pourquoi la présence de Cara lui importait tant, il dormirait sûrement mieux.

Elle lui retira sa main tout en fronçant les sourcils.

— Ce n'est pas le marché conclu. Tu avais dit : pas d'attaches, pas de pression.

— Allez…, fit-il en lui adressant un sourire un peu forcé.

La précipitation de Cara à fuir après l'amour découlerait donc d'une interprétation de ses propres attentes ?

— Pas de pression ne signifie pas qu'on ne puisse pas parler.

Monde étrange dans lequel il cherchait à la convaincre de rester boire un verre au lieu de la séduire par de belles paroles pour qu'elle ôte ses vêtements. Mais voilà. Ils se trouvaient dans l'univers alternatif de Grace Bay où Cara se dénudait volontiers, mais refusait tout le reste.

— J'aime bien ton vin, dit-elle, indécise. Un verre ?

— Ou deux. Ne soyons pas mesquins.

— Je n'ai pas de vêtements.

Piètre argument.

Reste. Parce que je te veux. Parce que tu veux plus que des relations sexuelles.

Mais il ne pouvait prononcer ces mots. Et si elle lui riait au nez ? Ou, pire, s'imaginait que, dans son esprit, plus signifiait jolie petite maison avec une clôture blanche et bague en diamant ?

Un verre était tout ce qu'il pouvait raisonnablement lui offrir jusqu'à... quoi ? Il l'ignorait. Il savait juste qu'il ne pouvait pas la laisser partir comme ça.

Il sortit du bain et alla chercher une gigantesque serviette dont il l'enveloppa.

— Laisse-moi te sécher, et tu m'emprunteras une chemise. Et arrête de faire des difficultés.

Elle ne bougea pas pendant qu'il la frottait avec la serviette mais, contrairement à ce qu'il avait supposé, elle ne détourna pas les yeux d'une érection qu'il ne pouvait dissimuler.

Finalement sèche, elle passa une de ses chemises, ce qui n'ôtait rien à son attrait, au contraire. Puis il s'habilla et leur servit un verre.

Elle but une longue gorgée de vin, comme si elle comptait gagner le concours du verre le plus rapidement bu après l'amour. A moins que ce ne soit le seul moyen qu'elle ait trouvé pour supporter sa présence.

— Je ne sais pas comment faire ça, déclara-t-elle soudain.

Il hésita entre feindre l'incompréhension ou lâcher une plaisanterie. L'atmosphère semblait incertaine, et il risquait de la faire fuir en disant ce qu'il ne fallait pas.

— Si ça peut te rassurer, moi non plus.

Rien dans cette histoire ne ressemblait à la première fois. Il avait passé sa vie à repousser des femmes uniquement intéressées par le standing de vie qu'il pouvait leur offrir et, en chemin, il avait oublié que certaines personnes se trouvent bien d'avoir des relations.

— Pourquoi faut-il que ce soit si dur ? dit-elle, les doigts crispés sur le pied de son verre comme si elle cherchait à le briser. Je n'arrive pas à trouver le juste milieu. C'est censé être une conversation amicale, non ?

Quelque chose dans sa voix qui tremblait l'émut.

— Parce qu'il te semble que ce n'en est pas une ?

Dis non, je t'en prie. Dis quelque chose qui m'aide à voir clair dans tout ça.

Elle le regarda bien en face, et il ne put détourner les yeux. Il ne le voulait pas. Pourquoi était-elle si attendrissante dans sa chemise trop grande, avec ses cheveux mouillés ?

— Non, murmura-t-elle. Je crains de ne pas être de ces femmes qui jettent les hommes après usage.

— Ça peut s'arranger.

Il rit, un peu étonné de déceler de la tendresse dans sa propre voix. La tendresse ne faisait pas vraiment partie de ses habitudes.

— Ne me jette pas, ajouta-t-il.

Voilà, c'était dit. Et ce n'avait pas été si difficile. Il aurait dû commencer par là.

— En réalité, c'est la partie usage que je pensais supprimer.

La repartie le glaça. Voilà ce qu'il craignait depuis le début.

— Ce serait vraiment dommage, insista-t-il. Réfléchis encore.

Il prit sa main, et elle ne la lui retira pas. Et il s'accrocha au mince espoir qu'il n'avait peut-être pas tout gâché.

— Que veux-tu que je fasse, Keith ? demanda-t-elle d'un ton suppliant. J'ai beau m'efforcer de suivre les règles, je n'arrive pas à coucher avec toi et à t'oublier le reste du temps.

Elle pensait à lui ? L'idée l'emplit d'une douce chaleur.

— Je ne comprends pas ce qui cloche, dit-elle encore.

Son désarroi se lisait sur son visage, dans le pli triste de ses lèvres, et il en conçut de la peine.

— J'ai reçu une très bonne nouvelle aujourd'hui. Je voulais la partager avec toi...

Le silence s'éternisa.

— Mais tu ne l'as pas fait. C'est ce qui te perturbe autant. Tu crains que je n'aie l'impression que tu exerces une pression sur moi si tu me parles de choses personnelles ?

Dans son parcours pour éviter des femmes pour lesquelles il n'éprouvait qu'une tiède affection, il avait oublié aussi que les relations sont faites pour donner à l'autre. Une épaule accueillante, un soutien, un encouragement.

Si ce genre de relations était possible avec quelqu'un, ce serait avec la Cara d'aujourd'hui, qui n'avait plus pour unique ambition d'être Mme X.

L'idée d'être là pour elle après le salon ne lui paraissait plus aussi effrayante. Toujours pas de pression ni de cloches de mariage. Mais *quelque chose* qu'ils pourraient définir en avançant dans ce sens.

— La nouvelle n'était même pas personnelle. Elle concerne mon entreprise, reprit-elle.

— Cara, regarde-moi.

Quand elle obéit, il vit ses yeux noyés de larmes.

— Je veux que tu me parles. C'est moi qui t'ai demandé de rester. C'est moi qui veux…

— Tu ne comprends pas !

Elle retira vivement sa main et essuya rageusement les larmes qui coulaient sur ses joues.

— C'est moi qui ressens une pression ! Je ne veux pas rester. *Moi.* Je ne sais pas comment réagir parce que je suis complètement perdue. Pour moi, la sexualité va de pair avec l'émotion, et notre histoire me donne envie d'avoir une relation « normale » avec toi. Je commence à croire à la possibilité, et puis, je me souviens.

Elle se souvient que je ne veux pas de relation stable.

Perdue dans ses pensées, elle fixait son verre vide entre ses mains, et son silence l'accusait.

— Je suis désolé, dit-il.

Une piètre excuse, mais du moins était-il sincère. Il avait poussé Cara dans un type de relations qu'elle ne pouvait assumer. Pour une fois, il devait cesser de se regarder le nombril et écouter ce que elle voulait de lui, même si ça le mettait mal à l'aise.

— Tu me l’as déjà dit. Merci, mais ça n’avance à rien.

— Je me suis déjà excusé ?

— De m’avoir quittée. C’est toujours là qu’on en revient. Je commence à y croire, et puis je me souviens. Je ne peux pas avoir confiance en toi.

Il eut la sensation qu’un couteau lui fouillait les entrailles. Ce n’était pas leur relation actuelle ou son manque d’épaisseur qui était en cause, mais sa lâcheté passée. Et, cette lâcheté, il ne pouvait remonter le temps pour la rattraper.

Où cela les menait-il ?

10

Cara éprouva un choc en voyant Keith aller chercher un plaid abandonné sur un fauteuil d'osier et l'en couvrir avant de se rasseoir près d'elle, à distance respectueuse.

Il la regardait d'un air songeur.

— Que puis-je faire, Cara ?

La voix de Keith lui parvint à travers la confusion que cette conversation avait soulevée.

— Il n'y a rien à faire, et ce n'est pas grave. Nous ne nous reverrons plus après le salon. Pourquoi faudrait-il changer quelque chose ?

— On ne peut pas continuer comme ça.

Naturellement, il ne comptait pas argumenter sur le fait qu'ils ne se reverraient plus, le salon terminé.

— Parce que tu ne supportes pas de perdre une camarade de lit ? riposta-t-elle.

Il haussa les épaules.

— Parce que je te fais du mal.

Elle soupira. Quelle idée d'avoir bêtement introduit cette tension entre eux, d'abord en restant, et ensuite en ne tenant pas sa langue.

— Que veux-tu y faire ? C'est tout le problème. Je t'ai pardonné, mais je n'arrive pas à oublier. Là-dessus, tu me dis que tu me vois en femme d'affaires qui réussit, et que ça me rend encore plus sexy. Nous faisons l'amour, et j'oublie. Je déteste ça.

— J'ai l'impression que tu n'en as pas terminé avec cette histoire, suggéra-t-il en lui caressant doucement la tempe, comme s'ils étaient un couple qui se montrait sa tendresse. Réfléchissons, tu veux ?

— Ensemble ?

— Ecoute, il y a un problème et, les problèmes, il faut les prendre à bras-le-corps.

Elle ne put retenir un sourire.

— C'est toi qui dis ça ? Dans mon souvenir, tu préfères prendre la fuite plutôt que de regarder les choses en face.

A sa décharge, il ne l'interrompit pas. Mais, quand elle eut terminé, un silence assourdissant tomba sur eux. Et elle éprouva vite le besoin de le remplir.

— D'accord, je comprends. Aujourd'hui, tu es ici, et je fais allusion à des événements anciens.

Depuis quand était-il devenu quelqu'un qui restait ? Elle avait sans doute été trop occupée à fuir pour le remarquer.

Je suis ici maintenant, répéta-t-il. C'est une seconde chance.

— Sauf qu'on ne peut pas recommencer, Keith. J'ai tant souffert. Et, bien ou mal, tout au fond de moi, ton nom est inscrit.

Sa voix se brisa, et elle lutta contre une angoisse qui sembla surgir de nulle part, mais qui, en réalité, bouillonnait à fleur de peau.

Il avait raison. Elle n'en avait pas fini avec les drames du passé. Cara Chandler-Harris Designs avait été une forme de thérapie, mais diriger son affaire n'avait pas tout réglé. C'était un pansement sur une plaie restée ouverte.

Keith se frotta la nuque en soupirant.

— Nous en avons parlé. Il me semblait que tu étais d'accord sur le fait qu'il valait mieux que nous ne nous soyons pas mariés.

— Oui ! rétorqua-t-elle. Parce que je ne peux pas avoir confiance en toi. Parce que tu me laisses toujours me débrouiller toute seule ! Je suis heureuse de ne pas t'avoir épousé, si tu es ce genre d'hommes !

Il encaissa l'algarade sans sourciller.

— Notre histoire n'est donc pas derrière toi, dit-il tout

doucement. Tout au fond de toi, tu es encore furieuse parce que je t'ai quittée le jour de notre mariage.

Il le croyait vraiment ? Elle le dévisagea avec stupéfaction, mais il ne parut pas comprendre à quel point il était loin de la réalité.

— Es-tu si bête ? J'ai perdu un enfant, Keith. Et puis, tu m'as quittée alors que je croyais que nous allions en faire le deuil ensemble, que tu me tiendrais la main et me promettrais des jours meilleurs.

— Cara... je...

Son visage s'assombrit, et il se pinça les lèvres. Sans un mot, il lui serra la main, un peu trop fort, mais cette douleur ne pouvait se comparer à celle de son cœur.

Il venait vers elle. Enfin.

Yeux fermés, il se tenait immobile, une expression de souffrance sur le visage. Et, chose incroyable, il avait perdu l'usage de la parole, détail qui la toucha plus que ce qu'il aurait pu dire ou faire tant il prouvait son désarroi.

C'était dur pour lui, mais enfin il était là. Il fallait aller jusqu'au bout.

— Ma grossesse était un accident, dit-elle, mais je voulais cet enfant. Et puis, il n'y avait plus d'enfant. Et, au lieu de partir pour Aruba en voyage de noces, je suis allée à l'hôpital.

— Raconte.

— Plus tard, si tu trouves le courage.

Avec un sourd grognement, il lui prit le menton pour l'obliger à le regarder.

— Tu as trouvé le courage de vivre cette épreuve toute seule. Je suppose que je peux trouver celui d'entendre.

Une sorte de panique la saisit. Keith se serait métamorphosé en homme digne de confiance ?

Mais comment être sûre ?

— Je crois que j'ai besoin d'encore un peu de vin.

Il la servit, puis écouta sans l'interrompre une seule fois le récit du jour précédant le mariage, son malaise, l'hémorragie, son transport à l'hôpital, Meredith qui lui tenait la main durant toute cette épreuve jusqu'à ce que la perte de son enfant soit confirmée.

Puis elle raconta comment elle avait été incapable de lui apprendre la triste nouvelle le jour même.

A la lumière du présent, elle se rendait compte qu'il avait été là pour elle, par le simple fait qu'il avait souhaité l'épouser pour l'enfant. Lui en avait-elle été assez reconnaissante ? La décision n'avait certainement pas été facile pour lui. Et pourtant il l'avait prise, par respect pour elle.

Cette constatation jointe à sa présence solide la troubla. Et elle se rendit compte que le frémissement qui la parcourait avait beaucoup plus à voir avec l'anticipation qu'avec l'anxiété.

Elle passa rapidement sur le moment où il était parti — certains détails ne valaient pas la peine qu'on s'y attarde — mais, à en juger par la pression de ses doigts sur les siens, et par l'expression désolée de son regard, il avait compris le drame qu'elle avait vécu.

Quand elle se tut, il l'attira contre lui et l'étreignit sans un mot. Mais aucun mot n'était nécessaire pour absorber la force qu'il lui offrait.

Il tint Cara serrée contre lui aussi longtemps qu'elle le laissa faire et, quand elle s'écarta, il se dit que le moment n'était pas mal choisi pour un scotch. Parce qu'il avait vraiment besoin d'un remontant. Quand il l'avait convaincue de rester, il envisageait un plongeon dans des délices sexuels, pas dans des abîmes émotionnels.

Ses mains tremblaient quand il sortit les glaçons du freezer. Cara ne l'avait pas ménagé. Enfin, il parvint à jeter un cube de glace dans son verre. Il versa dessus le liquide ambré et en avala une bonne rasade.

Un peu revigoré, il se tourna vers Cara et s'appuya d'une hanche au bar. Il avait entamé ce voyage au moment où il avait aperçu Cara au Dragonfly de Houston. Et, maintenant, il devait s'y retrouver sans carte, et avec des étendues de sables mouvants dans toutes les directions.

— Je ne connais pas mon rôle, avoua-t-il.

Il n'avait ni talent ni entraînement pour les relations sociales, une des nombreuses raisons pour lesquelles il les évitait.

Comme d'habitude, Cara avait semé le désordre dans son esprit. Ils avaient eu beau prendre soin de préciser la nature de leur aventure antillaise, émotions et sentiments remontaient des profondeurs du passé.

De plus, il se sentait une dette envers elle, pour s'être conduit en pauvre type deux ans plus tôt, pour avoir sauté sans se poser de questions dans cette histoire réchauffée, et, par-dessus tout, pour son pardon inconditionnel.

— Je serais la dernière personne à te juger, tu sais, dit-elle.

Après s'être versé un deuxième verre de whisky, il retourna s'asseoir près d'elle, et son petit sourire le réconforta un peu.

— Je... merci de m'avoir parlé de ta fausse couche.

— Vraiment ? Honnêtement, je ne savais pas quelle réaction attendre, mais certainement pas celle-ci.

Lui-même n'aurait pu la prévoir. Mais il devait se montrer responsable et regarder la vérité en face.

— J'ai passé deux ans dans la totale ignorance que tu avais bien été enceinte, et ces derniers jours à me reprocher d'avoir tout gâché. Mais je n'ai pas pensé à ce que tu avais subi, et je te prie de m'en excuser.

La force de caractère de Cara le sidérait. Alors qu'il s'était laissé éblouir par ses compétences professionnelles et son tout nouvel esprit aventureux, elle était en fait surprenante depuis le début. Dans sa hâte à échapper au piège qu'il avait lui-même tendu, il ne s'en était pas rendu compte.

Une chose, en revanche, lui apparaissait clairement ce soir. Elle avait été enceinte. Elle avait attendu *son* enfant.

Jusqu'à présent, ça n'avait pas été réel.

Et, maintenant, un sentiment auquel il ne pouvait que donner le nom de tristesse l'envahissait.

— Tout va bien, dit-elle en posant une main rassurante sur sa cuisse. Tu es là maintenant, et je ne peux te dire combien c'est important pour moi.

D'accord, il était là. Mais il sentait qu'elle avait besoin de beaucoup plus que de sa présence muette. Combien de temps allait-elle supporter son incapacité à exprimer ses sentiments ?

C'était devenu trop compliqué, et il ne voyait aucune issue.

— Cara...

Je ne peux pas faire ça...

Le silence s'étira, de plus en plus pesant. Il s'agita, mal à l'aise de découvrir qu'il aurait aimé être l'homme qu'elle méritait. Non seulement il ne l'était pas, mais encore il ne le serait jamais. De plus, elle ne lui faisait pas confiance, et il ne pouvait pas le lui reprocher. Que faisaient-ils ici à part percer l'abcès pour que Cara puisse lui dire adieu, la conscience tranquille ?

— Je comprends que ce soit dur pour toi, Keith.

Dans ses yeux couleur café qui le fixaient, il ne lisait ni condamnation ni attente. Juste de la compréhension.

— Vraiment ?

La question avait jailli, brutale, accusatrice, résultat d'un trop grand bouleversement intérieur.

Il détourna le regard.

— Oui, répondit-elle calmement. Si je ne t'ai pas très bien connu à Houston, c'est que tu ne m'as jamais permis de t'approcher. Je sais que tu as grandi à Long Island, que ton père travaillait à Wall Street. Tu es parti faire tes études en Pennsylvanie et tu as obtenu un diplôme en commerce international. Mais ce ne sont que des renseignements pratiques. Tu es pire qu'une huître quand il s'agit de te confier.

Elle posa une main sur sa joue pour tourner son visage vers elle.

— Pas de problème, je te dis. Tu es là, et c'est suffisant. Je ne te demande pas de dénuder ton âme.

Il se sentit soudain soulagé d'un poids. Elle lui offrait une porte de sortie, et il était assez pathétique pour saisir l'occasion.

— Viens avec moi, dit-elle soudain.

Se levant, elle le prit par la main. Intrigué, il la suivit dans la chambre. Là, elle le poussa sur le grand lit où il dormait seul depuis son arrivée à Grace Bay et elle l'aida à se déshabiller.

— Une dure journée nous attend, reprit-elle. Il faut dormir.

Elle le mettait au lit. Il en aurait ri si une boule ne lui avait obstrué la gorge.

— Bien, madame.

Elle allait partir. Une fois encore. Mais, comme il se glissait sous le drap, elle déboutonna sa chemise et la laissa tomber à terre. Après quoi, elle le rejoignit et se blottit contre lui.

— Tu restes ? demanda-t-il sans nécessité.

— Puisque tu es ici, répondit-elle simplement.

Et elle posa la tête sur son épaule comme si ç'avait été sa place de toute éternité.

— J'ai envie d'être avec toi, ajouta-t-elle. Eteins la lampe et tais-toi !

Cependant, dès que l'obscurité se fit, il ne parvint pas à imposer le silence aux non-dits qui se bousculaient dans sa tête.

— Tu sais pourquoi je ne me livre pas ? finit-il par lâcher.

— Tu es un homme, répondit Cara d'une voix endormie.

Ce n'était pas la raison. En temps normal, il aurait laissé couler, mais Cara se montrait si compréhensive, si indulgente...

— C'est à cause de ma mère.

— N'est-ce pas toujours le cas ?

Il rit et se sentit un peu apaisé.

— A la maison, je ne devais jamais parler de ce que je ressentais. Si je me lançais sur ce terrain, elle me coupait, changeait de conversation. Chez les Mitchell, on ne parlait pas, sauf d'argent. C'était le moteur de leur monde, la récompense de tout effort et la seule chose qui dure.

Selon George et Judith Mitchell, bien sûr.

— C'est ce que tu ressens par rapport à l'argent ?

— L'argent est un sous-produit de la réussite. J'aime ce qu'il peut procurer, mais j'ai plus de satisfaction à voir ce que j'ai accompli qu'à voir mon compte en banque grossir. C'est la différence entre mon père et moi. Sa réussite se mesure en zéros.

Sa rancœur remonta soudain violemment.

— Il était si furieux que je refuse de suivre ses traces. Mais il n'était pas question que je me laisse diriger par l'argent.

Il ne voulait pas non plus de femme-objet à suspendre à son

bras, qui ne s'intéresserait qu'à sa capacité à gagner de l'argent. Comme sa mère. Aucune femme ne se mettrait en travers de sa route s'il décidait, par exemple, d'aller vivre dans un village de pêcheurs des Philippines.

En l'écoutant, Cara lui donnait ce qu'il n'avait jamais reçu de sa mère : son attention. Il resserra son bras autour d'elle, et elle glissa une jambe entre les siennes. Mais, au lieu que ce soit une invite à l'amour, c'était juste une manifestation de tendresse.

Il l'embrassa sur le front.

— J'en ai probablement trop dit.

— Au contraire. C'était exactement ce que j'avais envie d'entendre. Je t'aime beaucoup, Keith Mitchell. Maintenant, j'en sais un peu plus sur qui tu es vraiment.

Il éprouva un réel contentement.

— Je t'aime beaucoup aussi.

Se laissant sombrer dans le silence, il bénit la tempête qui les avait rapprochés.

La lumière du matin pénétrant à flots par la vaste fenêtre aveugla Keith. Il referma les yeux et serra contre lui la jeune femme qui dormait, blottie à son côté.

Il sentait la pression de ses seins fermes contre son flanc, les pointes le frôlant un peu plus à chaque respiration. Et son désir flamba.

La soirée de la veille s'était orientée sur les confidences, et c'était très bien. Mais, ce matin, c'était une tout autre affaire.

Ils étaient dans un lit, nus, et il avait terriblement envie de Cara. Elle avait libéré toutes sortes d'émotions primitives enfouies au fond de lui, et il voulait s'y cramponner avant qu'elles disparaissent.

Il glissa doucement une cuisse entre ses jambes, tout près de son sexe, puis, lui relevant le menton, il l'embrassa. Elle se cambra langoureusement contre lui et lui rendit paresseusement son baiser.

Il était si prêt à lui faire l'amour qu'il lui paraissait impossible de différer l'instant. A l'entrée du paradis, il savoura de délicieuses sensations, se demandant combien de temps il tiendrait avant de se répandre.

Soudain, elle lui arracha ses lèvres.

— Préservatif, murmura-t-elle.

Le rappel lui donna un coup. Comment avait-il pu oublier ? N'avaient-ils pas vécu assez d'angoisse avec la première grossesse ? Ils n'avaient vraiment pas besoin de recommencer.

Alors, pourquoi se demandait-il quel effet cela ferait s'ils entretenaient le genre de relations où le contrôle des naissances n'est pas une nécessité impérieuse ?

Qu'est-ce qui lui prenait donc ? Etrange sujet de réflexion. Et la vague tristesse de constater que, dans sa vie, rien ne durait plus de quelques semaines ne justifiait pas le tour pris par ses pensées.

Il fouilla la table de nuit à la recherche d'un préservatif et le mit en place en un temps record. Puis, tout content, il fit l'amour à Cara et oublia sa tristesse.

Finalement, ils se levèrent à 7 h 30, une bonne heure plus tard que ce qu'il avait prévu. Mais il n'aurait manqué cet intermède pour rien au monde. Cara paradait dans sa chemise déboutonnée, et il faillit lancer une invitation à prendre des vacances ensemble après le salon, avec peu de bagages, beaucoup d'eau et pas de téléphones portables.

Mais il garda l'idée pour lui. Si tout se passait comme prévu, ils seraient bientôt très occupés.

Avant de perdre la tête, il la mit dehors avec un baiser. Elle n'avait pas fait un pas qu'il la saisissait par la main.

— Reste avec moi ce soir.

Elle parut surprise, mais hocha néanmoins la tête.

— D'accord.

Il sourit. Ils avaient passé la nuit ensemble et ç'avait été très agréable. Après tout, il était peut-être capable de « plus ». Tous deux en étaient peut-être capables.

Cependant, quand il consulta ses messages, son sourire s'effaça peu à peu. Elena lui avait envoyé une liste de problèmes à régler avant 9 heures, heure fatale où les dirigeants du groupe Regent arriveraient de l'aéroport, et rien n'était prêt.

Pendant qu'il était perdu dans sa bulle avec Cara, on aurait dit que tout s'était arrêté sur le terrain. Bon sang ! Etait-il le seul ici à prendre des décisions ?

En jurant, il composa le numéro d'Elena.

— Où étiez-vous passé ? demanda-t-elle. Je vous ai envoyé dix mails sans réponse. C'était comme si vous aviez disparu de la surface de la terre !

Elle n'était pas loin de la vérité. Il avait disparu du site, et c'était impardonnable d'avoir laissé les choses en plan. Il s'agissait de son métier, de la raison de sa présence à Grace Bay.

— Donnez-moi un quart d'heure, et je vous retrouve dans le hall avec l'équipe.

Il prit une douche et se frotta à fond pour éliminer toute trace de Cara de son corps. Si seulement il avait pu faire de même avec l'intérieur de son crâne...

Il retrouva Elena treize minutes plus tard. A mesure qu'il examinait la situation, la liste des tâches à accomplir grossissait. Quand il demanda qu'on retaille les palmiers qui avaient souffert des intempéries, Elena leva les yeux au ciel.

— Les dirigeants savent bien que nous venons d'être touchés par une tempête tropicale.

— Non, répondit-il. Ils savent que c'est la première destination nuptiale de la planète et qu'aucune tempête tropicale ne doit bousculer les plans de futurs mariés qui séjournent sur une propriété du groupe Regent.

Keith Mitchell ne contrôlait peut-être pas le temps, mais il contrôlait son destin, et il ne sacrifierait pas sa carrière parce qu'il était tombé en plein milieu de l'œil d'un ouragan nommé Cara.

En un rien de temps, tous les membres du personnel courbaient l'échine. Un général sur le champ de bataille n'aurait pu rivaliser avec Keith, qui savait à la fois organiser et déléguer.

Quand la limousine revint de l'aéroport, l'hôtel n'était pas dans l'état où il aurait dû être ; mais il le serait bientôt. Après tout, mieux valait que ce soit les cadres qui constatent l'ampleur des dégâts plutôt que les participants au salon qui devaient arriver à midi.

Il disposait de trois heures pour accomplir un miracle et

persuader les dirigeants de Regent de continuer à lui accorder leur confiance.

Un afflux d'adrénaline le tétanisa. Son heure de gloire allait arriver après des mois de labeur.

A la fin de la visite, Ronald Schmidt, le P-DG de Regent, se déclara fort satisfait, et il annonça qu'il n'attendrait pas la fin du salon pour prolonger son contrat.

Le succès du salon et le soin extrême apporté au choix des membres du personnel et à leur formation catapulteraient Regent au sommet des destinations de vacances de luxe. Et on venait de lui offrir l'occasion de rééditer quinze fois cet exploit.

C'était tout ce dont il avait rêvé en se lançant dans le métier de consultant, la consécration de ses efforts pour se faire tout seul ces dix dernières années. De plus, la tâche lui convenait parfaitement. Quand il aurait fini avec un hôtel, il passerait à un autre. Pas d'attache, pas de relations suivies avec les employés. Avec personne.

Temporaire était son maître mot. Pour une raison. Il était doué pour ça. Il attendait toujours avec impatience le prochain défi, la prochaine mission qui l'expédierait dans un endroit neuf, et renâclait à l'engagement que méritait Cara. Qu'est-ce qu'un homme comme lui pouvait donc lui offrir ?

Rien. Il n'arriverait jamais à lui donner la sécurité affective dont elle avait besoin. Peut-être que, s'il avait eu l'habitude d'entretenir des relations avec ses semblables, ç'aurait été différent, mais il préférait la solitude, par goût de la facilité.

C'était une bonne chose qu'il ait programmé dès le début la fin de leur liaison. *Une bonne chose,* répéta-t-il.

Si seulement il en avait été persuadé au fond de son cœur...

11

Cara observait des bécasseaux d'humeur folâtre qui se pourchassaient sur la plage, et elle sourit en voyant l'un d'eux se laisser rattraper. C'était bon parfois de ralentir, le temps de découvrir quelque chose de fascinant chez votre poursuivant.

Ces derniers jours et surtout la veille au soir, Keith avait révélé des facettes étonnantes de sa personnalité. Elle ne le croyait pas doté d'une telle capacité d'analyse, et peut-être ne l'était-il pas quand ils s'étaient connus.

Peut-être que les événements survenus deux ans plus tôt avaient été nécessaires pour les faire grandir. Ce qui ne voulait pas dire nécessairement ensemble. Ce qui se passait entre eux aujourd'hui était censé n'être qu'une parenthèse passionnée, en marge de la vie réelle. Le salon devait rester au premier plan de leurs préoccupations.

Malheureusement, ce n'était pas le cas. Pour elle, du moins.

Tournant son regard vers les superbes top models vêtus de blanc qui paradaient sur le podium improvisé, elle répondit d'un signe de la tête à une question de Meredith qu'elle n'avait en réalité pas entendue.

Le chapiteau avait été démonté en prévision de l'arrivée de la tempête, mais malheureusement entreposé dans une remise qui avait été inondée, et les dégâts importants contraignaient donc le défilé à avoir lieu sur la plage.

Si le temps voulait bien rester à la douceur et au calme comme aujourd'hui, le défilé resterait le joyau du salon.

Meredith griffonna sur son bloc en lui adressant un sourire narquois.

— Je te prie de me gifler si tu me vois me promener avec un sourire aussi niais que le tien ! s'exclama sa sœur.

— Inutile de rêver ! riposta-t-elle. Seul Keith est capable de faire naître ce sourire, et tu ne l'auras pas.

Meredith haussa un sourcil.

— Dire que je croyais que c'était la perspective de ta rencontre avec le type d'Ever After qui te mettait dans cet état. Je comptais bien te taquiner jusqu'à plus soif avec ça. Mais je dois reconnaître que c'est un développement encore plus intéressant.

Le rendez-vous avec Nick Anderson était prévu pour le lendemain, après le défilé, et, si tout se passait selon ses vœux, son affaire prendrait une ampleur dont elle n'aurait pas osé rêver. C'était sans doute ce qui lui donnait cette mine réjouie.

— Tais-toi, dit-elle en rougissant. C'est toi qui m'as encouragée à déshabiller Keith. Que croyais-tu qu'il allait se passer ?

— Un soulagement de ton stress.

Après avoir crié à un mannequin de faire attention à sa traîne, Meredith se pencha vers elle comme pour partager un secret.

— Et peut-être une page enfin tournée. Je n'aurais pas imaginé que tu retombes pieds et poings liés sous le charme de celui dont on ne doit pas prononcer le nom.

— Pieds et poings liés, c'est un peu exagéré.

Ce n'était pas parce qu'elle avait dormi avec lui qu'elle fantasmait sur un avenir de toute façon impossible.

— Il est différent maintenant, c'est tout.

Si seulement elle avait pu qualifier ses sentiments avec la même facilité… Si elle en parlait à quelqu'un, ce serait à Meredith, malgré sa tendance à donner des leçons. Mais la seule certitude dans cette histoire était que Keith jetait la confusion dans son esprit… et qu'elle n'imaginait toujours pas lui faire assez confiance pour repasser par la case bague de fiançailles.

— Je crois que c'est toi qui es différente, rétorqua Meredith avec un sourire ironique. Je me souviens de ce que tu as dit après votre premier rendez-vous. Et toi ?

Naturellement qu'elle s'en souvenait ! Sa déclaration intempestive était assez souvent revenue la hanter depuis.

— J'ai dit que j'allais l'épouser.

Une décision prématurée, puisqu'elle le connaissait à peine. Mais il avait à ses yeux toutes les qualités d'un époux. Brillant, séduisant, fortuné.

Rectification. Toutes les qualités qu'elle croyait attendre d'un époux. Depuis, elle avait compris la bêtise de faire une liste. Il lui fallait un compagnon capable de rester à son côté à travers les aléas de la vie, et, naturellement, vraiment désireux d'être un mari. Plus crucial encore, elle voulait un mari qui l'aime et qu'elle aime sans se poser de questions.

— C'est ça. Tu étais vraiment branchée mariage. Je me souviens, tu faisais passer à tous les types que tu rencontrais le test du mari idéal. Mitchell a été le premier à réussir haut la main.

Exact, et l'idée la mettait mal à l'aise. Aurait-elle forcé la main de Keith parce qu'il répondait à ses critères, au lieu de laisser évoluer naturellement leurs sentiments ?

Sa gorge se serra.

Bien sûr qu'elle avait agi ainsi. Et ils avaient failli se retrouver mari et femme sans se connaître réellement. Ni même être amoureux. Ils avaient *tous deux* laissé l'annonce de sa grossesse affecter leur jugement.

— Oui. Et alors ?

— Tu ne parles plus mariage depuis deux ans. Voilà la différence. Tu sembles beaucoup moins fixée sur le but à atteindre et beaucoup plus sur l'expérience du moment. A la longue, ce sera certainement bien meilleur pour ton état d'esprit. C'est tout ce que je veux dire.

Cara réfléchit à cette remarque le restant de la journée, évitant Keith comme la veille, mais pour une raison différente. La veille, elle se mentait encore à elle-même, faisant mine de s'interroger sur ses sentiments. Aujourd'hui, elle comprenait qu'elle ne pouvait arrêter un train en marche, et être près de lui sans lui dire ce qu'elle avait sur le cœur.

Elle réfléchissait aux paroles de sa sœur. Meredith pensait

qu'elle avait raison de se laisser aller aux sentiments qu'elle éprouvait pour Keith sans se soucier de la tournure que prendrait leur relation.

En surface, c'était exactement ce qu'était censée être cette histoire. Le problème se trouvait plus en profondeur, là où elle avait découvert que, après tout, le mariage n'était pas le but d'une vie. Elle voulait davantage, bien davantage. Elle voulait le Keith de la veille au soir, qui lui tenait la main pendant qu'elle lui racontait l'épreuve qu'avait représentée la perte de leur bébé. Elle voulait celui qui l'encourageait à prendre son plaisir et trouvait excitant qu'elle dirige son affaire.

Elle voulait que cet homme l'aime. Et elle craignait qu'un homme qui ne tenait pas en place n'en soit jamais capable, même si elle lui donnait vingt ans pour se décider. C'était bien une aventure sans lendemain rendue possible par des circonstances exceptionnelles.

Quand, le soir, Keith lui envoya un message lui demandant de venir, elle faillit faire la sourde oreille. Mais il lui avait tellement manqué, et les deux brèves visions de lui qu'elle avait eues au cours de la journée n'avaient pas apaisé sa faim. En outre, elle avait du mal à se sortir le jacuzzi de l'esprit. Puisque c'était une aventure sans lendemain, autant profiter pleinement du présent, non ?

Finalement, elle passa la chemise de Keith sur sa peau nue parce qu'elle en aimait le contact et enfila un imperméable par-dessus. Mais, quand elle arriva à la chambre de Keith, elle le trouva penché sur son ordinateur portable, une bouteille de bière dans la main gauche tandis qu'il tapotait les touches de la droite. A son entrée, il leva les yeux, mais ne bougea pas.

— J'ai presque fini. Donne-moi une minute.

Le sourire fatigué qu'il lui adressa adoucit sa déception.

— Tu ressembles à un homme qui aurait bien besoin d'un petit massage d'épaules, dit-elle à la place du commentaire provocateur destiné à l'arracher à son travail.

— J'ai besoin de toi, c'est tout, marmonna-t-il.

Elle vint se placer derrière lui et entreprit de masser les nœuds de son cou et de ses épaules pendant qu'il lisait un rapport couvert de graphiques de couleurs et de diagrammes circulaires.

— Ça fait un bien fou, reconnut-il en posant sa bière et en se laissant aller sous ses doigts. Je ne me rendais pas compte que mon dos me faisait si mal.

Sa tête reposait contre ses seins et, quand ses cils papillonnèrent, elle le trouva si sexy qu'elle ne put se retenir.

— Tu veux que je cherche d'autres endroits qui auraient besoin de massages ? Je serais heureuse d'en faire l'inventaire.

Il rit et posa les mains sur les siennes pour les immobiliser. Puis il l'attira sur ses genoux et prit ses lèvres avant qu'elle puisse réagir. Le tambourinement de son pouls résonnait dans sa tête tandis que la bouche de Keith lui faisait tout oublier sauf le plaisir.

Plus tard, allongée sur le lit, elle se demandait s'il avait assez récupéré pour la séduire une fois encore quand il s'éclaircit la gorge.

— Tu ne m'as pas parlé de la bonne nouvelle.

Elle roula sur le côté pour se retrouver face à lui.

— Non ?

Non, bien sûr, puisque les confidences de la veille portaient sur le passé. Elles avaient été nécessaires pour envisager une guérison, mais pas pour poursuivre une liaison éphémère. Ils n'étaient pas un couple qui partageait tout.

— Dis-moi, insista-t-il, ses yeux noisette rivés aux siens. A moins que ça ne te mette mal à l'aise. Je ne veux pas exercer de pression sur toi.

Son cœur s'arrêta un instant de battre. *Il* ne voulait pas exercer de pression sur *elle ?*

Etait-il possible que, dans l'équation, ce soit elle le problème ? Que sa confusion et son refus de lui accorder sa confiance aient d'une manière ou d'une autre gâché toute possibilité de relation ?

Mais non. Les problèmes venaient de lui. Il ne voulait pas de relation, et ça le gênait qu'elle en veuille une.

— Ce n'est pas grand-chose, dit-elle en haussant les épaules, embarrassée d'avoir seulement mentionné la nouvelle. Un acheteur pour une petite boutique de Houston a pris contact avec moi pour que je vende mes robes chez eux. Mais nous n'en sommes qu'au stade des pourparlers.

— Mais c'est formidable !

Pour une raison inconnue, l'enthousiasme de Keith l'agaça.

— Je suis fier de toi ! insista-t-il. Si tu me l'avais dit plus tôt, j'aurais commandé du champagne.

— Garde le champagne pour la signature du contrat.

— J'ai moi-même reçu de bonnes nouvelles aujourd'hui. La prolongation de mon contrat pour Regent dépendait de l'approbation du conseil d'administration de cet hôtel, et ce qu'ils ont vu aujourd'hui les a tellement satisfaits qu'ils m'offrent l'extension sans attendre davantage. J'ai deux ans de travail, et quinze autres hôtels des Antilles à remettre sur pied.

— C'est… formidable, dit-elle, faisant involontairement écho à son exclamation.

Mais, en réalité, elle avait ressenti un grand froid en comprenant la signification de la grande nouvelle.

Il hocha la tête sans se rendre compte de son émotion.

— C'est le couronnement de ma carrière ! s'exclama-t-il.

Deux ans. Quinze hôtels. Pas besoin d'être un génie mathématique pour comprendre la portée de ces informations. Il exercerait ses talents sur d'autres possessions du groupe Regent comme il l'avait fait à Grace Bay. Et elle avait assez vu ce qu'étaient ses responsabilités quotidiennes pour comprendre qu'il lui avait fait une place dans son lit à cause de la tempête. Sans cette accalmie dans ses activités, il aurait été trop occupé pour faire un geste dans sa direction.

Elle dut faire appel à toutes les ressources de sa bonne éducation pour sourire et poser un baiser sur sa joue.

— Je suis heureuse pour toi. Il semblerait que nous sommes sur le point de réaliser nos objectifs.

C'était faux. Sa réussite professionnelle comptait peu au regard de son désir de vivre quelque chose de profond avec Keith. Tous ses efforts pour se convaincre du contraire avaient échoué et, à présent, l'espoir ténu qu'elle berçait au fond de son cœur partait en lambeaux.

Elle avait essayé de se persuader que Cara Chandler-Harris Designs remplissait sa vie, mais son affaire ne remplaçait pas l'amour d'un homme avec qui elle partagerait les hauts et les bas de l'existence.

Elle savait maintenant que, à l'époque où elle désirait se marier avec Keith, elle ne l'aimait pas vraiment. Elle le savait parce que ce qu'elle ressentait pour lui aujourd'hui n'était pas comparable. Elle voulait Keith, mais il ne voulait pas d'elle. Pour Keith, il n'existait pas de pire son que celui des cloches d'église célébrant un mariage.

Sa souffrance actuelle n'avait pas de commune mesure avec celle qu'elle avait ressentie deux ans plus tôt. A présent, elle devait rendre sa liberté à Keith au lieu de le retenir pour parvenir égoïstement à ses fins.

Son vœu était exaucé. Elle connaissait l'amour. Malheureusement, elle découvrait en même temps que, parfois, l'amour ressemblait terriblement à un sacrifice.

Il toussota. Voilà qu'il s'était de nouveau répandu en confidences. Et que cela agaçait Cara. Il le sentait à cause du chaste et froid baiser sur la joue qu'elle lui avait donné, de son attitude, de l'atmosphère qui régnait entre eux.

Cela avait commencé quand il s'était mis à parler. Il l'avait sentie peu à peu se rétracter, comme si elle attendait qu'il se taise pour pouvoir partir.

Pourquoi avait-elle accepté de rester le matin si elle n'y tenait pas ? Sa déception l'oppressait. Il avait attendu toute la journée le moment de la voir. Ils auraient du temps à eux, juste tous les deux, et il pourrait vraiment savourer son succès.

Il avait caressé l'idée de lui demander si elle l'accompagnerait. Juste pour la prochaine mission. Pour quelques jours. Une semaine maximum. Elle pourrait coudre ses robes le jour et l'attendrait dans leur chambre le soir. Plus d'anxiété, plus d'interminables minutes à attendre sa réponse au message lui demandant de venir à la fin d'une journée stressante. Elle serait là.

Il ressentit un tiraillement dans sa poitrine, et il eut l'impression d'être tombé dans un trou d'où il ne ressortirait jamais. Ce qu'il ressentait pour Cara… ne disparaîtrait pas facilement. Ce n'était pas la tiède affection qu'il avait éprouvée la première fois. C'était très différent, très fort. Peut-être ce sentiment insaisissable nommé amour que ni l'un ni l'autre ne savait définir.

— Alors, pourquoi as-tu l'air tout sauf heureux ?

Laisse tomber Mitchell. Mais il en semblait incapable.

— Je suis fatiguée. C'est tout.

Si fatiguée qu'elle ne pouvait trouver une excuse un peu moins minable ?

— C'est vraiment si pénible de passer du temps avec moi ?

— Je ne serais pas là si j'avais envie d'être ailleurs.

Frustré, il massa ses tempes douloureuses. Il ne savait comment s'y prendre, mais il voulait savoir.

— Alors, qu'est-ce qui ne va pas ? Ce contrat est très important pour moi. J'espérais des félicitations un peu plus… chaleureuses.

— Toutes mes félicitations, Keith. C'est un succès méritoire.

Tout à coup, elle paraissait sincère.

— Eh bien, merci. Pourquoi ai-je l'impression d'être au cœur d'un conflit ?

Le rire de Cara sonna faux et accrut la tension.

— Il n'y a pas de conflit, Keith. Nous ne sommes pas un couple, il n'y a donc aucune raison de se fâcher.

A son expression tendue, il pouvait voir qu'elle mentait. A présent, il était en colère tout en ignorant pourquoi. Il aurait aimé imputer son état d'esprit au stress dû au salon, mais il sentait que c'était plus grave. Leur relation avait évolué vers quelque chose qu'il ne comprenait pas, mais qui n'en était pas moins réel.

— Qu'est-ce qui m'échappe, Cara ? Dire que nous ne sommes pas un couple équivaut à remonter un poisson au bout de sa ligne et prétendre qu'on ne pêche pas. Pourquoi ta ligne est-elle dans l'eau si ce n'est pour attraper un poisson ?

— Qu'est-ce que tu racontes ?

Elle semblait tout à coup moins fatiguée.

— La ligne est dans l'eau, reprit-elle. Très bien. Elle y est depuis que nous nous sommes rencontrés. Je n'ai jamais fait mystère de mon désir de me marier, ni des raisons pour lesquelles je ne recommencerai pas l'expérience avec toi. Puisque tu aimes tant les métaphores, médite sur celle-ci : je te rejette à l'eau, chéri. Nage vite et fais attention aux gros hameçons la prochaine fois.

— C'est encore ton manque de confiance en moi ? Que dois-je faire de plus ? Je me suis excusé. Je t'ai écoutée. Je t'ai ouvert des perspectives sexuelles...

— Il ne s'agit plus de confiance. Tu ne peux pas tout avoir, Keith. Soit tu comptes m'épouser, soit c'est une liaison temporaire. Alors ?

Un poids tomba sur ses épaules. Maintenant, qui exerçait une pression sur l'autre ?

— Qui a décrété que ce devait être l'un ou l'autre ? Je pensais que nous avions une relation adulte où nous profitions de notre mutuelle compagnie sans sacrifier notre carrière.

Il perdait l'esprit. Pourquoi se lancer dans une telle discussion avec si peu d'arguments à sa disposition ?

— Qu'est-ce que ça veut dire ? demanda-t-elle d'une voix qui tremblait légèrement. Que les adultes ne souhaitent pas se marier ?

— Le mariage, c'est pour les femmes qui ne gagnent pas leur vie et ne supportent pas de vivre seules. Je te croyais plus évoluée.

Elle avait menti. Elle aspirait toujours à être une femme qu'on promène à son bras. Son métier ne représentait qu'un moyen de vivre son rêve par procuration.

La déception fut rude et douloureuse. Mais pourquoi douloureuse ?

Il la vit se recroqueviller sur elle-même.

— C'est ce que tu penses ? Que le mariage n'est qu'un expédient pour les femmes qui n'arrivent pas à se débrouiller seules ? Tu crois vraiment que je ne rêve que d'être une... potiche ?

La façon dont elle prononçait ces mots le faisait passer pour un méprisable individu.

— Je pensais que tu étais mon égale, une femme forte et farouchement indépendante.

Seulement cette femme s'était muée en gamine immature

qui rêvait toujours d'être Mme Quelqu'un. Une femme forte et indépendante aurait pu apprécier un homme comme lui. Elle aurait compris son goût pour le défi et l'aventure.

Cara et lui n'avaient rien en commun.

— Et moi, je te croyais capable d'apprécier une femme dans sa totalité. J'ai plus d'une utilisation, vois-tu. Je ne suis pas bonne qu'à coucher !

Il faillit laisser échapper un rire. Mais, au fond, il ne trouvait rien de drôle dans cette dispute qui n'en était pas une, parce qu'ils n'étaient pas un couple.

Peut-être n'était-elle réellement pas furieuse. Peut-être s'était-elle rendu compte depuis longtemps qu'elle ne voulait pas aller plus loin avec lui et ne voyait-elle aucun inconvénient à rompre à la fin du salon. Il n'en voyait pas non plus. C'était même ce qu'il avait projeté depuis le début. Ou du moins ce qu'il avait projeté avant d'avoir Cara dans son lit. Et avant d'obtenir l'extension de son contrat. Et avant qu'ils se lancent dans cette conversation au cours de laquelle il avait découvert que Cara n'avait pas l'intention de poursuivre leur relation sous quelque forme que ce soit.

Elle mélangeait tout.

— Entièrement d'accord avec toi, Cara. Quand tu lèches le glaçage, il reste le gâteau. Tu es mon gâteau. Enfin, je pensais que tu l'étais. Je veux que tu sois mon gâteau, pas un gâchis qui a besoin de glaçage pour dissimuler les défauts ! Tu as de la substance. C'est ce que je vois en toi et qui te rend si attirante.

Par quel mystère ne voyait-elle pas que le mariage n'était pas fait pour eux ? En revanche, deux personnes indépendantes, attachées à leur métier, pouvaient très bien trouver un terrain d'entente. Et, ce terrain, il voulait le trouver avec la Cara découverte à Grace Bay.

— Tes métaphores sont ridicules, lui assena-t-elle. Pour une fois, vide ton cœur. Ou est-ce trop demander ?

— S'il te plaît, Cara...

Le coup était bas. Il avait avoué avoir des difficultés à exprimer ses émotions, et elle en profitait pour le laminer.

— J'ai l'impression que nous ne parlons pas le même langage, dit-il. Nous étions tombés d'accord : nous ne voulions pas de relation permanente. As-tu changé d'avis ? Explique-toi, bon sang !

— Je vais t'expliquer ! Je n'aime pas beaucoup que tu me traites de gâchis qui a besoin d'un glaçage pour dissimuler ses défauts ! Sache que je ne souhaite pas me marier pour cacher ma multitude d'imperfections sous le nom d'un autre !

— Dans ce cas, pourquoi tiens-tu tant à te marier ?

— Parce que, Keith.

Elle s'assit, si parfaitement maîtresse d'elle-même qu'il eut envie de la secouer juste pour voir si elle respirait toujours.

— Le gâteau est bon par lui-même, reprit-elle, mais le glaçage le rend tellement meilleur. J'aimerais que tu le comprennes.

— J'ai oublié ce que le glaçage est censé représenter. Ce serait beaucoup plus simple si tu disais carrément ce que tu veux que j'entende.

Elle hocha lentement la tête, l'expression vide.

— Après le jeu des jeunes mariés, j'avais l'esprit un peu troublé. Mais tu m'as aidée à comprendre. Je voulais me marier parce que j'aimerais un homme, et il m'aimerait, et nous aurions très envie de tout partager. Un lit, une maison, une vie, une famille. Même un nom.

Bizarrement, la perspective ne lui semblait plus aussi effrayante. Mais, avant qu'il puisse faire part à Cara de sa découverte, elle eut un sourire tremblant. Et une larme roula sur sa joue.

— Et cela n'arrivera pas avec toi, conclut-elle. Alors, nous aurons une aventure. Pas de pression, pas de cloches d'église. Arrête-moi si quelque chose ne colle pas.

Elle voulait se marier. Mais pas avec lui.

Ainsi, apparemment, il était le seul à avoir peur de tout risquer. Et le seul qui supportait mal leur relation telle qu'elle était. Il avait développé tous ces sentiments, et elle... non.

Comment diable cela avait-il pu se produire ?

12

Le jour de gloire de Cara était arrivé.

Dans dix-sept minutes commencerait le défilé de mode qui devait être le clou du salon. Cara Chandler-Harris Designs se frotterait à l'élite mondiale des professionnels du mariage sur quelques mètres de plage vierge.

Une douce brise agitait les voilages tendus sur une armature métallique pour séparer le public des coulisses. Revêtus de leurs robes de contes de fées, les top models symbolisaient l'amour romantique, la beauté et la solennité. Et, devant ce spectacle, ses yeux la piquaient de larmes refoulées.

Normalement, son émotion prouvait que ses robes étaient parfaites, bien choisies pour chaque mannequin et retouchées avec minutie.

Mais ses larmes pouvaient également signifier qu'elle était tombée amoureuse d'un homme qui n'était pas pour elle.

Qu'avait-elle espéré ? Une déclaration d'amour au clair de lune, une romantique demande en mariage avec le bruit des vagues en fond sonore ?

Mais non. L'histoire se terminait exactement comme prévu. C'est-à-dire mal. Du moins avait-elle bien agi en le repoussant. Ça n'avait pas été trop dur ; il était déjà à mi-chemin du trajet qui le séparait de sa prochaine destination, tout joyeux d'échapper à un piège grâce à ses dons de super-héros.

Comme la dernière fois. Comme toujours.

— Tu as du sable dans l'œil ? demanda Meredith, passant la tête entre deux voilages pour prendre la température du public.

— Ce n'est rien.

Quand Cara avait regagné leur chambre, la veille au soir, l'œil sec et l'esprit légèrement ankylosé, Meredith ne lui avait pas posé de questions. Ce dont elle lui avait été si reconnaissante que, finalement, elle lui avait tout raconté, dans les moindres détails.

— Tant mieux, dit Meredith. Mais, si tu sens que la performance dépasse tes forces, laisse tomber. Il nous restera cinq modèles à présenter. Ce sera suffisant.

Comment Meredith se débrouillait-elle pour trouver toujours le mot juste ?

— Merci. Mais Mulan est la première robe que j'ai dessinée parce que j'en avais envie, et non sur commande. C'est ma plus belle création. Je dois la porter et participer à mon défilé. Les gens adoreront.

Apparemment, elle n'en avait pas fini avec sa thérapie. Seule certitude, elle avait besoin de se prouver quelque chose et défiler sur un podium en robe de mariée en faisait partie.

Des accords de musique s'élevèrent et, l'une après l'autre, les filles défilèrent sur le podium, tournèrent sur elles-mêmes, s'immobilisèrent sous les applaudissements et regagnèrent les coulisses.

Cara passait en dernier.

Elle était revenue à son point de départ.

Cara Chandler-Harris Designs était né de son désir de surmonter une épreuve. Rien n'avait changé, mis à part qu'elle réussissait désormais à accepter la vérité.

Elle serait toujours future mariée, jamais mariée, et c'était très bien ainsi.

La tête haute, elle se lança sous les éclairs des flashs. On photographiait ses robes ! Des reporters et des blogueurs capturaient ses créations pour les présenter à leurs lecteurs !

A l'extrémité du podium, elle fit demi-tour et tint la pose sous un tonnerre d'applaudissements. Seigneur ! Ils applaudissaient *sa* robe, *son* travail de création, *elle-même*. C'était une sensation grisante, qui lui donnait le sentiment d'avoir accompli de grandes choses.

Cara Chandler-Harris Designs n'était pas seulement une entreprise, mais son prolongement. La concrétisation de ses rêves de mariage, qui vivraient éternellement dans des merveilles de soie et de dentelle.

Elle pouvait accomplir beaucoup plus qu'un mariage dans sa vie, et cette découverte la libérait comme elle n'aurait jamais espéré.

Durant son séjour à Grace Bay, elle avait aimé que Keith la considère en égale, sans vraiment comprendre que, pour lui, mariage signifiait forcément inégalité des forces en présence. Vu sous cet angle, pas étonnant qu'il se soit enfui le jour de leurs noces. D'une certaine façon, il pensait sans doute lui rendre service. Et il n'avait pas eu tort.

Elle aperçut la tête brune de Keith émergeant au-dessus de la foule tandis qu'elle parcourait le podium dans l'autre sens pour rejoindre ses top models qui l'attendaient.

Il n'avait pas pu se dissimuler dans la marée des têtes, pas à ses yeux, en tout cas. Son cœur l'aurait reconnu n'importe où.

Bras croisés, il l'observait d'un air impénétrable.

Ils s'étaient séparés la veille, d'accord pour mettre un terme à leur aventure antillaise. Il suivrait son chemin, elle, le sien. Et elle semblait la seule à en souffrir.

Le défilé terminé, elle s'apprêta à regagner sa chambre en compagnie de Meredith et des autres mannequins. Les robes devaient réintégrer leurs emballages hermétiques le plus rapidement possible.

— Mademoiselle Chandler-Harris ?

Elle se retourna au son d'une voix masculine et découvrit un homme d'une trentaine d'années, bien de sa personne, dont le badge indiquait :

« Nick ANDERSON.
Acheteur pour les boutiques Ever After. »

Elle maîtrisa un soudain accès de nervosité.

— Ravie de faire votre connaissance, monsieur Anderson. J'ai passé beaucoup d'heures dans vos boutiques.

— A espionner la concurrence ? demanda-t-il avec un gentil sourire.

Ils se serrèrent la main.

— A rêver tout éveillée, répliqua-t-elle aimablement. C'est bien de ça qu'il s'agit, n'est-ce pas ? Nous vendons du rêve.

Prenant le bras que lui offrait M. Anderson, elle l'accompagna sur la plage et lui raconta son bonheur de créer robe de mariée après robe de mariée pour voir briller dans le regard des femmes la certitude d'être la plus belle de l'assistance.

Quand elle se tut, Nick Anderson sourit.

— Vous m'avez séduit. Que faudra-t-il pour que vous acceptiez de nous confier vos créations ?

— Je pense que nous allons trouver un terrain d'entente.

Elle toussota dans un vain effort pour chasser une émotion qu'elle voulait attribuer au fait qu'on venait de lui faire une proposition en or.

Mais elle n'avait qu'un désir : se jeter dans les bras de Keith et lui dire qu'elle avait réussi. Elle voulait qu'il l'étreigne en lui disant combien il était fier d'elle.

Elle parvint à sourire malgré la tristesse qui lui broyait le cœur.

— Maintenant, parlons affaires, si vous voulez bien, monsieur Anderson.

Il regarda Cara s'éloigner au bras d'un homme trop poli pour être honnête. Elle portait toujours sa longue robe de mariée. La même que celle du premier jour, quand il l'avait accostée sous le chapiteau durant la répétition du défilé.

Alors, il avait voulu la prendre au dépourvu mais, bien sûr, il en avait été pour ses frais.

Elle était superbe, hier comme aujourd'hui, comme toujours. La robe blanche au col officier et aux lignes pures rehaussait sa beauté naturelle. Comme si elle était née pour porter cette robe en marchant à la rencontre d'un futur époux fou d'amour. Ils se jureraient un amour éternel, et le pauvre imbécile l'emmènerait en lune de miel dans un hôtel semblable à celui-ci, où, trop occupés l'un de l'autre, ils s'aventureraient très peu hors de leur suite.

Une jalousie féroce s'empara de lui. Un sentiment tout nouveau pour lui, tout comme la souffrance du manque et la confusion que Cara avait semée dans son esprit en défilant dans sa robe.

— Je t'ai à l'œil, Mitchell.

Il se retourna. Meredith se tenait derrière lui, tapant le sable de son talon aiguille, exploit à première vue impossible, mais il semblait que les lois de la physique n'aient pas droit de cité dans l'univers Chandler-Harris.

— Ne te gêne pas, grommela-t-il. Tu me verras me remettre au travail.

Le mariage fictif devant clôturer la journée, il fallait que l'équipe démonte le podium afin d'installer les rangées de chaises. Un mariage au coucher du soleil mettant en vedette deux acteurs serait le couronnement de ces trois jours destinés à lancer l'hôtel.

Sans l'aide de Cara, il craignait qu'il ne soit pas aussi réussi que la répétition. Mary ferait de son mieux, mais elle était un peu débordée.

Songeur, il regarda Meredith.

— Puisque tu n'as apparemment rien de mieux à faire, si tu me donnais un coup de main ?

— Tu es tombé sur la tête ! s'exclama-t-elle en riant. Je préférerais me couper un bras plutôt que de te venir en aide ! De plus, j'ai pour principe de n'aider que les hommes susceptibles de me rembourser en ébats sexuels, et j'ai l'impression que ça serait un peu mal venu avec toi.

— Cara s'en moque bien ! s'exclama-t-il.

Il s'en voulut de cette repartie qui lui avait échappé. Autant avouer tout de suite qu'elle lui faisait atrocement mal, que, cette nuit, il était resté éveillé des heures en essayant de comprendre pourquoi, ayant obtenu exactement ce qu'il demandait — une aventure sans lendemain —, il était malheureux comme les pierres.

Non seulement il était malheureux, mais Cara était apparemment déjà passée à autre chose, c'est-à-dire à quelqu'un qui la faisait rire pendant qu'ils se promenaient, bras dessus, bras dessous, sur la plage. Dans ces conditions, il devait lui être bien égal qu'il couche avec une autre, fût-elle sa sœur.

Il n'empêchait, il n'aurait pas dû laisser échapper cette remarque devant Meredith. C'était une fine mouche. Il se demandait d'ailleurs pourquoi elle dissimulait sa personnalité derrière l'apparence d'une écervelée qui ne songeait qu'à collectionner les amants.

— Et moi, je suis sûre du contraire. Mais je crains que ça ne te contrarie encore plus. Pourquoi restes-tu là à bavarder avec moi au lieu de courir après elle ?

Meredith se frappa le front de la main.

— Mais je connais la réponse ! Parce que tu es un idiot.

— Je te remercie infiniment. Maintenant, si tu m'expliquais la raison de cette embuscade ?

Elle lui adressa un sourire suffisant.

— Ne le répète pas à Cara, mais tu m'as toujours plu. Pour elle, naturellement. Si nous devions avoir une histoire, je ne donnerais pas cher de ta peau.

— Sentiment partagé.

Que le ciel protège le malheureux qui tomberait amoureux de Meredith ! Heureusement, il avait choisi la bonne dès le début. Cara était la seule femme qu'il considère comme une égale. La seule capable d'obtenir qu'il se confie, la seule qui éveillait cette étrange oppression dans sa poitrine.

C'était aussi la seule pour laquelle il avait essayé d'être là quand elle en avait eu besoin. Pour ce que ça lui avait rapporté...

— Puisque nous sommes d'accord sur ce point, si tu cessais d'être aussi lâche ? Ne me dis pas, s'il te plaît, que tu vas encore tout gâcher ?

— C'est à ta sœur que tu devrais remonter les bretelles. C'est elle qui gâche tout !

Son insistance à devenir Mme Mitchell au lieu de profiter de la vie ! Elle avait gâché l'éclosion de sentiments naissants qu'il arrivait à peine à s'avouer à lui-même.

— Tu es impossible. Pourquoi crois-tu que j'en sais aussi long ?

J'ai parlé avec Cara. Elle te laisse partir pour ne pas t'enfermer dans une relation qui te pèse.

Il sentit le remords le submerger.

— Cara ne ferait jamais ça !

— Exactement.

Le regard perçant de Meredith le fouillait jusqu'aux tréfonds de son être.

— Elle renonce à toi tout en étant follement éprise parce qu'elle ne veut pas te piéger dans un mariage. Content de toi, Mitchell ?

Il lui sembla que l'univers s'écroulait autour de lui.

— Elle est amoureuse de moi ? Pourquoi ne me l'a-t-elle pas dit ?

L'idée s'implantait en lui, prenait de l'ampleur, jusqu'à anéantir tout le reste. Cara l'aimait. Pour de bon, cette fois. Sinon, elle n'aurait pas confié son amour à Meredith.

Celle-ci secoua la tête d'un air de mépris.

— Je retire ce que j'ai dit. Je ne t'aime pas. Tu es trop bête, et Cara peut trouver mieux. Tu mérites de rester tout seul jusqu'à la fin de tes jours !

Ses cheveux auburn voltigeant derrière elle, elle le planta là.

Il chercha des yeux Cara et son ami, qui bavardaient toujours sur la plage. Sous son examen attentif, leurs visages devinrent flous et son propre visage se substitua à celui du compagnon de Cara. Cara qu'il avait tenue dans ses bras la veille et qu'il avait quittée une fois de plus, parce qu'il ne pouvait pas lui accorder ce qu'elle voulait.

Faux. Il avait refusé d'accéder à son désir sans même envisager que le mariage puisse être autre chose qu'une froide association destinée à donner une vie de luxe à une épouse potiche.

Il en aurait peut-être été ainsi la première fois, mais aujourd'hui tout était différent. *Elle* était différente. Mais elle ne lui avait pas laissé la chance de découvrir ce que leur relation pourrait être. Elle avait juste pris la porte sans même lui avouer son amour.

Et avoir entendu cet aveu de la bouche de Meredith, et non de celle de Cara, était intolérable. Elle lui devait une explication.

— Monsieur Mitchell ?

Un employé lui posa à propos du mariage fictif une question qu'il entendit à peine.

— Excusez-moi, dit-il à l'homme, le coupant au milieu de sa phase pour se précipiter vers la plage.

Et, sans le moindre remords, il fit irruption dans le touchant tête-à-tête entre Cara et son ami.

— Keith Mitchell, dit-il en jaugeant l'homme tout en lui serrant la main.

Il était trop mignon, trop élégant et trop petit pour Cara.

— Viens avec moi, ordonna-t-il à Cara.

Elle était si belle, si lumineuse, dans sa longue robe blanche que sa gorge se noua.

— Je suis occupée, répliqua-t-elle sèchement. Cela ne peut-il attendre ?

— Non.

Il était sur le point de la jeter sur son épaule pour l'emmener dans un endroit où ils pourraient s'expliquer quand son regard tomba sur le badge du bellâtre.

Le mot acheteur lui causa une sorte d'éblouissement. Il avait fait irruption dans une conversation d'affaires comme un amant jaloux.

Mais il *était* un amant jaloux, et il méritait le regard glacé de Cara.

— Enfin, si, ça peut attendre. Je te prie de m'excuser de vous avoir dérangés. Rejoins-moi au bureau dès que possible.

— Bien sûr. A tout à l'heure.

Il s'éclipsa après avoir adressé un signe de tête à l'acheteur.

Il resta une bonne demi-heure dans son bureau, l'humeur morose, attendant patiemment un message de Cara.

A la place, il en reçut trois de Mary lui demandant son avis sur l'organisation du mariage fictif. A quoi il répondit qu'il lui faisait entièrement confiance.

— Vous devriez engager Cara comme coordinatrice, fit-elle remarquer. Elle s'y connaît en mariages. Elle aime ça.

Certes et, comme il ne lui avait pas caché son opinion sur le sujet, pas étonnant qu'elle l'ait laissé tomber. Oui, il était un imbécile et, si Cara ne lui avait pas avoué son amour, c'était qu'il ne lui avait donné aucune raison de le faire.

Tout comme elle n'avait aucune raison de le rejoindre dans son bureau. Elle ne viendrait pas, et il ne pouvait le lui reprocher.

S'il espérait sauver quelque chose de cette débâcle, il fallait frapper un grand coup. Et, s'il voulait entendre de la bouche de Cara qu'elle l'aimait, il fallait admettre que lui aussi l'aimait. Tout haut. Devant elle.

La révélation la choquerait probablement autant que lui.

Elle s'était installée sur une chaise pliante du premier rang, là où la famille du marié aurait pris place s'il s'était agi d'un vrai mariage. Mais, comme les mariés étaient deux comédiens engagés pour l'occasion, personne n'y verrait d'inconvénient.

Elle aimait les mariages ; ça ne faisait aucun doute.

Son aventure antillaise avec Keith lui avait permis d'envisager le mariage pour ce qu'il était vraiment, c'est-à-dire la célébration de l'amour et de l'engagement de deux personnes désireuses de vivre ensemble. Elle n'exigerait pas moins, et tant pis si elle devait rester vieille fille. Ce serait le prix à payer pour sa fidélité à sa conception de l'amour.

Toujours revêtue de la robe Mulan, elle croisa précautionneusement les jambes pour ne pas endommager les coutures.

Elle aurait dû aller se changer dans sa chambre, mais elle n'avait pas envie de la quitter tout de suite. Cette robe était devenue le symbole de l'essor de Cara Chandler-Harris Designs et de son propre épanouissement.

La musique s'éleva, et la future mariée, pieds nus dans un nuage blanc, parcourut gracieusement l'allée. Quand elle rejoignit son futur époux, l'officiant, également un comédien, se tourna vers l'assistance.

— Mes bien chers frères..., dit-il.

Le rituel se déroula sans anicroche jusqu'au moment où il déclara :

— Si quelqu'un dans l'assemblée s'oppose à cette union, qu'il parle ou se taise à jamais.

— Je m'y oppose !

La voix forte de Keith résonna dans la paix de la fin d'après-midi.

Cara se retourna brusquement. Il foulait l'allée en seigneur et s'arrêta devant elle.

Tous les regards étaient maintenant sur eux. Le maniaque de l'interruption avait encore frappé.

— Pour quel motif ? demanda l'officiant sans se laisser démonter.

— Au motif qu'un mariage doit unir deux personnes qui s'aiment...

Cependant, au lieu de se tourner vers l'officiant, Keith avait plongé son regard dans le sien.

— Les futurs époux ne sont donc pas qualifiés, conclut-il.

— Qu'est-ce qui te prend ? chuchota-t-elle.

— Il me prend ce qui aurait dû me prendre il y a deux ans.

Il n'avait pas baissé la voix, puisque, visiblement, les participants devaient être impliqués dans l'évocation de leur malheureux passé.

— Et hier soir, ajouta-t-il. Au lieu de fuir, me voilà au cœur d'un mariage. Comme tu le souhaitais.

Sur le moment, la parole lui manqua mais, grâce à des années d'entraînement, elle parvint à faire bonne figure. Seulement, elle ne voyait pas où il voulait en venir.

Elle le dévisagea, circonspecte.

— C'est adorable, chéri, mais, si j'ai bonne mémoire, tes chaussures Speedy Gonzales sont d'une efficacité redoutable, surtout lors des mariages.

— C'est pourquoi je les ai ôtées, répliqua-t-il en exhibant un pied nu pour prouver ses dires. Je n'irai nulle part, Cara.

Son cœur battait à tout rompre. Il avait interrompu le mariage avec un but bien précis. Restait à savoir lequel.

Avait-il bousculé le bon déroulement de la cérémonie parce qu'elle n'avait pas répondu à sa royale sommation de venir dans son bureau ? Peu probable. Cet événement venait couronner le salon, et Keith avait tout intérêt à ce qu'il soit réussi.

Et, soudain, il vint s'agenouiller à ses pieds. Presque comme si...

Non ! Il n'oserait tout de même pas l'entraîner dans une demande en mariage de pacotille pour pimenter le spectacle ?

Il prit sa main, le regard plein de gravité et d'une émotion qu'elle n'aurait su définir, et elle le contempla, fascinée.

— J'ai du mal à m'exprimer, déclara-t-il, et j'apprécie que tu ne m'obliges pas à faire étalage de mes sentiments. Seulement, tu mérites mieux. Le moment est venu de cesser de m'abriter derrière une prétendue horreur de l'engagement et de faire l'effort de comprendre ce que je ressens tout au fond de moi.

Les paroles de Keith étaient empreintes d'une telle sincérité qu'elle frissonna.

C'était donc réel. Douloureusement, merveilleusement réel ?

— Temporaire ne serait donc plus ton mot clé ?

Il secoua la tête.

— Plus maintenant. Je veux te donner tout ce que ton cœur désire. Je ne supporterai plus de te perdre, Cara, parce que je t'aime.

Murmures et soupirs montèrent de la foule, qui avait retenu son souffle pendant cet échange. Elle eut la sensation que le sang se retirait de son visage tandis que des étoiles dansaient devant ses yeux.

— Qu'est-ce que tu dis ?

— C'est vrai, je t'aime, répéta-t-il d'une voix chargée d'émotion. Je suis désolé qu'il ait fallu une intervention extérieure pour que je finisse par me l'avouer.

— Meredith a parlé, c'est ça ?

Les sœurs... une véritable engeance, mais comment se passer d'elles ?

Naturellement, c'était l'indiscrétion de Meredith qui avait déclenché cette scène. Mais, au fond, ce n'était peut-être pas un mal.

Il hocha de nouveau la tête.

— Cependant, j'aimerais entendre l'aveu de ta bouche. C'est pour cette raison que je voulais te voir tout à l'heure.

La sotte ! Son entêtement avait failli lui coûter cher. Heureusement, Keith n'était pas du genre à rester les bras croisés en attendant que la vie exauce ses vœux.

Elle soupira.

— Oui, je crains que ce ne soit vrai. Je t'aime, mais je n'arrive pas à croire que…

— C'est quand je t'ai vue dans cette robe que j'ai eu le déclic. Je désire plus que tout t'épouser, Cara, et être là pour toi à chaque minute de chaque jour de notre vie.

Dans son émotion, elle en oublia de respirer. Keith lui parlait *mariage*. Il avait dû rester trop longtemps au soleil.

— Voyons, Keith, il s'agit juste d'une robe !

— C'est là où tu te trompes. Elle est spéciale parce que c'est toi qui la portes. Accepte d'être ma femme, pas seulement pour un jour, mais pour la vie.

Son cœur s'emplit d'allégresse. Il voulait vraiment s'engager à long terme avec elle. Depuis si longtemps, il lui semblait que les robes de mariée détenaient un pouvoir magique. Et aujourd'hui la magie s'exerçait.

Il n'y avait personne avec qui elle ait envie de tenter l'expérience plus qu'avec Keith. L'homme qui avait interrompu une cérémonie fictive pour métamorphoser leur aventure en relation profonde et durable, qui l'avait encouragée à être son égal, qui lui avait conseillé de prendre ce qu'elle désirait.

Et elle désirait Keith Mitchell.

— Cara, je veux tout partager avec toi, maison, nom, avenir. Dis que tu acceptes de m'épouser.

Elle tendit la main à celui à qui elle avait juré de ne plus jamais accorder sa confiance, juré de ne plus jamais lui donner l'occasion de la faire souffrir, de ne jamais se retrouver en sa présence quand elle portait une robe de mariée.

Et la réponse lui parut évidente.

— J'accepte avec joie.

Épilogue

Les lueurs de l'aube filtraient par la baie vitrée, et Cara se blottit contre le corps de Keith. De leur lit, elle regarda le soleil se lever sur Aruba et la plage qui s'étalait à perte de vue.

— Je ne me lasserai jamais du spectacle, dit-elle. J'ai beau le contempler tous les matins depuis deux mois, il ne perd rien de son charme.

— Entièrement d'accord avec vous, madame Mitchell, murmura-t-il, son regard sur elle et non sur la vue spectaculaire. J'ai beau partager ton lit depuis deux mois, je ne me lasse pas de me réveiller chaque matin avec toi.

Il lui sembla que son cœur allait exploser de trop de bonheur.

— Ce n'est pas ce que tu disais hier. Je crois que tes mots exacts étaient : « Arrête ça, ou tu vas encore me mettre en retard ! »

Il éclata de rire.

— C'est vrai, je crois l'avoir dit. Et, si je me souviens bien, tu n'as pas arrêté pour autant.

Elle haussa les épaules.

— Désolée. Voilà ce qu'on récolte à amener une femme à Aruba et à insister pour travailler sans répit.

Le destin leur avait joué un drôle de tour en envoyant Keith en mission à Aruba, île qu'ils avaient choisie pour leur voyage de noces, deux ans plus tôt.

Mais, cette fois, ils s'étaient bel et bien mariés.

— Je te rappelle que c'est toi qui m'as poussé à rejoindre

immédiatement mon deuxième lieu de mission. Moi, je voulais prendre un congé pour passer du temps avec toi, mais tu craignais que Regent n'en profite pour remanier le contrat.

Oui, elle était responsable de la situation.

Le lendemain de la clôture du salon, Keith et elle s'étaient mariés sur la plage de Grace Bay, sans bague, sans invités de marque, ni fanfare, mais avec beaucoup d'amour et le désir ardent d'être unis par les liens du mariage. Et cette cérémonie toute simple avait comblé ses rêves de romantisme les plus fous.

Elle avait récompensé Keith en insistant pour qu'il ne prenne pas de congé. Parce qu'il aimait son travail et qu'elle l'aimait. Bien sûr, quand le métier de votre mari promettait de vous envoyer pendant deux ans dans quinze versions du paradis, il paraissait difficile de se plaindre.

— Oui, oui, je sais !

Après avoir planté sur ses lèvres un baiser sonore, elle le poussa hors du lit.

— Va travailler. Tu me trouveras ici à ton retour.

— Arrange-toi pour être nue.

— On verra, dit-elle, faisant mine de réfléchir. Je dois terminer la robe d'Yvette, mais j'arriverai peut-être à me libérer un peu.

Il revêtit en un rien de temps le costume sombre qui lui allait si bien et qu'elle se ferait un plaisir de lui ôter le soir venu.

— Maintenant, c'est qui, l'obsédée du travail ? Je croyais que Meredith en assumait une partie plus importante maintenant que tu es vendue en boutique et que tu as plus de commandes que tu n'en peux fournir.

Cara avait proposé une association à sa sœur, et même offert de changer le nom de l'affaire en Chandler-Harris Designs. Mais sa sœur avait fait remarquer qu'elle était désormais la seule Chandler-Harris et que, jusqu'à ce qu'elle ait les moyens de racheter l'entreprise, le nom de Cara devait rester.

— C'est le cas, mais l'affaire est toujours à moi.

— Ça, c'est ma chère femme, dit-il en l'embrassant avant d'aller terroriser le personnel de l'hôtel.

Oui, elle était sa femme... une femme libre, et une femme d'affaires. Au lieu de devoir choisir son rôle, elle avait tout grâce à un mari parfait qui la comblait.

KAT CANTRELL

Une alliance surgie du passé

TULLE BLANC ET LUNE DE MIEL

Traduction française de
FRANÇOISE HENRY

HARLEQUIN

Titre original :
FROM FAKE TO FOREVER

Ce roman a déjà été publié en 2021.

1

En temps normal, Meredith Chandler-Harris aurait trouvé très excitant ce voyage éclair à Manhattan, d'autant qu'il s'agrémentait d'une visite d'une maison de couture comptant parmi les plus cotées du monde. Malheureusement, l'obligation dans laquelle elle se trouvait d'expliquer à l'homme qu'elle tentait d'oublier depuis deux ans qu'ils étaient en fait mariés lui enlevait beaucoup de charme. Et même la perspective de boire des martinis dry ne la détendait pas.

Le cocktail préféré de Jason.

Elle remua imperceptiblement sur le canapé de cuir, en attendant que la réceptionniste l'introduise dans le sacro-saint repaire de Jason Lynhurst, directeur d'exploitation de Lyn Couture, et qui, à en croire les registres d'état civil, se trouvait également être son mari.

— M. Lynhurst va vous recevoir, dit la réceptionniste d'un ton glacial. Si vous voulez bien me suivre.

Elle avait l'habitude que les femmes s'adressent à elle sur ce ton, car elles ne lui pardonnaient pas les avantages dont le ciel l'avait généreusement pourvue à la naissance. De plus, elle n'attendait aucune amabilité de la part d'une femme qui, sans ménagement, avait tenté de l'aiguiller vers la sortie.

Au-delà de l'aire de réception de Lyn Couture, les ateliers bruissaient d'activité. Fascinée, elle tendit le cou pour tenter d'apercevoir les élégantes tenues tracées à grands coups de crayon et les échantillons de tissu abandonnés sur les tables.

Elle adorait la mode. Acheter des vêtements, les regarder, les assortir, la ravissait. Et, si elle comptait s'investir dans l'entreprise de création de robes de mariée de sa sœur, Lyn Couture représentait à ses yeux beaucoup plus qu'une affaire. C'était la Mecque pour ceux qui partageaient sa passion.

Bien sûr, quand elle avait croisé son regard sur la piste de danse d'une boîte de nuit de Las Vegas, elle ignorait qui était Jason. Elle avait été séduite par son beau visage et son corps magnifique. Et elle s'était laissé séduire. Deux ans plus tard, elle apprenait que cette aventure avait eu bien plus d'implications que ce à quoi elle s'était attendue.

Sous les regards curieux, elle suivit la glaciale réceptionniste jusqu'à un bureau d'angle.

— Monsieur Lynhurst ? lança la jeune femme par la porte entrouverte. Votre visiteuse est là.

Monsieur Lynhurst.

Pitié ! En un week-end, cet homme lui avait prodigué plus de caresses expertes que, depuis, tous les amants qu'elle avait eus. Ce qu'elle déplorait. Elle aurait aimé rencontrer un homme qui lui fasse oublier la perfection de celui qui avait bouleversé sa vie lors de ce voyage à Las Vegas inoubliable.

— Merci, ma belle. Faites entrer.

Passant devant la réceptionniste, Meredith pénétra dans le bureau d'un pas assuré.

Elle avait besoin de capter l'attention de Jason. Parce qu'elle devait obtenir un divorce discret et rapide. Ensuite seulement, elle trouverait le courage d'approcher son père pour lui demander un prêt qui lui permettrait de racheter sa part de l'affaire de sa sœur.

De toute façon, elle ne se sentait pas prête pour le mariage, ni avec Jason, ni avec personne. Il fallait d'abord qu'elle se découvre en tant qu'adulte. Deux ans plus tôt, à la lumière froide du petit matin, son mariage de la veille lui avait paru tout le contraire d'une bonne idée. En réalité, la licence n'était pas censée avoir été enregistrée. Sauf qu'elle venait d'apprendre qu'elle était bel et bien mariée à Jason.

Ce dernier était assis derrière un bureau de verre aux angles durs. Et, quand leurs regards se croisèrent, elle sentit son souffle se bloquer dans sa poitrine. Soudain, elle comprit pourquoi aucun homme n'avait su lui faire oublier Jason.

Son visage était toujours magnifique, avec ses pommettes hautes, et ses cheveux blond clair, coiffés dans un style légèrement négligé, imploraient qu'elle y glisse les doigts et l'attire à elle pour un baiser brûlant. De plus, cet homme plein d'esprit doublé d'un amant exceptionnel savait l'écouter, contrairement à la plupart des hommes, qui semblaient ignorer qu'elle possédait un cerveau.

Il se leva, superbe dans son costume sombre, très certainement conçu et réalisé dans ses ateliers. Si sa visite inopinée le surprenait, il n'en laissa rien paraître.

— Meredith ! Tu sembles en pleine forme.

— Merci d'avoir accepté de me recevoir à l'improviste.

Bien que cet échange de politesses entre deux personnes qui pensaient ne jamais se revoir soit charmant, elle jugea inutile de tergiverser.

— Nous avons un problème, déclara-t-elle sans ambages. Plus nous pourrons le résoudre rapidement et discrètement, mieux ça vaudra.

L'expression de Jason se voila.

— J'espère que tu ne vas pas m'apprendre que tu as eu un enfant de moi.

Pour qui la prenait-il ? Elle ravala sa colère. En réalité, ils ne se connaissaient pas très bien. Tous deux avaient considéré leur week-end de passion à Las Vegas comme une parenthèse dans leur vie, non comme les prémices d'une histoire destinée à durer.

Leur mariage avait été une sottise ; à l'époque, ils en étaient tous deux convenus.

D'un geste, elle écarta la supposition.

— Mais non, fit-elle en se perchant sur le bord d'un fauteuil.

Il se détendit légèrement, sans toutefois se rasseoir.

— Très bien. Que puis-je faire pour toi ?

C'était tellement étrange. Elle avait passé des heures nue contre cet homme également nu, leurs corps moites de sueur enlacés. Elle avait promené sa langue sur toutes les parcelles de peau dissimulées sous son vêtement. Et ils se comportaient aujourd'hui comme des étrangers. Enfin, pas complètement. Bizarrement, on aurait dit qu'ils s'étaient quittés la veille.

— Il nous arrive une drôle d'histoire, dit-elle avec un sourire, comme si elle avait une bonne plaisanterie à lui apprendre. Tu te souviens de cette chapelle que nous avons découverte, où l'on mariait les gens toute la nuit, et où nous avons eu l'idée de sceller le « pacte adulte » ?

Après quatre tournées de tequilas et d'innombrables cocktails, l'idée leur avait paru géniale. Ils ne s'étaient pas quittés du week-end. Ils avaient eu des conversations interminables au cours desquelles elle s'était confiée à ce quasi-inconnu avec une liberté qu'elle avait rarement ressentie avec quelqu'un. Et il avait prétendu qu'il en allait de même pour lui. Alors, ils avaient cherché quelque chose, n'importe quoi, qui les aiderait à franchir le cap entre les caprices de la jeunesse et leur vie d'adultes. De là était venu le concept du « pacte adulte ».

Naturellement, ils n'avaient jamais envisagé de rester mariés. Il s'agissait juste de se prouver à eux-mêmes qu'ils étaient capables de se comporter en adultes et qu'un engagement comme le mariage n'était pas si effrayant.

Malheureusement, ironie du sort, le mariage censé prouver qu'ils étaient adultes avait débouché sur un problème très adulte.

— Naturellement que je m'en souviens ! C'est la seule fois de ma vie où je me suis laissé aller à agir de façon stupide.

Elle soupira. Pour sa part, elle se comportait de façon stupide tout le temps. Le « pacte adulte » devait lui permettre de se considérer autrement que comme une lauréate de concours de beauté et de se faire apprécier pour ses qualités intellectuelles. Mais elle n'avait pas beaucoup avancé.

— La licence de mariage a bel et bien été enregistrée.

— Quoi ? s'exclama Jason, dont le visage se ferma. Comment est-ce possible ? Tu étais censée la déchirer.

— Je l'ai fait ! Enfin, je l'ai jetée, c'est certain. Personne n'avait précisé qu'il fallait la déchirer.

— C'est pourtant l'usage quand on ne veut pas que certains papiers tombent en de mauvaises mains, Meredith. Numéros de cartes de crédit, documents légaux. Licence de mariage, quand on se rend compte au petit matin que jamais on n'aurait dû aller aussi loin.

Il fourragea nerveusement dans ses cheveux. En le voyant faire, elle eut terriblement envie de glisser sa main dans sa chevelure. Une fois la question du divorce réglée, elle avait bien pensé qu'ils pourraient peut-être rattraper le temps perdu. Une dernière fois…, histoire de se guérir de lui une fois pour toutes et d'aller de l'avant.

En voyant l'expression sévère de Jason, elle chassa instantanément cette pensée.

— Bon, inutile de revenir sur le passé, dit-elle fermement. Nous sommes légalement mariés, et ce, depuis deux ans. Il ne nous reste plus qu'à régler le problème et, ensuite, nous pourrions peut-être aller boire un verre ou deux ?

La suggestion manquait de subtilité, mais elle éprouvait le besoin de vérifier si l'alchimie fonctionnait toujours entre eux.

— Régler le problème ? répéta-t-il. Oh ! je vois ! Tu as eu vent de mes fiançailles, et tu attends un dédommagement.

Il hocha la tête d'un air las.

— Combien veux-tu ?

Jason, fiancé ? Parfait. Il aurait tout aussi envie qu'elle de régler l'affaire rapidement et discrètement. Malgré tout, elle ne parvenait pas à se réjouir de la nouvelle.

D'apprendre qu'il était passé à autre chose lui causait une déception. Adieu, réconciliation éphémère et week-end passionné.

— Je ne veux pas de ton argent, Jason. Juste un divorce par consentement mutuel, sans partage des biens.

— Naturellement, répliqua-t-il d'une voix lourde de sarcasmes. A Las Vegas, dès que tu as découvert que j'étais le fils de Bettina Lynhurst, tu as tout de suite voulu en tirer profit. Je suis juste surpris que tu aies mis si longtemps à sortir du bois.

Elle le dévisagea, bouche bée.

— Tu sembles oublier que je suis une Chandler-Harris,

riposta-t-elle quand elle eut retrouvé l'usage de la parole. L'argent de mon père a construit Houston. Alors, je n'ai que faire de ton argent. Signe les papiers du divorce et retourne à tes affaires !

Jason n'avait pas à savoir qu'elle avait découpé et jeté les cartes de crédit que lui avait données son père.

Il sourit, et la tension s'allégea tandis qu'il se rasseyait dans son fauteuil.

— Si tu n'es pas intéressée par l'argent, pourquoi cette soudaine visite ?

— C'est très simple, dit-elle, prenant l'air dégagé, comme si la situation n'avait pas d'importance. Nous avons tous deux intérêt à obtenir un divorce à l'amiable.

— Les papiers sont-ils prêts ? Dans ce cas, fais-m'en une copie que je transmettrai à mon avocat. Si tout est en ordre, je les signerai. Merci de ta visite. Je te raccompagne.

Il se leva. Elle ne bougea pas.

— Quelle garantie ai-je que tu n'iras pas tout raconter aux médias ?

Si son père découvrait l'étendue de son inconscience, jamais il ne lui accorderait le prêt dont elle avait besoin pour prouver qu'elle était capable de faire quelque chose de sa vie.

De ce prêt dépendait son avenir. Enfin, les gens verraient en elle autre chose que Miss Texas. Enfin, elle serait adulte.

Jason eut un rire ironique.

— Pourquoi irais-je raconter que j'ai été assez sot pour épouser à Las Vegas une femme que je venais de rencontrer, et qui, de son côté, était assez écervelée pour oublier incidemment de détruire la licence de mariage ?

Elle le dévisagea froidement.

— Pareil pour moi. Je préfère qu'on ne découvre pas que j'ai épousé un être assez dépourvu de bon sens pour vouloir m'épouser ! Voici une copie des papiers.

— Mon avocat va les étudier. Ne quitte pas la ville. Je veux régler cette affaire avant ton départ.

— Je ne reste que quelques jours. Alors, fais vite.

D'un geste plein d'emphase, elle nota le nom de son hôtel et son numéro de portable sur un post-it et, aiguillonnée par le désir insensé de toucher Jason une dernière fois, le colla sur le revers sa veste.

Dommage, cette fiancée. Encore plus dommage que Jason Lynhurst ait définitivement relégué leur histoire aux oubliettes.

Elle, en revanche, ne pouvait en dire autant.

Meredith.

S'il s'était attendu à la revoir ! La seule femme qui l'ait incité à laisser de côté son masque d'homme d'affaires sérieux pour vivre enfin, la seule qui pouvait se vanter d'avoir dormi dans son lit alors qu'il ne laissait jamais ses conquêtes pénétrer dans son espace personnel. Leur brève aventure avait été passionnée, débridée, au-delà de ses fantasmes les plus torrides, et pas du tout dans son caractère.

Meredith était aussi la seule femme qu'il ait jamais considérée comme dangereuse. Pour son bien-être, sa santé mentale, son avenir. Et pour son self-control ! A Las Vegas, il avait été incapable de lui résister, et quelque chose lui disait que rien n'avait changé.

Mais ce n'était ni le lieu ni l'heure pour s'appesantir sur le sujet.

Il avait une réunion avec Avery dans un quart d'heure, et sa sœur allait le gratifier de son regard condescendant s'il était en retard. Plutôt que de perdre du temps à sortir du garage la voiture de l'entreprise, il héla un taxi.

Une fois installé dans le véhicule, il repensa à la petite bombe lâchée par Meredith.

Marié. A Meredith.

A l'époque, l'idée de se lier symboliquement, sous le sceau du « pacte adulte », à une femme qui semblait comprendre sans effort son désarroi et son chagrin lui avait paru excellente.

Il avait décidé de se rendre à Las Vegas sur un coup de tête, perturbé par la nouvelle que ses parents venaient d'annoncer. Non seulement ils divorçaient après trente ans de mariage, mais encore ils se partageaient Lynhurst Enterprises, l'entreprise qu'ils avaient fondée. Lyn Couture reviendrait à Bettina, Hurst House

Fashion à Paul. Jason resterait à Lyn et Avery rejoindrait Hurst. L'arrangement semblait satisfaire tout le monde, sauf qu'on ne lui avait pas demandé son avis.

Or, il s'était senti brisé et spolié par cette décision qui le privait de l'héritage familial.

C'en avait été trop pour lui. Pour oublier, il s'était envolé pour Las Vegas.

Meredith avait été un baume sur son âme à vif. Exactement ce dont il avait besoin à ce moment-là. Et elle l'avait aidé à réfléchir. Sans la crise qu'il traversait, jamais il ne se serait ouvert à elle comme il l'avait fait. Il s'était complètement laissé aller ce week-end-là. Son escapade terminée, il avait laissé Meredith dans la chambre d'hôtel avec un baiser et un merci, et il avait repris l'avion pour New York avec une toute nouvelle détermination.

Contre vents et marées, il réunirait Lyn Couture et Hurst House Fashion.

Aujourd'hui, il était sur le point de voir ses efforts couronnés de succès.

Avery et lui étaient enfin d'accord, et ils avaient mis de côté leur animosité pour travailler en secret à la réussite du projet.

Il ne put s'empêcher de chercher sur son téléphone le site du registre des mariages de Clark County, Nevada. Une rapide recherche lui révéla qu'il était légalement marié à Meredith Lizette Chandler-Harris.

Un moment d'égarement difficile à expliquer aux gens qu'il fréquentait dans la vraie vie. C'était même pour cette raison que Meredith et lui avaient suivi l'officiant et demandé à récupérer la licence de mariage pour qu'elle ne soit pas enregistrée. Que s'était-il donc passé ? Il appela son avocat pour lui demander de découvrir le fin mot de l'histoire, et sauta hors du taxi devant le café qu'Avery avait choisi pour leur rendez-vous clandestin.

Comme prévu, sa sœur l'attendait sur une banquette du fond de la salle, pianotant sur la table d'un air agacé. Elle le regarda approcher, l'œil mauvais.

— Qu'est-ce que tu fabriquais ? J'ai rendez-vous avec les publicitaires de Project Runway dans une heure, lança-t-elle d'un ton de reproche. Tout le mondc n'a pas un poste en or comme toi, grâce à notre mère. J'ai un vrai travail, moi !

— Bonjour, dit-il aimablement. Puisque tu es si occupée, tu aurais dû proposer un lieu de rendez-vous plus proche du centre-ville.

Il sortit de sa serviette les documents détaillant la restructuration de Lyn Couture et Hurst House en une seule entreprise et les posa sur la table. C'était sa contribution. Avery, elle, s'occupait de l'image de marque de l'entreprise reformée, qu'ils espéraient relancer avec une nouvelle ligne de printemps.

Elle se plongea dans la lecture de documents qui lui avaient coûté des semaines de travail. Mais, soudain, elle marqua un temps d'arrêt et haussa les sourcils.

— Il est dit ici que tu seras P-DG. Tu fais erreur. Le poste est pour moi.

— Tu es devenue folle ou quoi ? Tu crois quc jc mc suis lancé dans cette histoire afin de travailler pour toi au lieu de maman ?

Avery délirait complètement. Elle n'avait aucune formation en direction d'entreprise, alors que lui avait obtenu un master en affaires à Harvard dans le but de prendre les rênes de l'entreprise.

— Je ne me montrerai pas ingrat, rassure-toi, ajouta-t-il.

Elle rejeta ses longs cheveux blonds par-dessus son épaule.

— Pourquoi crois-tu que j'ai travaillé à ce projet ? Lynhurst Enterprises est à moi.

— N'y compte pas !

C'était parce que Avery avait fini par détester la scission et souhaitait autant que lui réunir les deux maisons qu'il avait accepté de s'allier à elle. Malheureusement, il avait sous-estimé sa soif de pouvoir.

— Je suis l'aînée, déclara-t-elle. Il était évident que je prendrais la direction de l'entreprise une fois que nous l'aurions réunie de nouveau.

— Mais pas du tout ! riposta-t-il avec véhémence.

Puis il baissa la voix.

— J'ai travaillé à ce projet plus longtemps et plus durement que n'importe qui, toi comprise !

Toute sa vie, il s'était préparé à marcher dans les pas de son père et à prendre la tête de Lynhurst. Tout en occupant un rôle essentiel dans la conception des modèles et leur commercialisation, Avery et Bettina n'étaient pas des visionnaires. Elles n'avaient pas les compétences pour diriger une entreprise aussi énorme que Lynhurst.

— C'est un mensonge éhonté, répliqua-t-elle. Qui a eu l'idée d'allier nos forces pour obtenir gain de cause ? Pas toi ! Tu n'as tout de même pas cru que j'allais t'offrir le poste de P-DG sur un plateau, petit frère ?

Une pointe délibérée, comme si l'ordre des naissances jouait un rôle essentiel dans l'organisation du monde.

— Il ne s'agit pas de m'offrir quoi que ce soit sur un plateau ! J'ai gagné ce poste par ce projet de fusion, sans parler de ce que j'ai accompli en tant que directeur d'exploitation de Lyn Couture.

En fait, il l'avait gagné ne serait-ce que par ses fiançailles à Meiling Lim !

Le père de sa fiancée possédait la plus grosse affaire de textile d'Asie, et son mariage avec Meiling devait consolider le partenariat entre Lyn Couture et les maisons de fabrication étrangères. C'était une union décidée autour d'une table de réunion et qui prouvait son excellent sens des affaires.

Avec ses traits délicats et son excellente éducation, Meiling représentait exactement le genre d'épouse qu'il fallait à un jeune P-DG plein d'avenir. Ils s'appréciaient et poursuivaient un but commun, à savoir, la prospérité de leurs familles. Ni l'un ni l'autre n'espérait de mariage d'amour et, à vrai dire, ils préféraient même ce genre d'arrangements.

Il se satisferait très bien d'un mariage avantageux et paisible... à l'opposé de celui, tumultueux et plein de surprises, qu'il aurait eu avec une femme comme Meredith.

Il ne voulait surtout pas s'encombrer d'une femme qui le pousserait à prendre de mauvaises décisions. Il laissait ce genre de créatures à son père.

Il avait la chance que la famille traditionnelle de Meiling ait l'esprit suffisamment ouvert pour passer outre aux frasques de son père. Lui-même avait besoin de limites pour naviguer dans un monde largement peuplé de femmes. Meiling serait un excellent garde-fou, et rien ne viendrait entraver ses méticuleux projets.

Enfin, sauf Avery, avec sa malencontreuse idée de lui voler le poste de P-DG. Ce qui, lui vivant, n'arriverait pas.

— Pourquoi ne pas attendre que la fusion soit réalisée pour se pencher sur ce problème ? suggéra-t-il.

Ils devaient, en effet, se concentrer sur des sujets plus importants, sinon il n'y aurait pas de poste de P-DG à pourvoir. Bettina et Paul se trouvaient parfaitement bien dans leur position de directeurs de leur moitié respective, mais le vent du changement soufflerait sur leurs parents, que ça leur plaise ou non.

Avery acquiesça avec un singulier manque d'enthousiasme.

— D'accord pour le moment. Mais ne t'imagine pas que tu as gagné. Je ne céderai pas. Bien, mettons-nous au travail.

Durant la demi-heure qui suivit, ils étudièrent le projet jusqu'à ce que sa sœur parte pour son rendez-vous avec Project Runway.

Dans le taxi qui le ramenait chez Lyn, il appela Meiling. Mieux valait qu'elle apprenne de sa bouche la regrettable histoire de son mariage. Evidemment, il aurait mieux valu qu'il puisse lui mettre en main les papiers du divorce. Mais, dès que son avocat les aurait épluchés, tout serait réglé, et il ne reverrait plus Meredith de sa vie... sauf dans sa tête, où ses yeux lumineux le conviaient dans un monde sens dessus dessous, un monde de plaisir et de compréhension mutuelle.

Il devait cesser de penser à elle. C'était irrespectueux pour Meiling. Aucun scénario incluant, même à durée déterminée, Meredith dans son existence n'avait de sens.

2

Bien qu'il soit 19 heures passées, Meredith se sentait trop nerveuse pour songer à se restaurer. L'enjeu était de taille. Tout son avenir reposait sur un discret et rapide divorce.

Lars, l'avocat de son père, avait découvert son mariage à l'occasion d'une enquête des ayants droit de son père. Si celui-ci n'avait pas décidé de mettre à jour son testament, elle aurait pu continuer d'ignorer l'existence de ce mariage. D'un autre côté, mieux valait qu'elle l'ait appris avant de demander un prêt à son père.

Etant donné qu'il n'y avait pas de contrat de mariage, Jason pouvait aller en justice pour réclamer sa part de la fortune paternelle. Heureusement, Lars, qui la connaissait depuis sa naissance, avait accepté de garder le secret sur l'affaire jusqu'à ce qu'elle obtienne le divorce. Cependant, il exigeait qu'elle aille ensuite tout raconter à son père, sous peine sinon de le faire lui-même.

Un mariage en toute légalité, dont elle ignorait l'existence, sentait l'inconscience à plein nez, et elle ne supportait pas l'idée de demander un prêt à son père sans avoir réparé sa sottise. Sa sœur Cara n'agirait jamais de façon aussi inconsidérée. Epouser sur une impulsion un quasi-inconnu ! Sans compter qu'elle n'avait même pas été capable d'empêcher l'enregistrement de cette union.

Elle avait besoin de prouver qu'elle était aussi responsable que Cara. Dès qu'elle obtiendrait la signature de Jason, elle pourrait présenter mariage et divorce en un seul bloc, et, avec un peu de chance, tout le monde trouverait qu'elle avait géré la situation en adulte, et qu'elle avait bien mérité de s'associer dans une affaire qui prenait son envol.

Une bonne chose qu'elle manque d'appétit. Si elle présentait sa carte dans un des restaurants branchés qui environnaient son hôtel, le plastique se désintégrerait probablement. Son autorisation de crédit était ridicule, mais elle en avait choisi elle-même le montant. Personne ne lui retirerait la satisfaction de subvenir à ses besoins, si chichement que ce soit. Le « pacte adulte » aurait dû l'aider à comprendre, mais il lui avait fallu beaucoup plus longtemps pour avoir la révélation qu'elle attendait.

Peu importait. Elle n'avait pas vraiment besoin de manger. Et puis, mieux valait s'habituer dès à présent aux vaches maigres, parce qu'une fois qu'elle aurait acheté ses parts de l'affaire de Cara elle se retrouverait avec un prêt à rembourser et des moyens ridicules.

D'humeur morose, elle zappa pour la quatrième fois entre les différentes chaînes de télé. Et, quand son portable sonna, elle s'en empara avec avidité, espérant se distraire l'esprit de Jason. Sauf que le texto provenait de lui.

Je suis dans le hall. Envoie-moi le numéro de ta chambre.

Un frisson d'excitation la parcourut, qu'elle réprima très vite. Il ne venait certainement pas saisir sa malheureuse invitation à boire un verre. Il était fiancé, et elle espérait sincèrement qu'il n'envisageait pas de tromper sa promise. S'il avait l'intention de rattraper le retard, elle, non. Braconner sur les terres des autres n'était pas son style.

Elle lui envoya le numéro de sa chambre et, une Chandler-Harris ne se présentant jamais autrement que sous son meilleur jour, courut à la salle de bains se remettre du parfum et rafraîchir son maquillage. Bien qu'elle l'attende, le coup frappé à la porte la fit tressaillir. Elle alla ouvrir et, en découvrant l'expression de Jason, sentit l'inquiétude la gagner.

— Que se passe-t-il ?

— Tu permets que j'entre ? Je n'ai aucune envie d'avoir cette conversation dans le couloir.

En silence, elle tira la porte, mais pas entièrement, l'obligeant ainsi à passer tout contre elle pour entrer dans la chambre. Une ruse délibérée mais, quand il la frôla délicieusement, elle ne regretta rien.

Sa présence remplissait la pièce, et elle n'arrivait pas à détacher son regard de lui.

— Je suppose que tu n'es pas venu m'inviter au restaurant. Dommage, car je n'ai pas encore dîné.

— Tu as tout gâché ! gronda-t-il. Tout ! Depuis deux ans, je m'échine sur un projet et, en un après-midi, tu anéantis tous mes efforts !

— De quoi parles-tu ? Au contraire, je suis ici pour résoudre un problème.

— J'ai raconté à ma fiancée mon week-end torride à Las Vegas, et comment, c'est si drôle, il semble que nous soyons toujours mariés. Eh bien, crois-moi si tu veux, ça ne l'a pas du tout amusée. Au point qu'elle a rompu nos fiançailles.

Elle porta une main à ses lèvres.

— Oh ! Jason. C'est terrible. Je suis vraiment navrée.

Quelle affreuse histoire. Il devait être bouleversé. Pas étonnant qu'il fasse cette tête.

— Je t'explique la suite des événements. Tu m'as coûté un très important contact dans l'industrie textile asiatique. Tu m'es donc redevable. Et tu vas payer dès maintenant.

Elle recula d'un pas, légèrement effrayée par son expression menaçante.

— Euh... payer comment ?

Il ne ressemblait en rien à celui qu'elle avait connu à Las Vegas. Il avait la même apparence, le même physique craquant, et cette voix qu'une loi aurait dû contraindre à lui murmurer des choses torrides à longueur de journée. Mais le Jason Lynhurst qu'elle avait devant les yeux était plus dur, plus cassant. Et elle n'appréciait pas.

— Par tous les moyens déplaisants que je peux concevoir, murmura-t-il en la foudroyant du regard. Mais pas *celui-là*. Il s'agit strictement d'affaires, chérie. J'ai besoin que tu me rendes un service.

Etant donné qu'il venait de perdre sa fiancée et qu'il devait terriblement souffrir, elle ne releva pas sa condescendance.

— Je suis vraiment désolée que ta fiancée soit bouleversée par la nouvelle, mais je ne doute pas que, grâce à ton charme, tu sauras redresser la situation...

— Meiling n'est pas bouleversée, coupa-t-il, le regard brillant de colère.

N'y comprenant plus rien, elle croisa les bras et se percha sur un coin du bureau.

— Si elle n'est pas bouleversée, qu'a-t-elle ?

Après avoir retiré sa veste qu'il posa sur le lit, il se mit à arpenter la pièce en fourrageant rageusement dans ses cheveux.

— Elle refuse de s'associer à quelqu'un capable de se marier à Las Vegas sur un coup de tête et trop insouciant ensuite pour s'assurer que le mariage n'a pas été enregistré. Voilà ce qu'elle a ! Je lui ai fait honte devant sa famille, ce qui, dans son monde, est impardonnable. Il n'est donc pas question d'aplanir quoi que ce soit.

La lumière se fit soudain dans son esprit.

— Tu n'étais pas amoureux d'elle ?

Bien qu'elle ne comprenne pas pourquoi la constatation la réjouissait autant, sa joie n'en était pas moins réelle.

Il lui jeta un regard agacé.

— Bien sûr que non ! C'était un arrangement d'affaires, et à présent j'ai perdu mes entrées dans l'industrie textile asiatique. Lyn a besoin des relations de Meiling. Et, comme tu es responsable de cet échec, tu me dois réparation.

D'accord, ce n'était pas exactement ce qu'elle avait imaginé. Un individu au cœur sec, totalement dépourvu de romantisme, avait pris la place de l'homme sensible, passionné, avec qui elle avait passé tant d'heures excitantes.

— En quoi suis-je responsable ? rétorqua-t-elle, serrant un peu plus fort ses bras contre sa poitrine pour se retenir de lui expédier un direct dans la mâchoire. Il me semble pourtant que ta fiancée, pardon, ton ex-fiancée, a été très claire. Tu ne t'es pas non plus soucié des conséquences. En réalité, tu devrais me remercier que je sois venue te révéler la vérité avant que tu te maries et deviennes bigame. Imagine-toi alors expliquant la situation à ta Meiling !

— Je comptais sur toi pour détruire la licence ! Mais, apparemment, j'ai été idiot de te faire confiance.

La remarque la blessa, surtout parce que, en sous-entendant qu'on ne pouvait pas compter sur elle, qu'elle n'était pas assez maligne pour venir à bout d'une simple tâche, il ne disait que la vérité.

— Tu ne m'incites pas à me rallier à ta cause, mon cher. Je ne te dois rien d'autre que des excuses, que je t'ai déjà présentées.

— C'est ainsi que tu veux la jouer ? demanda-t-il en avançant vers elle, une drôle d'expression dans le regard. Comme tu voudras. J'ai perdu un atout économique, et tu vas m'aider à le regagner. Naturellement, tu ne disposes pas du carnet d'adresses de Meiling, mais je suis sûr que tu as plus d'un tour dans ton sac. Comprends-moi bien. Jusqu'à ce que je sois de nouveau sur les rails, rien ne me presse de signer les papiers du divorce.

Il s'arrêta devant elle, le temps qu'elle comprenne le sens de ses paroles. Il ne lui accorderait pas le divorce à moins qu'elle n'en passe par ses conditions.

Elle enfonça un index dans sa poitrine.

— Tu n'oserais pas.

— Essaie un peu pour voir. Je n'ai rien à perdre.

Ils se défièrent du regard. Du diable si elle allait ciller la première !

Mais qu'il était beau ! Tout en se perdant dans la contemplation de son visage, elle sentit le trouble l'envahir. Combien de matins au cours des deux années écoulées ne s'était-elle pas éveillée en sueur, incapable de se rappeler son rêve, mais certaine que Jason Lynhurst y avait joué un rôle de premier plan ? Le souvenir de ce visage s'attardait dans son esprit bien au-delà du raisonnable.

Et voilà qu'il était devant elle, en chair et en os. Elle relâcha la pression de son doigt sur son torse et y posa sa main à plat, tout naturellement. Il baissa les yeux et, quand il les releva, elle lut dans son regard une tension semblable à la sienne.

— Si tu n'as rien à perdre, alors, je serais très heureuse d'essayer, murmura-t-elle.

Elle referma son poing sur sa chemise et l'attira à elle. Il hésita ce qui lui parut une éternité avant de prendre ses lèvres. Et ce fut comme s'ils ne s'étaient jamais quittés. Curieusement, elle faillit éclater en sanglots quand il referma ses bras sur elle et l'étreignit avec passion.

Le Jason de Las Vegas, qu'elle s'était efforcée d'oublier, était de retour.

Elle avait la sensation que son cœur allait exploser, comme s'il n'avait pas battu depuis des lustres, et des étincelles fusaient sous ses paupières.

Elle recula, de peur de s'abandonner trop complètement à lui. Comme ils se regardaient longuement, elle frémit de tout son corps. Soudain, elle comprenait pourquoi elle n'avait jamais réussi à l'oublier. Il avait pris une partie d'elle-même qu'elle n'avait jamais eu l'intention de lui céder.

— Cela étant fait, pouvons-nous repartir de zéro ? demanda-t-elle d'une voix plus tremblante qu'elle l'aurait souhaité.

Car elle venait de se rendre compte qu'accepter qu'il la quitte à Las Vegas avait peut-être été la pire erreur de sa vie.

Malgré lui, Jason éclata de rire et, à contrecœur, lâcha la sirène qu'il avait fini par embrasser. Il était venu pour lui tordre le cou, mais elle avait habilement réussi à désamorcer sa colère.

Ce qui ne signifiait nullement des retrouvailles absurdes. Pas avec un tel enjeu. Pas quand elle semblait toujours capable de l'envoûter.

— Ça dépend du sens que tu donnes à l'expression, dit-il.

Voyant Meredith pincer ses lèvres rougies par le baiser, il décida de mettre un peu plus de distance entre eux. Elle était encore plus dangereuse qu'il se l'était figuré, et il refusait de suivre les traces de son père. Sans se soucier des conséquences pour son entreprise et sa famille, Paul avait quitté Bettina pour une femme plus jeune, plus séduisante. Apparemment, c'était dans le sang des Lynhurst de se laisser dominer par la passion, mais ce ne serait pas son cas.

Il avait l'intention de reconstituer le puzzle de sa vie, et aucune femme ne se mettrait en travers de son chemin. Il serait plus fort que son père.

Alors qu'il se laissait tomber dans un fauteuil, elle se dirigea vers le minibar, sortit deux bières du réfrigérateur, fit sauter les capsules et lui en tendit une.

— Tu es suffisamment contrarié sans que je n'en rajoute, Jason. Mais ne viens pas me lancer des ultimatums en espérant que j'acquiesce sans mot dire. Mieux vaudrait nous y prendre autrement.

Tout en desserrant son nœud de cravate, il avala le tiers de la bouteille de bière.

— Que proposes-tu ?

Elle s'installa dans le fauteuil qui faisait face au sien. Puis, se débarrassant de ses chaussures à talons, elle replia ses jambes sous elle et appuya son menton sur sa main.

— Parle-moi comme autrefois. Explique-moi ce que tu veux en échange du divorce. Je te l'accorderai peut-être volontiers, en souvenir du bon vieux temps.

Comme autrefois. A l'entendre, ils auraient eu une liaison. Mais, au fond, n'en avaient-ils pas eu une ? Que leur aventure n'ait duré qu'un week-end ne la rendait pas moins significative.

— Et si je préférais rester marié ?

Ce n'était pas le cas mais, à présent qu'elle avait déjoué en un après-midi un plan si minutieusement conçu, il perdait toute prudence. Un baiser ne suffirait pas à le dédommager de la perte subie à cause de cette femme. De plus, elle avait attisé sa curiosité. Pourquoi tenait-elle tant à divorcer ? Beaucoup de femmes apprécieraient d'apprendre qu'elles étaient mariées à un membre d'une puissante famille de l'industrie de la mode. Mais, bien sûr, Meredith était unique.

La sincérité de son sourire lui alla droit à une partie très intime de son anatomie. Incroyable. Aucune femme ne l'avait excité d'un simple sourire.

— Tu ne veux pas plus rester marié que moi, dit-elle. Mais le fait que tu me menaces prouve que tu as quelque chose d'important à me demander en échange. De quoi s'agit-il ?

Il lui retourna tout naturellement son sourire. Une erreur, mais il avait tout de suite aimé la tournure d'esprit de Meredith. Sans elle, il n'aurait pas quitté Las Vegas avec la solide détermination de réparer les fractures de sa vie.

— Tu te souviens des raisons de mon voyage à Las Vegas ?

— Je me souviens de tout, y compris de cette charmante marque de naissance sur ta fesse gauche. Tes parents divorçaient et scindaient Lynhurst Enterprises en deux. Ça te rendait malade… en tout cas, jusqu'à ce que je te fasse oublier tes soucis.

Les événements remontant à deux ans, le souvenir n'aurait pas dû être aussi vivace, et pourtant… Il l'était, manifestement pour elle comme pour lui.

— Tu t'es très bien occupée de moi, et réciproquement, si je me souviens bien.

— Pour ça, oui.

Elle ferma un instant les yeux et se mit à fredonner un petit air joyeux.

— Ce furent les dix-neuf meilleurs apogées de plaisir de toute ma vie, ajouta-t-elle.

— Tu as compté ?

— Voyons, trésor, ces instants sont gravés en moi de façon indélébile !

Il se laissa emporter par ses souvenirs. Aucune des barrières qu'il mettait en place avec les autres femmes ne fonctionnait avec elle.

— Je comprends, murmura-t-il.

Lui aussi gardait en mémoire chaque instant de leurs joutes amoureuses. Meredith avait attisé en lui des pulsions dont il ne soupçonnait pas la violence. Ou bien dont la violence n'existait qu'à cause d'elle. Une bonne raison pour rester à distance.

— Pourquoi parles-tu de ça ? demanda-t-elle. J'aurais juré que tu voulais discuter de tout autre chose.

Il s'arracha aux profondeurs si séduisantes du regard de Meredith et s'éclaircit la gorge.

— J'ai passé deux ans à travailler au plan échafaudé à Las Vegas. C'est-à-dire, réunir Lyn Couture et Hurst House sous l'appellation Lynhurst Enterprises et prendre les rênes de la nouvelle maison. Car, qui d'autre mieux que moi en serait capable ?

Elle glissa une jambe sur l'accoudoir du fauteuil et termina le contenu de sa bouteille tandis que sa jupe révélait une cuisse sublime.

— Sûr. P-DG est écrit sur ton front.

— Meiling faisait partie de ce plan.

Elle en était même une partie essentielle. C'était exactement le genre d'épouse convenant à un P-DG, contrairement à l'extravagante déesse du sexe installée dans le fauteuil d'en face. Seulement, il était bien obligé de faire avec ce qu'il avait.

— A présent qu'elle est éliminée du tableau, je dois passer au plan B.

— C'est là que j'entre en scène.

Il hocha la tête, soulagée qu'elle voie si clair en lui.

— Il n'est pas question que le divorce devienne un moyen de pression, précisa-t-il.

— Mais il le sera.

L'ennui de la transparence, c'est qu'elle voyait aussi ses facettes les moins reluisantes. Et la constatation le mettait mal à l'aise.

Il haussa les épaules.

— Il s'agit de mon héritage. Et je ne dois pas dévier du cap que je me suis fixé. Autrement dit, il faut que j'improvise pour reconstituer l'entreprise familiale. Si tu m'aides, je signe les papiers du divorce.

Meredith était imprévisible, un vrai danger public. Mais elle possédait une vive intelligence et beaucoup de détermination. Et puis, autant le reconnaître, avec sa volonté de divorcer, il possédait une monnaie d'échange.

— Pourquoi ne pas les signer maintenant et, en remerciement, je t'aiderais ?

Exactement l'ouverture qu'il attendait.

— Pourquoi es-tu si impatiente de divorcer d'un homme à qui tu ignorais être mariée la semaine dernière. Je suis une si mauvaise prise ?

Son rire le réchauffa.

— Je t'imagine mal en poisson.

Ce qui ne répondait pas à sa question. Il ferait mieux de se débarrasser d'elle en signant les papiers, mais quelque chose le retenait. Par ailleurs, il ne tenait pas à creuser de trop près la raison pour laquelle il tenait tant à obtenir l'aide de Meredith, car il craignait qu'elle n'ait à voir avec l'attirance qui existait entre eux.

Et c'était un problème. D'un autre côté, il avait vraiment besoin d'aide.

Si Avery ne s'entêtait pas à convoiter le poste de P-DG, il n'aurait pas besoin de jouer au chat et à la souris avec Meredith. Mais il était inutile d'espérer que sa sœur revienne à de meilleurs sentiments. Elle était une Lynhurst, ce qui faisait d'elle un adversaire redoutable. Il ne sous-estimerait pas un instant son caractère vindicatif, ni son sens de la stratégie. Mais il n'avait pas dit son dernier mot. Meredith serait son atout secret.

Restait à déterminer en quoi elle pourrait lui être utile.

— Ecoute, insista-t-il, je t'ai expliqué ma situation. Maintenant, à toi de me dire pourquoi tu tiens tant à divorcer.

Elle soupira, et son expression se figea. Son beau visage était habituellement si expressif qu'il regretta presque d'avoir posé la question. Mais elle esquivait depuis trop longtemps.

— Tu as un rêve, moi aussi, dit-elle, en choisissant ses mots. On vient de m'aviser que, si je voulais réaliser le mien, mes affaires devaient être en ordre. Or, je n'ai aucun intérêt à être mariée, ni à toi, ni à personne. Alors, signe les papiers et tout le monde sera gagnant.

A présent, il était encore plus intrigué.

— Quel est ton rêve, Meredith ? Dis-moi !

— Pourquoi ? demanda-t-elle d'un ton soupçonneux. Pour que tu aies encore plus barre sur moi ?

Il fallait le lui reconnaître, elle n'était pas sotte. Et ses qualités intellectuelles l'excitaient autant que sa plastique. Plus même, peut-être.

— Pure et simple curiosité. Mes lèvres ont exploré chaque centimètre carré de ta peau, ça me donne le droit de connaître aussi ce que tu as dans le crâne.

Un sourire langoureux chassa son expression morose.

C'était beaucoup mieux. Et pire.

— Tu as gagné ! Mais seulement parce que l'argument me plaît.

Elle alla chercher deux autres bouteilles de bière dans le réfrigérateur et lui en tendit une avant de reprendre place dans son fauteuil.

Il tapota la bouteille.

— Essaierais-tu de m'enivrer pour profiter de moi, par hasard ?

— Voyons, trésor, répliqua-t-elle avec une moue réprobatrice, tu sais très bien que je n'ai pas besoin d'alcool pour ça !

Malheureusement, elle avait probablement raison. Il devenait urgent de sceller un accord qui réduirait leurs futurs rapports au minimum.

— A voir. Raconte, maintenant.

— Je rachète des parts de l'affaire de robes de mariée de ma sœur.

Elle but une longue gorgée de bière.

— J'aurais imaginé qu'être mariée serait un plus dans ce genre d'affaires, fit-il valoir.

Elle secoua la tête.

— Eh bien, non ! Comment veux-tu que j'explique à mes parents que j'ai passé toute une soirée à boire des tequilas à Las Vegas pour finir mariée à un inconnu ? Après ça, ils ne me prendront jamais au sérieux.

Il sourit.

— Evidemment, présenté ainsi… Tu pourrais dire que notre rencontre a été un véritable coup de foudre.

— Bien sûr. Et, ensuite, nous ne nous serions plus revus pendant deux ans.

— A propos, n'as-tu jamais pensé à me faire signe ? demanda-t-il.

Durant le vol du retour, il avait envisagé de prendre contact avec elle mais, conscient qu'il devait concentrer ses efforts sur son plan de réunification de Lynhurst s'il voulait réussir, il avait rapidement renoncé. De plus, qui aurait l'idée d'entretenir une relation durable avec Meredith ? Ce n'était pas le genre de femmes avec qui on faisait sa vie. Trop sexy, trop dérangeante, trop… tout. Elle l'avait poussé à prendre une décision stupide sans même ouvrir la bouche.

Dommage qu'il ait sous-estimé ses capacités de nuisance.

— Jamais.

D'un geste naturel, elle porta la bouteille à ses lèvres. Un geste trop naturel, par le fait. Et il eut la nette impression qu'elle lui mentait.

— Si mes souvenirs sont bons, le « pacte adulte » n'était pas destiné à ce que nous restions mariés, n'est-ce pas ? Il s'agissait juste de prouver que nous étions capables d'agir en adultes. Que, si nous réussissions à le faire ensemble, nous pouvions le faire séparément. Alors, pourquoi refuser le divorce ? Ça n'a pas de sens.

— Si. Rester mariés peut présenter des avantages.

— Pour toi. Et j'aimerais savoir comment.

Allons, le moment était venu de jouer cartes sur table.

— Comme je te l'ai expliqué, le père de mon ex-fiancée possède la plus grosse compagnie textile d'Asie. En consolidant le partenariat de celle-ci avec Lyn Couture, notre mariage aurait permis d'abaisser considérablement les coûts de production. Avec, pour seconde conséquence, le désir de Hurst House de bénéficier également de cette association et de mes qualités de chef.

Naturellement, Meredith ne pourrait combler ce manque, mais il existait sûrement un moyen de tourner la situation à son avantage.

— Ma sœur Avery, poursuivit-il, est la seconde moitié du plan. Elle s'occupe de l'aspect image de marque et commercialisation de Hurst House. L'idée est qu'elle quitte cette dernière pour venir travailler pour Lyn. Sans elle, Hurst House ira à vau-l'eau, obligeant ainsi mon père, l'actuel P-DG, à réfléchir à la fusion.

— C'est très habile, dit-elle, sa sincère approbation brillant dans ses yeux. Désolée qu'un week-end à Las Vegas qui remonte à des lustres gâche un si beau plan.

Le week-end à Las Vegas l'avait aidé à concevoir ce plan. Mais, ironie du sort, les conséquences de ce même week-end venaient le rattraper.

— Il y a un hic. Avery n'est plus en phase avec ce plan. Elle veut le poste de P-DG, et je ne céderai pas.

Soudain, il sut en quoi Meredith pouvait lui servir.

— Il me faut quelqu'un qui s'introduise dans l'entreprise et espionne pour mon compte.

Le visage de Meredith s'éclaira pour se fermer aussitôt.

— Tu veux que, en échange de notre divorce, j'aille jouer les espionnes dans une maison de couture new-yorkaise ? Le marché ne me paraît pas très équitable.

Il but nonchalamment une gorgée de bière.

— Et qu'est-ce qui te paraîtrait équitable ?

La lueur qui s'alluma dans le regard de Meredith mit tous ses sens en alerte.

— Tu devras me salarier, annonça-t-elle.

Il tomba des nues. Il s'attendait à ce qu'elle réclame les pleins bénéfices du mariage, ce qu'il aurait eu mauvaise grâce à lui refuser. Mais qu'il aurait tout de même refusé, pour le bien de Lynhurst. Il ne pouvait se permettre de laisser une femme brouiller sa vision des choses.

— Naturellement. Pour ne pas éveiller les soupçons, tu seras inscrite sur le registre du personnel de Hurst. Quoi d'autre ?

— Notre mariage doit rester secret. Maintenant, et lorsque le divorce sera prononcé. Si l'information parvenait aux oreilles de mon père, je pourrais faire une croix sur mon rêve.

— Franchement, je n'ai pas plus envie que toi que l'affaire s'ébruite.

Si Avery avait vent de cette information, elle saurait en tirer parti. Et le dernier des souhaits de Jason était de lui fournir des armes.

Meredith le dévisagea.

— Il y a cinq minutes, tu étais prêt à raconter à ta famille que nous étions tombés amoureux.

— Je plaisantais. L'amour fait peut-être tourner le monde, mais il détruit les entreprises.

Il suffisait de voir les conséquences qu'avait eues sur l'affaire familiale l'engouement de son père pour une jeune femme. A aucun prix il ne commettrait les mêmes erreurs que lui.

— Le mariage n'est qu'un moyen de se rapprocher de ton but, ajouta-t-il.

— Je vois. C'est d'un romantisme...

— Le romantisme est bon pour les minables qui ne savent pas comment attirer une femme dans leur lit. Je n'ai pas ce problème.

— Ma définition du romantisme pourrait te surprendre.

Elle accompagna ces mots d'un regard si brûlant qu'il dut attendre de retrouver l'usage de la parole pour répliquer.

— C'est un arrangement strictement platonique, Meredith. Je suis sérieux. Tu ne seras ma femme que sur le papier.

— Nous verrons ! dit-elle en riant. Ce n'est pas comme si tu dépérissais d'amour.

Il eut le sentiment de l'avoir imprudemment défiée de le faire mentir.

— Donc, nous sommes d'accord ? demanda-t-il sans relever.

— Je t'aiderai en échange du divorce, mais il ne faudra pas que ça dure trop longtemps. Et puis, je veux vingt mille dollars, pas un sou de moins, et tu devras régler ma note d'hôtel.

Il tendit une main qu'elle serra.

— Bienvenue à Lynhurst.

— Heureuse d'être embarquée à bord du navire.

Elle l'épingla d'un regard sensuel.

— Mais, dis-moi, que doit faire une fille pour que le P-DG l'invite à dîner ?

3

Meredith passa la matinée du lundi à effectuer des achats chez Barney tout en maudissant la faiblesse de sa capacité de crédit. Elle avait emporté des vêtements pour quelques jours, pas assez, en tout cas, pour les deux ou trois semaines qu'elle allait devoir passer à New York. En outre, rien dans le contenu de sa valise ne convenait à l'employée d'une maison aussi chic que Hurst.

Elle n'arrivait toujours pas à croire qu'elle avait décroché un emploi dans une vraie maison de couture. C'était un de ces rêves d'enfance apparemment irréalisables, comme de devenir astronaute ou ballerine. Et pourtant il devenait réalité.

Avec, pour corollaire, l'obligation de se procurer une garde-robe adéquate.

Demander à Jason une avance sur son salaire risquant de soulever trop de questions, elle avait décidé de se contenter de vêtements en solde. Malgré tout, ce shopping matinal chez Barney, dans Manhattan, la réjouissait. La vie aurait été magnifique si elle avait eu en poche les papiers du divorce signés en bonne et due forme… et si elle n'était pas obligée de prendre un congé supplémentaire alors que sa sœur avait besoin d'elle.

Depuis deux ans, elle assistait Cara, qui créait et vendait des robes de mariée à de futures épouses de Houston. Depuis peu, Cara ayant passé un accord avec une boutique de luxe, le marché était en pleine expansion. Dès lors, Meredith avait voulu apporter une contribution plus importante que son rôle de simple assistante. Cara excellait dans son métier de créatrice de mode, mais Meredith n'avait pas grand-chose d'autre à offrir qu'une contribution financière. C'était alors qu'avait germé l'idée de s'associer à sa sœur.

Ce serait aussi l'occasion de prouver qu'elle n'était pas qu'un joli minois dépourvu de cervelle.

Cara se trouvait à la Barbade. Ou était-ce à Saint-Martin ? Elle ne se rappelait jamais dans quel pays son beau-frère avait entraîné sa sœur. Consultant de son métier, Keith s'était vu confier par une chaîne d'hôtels la tâche de remettre sur pied des établissements implantés sur des îles des Antilles, et Cara l'accompagnait. Avec un peu de chance, elle comprendrait sans poser de questions que Meredith avait besoin d'un congé supplémentaire.

Son portable sonna. Elle avait reçu un message de Jason.

Où es-tu ? Je suis à l'hôtel.

Elle tapa sa réponse :

Je fais du shopping. Je rentre bientôt.

Qu'est-ce que ça signifiait ? Etait-elle censée rester assise sur une chaise à la disposition de Sa Majesté ? Il avait un précieux moyen de pression, certes, mais il n'était pas question pour autant qu'elle obéisse à ses ordres.

Quand elle rentra à l'hôtel après avoir traîné dix minutes de plus, pour marquer le coup, Jason l'attendait dans le hall. Comme il ne la remarqua pas tout de suite, sans scrupule, elle l'observa tandis qu'il parlait au téléphone.

Aussi à l'aise en costume, en jean ou en tenue d'Adam, cet homme avait une allure folle, constata-t-elle, légèrement mélancolique. Et puis, il la vit. Un sourire éclaira son visage, et elle frissonna.

Quelle idée d'insister pour avoir des rapports platoniques. Mais qu'il n'y compte pas ! Elle allait séjourner à New York au moins quinze jours, et ils étaient mariés, alors... Elle ne comprenait même pas pourquoi il avait avancé une idée aussi ridicule.

Il rempocha son téléphone et se leva.

— Tu devrais me confier une clé, dit-il comme ils se dirigeaient vers l'ascenseur.

— Pour le cas où tu voudrais rendre une visite de nuit à ta petite femme ? Sache que je suis entièrement d'accord !

Il lui fit la grâce de rire.

— Parce que je paie pour cette chambre et que j'aimerais pouvoir l'utiliser pour passer des coups de téléphone privés sans que tous les gens du hall ne soient au courant de mes projets.

Pourquoi se montrait-il si réticent à reprendre leur relation ? Ce n'était pas comme si elle lui demandait de rester marié ; elle ne le désirait pas plus que lui. Quand sa carrière serait solidement établie, elle pourrait s'interroger sur son désir de fonder un foyer. Certaines femmes, telle Cara, ne rêvaient que de longues robes blanches et de bouquets de fleurs d'oranger. Mais Meredith n'avait jamais considéré le mariage comme un but.

Son problème, c'était de devenir adulte. Et elle ne savait pas plus comment y parvenir que deux ans auparavant.

Elle repêcha une seconde carte magnétique au fond de son sac et la remit à Jason tout en lui tirant la langue.

— A t'entendre, ce serait du gâchis de me donner une chambre dans un bon hôtel ! Désolée que tu aies dû attendre dans le hall, trésor, mais, si tu m'avais prévenue de ta visite, je me serais arrangée pour être là.

Les portes de l'ascenseur s'ouvrirent, et il s'effaça pour la laisser entrer.

— J'étais dans les parages, alors je suis passé t'expliquer les dispositions que j'ai prises pour toi chez Hurst House.

— Déjà ?

Sa gorge se serra tandis que le machiavélique plan de Jason se concrétisait dans son esprit. Que connaissait-elle du rôle d'espionne, dans une maison de couture ou ailleurs ? Elle serait vite démasquée et, si elle ne réussissait pas à aider Jason à réaliser son projet, refuserait-il de divorcer, juste par dépit ?

Elle aurait dû exiger davantage d'assurances avant d'accepter. Pour tout dire, elle aurait dû refuser et exiger le divorce. Seulement, elle se souvenait du désarroi de Jason devant l'éclatement de la maison de couture familiale, et puis, elle était un peu responsable du fait que le mariage soit devenu légal, encore qu'elle ne comprenne toujours pas comment la licence s'était retrouvée devant le juge. L'avocat de son père supposait que quelqu'un l'avait transmise à la justice pour elle, probablement une femme de chambre bien intentionnée. Mais ils ne sauraient jamais. Trop de temps s'était écoulé depuis ces événements.

Elle se reprochait vivement son inconséquence d'alors et, si elle tenait à prouver qu'elle n'était plus cette jeune femme écervelée, c'était le moment ou jamais. Elle ne pouvait pas abandonner Jason. Les adultes reconnaissaient leurs erreurs et en assumaient les conséquences. Point à la ligne.

— Oui, déjà, répliqua-t-il, sourcils froncés. Tu crois que j'ai du temps à perdre ? Je soupçonne Avery d'avoir mis en place un plan pour m'éclipser.

— Que suis-je censée faire ?

— Tu as mentionné l'autre soir que tu travaillais comme assistante créatrice de mode. Le plus simple était donc de te donner la même fonction au sein de Hurst House.

— C'est aussi simple que ça ?

Elle travaillerait pour un vrai créateur de mode ? Si c'était aussi facile d'obtenir un poste dans l'industrie de la mode new-yorkaise, elle aurait dû commencer par là.

Elle se détendit légèrement. Du moins n'aurait-elle pas à apprendre un nouveau métier pour tenir son rôle d'espionne.

Sauf que travailler avec Cara n'avait certainement rien à voir avec le métier d'assistante dans une maison de couture de renommée mondiale. Cara l'aimait. Et, si Meredith commettait de temps à autre des erreurs, elle n'en faisait pas toute une histoire. Voilà pourquoi il lui paraissait si important de s'impliquer dans l'affaire de sa sœur. Ce n'était pas comme si elle pouvait travailler avec n'importe qui. C'était sa seule ouverture.

— Mais oui. Après que j'ai appelé ma mère pour lui demander de te recommander, elle a téléphoné aux ressources humaines de Hurst House pour les informer que tu arrivais demain matin. Le DRH, qui entretient un complexe de culpabilité pour avoir choisi Hurst House, n'a été que trop heureux de l'obliger.

— Je vois. Et c'est tout ? Je me présente, je deviens l'assistante d'un créateur, et j'attends qu'Avery passe par là. Et si je ne la rencontre jamais ?

— A toi de te débrouiller pour croiser sa route. Si tu tiens vraiment à divorcer, je suis sûr que tu obtiendras les infos dont j'ai besoin.

Evidemment. Il n'avait aucune idée sur la façon dont elle devrait procéder.

Elle repoussa un début de panique.

— Une chance pour toi que je réfléchisse vite ! s'exclama-t-elle.

Il lui jeta un regard étrange.

— Il ne s'agit pas de chance. Si je n'avais pas eu confiance en toi, je n'aurais pas suggéré cette idée. Seulement, tu as l'esprit aiguisé, et je ne doute pas que tu l'utilises au mieux pour remplir ta mission.

Il la trouvait intelligente. La révélation lui fit chaud au cœur et, bien sûr, suffit à la motiver comme rien d'autre n'aurait pu le faire.

— Tu as raison. Je serai la meilleure espionne de tous les temps !

Jason était le seul homme qui ait jamais cherché et vu la vraie Meredith sous sa façade de superficialité. Et cela comptait pour elle plus qu'elle l'aurait imaginé. Après tout ce temps, se retrouver en sa présence lui permettait de comprendre pourquoi elle n'avait pas réussi à s'attacher à un autre homme depuis deux ans.

Malheureusement, elle avait pris conscience aussi d'une terrible vérité.

A Las Vegas, Jason en étant au même point, il lui était égal de nager dans l'incertitude. Mais, comme ils avaient projeté de le faire grâce au « pacte adulte », il avait mûri depuis son retour. Elle, non. Raison pour laquelle il lui paraissait si différent.

Elle voulait le Jason d'autrefois. Et elle se promit d'arracher une à une les couches de cette nouvelle version de l'homme qu'elle avait épousé, pour voir si elle le retrouverait.

A 10 heures, le lendemain matin, Meredith désirait un café au lait, un bain à bulles et n'avoir jamais entendu parler de Hurst House. Allo, le créateur de génie qu'elle devait assister, la haïssait. Allo haïssait tout le monde, à ce qu'on disait.

Changeant d'avis pour la troisième fois, Allo demanda en

hurlant qu'elle lui apporte des ciseaux. Obtempérant, elle courut à la table où l'on entreposait méticuleusement le matériel d'Allo quand il ne s'en servait pas, dût-il l'utiliser deux minutes plus tard.

Elle plaça les ciseaux à portée de la main tendue d'Allo et attendit qu'il aboie ses prochains ordres.

— Non, non, non !

Allo jeta les ciseaux à terre et les envoya promener d'un coup de pied sur le parquet couleur miel.

— J'ai dit des épingles ! Essayez de faire marcher le petit pois qui vous sert de cervelle !

— Des épingles, tout de suite, marmonna-t-elle.

Et, jurant entre ses dents, elle traversa de nouveau la pièce.

Demain, elle mettrait des chaussures à talons plats. Et elle apporterait un peu de cyanure pour relever le goût du thé *chai* d'Allo. L'idée avait fait son chemin quand, insatisfait, il avait exigé qu'elle refasse la préparation pour la quatrième fois.

Mais qui était-elle pour remettre en question le génie d'Allo, qui avait à lui seul propulsé Hurst House dans les plus hautes sphères avec sa collection de prêt-à-porter de robes du soir ?

Quand elle s'était retrouvée pour la première fois en sa présence, elle avait secrètement espéré absorber un peu de son génie. Elle espérait toujours. A condition de ne pas l'avoir assassiné avant.

Selon la rumeur, aucun des assistants d'Allo ne tenait plus de deux mois. Pas étonnant que le coup de téléphone de Bettina lui ait procuré un emploi aussi rapidement.

A présent, il ne lui restait qu'à trouver le moyen de tomber tout naturellement sur Avery, de lui extorquer des informations sur son projet de déjouer la candidature de Jason au poste de P-DG, puis de retourner chez elle conquérir le monde.

Simple comme bonjour.

A l'heure du déjeuner, elle contemplait d'un œil morose la salade flétrie et le morceau de viande non identifié que proposait la cafétéria de l'immeuble. Son incursion chez Barney avait été une perte de temps et d'argent, étant donné que tous les employés portaient des vêtements arborant la griffe Hurst House, un détail que Jason aurait été bien avisé de mentionner.

Bien sûr, elle adorait la robe Alexander Wang découverte sur un portant. Malheureusement, revers de la médaille, son élégance la condamnait à des repas à bas prix et insipides.

Tout cela au nom de l'espionnage de mode.

— Je ne vous conseille pas le steak Salisbury.

Meredith se retourna et reconnut Janelle, la fille des ressources humaines qui s'était occupée d'elle.

— C'est donc ça ? Je me posais la question.

Janelle éclata de rire.

— Ils aiment nous intriguer.

Elle n'avait pas l'habitude de recevoir un accueil aussi amical de la part d'une femme et, comme elle avait besoin de toutes les amitiés qu'elle pourrait récolter pour défendre la cause de Jason, elle lui sourit.

— Qu'est-ce que vous conseilleriez à quelqu'un qui doit faire des économies ?

— Le poulet, dit Janelle, désignant des morceaux de viande blanche derrière le steak Salisbury. Comme ça n'a pas de goût au départ, c'est difficile de le gâcher.

— Compris.

En prenant son assiette, Meredith se pencha vers Janelle.

— Un autre conseil de bienvenue ? Je veux dire, à part : « Sous aucun prétexte n'acceptez de travailler pour Allo » ? Cela, je l'ai compris toute seule.

— Désolée.

Avec un sourire plein de sympathie, Janelle désigna la salle à manger de la tête.

— Venez vous asseoir avec moi, et nous bavarderons.

Meredith la suivit volontiers jusqu'à une table inoccupée.

— Aux ressources humaines, nous avons fait le serment de tout tenter pour vous garder, expliqua Janelle quand elles furent installées. Vous comprenez, Allo génère pour nous plus de paperasserie que le service des impôts.

Et la jeune femme lui fournit quelques tuyaux pour se faire bien voir d'Allo et contourner sa personnalité volcanique.

Toutefois, ce ne fut qu'à la fin du repas, quand Janelle consulta sa montre, que Meredith obtint un renseignement essentiel.

— Je dois y retourner, dit la jeune femme. Je vous vois ce soir au gala du Garment Center, n'est-ce pas ?

— Je ne sais pas. De quoi s'agit-il ?

Janelle parut ennuyée.

— J'avais chargé Samantha de vous envoyer un mail d'invitation avec tous les détails. Hurst House parraine le Garment Center, et une soirée de gala est organisée ce soir à leur profit. Avery Lynhurst, la vice-présidente marketing, si vous ne la connaissez pas encore, présidera l'événement, et elle exige la présence de tous les employés. Elle pense que c'est bon pour son image de marque.

Quelle meilleure occasion qu'une soirée mondaine pour faire la connaissance de la sœur de Jason ? Et une toute nouvelle recrue de Hurst House avait toutes les raisons de s'assurer qu'elle rencontrait tous les gens présents.

Et, comme, en outre, il s'agissait d'assister à un événement du monde de la mode, l'idée l'enthousiasma.

— J'y serai, assura-t-elle.

Dès que Janelle eut quitté la salle, elle appela Jason.

— Tu as du nouveau ? s'enquit-il abruptement.

Sentant qu'elle le dérangeait, elle se hâta d'expliquer d'une voix feutrée :

— Il y a une réception ce soir. Un truc au Garment Center. Avery y assistera, et donc moi aussi. Ce sera l'occasion de bavarder avec elle sans éveiller ses soupçons.

— Parfait, dit Jason d'un ton un peu plus aimable. J'avais oublié ce gala. Mais tu as raison. Cet événement sert nos projets.

— Il y a un petit problème. Je n'ai rien à me mettre.

— L'exact opposé d'un problème, riposta-t-il sèchement. J'ai des connaissances dans le monde de la mode, figure-toi. Je passe t'apporter une robe à 6 heures.

— Tu ne connais pas ma taille.

— Tu m'insultes, mon cœur. Je suis un Lynhurst, n'oublie pas. A ce soir.

Et cette promesse lui permit de survivre à un après-midi avec Allo, le maître de la terreur.

Ce soir, elle franchirait un pas vers le divorce. Quand ce serait fait, elle pourrait rentrer à Houston et commencer sa vie de femme adulte.

C'était le plan depuis le début. Ce devrait l'être encore. Pourtant, elle craignait de passer le restant de ses jours à rêver de l'homme dont elle aurait divorcé et à continuer d'accumuler de minables aventures avec des êtres sans éclat, qui ne sauraient se comparer à lui.

Comment l'obtention d'une signature sur un morceau de papier pouvait-elle autant compliquer les choses ?

4

Pour la quatrième fois, Jason tambourina à la porte de la chambre de Meredith tout essayant de ne pas laisser échapper de vêtements du tas qu'il tenait dans ses bras. Incroyable. Combien de temps allait-il jouer les garçons de courses pour une créature qui n'avait probablement jamais vu de montre de sa vie.

C'en était assez ! Il avait dit 18 heures, et il était 18 h 7. Les vêtements qu'il apportait pesaient lourd et, si ça continuait, ils seraient en retard pour le gala. Autant utiliser la carte magnétique que Meredith lui avait confiée.

Mais si elle était sous la douche, ou occupée à se sécher les cheveux dans un peignoir de satin aguichant ? Dans un cas comme dans l'autre, elle ne l'aurait pas entendu frapper.

L'idée le décida.

Ce serait bien fait pour elle d'être surprise dans le plus simple appareil.

Jonglant avec les vêtements, il retrouva la carte dans sa poche, ouvrit la porte et alla déposer son chargement sur le lit. Au même instant, sa chère épouse sortit de la salle de bains, vêtue d'une simple serviette nouée sous les aisselles et révélant des kilomètres de jambes et de bras fermes.

Toute cette peau nue l'éblouit. C'était une chose de pénétrer dans une chambre d'hôtel en envisageant la possibilité de trouver son occupante nue, et une autre de voir se réaliser son vœu secret.

Il eut la sensation que tout son sang se retirait de son corps pour se réfugier dans une partie très intime de son anatomie.

Comment avait-il réussi à quitter une telle femme à Las Vegas ? Il n'arrivait pas à détourner son regard, et un son étrange, à mi-chemin entre plainte et grognement, s'échappa de sa gorge.

Elle n'eut même pas le bon goût de paraître surprise, ou gênée.

— Salut, dit-elle en allant à sa valise, tout naturellement, comme si voir des hommes entrer dans sa chambre sans s'annoncer était chose courante.

Mais peut-être était-ce le cas. Il se rembrunit. Pourquoi cette perspective lui mettait-elle la gorge en feu ?

Soudain, il toussota. Elle avait sorti une culotte très sexy de sa valise et, en la voyant s'apprêter à y glisser un pied, il se tourna vivement vers la fenêtre. Elle ne comptait tout de même pas s'habiller en sa présence ! Mais aussi, qu'espérait-il en entrant au pas de charge dans sa chambre ?

— Qu'est-ce qui te prend ? demanda-t-elle. Te voilà bien pudique tout à coup ! Tu as déjà tout vu, et plus encore !

— C'est le « plus encore », le problème, murmura-t-il d'une voix étranglée.

Il était pitoyable.

Imaginer Meredith avec un autre homme lui donnait envie de taper à coups de pied dans les murs. Elle n'était pourtant sa femme que sur le papier, et ils n'allaient sûrement pas recommencer leurs sottises. Ils n'entretenaient aucune relation, et c'était très bien ainsi.

Elle éclata de rire. Puis :

— Tu portes un smoking. Assisterais-tu aussi au gala ?

— Naturellement. Tu ne penses pas que je vais te laisser y aller toute seule ?

Naturellement. Sauf qu'il avait eu l'idée de l'accompagner bien avant de se rappeler ce qui arrivait quand ils passaient ensemble plus de cinq secondes dans une chambre. Perte instantanée de concentration, désir fulgurant de passer des heures au lit avec la douce peau de Meredith contre la sienne et son merveilleux rire dans les oreilles.

Elle avait le don de le rendre stupide en un clin d'œil.

— Tu n'as donc pas confiance en moi ? demanda-t-elle avec

coquetterie. Je suis habillée. Tu peux arrêter de jouer les pères la pudeur.

— Je ne fais pas semblant ! Ce n'est pas parce que nous sommes mariés que je dois me comporter en voyeur.

Il se retourna et reçut un choc en découvrant ce que Meredith entendait par habillée. A savoir qu'elle portait un soutien-gorge et une culotte qui auraient dû tomber sous le coup d'une loi contre l'indécence. Décidément, cette femme allait le tuer !

— Trésor, tu peux vouloir une relation platonique avec moi, mais ne m'en veux pas si j'aiguise tes fantasmes. Que m'as-tu apporté ?

— Des vêtements. Je ne sais plus quoi.

Elle soupira.

— Je vais regarder.

La conscience aiguë de la présence de Meredith dans l'espace confiné jointe à l'abstinence des derniers mois le mit à la torture. Si au moins elle passait une robe pour qu'ils puissent quitter cette chambre d'hôtel, il recouvrerait peut-être ses esprits.

Visiblement, il avait plus en commun avec son père qu'il l'aurait souhaité.

Elle ouvrit la housse posée au sommet de la pile et poussa un cri.

— Oh ! Jason…

Son prénom prononcé de façon aussi sensuelle accrut son trouble. Pourvu seulement que Meredith ne remarque pas son bouleversement physique.

Qui espérait-il tromper ? Ils pouvaient bien quitter cette chambre d'hôtel, il n'en continuerait pas moins à être obsédé par l'idée de faire l'amour avec Meredith.

Il se redressa et sortit la robe de sa housse.

— Elle a été créée par Allo. *Vogue* l'a révélée la semaine dernière, mais elle n'est pas encore en boutique. J'ai pensé que tu aimerais être la première femme à la porter.

— Moi ? s'exclama-t-elle, radieuse. Tu veux que je porte une robe dessinée par Allo à une réception du monde de la haute couture ?

— Mets-la, dit-il d'une voix qu'il ne reconnut pas.

Il s'éclaircit la gorge.

— Je veux la voir sur toi.

Elle enfila la robe. Puis, soulevant la masse acajou de ses cheveux, elle lui présenta son dos.

— Peux-tu remonter la fermeture ? demanda-t-elle par-dessus son épaule.

Elle n'avait pas terminé sa phrase qu'il la cherchait déjà. Il était maintenant si proche qu'il sentait sa chaleur l'inonder. Lentement, il remonta la fermeture à glissière, suivant du regard la bande de peau nue qui disparaissait peu à peu.

C'est idiot, lui criait une petite voix. *Baisse cette fermeture, au contraire !*

Il résista, mais ses doigts s'attardèrent plus longtemps que nécessaire. Le parfum de Meredith l'enveloppait, son nez était presque plongé dans ses cheveux humides qui sentaient la pomme verte. Il inspira, et le cocktail de parfums et de son odeur à elle fut trop pour ses sens.

Elle se balança, frôlant son érection de ses fesses parfaites. Il chercha le creux de sa taille avec l'intention de la repousser, mais, tout au contraire, ses mains l'attirèrent à lui et la plaquèrent contre son corps.

Elle projeta sa tête en avant avec un gémissement si érotique qu'une flambée de désir l'aveugla. Il ferma les yeux en promenant ses lèvres sur sa nuque offerte. C'était bon comme le péché.

— Jason..., murmura-t-elle, se tournant dans ses bras pour le regarder.

Il lut alors dans ses yeux un désir non dissimulé.

Le souvenir du baiser qu'ils avaient échangé resurgit, et il éprouva une violente envie de l'embrasser. Au même instant, elle leva son visage vers lui. Sa bouche n'était plus qu'à quelques millimètres de la sienne et le paradis à sa portée.

Mais, à ce moment, elle murmura :

— Ça ne me dérange pas d'être en retard à ce gala. Et toi ?

Le retour de la raison doucha brutalement son ardeur.

— Euh... si.

Il recula sans que l'attirance aussi incompréhensible qu'exaspérante qu'elle exerçait sur lui ne diminue. Il ne supportait pas qu'on ait du pouvoir sur lui, encore moins pour potentiellement lui nuire.

Dans le meilleur des cas, elle userait de son pouvoir pour l'attirer dans son lit, et les choses en resteraient là. Seulement, il ne comptait jamais sur les meilleurs scénarios et, de plus, elle devrait faire un peu plus d'efforts pour briser sa volonté.

Il rit en son for intérieur en se rappelant que c'était Meredith qui avait interrompu ce qui avait failli être une vivifiante réintroduction aux charmes de son corps.

— Très bien, dit-elle.

Et il ignora le tressaillement que son sourire déclencha en lui.

— Mais si tu arrêtais d'être aussi sexy, ajouta-t-elle, nous aurions plus de chances de franchir le seuil.

Il se contenta de lever les yeux au ciel.

— Le reste des vêtements est pour toi. J'ai entendu dire que tu avais commis un impair en portant de l'Alexander Wang pour ton premier jour de travail. Allo est terriblement jaloux de lui. Il convoitait un poste chez Balenciaga, que Wang a finalement obtenu.

Si Jason avait su que cette saleté de vice-présidente des ressources humaines collerait Meredith avec Allo, il serait intervenu. Trop tard maintenant. Essayer de la réaffecter à un autre créateur éveillerait les soupçons. Il pouvait toutefois l'aider à gagner des points auprès d'un patron caractériel et, dans ce but, les nouveaux vêtements arrondiraient les angles. Allo était narcissique dans l'âme.

Meredith haussa les sourcils.

— Pourquoi exactement as-tu besoin que j'espionne pour ton compte, alors que tu as déjà apparemment des gens en place ?

— Mes contacts parlent de choses anodines comme la tenue des gens, pas de ce qu'Avery mijote ! Bienvenue dans le monde de la mode, Meredith. A présent, tu possèdes une garde-robe digne de Hurst House.

Cette nouvelle garde-robe était aussi un remerciement, et il espérait qu'elle aimerait ce qu'il avait tiré des modèles présentés à la Fashion Week.

— Comment ? Tu n'as pas apporté que la robe ? Je croyais que les autres sacs contenaient des tenues de secours pour le cas où elle ne m'irait pas.

Meredith fouilla dans les sacs et poussa des cris de joie en sortant des robes à motifs géométriques, des jupes, des hauts provenant de la dernière collection de Hurst.

— Tu m'insultes une fois de plus. Tu essaieras tout ça plus tard. Il faut que nous y allions. J'ai en tête un endroit à l'écart pour un dîner rapide. Désolé de ne pouvoir t'emmener dans un établissement plus chic, mais nous risquerions d'y être photographiés ensemble.

Elle lui jeta un regard indéchiffrable.

— Tu n'as pas besoin de m'emmener dîner. Nous ne sortons pas ensemble. Nous sommes juste mariés.

— C'est bien pourquoi je dois t'emmener dîner. Tu ne crois pas qu'une épouse mérite d'être mieux traitée qu'une maîtresse de passage ?

— Eh bien... si.

Elle jeta une blouse en soie au décolleté en V sur le lit.

— Seulement, reprit-elle, je pensais que, la romance et toi, ça faisait deux.

Pourquoi parlait-elle de romance ? Inviter une femme à dîner n'était pas forcément prélude à séduction.

Il leva les mains.

— Très bien, ne mangeons pas. Nous irons au gala, et je te déposerai à trois pâtés de maisons de façon que tu arrives à pied. Ça te convient ?

— Tu as de la chance que ces vêtements me portent à l'indulgence. Je te pardonnerai donc tes mauvaises manières.

Tout en passant une paire de chaussures aux talons vertigineux, elle lui adressa un sourire radieux.

— Et ça me ferait plaisir d'aller dîner. Merci de me l'avoir proposé.

Message reçu.

— Meredith, aimerais-tu aller dîner ?

Elle lui tapota la joue.

— Peut-être devrais-tu suivre des cours pour apprendre à devenir un époux, si tu comptes te marier pour de bon. Parce que, trésor, tu manques d'entraînement. Pour quelqu'un qui considère le mariage comme un instrument de réussite, tu n'en connais pas encore l'usage.

Sa voix légèrement voilée pimentait sa déclaration de sous-entendus. En somme, elle le considérait comme un idiot de ne pas profiter de ce qu'elle lui offrait.

Ils quittèrent la chambre d'hôtel, lui, priant pour qu'elle ne suggère pas en plus de lui servir de professeur. Parce qu'il avait l'horrible sentiment qu'il pourrait bien accepter.

Le troisième verre de champagne disparut encore plus vite que le deuxième, et elle se contint pour ne pas tendre la main vers un quatrième. Avery Lynhurst n'avait pas encore fait son apparition et, si Meredith devait regarder un autre super top model draguer Jason, elle ne répondait plus de ses actes.

C'était déjà assez pénible qu'elle n'arrive pas à détourner le regard. Encore pire que Jason ne paraisse pas le moins du monde affecté. Comme si elle n'existait pas.

Elle sourit à l'acheteur de Nordstrom qui bavardait avec elle depuis une dizaine de minutes. C'était étourdissant de se trouver au milieu de quelques-uns des plus célèbres acteurs de la mode new-yorkaise, rassemblés dans la grande salle de bal du mythique hôtel Plaza. Toutes les personnes de l'assistance brillaient dans les marques les plus prestigieuses, et elle ne savait plus où donner des yeux.

Soudain, sur sa droite, un frémissement parcourut la foule. Celle-ci s'écarta, et Allo parut, superbe d'élégance et de suffisance. Elle étouffa un gémissement. N'était-ce pas assez qu'elle subisse ses brimades huit heures par jour sans devoir en plus le supporter le soir.

— Vous, fit le créateur, agitant une main dans sa direction. Vous êtes virée. Présentez-vous aux ressources humaines demain matin. On vous remettra votre notification de licenciement.

Un frisson glacé courut dans son dos. Qu'avait-il à lui reprocher ? Quelqu'un l'aurait-il vue descendre de la voiture de Jason ? Ils avaient pourtant pris toutes les précautions voulues.

L'entourage d'Allo ricana et attendit la suite avec un malin plaisir.

— Pourquoi ? J'ai fait du bon travail aujourd'hui. Si vous n'étiez pas satisfait, pourquoi ne pas me l'avoir dit plus tôt ?

Allo pinça les lèvres et marmonna quelques paroles qui pour être incompréhensibles n'en ressemblaient pas pour autant à des compliments.

— Vous avez volé ma robe ! Voilà pourquoi je vous renvoie.

Meredith baissa les yeux sur la robe scintillante que Jason lui avait apportée.

— Celle-ci ? Vous pensez que je l'ai volée ?

Evidemment ! Jason et elle avaient manqué de bon sens. Comment la toute nouvelle assistante d'un créateur de mode aurait-elle accès à une robe non encore commercialisée ? A son arrivée, les photographes s'étaient déchaînés, lui donnant l'illusion qu'elle appartenait à cet univers. Grossière erreur.

Elle se creusa désespérément la cervelle. Si Allo la renvoyait, tout était perdu.

— Je n'aurais jamais osé vous faire ça, Allo.

Merci au concours de Miss Texas de m'avoir appris à garder la tête haute sous les pires pressions.

— J'ai imploré, euh… Samantha de me prêter cette robe que j'ai remarquée sur un portant de…

Dans quelle pièce entreposait-on les robes destinées à être photographiées ? On la lui avait montrée lors de la visite des locaux, mais elle était trop fascinée par la vue de tous ces vêtements pour prêter attention à son environnement.

Elle préleva nonchalamment une coupe de champagne sur le plateau d'un serveur qui passait et l'offrit à Allo.

— … de la galerie ouest, lança-t-elle avec aplomb. J'ai reconnu immédiatement votre style. Vous êtes un tel génie, Allo. J'avais trop envie de la porter ce soir. Les médias ont adoré.

— Naturellement.

Avec un reniflement de mécontentement, Allo prit la coupe

comme s'il la lui avait demandée une demi-heure plus tôt et qu'elle avait été lente à le satisfaire.

— Vous êtes trop petite pour rendre justice à cette merveille. Ne soyez pas en retard demain. Nous avons beaucoup à faire.

Et il s'éloigna, fendant la foule.

Meredith porta une main à son cœur. La crise était évitée. Momentanément, du moins.

Derrière elle, le rire de Jason résonna avec la douceur du miel.

— Ne te retourne pas, murmura-t-il.

— Pourquoi ? Tu ne veux pas qu'on me voie te parler ?

Elle sentait sa chaude présence qui l'enveloppait.

— Parce que je suis fasciné par ton dos.

— J'ai remarqué. Tu sembles avoir un faible pour les fermetures Eclair.

Elle se mordit la lèvre au souvenir du corps de Jason plaqué contre le sien quand il l'avait aidée à s'habiller, tout à l'heure.

C'était drôle. Alors qu'il se mentait à lui-même, son érection lui avait révélé la vérité toute crue. Il la désirait comme un fou. Et elle le désirait. L'attirance sexuelle entre eux était explosive.

Alors, pourquoi ces atermoiements ? Le dénouement lui paraissait évident. Une fois sous la couette, ils échangeraient des plaisanteries d'ordre privé, s'ouvriraient leurs cœurs, et il se rappellerait les moments heureux vécus à Las Vegas.

Et, cette fois, ils ne seraient peut-être pas obligés de mettre fin aussi rapidement à leur aventure.

Jason toussota.

— Tu t'en es très bien sortie. Félicitations.

Un frisson la parcourut. L'approbation de Jason lui procurait plus de plaisir qu'elle l'aurait dû.

— Avery vient d'arriver, déclara-t-il soudain. Que le spectacle commence !

Elle sentit la chaleur de Jason se dissiper. En vérité, ils auraient dû disparaître par la porte et se réfugier dans la chambre d'hôtel, où le grand lit trouverait enfin une utilisation légitime.

En même temps, ce n'était pas de relations sexuelles qu'elle rêvait, mais de s'endormir dans les bras de Jason, comme à Las

Vegas, et qu'ils s'éveillent ensemble au matin, dans une parfaite harmonie. Durant ce week-end, un lien magique s'était créé entre eux, et ce lien lui manquait énormément.

— A plus tard, boss, murmura-t-elle pour elle-même.

A New York, il n'était pas à son côté. Elle était seule dans la marée humaine. Leur complicité, leur soutien mutuel, leur questionnement réciproque sur leur avenir… tout cela était resté dans le désert du Nevada.

Peut-être Jason avait-il encore plus changé qu'elle voulait bien l'admettre. Et, pour cette raison, elle n'arrivait pas à trouver un terrain d'entente avec lui.

Et peut-être encore valait-il mieux que leur relation reste platonique, comme il le souhaitait. Elle ne tenait pas à se retrouver nue dans les bras de Jason pour voir son merveilleux rêve voler en éclats.

La tristesse lui serra le cœur. Elle pourchassait un homme qui n'existait plus. Il fallait cesser de désirer l'impossible. Obtenir les informations pour Jason, divorcer, et rentrer chez elle demander un prêt à son père, voilà pourquoi elle était ici. Ce n'était rien de plus qu'un travail.

Jouant des coudes, elle sillonna la foule jusqu'à ce qu'elle aperçoive la sœur de Jason. Elle s'en approcha alors, un grand sourire aux lèvres. La jeune femme blonde possédait une classe folle dans sa robe Hurst House, et elle dégageait la chaleur d'un barracuda. Jason et elle se ressemblaient, surtout par la bouche et les yeux, et tous deux avaient l'air en alerte, comme s'ils ne voulaient rien manquer de ce qui se passait autour d'eux.

Une adversaire redoutable, en tout cas.

— Mademoiselle Lynhurst. Je me présente : Meredith Chandler-Harris.

Elle tendit la main à Avery, qui prit sa mesure du regard.

— Je suis la nouvelle assistante d'Allo.

— Je sais.

Tout en rejetant ses cheveux blonds par-dessus son épaule, Avery la gratifia d'un regard condescendant.

— Trop aimable, ajouta-t-elle, de daigner porter la marque de la maison qui signe vos chèques de salaire.

Serrant les dents pour se retenir de mordre, Meredith sourit à l'adorable créature.

— Porter du Wang au bureau aujourd'hui était une erreur de débutante. Mais j'apprends vite, comme vous pouvez le constater.

Avery désigna sa robe de la tête.

— C'est une de mes préférées. Mais la couleur ne me va pas.

Venant de la part de quelqu'un d'autre, la remarque aurait paru amicale. Cependant, après des années de fréquentation des concours de beauté, Meredith savait reconnaître les terrains minés.

— Mais il n'y a que vous pour porter cette Allo si particulière, dit-elle tout en fixant la robe d'Avery d'un air approbateur et légèrement jaloux. Il l'a créée pour vous, c'est évident. Et le résultat est formidable.

— Oui, sans doute. Où travailliez-vous avant d'entrer chez Hurst ? Je connais tous les assistants créateurs de Manhattan. Vous n'êtes pas d'ici.

— Je viens de Houston.

Et, comme le nom de Chandler-Harris ne signifiait rien à New York, elle ne prit pas la peine d'évoquer ses relations.

— J'assistais une créatrice de robes de mariée. Je suis extrêmement flattée d'avoir l'honneur de travailler pour une maison aussi réputée que Hurst House.

— Hurst ne fait pas dans la robe de mariée, dit Avery avec une moue de dédain.

Bien qu'elle éprouve le besoin de défendre sa sœur, Meredith ravala les épithètes dont elle aurait aimé gratifier Avery.

— C'est très limité en effet. Mêmes tissus, mêmes couleurs. Même futures mariées remplies d'indécision. Voilà à quoi se résume l'action. Chez Hurst, les créateurs savent ce qu'ils veulent et comment y parvenir, et ils ne laissent personne se mettre en travers de leur chemin. J'aimerais acquérir leur force d'âme.

L'éclat des yeux d'Avery concurrença celui de sa robe.

— Intéressant. Vous êtes la première assistante que je rencontre qui comprend que la mode n'est pas qu'une affaire de vêtements, mais un état d'esprit.

Tout en hochant la tête, Meredith poursuivit son petit discours, bien que ce soit la première fois qu'elle analyse son ressenti par rapport à la mode.

— C'est pourquoi je suis si heureuse de travailler avec Allo. On sent son énergie vibrer dans la pièce. Quand il crée, il ne commet aucune erreur. C'est d'une simplicité lumineuse, parce qu'il est sûr de lui.

A présent, Avery paraissait intriguée.

— Vous savez, dit-elle, si vous avez vraiment envie d'apprendre d'un mentor, je travaille sur un projet et j'ai besoin d'un œil neuf.

Avery la jaugea froidement.

— C'est top secret, ajouta-t-elle. J'ai besoin de quelqu'un qui ne craint pas de travailler en dehors des horaires de bureau. Je vous offre la chance de découvrir les coulisses d'une grande maison.

La perspective de s'enfermer à minuit passé avec Avery présentait autant d'attrait que se jeter à l'eau. D'autant qu'elle n'était pas dupe. Elle avait dû éveiller ses soupçons, si bien qu'Avery lui faisait cette proposition pour garder un œil sur elle. Pourquoi, sinon, la sœur de Jason offrirait-elle une chance comme celle-ci à une nouvelle employée ?

Mais, évidemment, c'était une occasion unique de surveiller en retour Avery.

— Vous pensez si ça m'intéresse ! Les longues heures de travail ne m'effraient pas. Je ne porte même pas de montre.

— Vous continuerez de travailler pour Allo. Nous trouverons un arrangement pour vos heures supplémentaires. Bienvenue chez Hurst House !

Et, miracle, Avery lui adressa un sourire avant d'expliquer qu'elle avait d'autres gens à voir.

De mieux en mieux. A présent, elle avait trois employeurs. Quatre si l'on comptait Cara qui attendait patiemment son retour.

La tête de Meredith bourdonnait. Pour une femme qui craignait de s'enliser, les bouées de sauvetage affluaient en nombre.

5

Il n'aurait jamais cru que Meredith et Avery puissent s'entretenir si longtemps ensemble. Et sa sœur paraissait beaucoup trop satisfaite pour sa tranquillité d'esprit.

Que pouvaient-elles bien se raconter ? Avery aurait-elle révélé une information intéressante ? Sûrement pas. Elle venait de faire la connaissance de Meredith, et elle n'était pas du genre à parler à tort et à travers.

Enfin, elles se séparèrent. Le sourire énigmatique sur les lèvres d'Avery ne le rassura pas. Voir sa sœur sourire le rendait toujours nerveux.

Un claquement de doigts devant son visage le fit tressaillir.

— Redescends sur terre, Jason.

Sa mère.

— Désolé. Je suis un peu distrait.

Bettina eut un sourire indulgent.

— C'est une façon élégante de décrire ton intérêt pour la superbe nouvelle amie d'Avery. Je disais que…

Dans un interminable discours, elle lui exposa ses idées pour une nouvelle ligne de maillots de bain destinés aux très jeunes femmes. Jason lui donna un vague avis, tout en se demandant comment sa mère avait su qu'il regardait Meredith alors qu'il s'efforçait de donner le change.

A des maillots de bain, voilà à quoi il devait penser. Bettina, qui dirigeait l'entreprise depuis deux ans, était toute prête à rejoindre le pôle créatif. *Parfait timing,* pensa-t-il. Si elle abandonnait son poste de P-DG, il se glisserait dans la brèche, ce qui faciliterait l'exécution de son projet de fusion.

Puis Meredith quitta la salle dans un tourbillon scintillant de tissu et de chevelure acajou. Il se précipita derrière elle, abandonnant sa mère au beau milieu d'une phrase en déclarant qu'il allait revenir.

Il fallait qu'il sache ce qu'Avery avait dit à Meredith.

Celle-ci entra dans les toilettes, le forçant à attendre dans le couloir. Il but son martini en feignant d'être sorti prendre l'air.

Quand la robe de Meredith apparut dans sa vision périphérique, sans la regarder, il se dirigea vers l'autre extrémité du couloir pour l'inviter à le suivre.

Passé le coin du couloir, il découvrit une alcôve aménagée dans l'embrasure d'une fenêtre. Peu après, le parfum exotique de Meredith assaillit ses narines avant qu'apparaisse la plus belle femme de la soirée.

— Que se passe-t-il ? s'enquit-elle. Tu ne crois pas que c'est un peu risqué ?

Il hocha brièvement la tête.

— Si. Alors fais vite. Que t'a dit Avery ?

— Un peu de patience.

Elle s'assit sur le bras de la banquette et resserra ostensiblement une boucle de sa chaussure.

— Ne complique pas les choses ! Vous avez parlé longuement. Or, ce n'est pas le genre d'Avery de bavarder. Elle a une stratégie.

Meredith rejeta ses cheveux derrière son épaule et termina son verre d'une gorgée.

— C'est l'hôpital qui se moque de la charité.

— Qu'est-ce que ça signifie ?

— Que vous êtes tous les deux faits du même bois.

Avec un grognement, il lui arracha son verre des mains et se maîtrisa pour ne pas le jeter à terre.

— Quel est ton problème ? Je te demande une info. C'est pour ça que tu es là, Meredith.

— Rectification. C'est pour ça que *tu* es là, trésor.

Elle le balaya d'un coup d'œil brûlant qui alluma instantanément son désir.

— J'ai mes raisons pour accepter ton stupide plan, ajouta-t-elle.

Son calme l'exaspéra d'autant plus.

— Encore une de tes ruses pour m'attirer dans ton lit ? Parce que la ficelle commence à être usée ! Combien de fois faudra-t-il te répéter que je n'en ai aucune envie ?

Une lueur peinée passa brièvement dans le regard de Meredith, si brièvement qu'il l'aurait manquée s'il ne l'avait scrutée avec autant d'attention. Et sa colère se dissipa instantanément.

— Désolé. C'est déplacé. Avery me rend fou.

Une piètre excuse, et pas tout à fait juste. Sa sœur était certes exaspérante, mais il n'avait aucun mal à garder son sang-froid avec elle. C'était Meredith qui le rendait fou d'un seul regard.

— Je comprends. Je suis d'accord avec toi. Coucher ensemble serait une erreur. Il vaut mieux se concentrer et en finir avec cette histoire le plus rapidement possible.

Il attendit un sentiment de soulagement qui ne vint pas. Qu'est-ce qui avait motivé ce revirement ? Il tirerait cette histoire au clair dès qu'il aurait le renseignement désiré.

— Peux-tu obtenir autre chose d'Avery ce soir ? Sinon, nous pourrions rentrer, proposa-t-il.

Quand ils seraient à l'hôtel, le stress d'être découverts leur serait épargné, et il disposerait de toutes ses facultés pour jouer plus finement avec Meredith.

— Mon travail ici est terminé, déclara-t-elle en se levant. Je vais prendre un taxi pour rentrer à l'hôtel. A plus tard.

Elle s'éloigna dans le couloir sans un regard en arrière.

Il la suivit à distance. En traversant la salle de bal, il dut ralentir pour saluer des connaissances. Croisant son père, il lui adressa un signe de tête. Personne ne s'en étonnerait, car il n'avait pas adressé la parole à Paul depuis six mois, et tous deux préféraient qu'il en soit ainsi.

Quand il se retrouva sur le trottoir, Meredith disparaissait dans un taxi. Avec un juron, il demanda à son chauffeur d'avancer la voiture.

Où croyait-elle aller ? Elle ne lui échapperait pas. Il avait la clé de sa chambre.

— J'ai une impression de déjà-vu, maugréa-t-il en tambourinant à sa porte pour la deuxième fois de la soirée.

— Qu'y a-t-il ? cria-t-elle.

— Ouvre-moi.

— Va-t'en ! Je suis en congé de Lynhurst pour la soirée.

— Il faut que nous discutions en adultes. Si c'est encore possible.

La porte s'ouvrit.

— Qu'est-ce que tu insinues ? Que je suis incapable de me comporter en adulte ?

Du moins était-elle habillée. Une maigre consolation étant donné qu'il avait imaginé toute la soirée qu'il baissait la fermeture de la robe pailletée aux minuscules bretelles et au profond décolleté en V.

Ignorant les protestations de Meredith, il entra dans la chambre et se dirigea vers le minibar. Après s'être servi un verre de Jack Daniel's, il en avala une rasade, savourant aussitôt ses bienfaits apaisants.

— Cette remarque s'adressait à moi aussi bien qu'à toi. Nous n'arrêtons pas de nous chamailler, et j'aimerais trouver le moyen d'arrêter ces enfantillages.

Elle se campa devant lui, les poings sur les hanches.

— Et moi j'aimerais divorcer ! Peut-être pourrions-nous nous entendre.

— Qu'est-ce qui t'a pris de partir comme une folle du gala alors que je te demandais simplement des informations ?

Soudain, il vit une larme briller au coin de ses yeux, et il se figea. Meredith, pleurer ? S'il s'attendait à ça… Sans réfléchir, il la prit dans ses bras et lui murmura des paroles gentilles pour la consoler.

Elle se raidit, mais bientôt elle s'abandonna, la tête sur son épaule. En reniflant, elle se laissa bercer, et la tension se calma.

Il s'écarta légèrement pour la regarder dans les yeux. Ils brillaient encore de larmes, mais elle avait repris son expression habituelle.

— Tu ne veux pas me dire en quoi je t'ai blessée ?

Avec un soupir, elle se dégagea de son étreinte, et il en ressentit une étrange impression de vide.

— Tu n'y peux rien, Jason. Tu es comme tu es, et je ne cache pas que je suis déçue. Voilà tout.

— Un instant... Ce que je suis te déçoit ?

Elle le contempla quelques instants en silence.

— L'homme que j'ai rencontré à Las Vegas n'était pas froid et calculateur mais, tout au contraire, passionné et ouvert, et j'aimais sa compagnie.

Elle se dirigea vers le bar et se servit à son tour un whisky.

— Cet homme était aussi malheureux et désorienté, répliqua-t-il.

Et il était tombé pieds et poings liés sous le charme de Meredith.

— Tu sais, reprit-il, c'est grâce à tes conseils avisés que j'en suis là où je suis maintenant. Pour tout dire, j'ai une dette envers toi.

Elle leva les yeux au plafond.

— Fantastique ! C'est donc moi qui t'ai aidé à te métamorphoser en zombie !

Elle but deux longues gorgées de whisky et reposa son verre en le fixant.

— Tu veux savoir ce qu'Avery m'a dit ? Elle veut que je travaille avec elle sur un projet.

— Mais c'est formidable ! Si tu joues habilement tes cartes, elle t'accordera peut-être sa confiance.

— Ce n'est pas du tout formidable ! s'écria-t-elle en enfonçant son index dans sa poitrine. Tu sais pourquoi elle m'a demandé de travailler avec elle ? Elle se pose des questions à mon sujet et préfère m'avoir à l'œil. Je viens de Houston où je m'occupais de robes de mariée. Normal qu'elle se demande ce que je viens fabriquer dans la haute couture new-yorkaise.

Il grimaça intérieurement. Ils auraient dû peaufiner leur histoire. Mais il était trop tard maintenant.

— C'est logique.

Mais comment Meredith était-elle parvenue aussi vite à démêler les motivations d'Avery ?

Puis le doute le saisit. Et si sa sœur était au courant de leur relation et que ce soit la raison de son offre ?

— Que lui as-tu dit ?

Meredith était pleine de ressources. Leur plan pouvait encore fonctionner.

— Ce qu'elle voulait entendre. Tu comprends, je ne voulais pas gâcher cette occasion en or. Mon but est de t'aider, n'est-ce pas ?

— Bien sûr. Et je t'en remercie.

Mais pourquoi l'incident semblait-il l'avoir tellement bouleversée ?

— Enfin, Jason ! Tu ne comprends pas. Je suis là à l'écouter parler, et tout ce à quoi je pense, c'est que vous vous ressemblez énormément. Froids et juste préoccupés d'avoir le dessus sur l'autre. Et, tous deux, vous jubilez de m'utiliser dans ce but !

— Je ne t'utilise pas, protesta-t-il.

Avery et lui ne se ressemblaient pas. Il s'arrangeait toujours pour retourner une situation en sa faveur mais, en l'occurrence, il ne profitait pas de Meredith.

— Nous avons passé un marché, dit-il. Tu en tires profit aussi, et je n'aurais même pas le divorce comme moyen de pression si tu n'avais pas laissé traîner la licence de mariage.

Soudain, il eut la sensation d'être dans la peau d'un salaud. L'idée de décevoir Meredith lui déplaisait. Il ne s'était pas toujours montré aussi glacial, mais c'était une nécessité dans le milieu de coupeurs de gorges de la mode.

Les gentils garçons se retrouvaient en queue de peloton. Ils ne réussissaient pas de fusions hostiles, n'arrachaient pas de poste de P-DG, et ne l'emportaient pas sur leur sœur œuvrant en coulisses contre eux.

Elle laissa libre cours à son indignation.

— Voilà que tu recommences ! Je ne suis pas seule responsable de ce mariage. Tu te trouvais près de moi devant le sosie d'Elvis, que je sache ! Et je ne t'ai pas traîné à l'autel. C'était *ton* idée pour autant que je me souvienne !

Il recula d'un pas.

— Oui, je l'admets. J'ai agi dans l'excitation du moment.

Elle avança vers lui, féline.

— Oui. Et ce moment était particulièrement sensuel. Tu peux

dire ce que tu veux, je connais ton vrai toi, celui que tu caches sous tes dehors sinistres. L'homme qui se dissimule sous la façade n'a pas peur de reconnaître son tempérament passionné. Il prend ce dont il a envie. C'est l'homme dont je rêve depuis deux ans.

Fasciné, il regarda les yeux de Meredith s'emplir de passion.

— Oui ? Et de quoi rêvais-tu, en particulier ?

Ce n'était pas ce qu'il voulait dire. Il toussota, mais il était trop tard.

— De ta bouche...

Du bout de l'index, elle dessina la courbe de ses lèvres, et des milliers d'étincelles embrasèrent sa peau à son contact.

— De tes abdominaux. De la façon dont tu soupires après le plaisir, de mes doigts dans tes cheveux quand tu es sous moi...

Joignant le geste à la parole, elle glissa ses doigts dans ses cheveux, et il résista à l'envie de la prendre une dernière fois dans ses bras.

Elle essayait de lui faire perdre son sang-froid, mais ça ne marcherait pas.

— Je croyais que tu ne voulais pas tout compliquer par une relation sexuelle, lança-t-il.

— C'est déjà tellement compliqué que ça ne peut être pire.

Elle eut un sourire pervers.

— Et puis, je l'ai dit avant que tu me traques jusqu'à ma chambre d'hôtel. Es-tu sûr, toi, de savoir ce que tu veux ?

Le mieux aurait été de se taire. Parce qu'elle avait raison ; il n'était pas clair.

— Oui. Je sais exactement ce que je veux.

— Moi aussi. Je te veux près de moi. En moi. Je veux savoir que notre merveilleuse entente de Las Vegas n'était pas qu'une illusion. Je veux que tu me fasses l'amour et, au lieu d'être déçue, oublier le reste du monde.

Il fut troublé par le désir explicite qui transparaissait dans sa voix. Même s'il n'en avait pas conscience avant qu'elle l'oblige à le regarder en face, son désir était bien réel. Et, en cet instant, il avait envie de lui donner ce qu'elle voulait, d'effacer sa déception en réintégrant la peau de l'insouciant Jason de Las Vegas.

Serait-ce si terrible de s'autoriser quelques heures d'intimité avec Meredith, le temps d'assouvir leur passion, et de ne retrouver la vraie vie que le lendemain ?

Ce serait terrible. Parce qu'il n'était pas celui dont elle se souvenait. S'il s'était laissé aller sur des chemins défendus, c'était qu'il était malheureux et perturbé. Seuls le désarroi dans lequel il se trouvait et le charme de Meredith avaient pu le pousser à agir d'une manière qui lui ressemblait si peu... et qui ressemblait tant aux habitudes de son père.

L'étrange pouvoir que Meredith exerçait sur lui ne ferait que s'accroître s'il lui cédait maintenant. Et il craignait de ne pas réussir à revenir à la vraie vie une fois qu'il aurait de nouveau goûté à la liberté. De plus, Meredith utiliserait la moindre faiblesse contre lui. Cela, il ne pouvait se le permettre. Il avait un projet d'avenir pour Lynhurst Enterprises, et Meredith n'en faisait pas partie. Ce serait injuste de lui laisser croire qu'il pourrait être celui qu'elle désirait.

— C'était un mensonge, dit-il. Tu te rappelles mal. Ce serait folie d'essayer de faire revivre Las Vegas.

Il faillit s'étrangler en prononçant ces mots et souhaita les ravaler. Parce que ce n'était pas un mensonge, et elle se souvenait très bien.

Plus grave, il désirait aussi retrouver leur insouciance d'alors, et l'oasis de tendresse et de compréhension qu'ils s'étaient créée loin des batailles sanglantes se déroulant sur les décombres de Lynhurst Enterprises.

— Dans ce cas, conclut-elle, cachant la tristesse de son regard, à plus tard. Ne m'appelle pas. C'est moi qui te joindrai.

A 2 heures du matin, elle renonça à dormir. A la pensée de ce qui l'attendait le lendemain... ou, plutôt, le jour même, des heures à subir les brimades d'Allo, des heures à se remémorer les paroles blessantes de Jason, elle était tentée de reprendre l'avion pour Houston.

Sûrement une conversation avec son père, où elle avouerait ses erreurs passées et implorerait son pardon, serait moins pénible que les hauts et les bas qu'entraînait le marché passé avec Jason. Le pire était qu'elle se doutait de la tournure que prendraient les événements quand elle avait joué son va-tout, la veille au soir. Mais elle n'avait pas pu s'en empêcher.

Ce qu'elle avait vécu avec lui lui manquait trop. La parfaite entente physique, et leur complicité. Mais, pour une raison inconnue, il refusait de reconnaître la beauté de ces instants.

Et si le Jason qu'elle avait connu ne refaisait jamais surface ? Si elle continuait d'entretenir des fantasmes ? Jamais elle ne deviendrait adulte.

La journée de travail se passa, émaillée des remarques caustiques d'Allo. Avery ne se manifesta pas et, sans doute pour se conformer à ses souhaits, Jason ne lui téléphona pas non plus.

De retour dans sa chambre d'hôtel, elle alluma son ordinateur portable dans le but de se changer les idées. Un e-mail de sa mère acheva de la démoraliser.

J'ai pensé que tu aimerais prendre connaissance de ceci.

En pièce jointe, un article intitulé :

« Que sont devenues nos Miss Texas ? »

Avec un peu d'anxiété, elle cliqua sur le lien. Sa photographie apparut en compagnie de deux autres. Elle reconnut Brandi Mac Arthur, qui lui tendait sa couronne quand elle lui avait succédé, et LaTisha Kelley, à qui elle l'avait remise l'année suivante.

L'article était un reportage sur la vie des trois anciennes reines. Brandi, devenue neurochirurgienne néonatale, exerçait au centre médical de la Baylor University de Dallas, et avait épousé David Thomason, célèbre spécialiste de la greffe du cœur. Après avoir fait des études de théologie, LaTisha Kelley était missionnaire en Haïti. Le reporter se répandait en louanges sur elles, insistant sur le fait que le concours de Miss Texas leur avait ouvert des portes.

Pour elle, un rapide résumé peignait une triste, mais vraie, réalité.

Meredith Chandler-Harris, qui travaille pour sa sœur, a suivi les traces de sa mère en devenant Miss Texas. En effet, sa mère, Valerie Chandler, avait remporté ce même titre dans les années 1980.

L'auteur de ces lignes avait été assez gentil pour ne pas souligner qu'elle n'avait pas accompli le dixième de ce que ses camarades avaient réalisé. Mais le sous-entendu était là.

Sa mère ne lui avait pas envoyé l'article par méchanceté. Elle ne voyait certainement rien de mal au fait que, sur trois lignes consacrées à sa fille, une et demie la concerne. Membre actif de la scène sociale de Houston, Valerie Chandler-Harris trouvait normal de voir son nom imprimé.

Contrairement à sa mère, Meredith n'avait jamais envisagé de se contenter d'être l'épouse d'un homme important. Et le « pacte adulte » était censé l'aider à se découvrir une vocation autre que défiler en souriant sur une estrade.

Malgré ça, pourtant, elle avait quitté Las Vegas accrochée à un homme qui n'avait pas le même désir qu'elle de renouer. Qui préférait même nier l'existence de ces moments magiques.

Peut-être que, si elle n'arrivait pas à affirmer son moi adulte, c'était qu'elle restait trop obsédée par le passé.

Elle soupira.

Elle devrait vraiment cesser de fantasmer sur Jason et se concentrer sur le divorce. Et, une fois les papiers signés, commencer sa vraie vie.

Son portable sonna. En découvrant le message, elle fronça les sourcils. Il provenait de Jason et se résumait à une simple question :

Thaï pour dîner ?

Comme si la veille n'avait pas existé.

Normal. Parce que, dans l'esprit de Jason, il s'agissait de travail, comme d'habitude.

Elle lui renvoya :

Avec beaucoup de sauce au piment rouge.

A quoi il répondit :

Je suis là dans un quart d'heure.

Elle ne put empêcher un faible espoir de pointer le bout de son nez. Ce dîner représentait peut-être une forme d'excuse. Une façon de dire qu'il plaisantait, qu'effectivement elle l'avait ébloui à Las Vegas, et qu'il n'oublierait jamais, dût-il vivre mille ans.

Dix minutes plus tard, il se présentait à sa porte, insolemment beau dans son costume gris de chez Lyn Couture, avec ses cheveux légèrement ébouriffés, fruit d'une coupe savante. Et le voir lui coupa le souffle.

Au temps pour laisser ses émotions au vestiaire...

— Comment s'est passée ta journée, mon cher ? s'enquit-elle, légèrement sarcastique.

Il grimaça.

— Nous avons un problème. Dînons, et je te raconterai.

Bien sûr. Voilà pourquoi il venait la retrouver malgré le désastre de la veille.

Elle posa son ordinateur sur le lit, et prit des mains de Jason la boîte contenant son plat. Crevettes thaï. Son préféré. Mais, naturellement, impossible que Jason se rappelle ce détail.

L'idée l'attrista. Elle commença de manger sans entrain, faisant passer le peu que son estomac acceptait avec de la bière.

— Quel est le problème ? demanda-t-elle.

— Avery a mis en route ce qui doit être la première partie de son plan, répondit-il en attaquant son bœuf au curry. Un tuyau a mis des journalistes sur la piste de possibles violations du droit du travail concernant les employés de l'atelier de couture de Lyn. Les médias ont pris à partie Bettina quand elle est sortie des locaux aujourd'hui, l'accusant de diriger un atelier clandestin au cœur de Manhattan.

— C'est ridicule ! J'espère qu'elle les a remis à leur place.

Elle n'avait aucune preuve de la fausseté de l'information mais, connaissant Jason, elle l'imaginait mal exploitant ses employés, ou laissant quelqu'un le faire à sa place.

Il lui adressa un bref sourire de reconnaissance.

— Je l'espère. Seulement, elle n'est pas à l'aise avec la presse.

— Tu crois qu'Avery est derrière tout ça ?

— J'en mettrais ma main à couper !

Il lâcha sa fourchette pour boire une longue gorgée de bière. Il se massa la nuque. Sa tension était visible dans les rides du coin de ses lèvres et de ses yeux.

Elle se leva, vint se placer derrière lui et entreprit de le masser.

Il poussa un grognement satisfait.

— Tu n'es pas obligée de le faire, murmura-t-il. Mais ne t'avise pas d'arrêter.

— Je n'en ai pas l'intention, répliqua-t-elle en riant. Tes muscles sont comme du béton.

A présent, il se détendait sous ses doigts habiles. Jason Lynhurst était un homme de contrastes. Déroutant, mais si séduisant. Elle aurait aimé fouiller en lui pour lui arracher ses secrets. Pourquoi, par exemple, refusait-il si obstinément de libérer sa passion et les élans de son cœur, comme à Las Vegas ? Elle ne lui plaisait pas moins. Sa réaction dès qu'il se trouvait en sa présence le prouvait amplement. Sur ce terrain, elle n'avait pas de souci à se faire.

Si seulement il franchissait le fossé qui les séparait pour prendre ce qu'il convoitait si visiblement, et qu'elle était plus que prête à lui offrir. Si seulement ils laissaient libre cours à leur mutuelle attirance, elle lui prouverait qu'il pouvait encore être cet homme.

Mais n'apprendrait-elle donc jamais ? se reprocha-t-elle soudain en son for intérieur. Il s'agissait d'une relation d'affaires, et rien d'autre.

— Pourquoi Avery ferait-elle une chose aussi horrible ? A sa propre mère, en plus ?

Jason avait posé sa tête contre sa poitrine et fermé les yeux.

C'était un de ces moments d'intimité tels que les couples normaux en partagent. Et l'idée l'émut.

Comme il ne répondait pas, elle pensa qu'il n'avait pas entendu sa question.

— Bettina et Avery sont comme chien et chat, dit-il enfin. Si ma mère dit noir, Avery dit blanc. Franchement, elles n'étaient pas mécontentes de se replier chacune sur son territoire quand Lynhurst Enterprises s'est scindée en deux.

— Tout de même, dit-elle, continuant de masser avec délices les larges épaules de Jason. Qu'espère-t-elle avec ce mensonge ?

Une esquisse de sourire passa sur les lèvres de Jason.

— Son but est double. Me tenir occupé à combattre les retombées négatives de cette histoire pour me distraire de mon but. Elle sait que les enquêteurs ne trouveront rien, mais la rumeur mettra forcément Lyn en mauvaise posture. Et, quand elle lancera sa candidature pour le poste de P-DG, elle jouera sur du velours en arguant qu'une nouvelle direction aplanira les choses.

— C'est...

Vraiment très malin. Mais elle n'osa pas formuler tout haut sa pensée.

— Machiavélique. En outre, cela va traumatiser notre mère, et dans l'esprit d'Avery c'est un bonus.

— Si je comprends bien, ce n'est qu'un début. Elle a d'autres tours dans son sac.

— Exactement. Tu saisis maintenant pourquoi j'ai tellement besoin de toi.

A présent que ses muscles se relâchaient, il parlait d'une voix légèrement rauque qui la troubla. Un homme avec qui elle ne pouvait envisager d'avenir commun n'aurait pas dû déclencher chez elle des réactions aussi épidermiques. D'autant que, s'il avait besoin d'elle, ce n'était pas dans le sens qu'elle espérait.

— Désolée, Jason. Ça ne sent vraiment pas bon.

Elle devait envisager une autre tactique. Peut-être qu'en menant sa tâche à bien elle ferait un pas vers la réconciliation qu'elle attendait tant.

— Voici ce que nous allons faire, déclara-t-elle. Organise une réunion avec le service marketing, et faites la liste de toutes les réalisations de Lyn depuis que l'entreprise a été scindée en deux. Ensuite, rapproche-les des ratages, même insignifiants, de Hurst House. Et les prochains gros titres donneront le scoop : « Hurst House. Où en est-elle aujourd'hui ? »

Merci pour l'article, maman.

Pour la première fois depuis la veille, elle sourit.

— Je t'écoute, dit Jason. Et ensuite ?

Meredith lui massait distraitement les épaules tout en réfléchissant.

— Par voie de presse, nous allons publier ces résultats et opposer un cinglant démenti à cette histoire d'atelier clandestin. Bettina et toi apparaîtrez comme d'habiles gestionnaires, et Avery ne sortira pas grandie de l'aventure.

Jason ouvrit les yeux et la fixa.

— Eh bien… Es-tu sûre de ne pas être une Lynhurst ? C'est génial. Il n'y manque que le ricanement du diable.

L'approbation de Jason la fit rougir.

— Si tu veux, je te le fais pour rien.

Le rire de Jason l'emplit d'une douce langueur. Mais, soudain, il reprit son sérieux.

— J'ai noté que tu as employé le pluriel pour parler de ce que Lyn devrait faire. De même, tu ne m'as pas repris quand je t'ai dit que *nous* avions un problème. Tu aurais pu répliquer que c'était *mon* problème, et je te sais gré de ne pas l'avoir fait.

Leurs regards se croisèrent, et l'air se chargea soudain d'électricité.

Enfin je te retrouve !

Elle sentit l'optimisme revenir. Elle avait devant elle l'homme ouvert, sensible, laissé à las Vegas. Il n'avait pas disparu ; elle n'avait pas rêvé. Des larmes de soulagement lui montèrent aux yeux.

— Nous faisons équipe, dit-elle. Ne l'oublie pas.

— Aucun risque !

Il lui prit la main et la porta à ses lèvres pour un rapide baiser.

— J'aimerais que tu assistes à la réunion avec le service marketing. J'apprécie beaucoup ta perspicacité.

Elle lui reprit sa main de peur de perdre toute prudence et de lui sauter au cou.

— Prends des notes, reviens demain soir avec d'autres plats, et nous parlerons.

Il sourit.

— Je n'ai jamais rencontré de femme qui aime autant que toi manger. C'est sexy.

— Tais-toi, et finis ton dîner. Et tant pis pour toi s'il est froid. Il ne fallait pas flirter avec moi.

Sur ces mots, elle se rassit dans son fauteuil pour terminer son repas.

Même froid, il avait meilleur goût que tout à l'heure, parce qu'elle avait enfin eu un aperçu de l'homme qu'elle n'avait jamais oublié.

Mais, maintenant qu'elle avait établi qu'il existait derrière la façade d'impassibilité de Jason, comment l'empêcher de retourner se cacher ?

6

A moins d'un effondrement de l'immeuble, la matinée n'aurait pu être pire.

Bien que sans fondement, l'accusation de travail forcé enfla, promettant d'occuper un certain temps le service juridique de Lyn. Que les accusations soient infondées ne semblait pas gêner les employés de l'atelier, qui considéraient sans doute les nouveaux développements comme une occasion de faire entendre au plus haut niveau leurs griefs.

Puis il avait reçu un préavis de départ de son assistante, qui se mariait et partait pour l'Allemagne.

La réunion avec le service marketing avait été épuisante mais, après trois heures de brassage d'idées, un communiqué de presse brillant avait été pondu.

Il faisait référence aux collections très actuelles de Lyn, l'une d'entre elles adoptée par deux jeunes actrices en vue. Malheureusement, soulignait le communiqué, ce succès contrastait avec l'unique collection de tenues du soir de Hurst House, qui n'avait pas réussi à susciter l'intérêt des jeunes filles en quête d'une robe pour leur bal de fin d'année.

Tout était vrai, mais l'article laissait volontairement de côté le fait que, en moyenne, ces robes valaient dans les cinq cents dollars, ce qui générait un chiffre d'affaires non négligeable par rapport aux lignes moins prestigieuses.

L'énumération de quelques succès bien choisis de Lyn Couture complétait l'article. Celui-ci commentait ensuite les destins opposés des deux entreprises depuis la séparation, et la dernière ligne soulignait l'engagement de Lyn Couture vis-à-vis de ses employés, surtout ceux des ateliers de Manhattan.

A 17 heures, il sentit que ses idées commençaient à s'embrouiller. Il n'arrivait plus à se concentrer, parce qu'il pensait au bien-être que lui avait procuré la veille le massage de Meredith.

Ç'avait été une soirée très agréable. Simple, sans attentes. Normale, en somme. Ils étaient juste des amis qui avaient eu une brève aventure.

Il pouvait passer prendre les plats à emporter et se présenter à son hôtel. Après tout, c'était elle-même qui l'avait suggéré. Ils discuteraient du communiqué de presse tout en se restaurant.

Naturellement, il ne lui avouerait pas qu'il avait pensé à elle toute la journée, et que, par moments, des souvenirs très précis de son corps et de la façon dont elle réagissait à ses caresses avaient fait naître dans son esprit des images peu à leur place dans une salle de réunion.

A 18 heures, il jugea qu'il était assez tard pour se rendre chez elle sans avoir l'air impatient de la voir. De toute façon, il n'arriverait plus à travailler.

Meredith lui ouvrit la porte en chemisier et jupe droite qui auraient dû lui donner l'air d'une institutrice. Mais elle avait déboutonné le chemisier de façon qu'on aperçoive ses seins par l'échancrure, et sa jupe était fendue si haut devant qu'un mouvement maladroit aurait dévoilé son intimité au monde entier.

Il déglutit tandis que sa libido trop longtemps contenue s'embrasait. Il reporta son regard sur le visage de Meredith, mais il était trop tard pour feindre l'innocence.

Elle haussa un sourcil.

— Tu n'aurais pas oublié quelque chose ? Des plats à emporter, par exemple ?

Avec un juron, il baissa les yeux sur ses mains vides.

— Je, euh... j'ai oublié.

Le sourire malicieux de Meredith le troubla.

— Tu avais sans doute une autre idée en tête ?

Il sentit ses paumes devenir moites.

— Qu'est-ce qui te fait croire ça ?

— Eh bien, tu es là, dans ma chambre, sans dîner. Alors, spontanément, je pense que tu es venu en pensant à autre chose qu'à manger.

Avec un grognement, il chercha une réponse qui lui aurait cloué le bec. Il aurait mieux fait de quitter Lyn Couture à 17 heures, quand il lui restait encore assez de neurones pour penser à quelque chose d'aussi simple qu'acheter à manger.

— C'est-à-dire que je pensais t'emmener au restaurant.

Meredith éclata de rire.

— Bien essayé, fit-elle avec un hochement de tête approbateur. Nous savons tous les deux que ce n'était pas ce à quoi tu pensais, mais je n'insisterai pas pour le moment.

— Trop aimable, marmonna-t-il.

— L'histoire du travail forcé a alimenté toutes les conversations aujourd'hui. Je suppose que tu n'en peux plus.

— Je suis exténué, admit-il, saisissant l'excuse au vol.

— Alors, allons-y, dit-elle en prenant son sac. Je meurs d'envie que tu me racontes la séance de réflexion avec le service marketing. Où comptes-tu m'emmener ?

Il ouvrait la bouche quand, des profondeurs du sac de Meredith, son téléphone se mit à sonner. Elle le prit et pâlit en découvrant l'identité de l'appelant.

— C'est Avery, chuchota-t-elle. Je réponds ?

— Bien sûr.

Il croisa les bras en l'écoutant.

— Naturellement… Pas de problème… Je suis là dans dix minutes.

Elle le regarda après avoir coupé la communication.

— Elle veut que je retourne au bureau. Il s'agit de son mystérieux projet.

Il dissimula sa déception sous une feinte satisfaction.

— Parfait !

Même si ce n'avait été qu'un moyen pour lui de sauver la face, il avait très, très, envie d'emmener Meredith au restaurant.

Il avait sérieusement songé à trouver un établissement discret, demander un box au fond de la salle, avec lumières tamisées, commander une bouteille de vin et y passer deux heures sans plus penser au cirque médiatique déclenché par Avery. Ils riraient, flirteraient et profiteraient de leur mutuelle compagnie. Ce qui ressemblerait beaucoup à un rendez-vous amoureux.

C'était en réalité une très mauvaise idée, et l'appel d'Avery était tombé à pic.

Meredith fit la moue.

— C'est que j'ai faim !

— Je vais te dire ce que nous allons faire. Je t'accompagne, et je t'attends dans la voiture. Ton entretien ne prendra pas plus de une heure. Et, quand tu seras libre, nous irons dîner.

Il se serait battu. Il aurait dû lui dire bonsoir et se retirer. Mais elle paraissait si affligée, comme si elle aussi regrettait leur sortie. Il n'avait pas pu s'en empêcher.

Elle le regarda quelques instants, un petit sourire aux lèvres.

— Tu ferais ça ? Et moi qui croyais que ton invitation était juste un prétexte pour ne pas te retrouver seul avec moi de peur que je te viole. Mais, dis-moi, ça a tout d'un rendez-vous amoureux.

— Ce n'en est pas un ! gronda-t-il. Je t'attendrai parce que je veux un rapport détaillé sur ce qu'Avery a en tête.

— Bien sûr.

Elle glissa un bras sous le sien et, marchant vers l'ascenseur, se pencha pour lui chuchoter à l'oreille :

— Et moi, je suis ici juste pour les vêtements.

Il consulta sa montre, mais seulement trois minutes s'étaient écoulées depuis la dernière fois. Qu'est-ce qui pouvait retenir Meredith aussi longtemps ? Elle était descendue de voiture une heure et demie plus tôt après avoir posé sa main sur sa cuisse, qui le picotait encore. Depuis, il avait essayé de réfléchir à des stratégies mais, en réalité, la seule stratégie qu'il avait à l'esprit était celle d'Avery.

Un signal sonore lui apprit qu'il avait reçu un message. Avec un froncement de sourcils, il lut :

Avery est partie, et l'endroit est désert. Tu devrais venir voir.

Qu'y a-t-il à voir ?

Je ne sais pas trop.

Tu ne peux pas te contenter de me raconter ?

Non. J'ai besoin de toi. Et je ne veux pas déranger les preuves.

A présent, sa curiosité était éveillée. Mais oserait-il violer le sanctuaire de son père et de sa sœur ? Il était entré chez Hurst House une fois, pour assister à une réunion réglant les derniers détails du fractionnement de l'entreprise. Déjà, il avait trouvé difficile de voir les employés de Lynhurst longer les couloirs en bavardant et en riant comme si rien de catastrophique ne s'était produit. Et ensuite, en sortant, Bettina et lui avaient croisé Caozinha Carvalho, la célèbre photographe qui se trouvait être également la nouvelle femme de son père. Sa mère avait pleuré sur le trajet du retour.

Après cet incident, désemparé de voir son univers s'écrouler, il avait pris un billet pour Las Vegas. Evidemment, à cette époque, il ne se serait jamais douté que, la fois suivante où il songerait à entrer dans les locaux de Hurst House, ce serait à l'instigation d'une femme rencontrée et épousée lors de ce voyage.

Mais, grâce à cette femme, il avait avancé depuis. Et il ne résistait pas à l'envie de voir de l'intérieur cette entreprise qu'il dirigerait bientôt.

Succinctement, il la prévint de son arrivée.

Meredith l'attendait pour lui ouvrir la porte, un sourire énigmatique aux lèvres.

— J'ai cru que tu n'arriverais jamais.

— Sais-tu où se trouvent les caméras de sécurité ?

— Je n'ai jamais fait attention, répondit-elle, consternée. C'est trop risqué ?

Probablement. Mais il n'était pas venu jusqu'ici pour renoncer.

— Je cacherai mon visage avec le col de ma veste. Tu es sûre qu'il n'y a personne dans les locaux ?

— Certaine.

N'y voyant plus grand-chose, il se laissa prendre la main par Meredith et guider.

— Avery et toi êtes restées longtemps ensemble, murmura-t-il comme ils passaient devant une porte où une plaque indiquait :

« Paul LYNHURST. P-DG. »

— Ç'aurait duré encore plus longtemps si elle n'avait pas reçu un appel téléphonique qui l'a contrainte à filer.

Bientôt, elle l'attira dans un bureau avec la plaque :

« Avery LYNHURST.
Vice-présidente du service marketing. »

C'était là le repaire d'Avery ? Le bureau ancien, le décor suranné ne s'accordaient pas à la personnalité de sa sœur, ni avec l'idée que c'était ici que naissait l'avant-garde de la mode.

— Ainsi, elle t'a laissée toute seule dans son bureau ?

— Bien sûr que non ! Je l'ai accompagnée jusqu'à l'ascenseur. Mais, comme j'avais délibérément oublié mon portable, je lui ai conseillé de ne pas perdre de temps, et dit que je la rejoindrais dès que je serais allée le chercher.

Elle haussa les épaules avec une expression malicieuse.

— Il m'a juste fallu un peu plus de temps que prévu pour remettre la main sur ce pauvre téléphone. Mais elle était tellement pressée de se rendre à son rendez-vous qu'elle ne m'a pas attendue.

Sincèrement, l'ingéniosité de Meredith dépassait ses espérances. Et il trouvait particulièrement érotique le cocktail beauté et intelligence.

— Es-tu toujours aussi douée en espionnage de mode, ou est-ce une révélation ?

— Une révélation. Tu m'inspires.

Il ne put se retenir de lui rendre son sourire. Et il se moquait pas mal que, debout dans le bureau de sa sœur, ils se tiennent la main en souriant comme des idiots.

— Tu n'avais pas quelque chose à me montrer ? demanda-t-il après quelques instants.

— Si, bien sûr.

Elle lâcha sa main et sortit une chemise d'un tiroir.

— Les dessins pour la nouvelle collection, dit-elle.

Elle lui en tendit un. Il n'y eut pas plus tôt jeté un coup d'œil que sa bonne humeur s'évanouissait.

— Ils proviennent d'un vol chez Lyn.

Meredith ne broncha pas.

— Je m'en doutais. Ce n'est pas le style de Hurst. Quoi qu'il en soit, cette collection est destinée à la femme de la rue.

— C'était effectivement l'idée. Comment le sais-tu ?

— Quand tu m'as confié cette tâche, j'ai un peu étudié la question. Je tenais à trouver ma place.

— Tu as réussi.

Un peu trop bien même. Elle comblait chez lui un vide dont il ignorait jusqu'à présent l'existence.

Une nouvelle lueur d'admiration passa dans son regard. Voilà pourquoi elle était si dangereuse. Impossible de garder une longueur d'avance avec elle.

Mais, tout à coup, il ne savait plus très bien en quoi c'était important. Elle était la solution, et non le problème. Il l'avait déjà senti à Las Vegas quand un lien tel qu'il n'en avait connu avec personne s'était noué entre eux. Pourquoi luttait-il avec autant d'énergie pour ne pas revivre quelque chose d'aussi extraordinaire ?

— J'ai eu raison de te montrer ces dessins, non ? demanda-t-elle sans se rendre compte du revirement qui se produisait en lui. Les lignes me semblaient trop similaires aux dessins que j'ai vus sur les murs chez Lyn.

— Tu as remarqué la similitude des lignes ?

— C'est comme une œuvre d'art, répliqua-t-elle, sur la défensive. Personne ne confondrait un Van Gogh avec un Picasso, n'est-ce pas ?

Il hocha la tête, ébloui. Elle avait l'œil, il fallait le lui reconnaître.

— Tu as raison. Hurst n'a pas de stylistes capables de réaliser un tel travail. Ces dessins sortent du coffre de Lyn Couture, sans aucun doute. Ils font partie de notre Fashion Week, collection de Paris. Mais comment se retrouvent-ils en possession d'Avery ?

Quelqu'un jouait double jeu chez Lyn.

Il jura. Avery avait introduit un espion chez eux. Comme lui chez elle. Mais c'était différent. Meredith était chez Hurst pour déjouer les manigances d'Avery ; il ne lui aurait jamais demandé de voler des dessins. C'était une déclaration de guerre en bonne et due forme.

Un bruit de pas résonna dans le couloir. Il s'immobilisa. Meredith ouvrit de grands yeux.

Quelqu'un approchait. On allait les surprendre à fouiller le bureau d'Avery.

— C'est l'agent d'entretien, murmura-t-elle. Cache-toi sous le bureau. Vite !

Conscient de son ridicule, il s'accroupit et se glissa sous le hideux bureau qui, fermé jusqu'en bas, avait au moins l'avantage de le dissimuler.

Il entendit s'ouvrir la porte.

— Bonsoir, lança Meredith. Je n'ai pas terminé. Est-ce que cela vous ennuie de faire le ménage demain ?

— Pas du tout, mademoiselle, répondit une voix masculine.

Et le bruit de pas s'évanouit.

Elle s'écarta du bureau en se frottant les mains.

— Et voilà. Ce n'était pas plus difficile que ça.

— Mais il t'a vue, répliqua-t-il, alors que le ronronnement d'un aspirateur s'élevait dans le couloir.

C'était franchement grotesque de rester accroupi sous ce bureau alors que le danger était passé. Sauf que, de là, il jouissait d'une vue imprenable sur la fente de la jupe de Meredith et ses longues jambes soyeuses.

Et puis, elle fit un mouvement et, dans un éclair, il aperçut un triangle de dentelle blanche.

— Et alors ? dit-elle. Je suis censée être venue chercher mon téléphone, rappelle-toi. Si l'agent de service mentionne ma présence, ce dont je doute, j'ai une excuse. Sortons avant qu'il ne revienne.

— Bonne idée.

Il s'extirpa à regret de dessous le bureau. Voyant Meredith s'apprêter à emporter les dessins, il secoua la tête.

— Laisse-les. Autant qu'elle ne se méfie pas.

— D'accord. Mais il faudra bien les récupérer à un moment ou à un autre. Pas question qu'elle s'en sorte comme ça.

La véhémence du ton de Meredith le fit sourire.

— Si Lyn et Hurst fusionnent, tout rentrera dans l'ordre.

Il mentait pour l'apaiser. La traîtrise d'Avery le faisait bouillir.

Ils coururent jusqu'à l'ascenseur, et ce fut seulement quand les portes se refermèrent sur eux qu'il se tourna vers sa complice. Malheureusement, la poitrine de Meredith se soulevait et s'abaissait, comme après un effort physique, et le mouvement attira son attention sur ses seins à peine couverts. Ses cheveux en désordre encadraient son visage de mèches rebelles. Elle était belle, séduisante, et sa présence d'esprit avait sauvé la situation.

Le cœur battant, les sens en ébullition, il s'efforça de cacher son érection. Mais les effluves de son parfum exotique, qui semblaient pénétrer par tous ses pores, n'arrangeaient rien. Et puis, tout en la respirant, il se détendit et se laissa emporter par les délicieuses sensations qu'elle ne manquait jamais d'éveiller en lui.

La duplicité d'Avery, ses propres manœuvres, c'était trop pour ce soir, et il ne voulait plus y penser. Un jour, il était tombé dans les bras de cette femme pour échapper aux tourments de sa vie, et elle lui avait fait un bien fou.

Il mourait d'envie de renouer le lien qui les avait unis, celui qui lui donnait l'impression qu'elle le comprenait mieux que personne. Ne méritait-il pas un peu de chaleur dans une existence par ailleurs glacée ?

Un reflet de son désir brilla dans le regard de Meredith. Elle baissa les yeux sur ses lèvres et, l'instant d'après, ils s'embrassaient.

Il eut la sensation d'une vive lumière blanche qui abolissait tout ce qui n'était pas elle. Meredith s'offrait à ses lèvres, et sa bouche promettait des merveilles. Elle embrassait comme elle faisait tout le reste. Avec abandon, détermination et sensualité.

Elle promena ses doigts le long de son dos, les enfouit dans ses cheveux, faisant courir des frissons électriques sur sa peau.

Meredith.

Elle lui donnait l'impression inédite qu'aucun autre homme

n'existait pour elle. C'était inouï de savoir qu'une femme comme Meredith vous désirait. Très excitant.

Il l'étreignit avec plus de force et sentit les pointes durcies de ses seins se plaquer contre son torse. Il plongea une main sous sa jupe, impatient de toucher sa peau nue. Mais, au moment où il prenait une fesse dans sa paume, les portes se rouvrirent.

Il s'arracha à leur étreinte et l'aida à sortir.

— Vite, dit-il.

Plus rapidement ils atteindraient la voiture, moins il aurait de temps pour s'interroger sur ce qu'il venait de faire. De toute façon, il savait déjà où tout cela allait les mener. Mais où puiser la force de résister ? Son corps se languissait trop des caresses de Meredith pour qu'il lui refuse satisfaction. Pas cette fois.

La veille, il s'inquiétait de l'étrange pouvoir que Meredith exerçait sur lui. Ce soir, il désirait vivre l'instant et oublier le reste.

7

La main de Jason qui n'avait pas quitté sa taille lui procurait une délicieuse chaleur. Sur le trottoir, elle trébucha tandis qu'il la poussait dans la voiture.

Qu'arrivait-il à Jason ? Qui se serait douté que la vue de quelques dessins volés ressusciterait son moi de Las Vegas ?

Leur baiser avait été brûlant, comme ceux dont elle gardait le souvenir. Oserait-elle espérer que c'était le début de la saison deux d'aventures sexuelles époustouflantes ?

— Ne te moque pas de moi, Jason. Si nous sommes en route pour un restaurant, et non pour mon hôtel, je te jette hors de cette voiture.

Dès qu'ils furent installés dans le véhicule, il appuya sur un bouton commandant la descente d'un panneau séparant le chauffeur de la banquette arrière. Avant que celui-ci soit complètement en place, il reprit ses lèvres avec la même ferveur passionnée dont il avait fait preuve dans l'ascenseur.

Elle gémit de plaisir. Puis, refusant de lui laisser la direction des opérations, elle retroussa sa jupe et grimpa sur ses genoux sans lâcher ses lèvres.

Sentant son sexe dur frotter contre sa culotte, elle fut prise d'un désir irrépressible. Elle avait envie de Jason, là, tout de suite. Elle remua des hanches pour mieux se plaquer à lui, et tous deux gémirent de plaisir.

— Jason…, murmura-t-elle.

Et le goût de son prénom sur ses lèvres l'excita tellement

qu'elle faillit jouir. Un sanglot monta de sa gorge, qu'il but en un long baiser.

— Je suis là, bébé, dit-il en glissant deux doigts sous l'élastique de sa culotte pour explorer sa tiède moiteur.

Puis il remua les doigts en elle. Elle ondula des hanches pour mieux goûter son exquise caresse. Mais ce n'était pas assez. Faisant sauter les boutons de son chemisier, elle dégrafa son soutien-gorge et, prenant ses seins dans ses mains, elle en offrit les pointes aux lèvres de Jason. Et, tandis qu'il les mordillait et les léchait, son pouce titillait son clitoris.

Les spasmes du plaisir déferlèrent dans une apothéose semblable à celles qu'elle avait connues deux ans plus tôt. Se laissant aller contre lui, elle nicha sa tête dans son cou.

— Nous sommes arrivés, chuchota-t-il soudain à son oreille.

Et il retira ses doigts si sensuellement, si lentement, qu'elle en ressentit encore du plaisir.

— Il faut descendre de la voiture, dit-il encore.

— Pour ça... il faudrait... que tu arrêtes de me faire jouir.

Il éclata de rire, et elle lui sourit tout en se rajustant. Quoi d'étonnant à ce qu'elle n'arrive pas à oublier un homme capable de lui prodiguer un orgasme en sept minutes de trajet ?

Il la prit par la main pour l'entraîner vers l'ascenseur. Une fois à l'intérieur, il lui murmura quelques phrases résumant ce qu'il comptait lui faire quand ils seraient dans sa chambre.

Divin. Elle aurait juste aimé savoir ce qui l'avait poussé à ouvrir les vannes de sa passion.

L'ascenseur mit un temps interminable à atteindre son étage. Ils se précipitèrent dehors dès l'ouverture des portes.

La carte magnétique en main, Jason la plaqua contre la porte et l'embrassa passionnément. Le contact du bois dur contre son dos, la fébrilité des mains de Jason décuplaient la flamme qui brûlait en elle.

Et, pourtant, elle hésitait.

Elle le désirait follement, mais le doute continuerait de la tarauder jusqu'à ce qu'elle sache. Si elle clignait des yeux, est-ce qu'il disparaîtrait ?

Elle posa un doigt sur les belles lèvres de Jason.

— Il faut que tu m'expliques, murmura-t-elle. Pourquoi ce soir ? Tu refuses de me toucher depuis l'instant où j'ai pénétré dans ton bureau.

Elle mourait d'envie de caresser son torse musclé et la proéminence qu'elle sentait pressée contre son ventre. Mais elle ne bougea pas, attendant sa réponse en retenant son souffle. S'il prétendait agir dans la chaleur de l'instant, elle lui souhaiterait bonne nuit sans hésiter. Ils n'avaient pas bu, et ni l'un ni l'autre ne pourraient mettre ce comportement sur le compte d'une crise existentielle.

— C'est vrai. Il n'empêche que je te désirais comme un fou.

— Alors, pourquoi ?

Il recula de quelques millimètres, mais ce fut suffisant pour qu'elle comprenne qu'elle avait touché un point sensible. Fourrageant dans ses cheveux hérissés, il lâcha sa taille, laissant son bras pendre à son côté.

— C'est que tu as transformé notre expérience de Las Vegas en aventure légendaire. Je ne serai jamais à la hauteur de ce mythe ! Je suis juste moi, et tu as déjà exprimé ta déception à ce sujet.

— Oh ! trésor...

Elle se retint toutefois de nier trop vite, parce qu'elle l'avait dit.

— Si j'ai construit cette histoire dans ma tête, expliqua-t-elle, c'est parce que tu es l'homme qui l'a rendue légendaire.

Il secoua la tête.

— Ce que je veux dire, c'est que, dans la vraie vie, je ne suis pas comme à Las Vegas. Je ne veux pas me laisser aller à mes pulsions. Je dois garder les idées claires.

Elle ressentit l'amertume de la déception tandis qu'il l'attirait de nouveau à elle.

— Mais tu sembles aiguillonner mon côté primitif, que je le veuille ou non, reprit-il. Et j'ai décidé de m'abandonner, juste pour ce soir.

C'était aussi simple que ça ? Il aurait suffi qu'elle le séduise dès le premier jour pour éviter toutes ces complications ?

Elle sourit. Pour voir le bon côté des choses, il ne niait pas ce qu'il voulait. Ce qui signifiait que, au fond, elle avait gagné.

— Je vois. C'est une relation avec date d'expiration.

C'était sans doute plus facile pour lui de baisser sa garde s'il savait pouvoir la relever le matin venu. Enfin, il essayait de s'en persuader. Qu'il pense ce qu'il voulait, ce n'était pas ainsi que les choses se passeraient.

Elle s'écarta pour lui permettre d'ouvrir la porte. Cela fait, il la souleva dans ses grands bras pour la porter jusqu'au lit où il la déposa avec mille précautions. Puis il entreprit de défaire la boucle d'une chaussure tout en couvrant sa cheville de baisers.

Elle soupira.

— Je croyais que, la romance et toi, ça faisait deux.

La chaussure atterrit au sol. Il frotta sa joue râpeuse contre son pied.

— J'ai dit que, la romance, c'était pour les pauvres types qui n'arrivent pas à mettre une femme dans leur lit. Et, si je n'en ai pas eu besoin pour t'attirer ici, tu mérites tout de même quelques attentions.

L'émotion lui serra la gorge. Elle retrouvait le Jason d'il y avait deux ans et, en même temps, pas tout à fait. Elle ne se le rappelait pas si doux.

— Meredith..., murmura-t-il avec ferveur.

Avec délicatesse, il lui ôta sa seconde chaussure.

— Tu es la femme la plus exquise que je connaisse. J'ai envie de te goûter partout.

— Je n'ai rien contre.

— J'espère que ça ne t'ennuie pas que je commence par ici.

Une main remonta le long de sa cuisse, saisit sa culotte et la baissa. Ensuite, il écarta les pans de sa jupe et contempla son sexe tout en murmurant des paroles flatteuses et pleines de poésie.

Un désir fiévreux la fit trembler.

Il s'agenouilla sur le lit, lui saisit les cuisses et baissa la tête. Dès que sa langue la toucha au centre de son intimité, elle se cambra. Puis il se fit plus insistant. Elle ferma les yeux tandis qu'il lui prodiguait un plaisir exquis et l'amenait très vite à la jouissance.

Elle se laissa emporter par les vagues divines tout en murmurant son prénom.

Quand elle revint à elle, elle entrouvrit un œil.

— Comptes-tu me rejoindre à un moment ? Oh ! et puis, c'est sans importance. Je ne te laisserai pas le choix !

Avant qu'il n'invente un autre moyen de prolonger l'agonie, elle lui arracha sa veste et la jeta à terre. Leurs regards se croisèrent et demeurèrent rivés l'un à l'autre pendant qu'elle déboutonnait sa chemise. Un courant intense circula entre eux, et elle vit le regard de Jason noircir.

La chemise rejoignit la veste pendant que, la saisissant par les cheveux, il tirait sa tête en arrière pour lui mordiller le cou. Après une éternité, elle posa enfin les mains sur son torse et refit connaissance avec sa musculature d'athlète.

— Je veux tout de toi, murmura-t-elle.

Et, rapidement, elle le débarrassa du reste de ses vêtements. Pendant ce temps, il lui ôta la tenue qu'il lui avait offerte.

Quand elle fut nue, elle le regarda attentivement. Il restait immobile sous son regard pendant qu'elle absorbait la perfection de son corps, fixait son sexe dressé qui témoignait de tout son désir pour elle.

C'était très beau.

Et elle avait très envie de le satisfaire. S'agenouillant devant lui, elle fit glisser sa langue le long de son sexe. Instantanément, il crispa ses doigts dans ses cheveux. Alors, elle le prit tout entier dans sa bouche.

Comme elle s'activait de plus en plus fiévreusement, il poussa des grognements, serra les genoux et jouit avec une violence qui lui donna un grisant sentiment de pouvoir.

— Et maintenant le plat principal, annonça-t-elle.

Elle le repoussa sur le lit.

— Ne bouge pas.

Elle courut à la salle de bains chercher une dizaine de préservatifs, parce que, d'expérience, elle imaginait qu'ils auraient besoin de tous.

Quand elle revint, il l'attendait docilement, allongé, en train de récupérer.

Elle grimpa sur lui et l'embrassa bruyamment.

— Je t'ai manqué ?

Il la fixa de son regard noir.

— Plus que de raison.

Voilà qu'il retombait dans ses mignardises. Qu'essayait-il de faire ?

Mais, soudain, elle poussa un petit cri comme il la faisait pivoter de manière qu'elle se retrouve sous lui. Puis il l'embrassa passionnément, et elle perdit le goût de plaisanter quand il se mit à la caresser et que l'univers se désintégra en une marée de sensations. Quand il leva la tête, mettant fin au long baiser, elle se plaignit.

— Une seconde, murmura-t-il.

Et, d'une main, il revêtit une protection avant de se placer entre ses cuisses.

Oui. Oh oui.

Elle se cambra quand il la pénétra et, bientôt, leurs corps ne firent plus qu'un.

Elle referma ses jambes autour de son bassin, l'immobilisant, et, prenant son visage dans ses mains, le contempla longuement. Elle éprouvait un étrange sentiment d'émerveillement. Jason était là, avec elle, en elle. Elle sentit son cœur bondir de joie, et elle faillit éclater en sanglots tant l'instant était parfait.

— Fais-moi l'amour, implora-t-elle.

La formulation la choqua, parce qu'elle parlait d'amour au lieu de sexe.

Elle aimait avoir des relations sexuelles. Elle considérait que c'était naturel et ne s'en privait pas. Mais voilà que, tout à coup, elle avait envie de davantage.

Et c'était effrayant. Jason et elle ne faisaient pas l'amour ; ils avaient des relations sexuelles intenses et des satisfactions brutales. Jason aimait que, comme à Las Vegas, elle révèle en lui son côté primitif, sauvage. Ce qui serait hors de question si elle se mettait à larmoyer.

De plus, c'était une aventure sans lendemain. Sur ce point, ils étaient tous deux d'accord. Enfin ! Ils étaient sur le point de divorcer. Qu'est-ce qui lui prenait ?

Ravalant son émotion, elle sourit d'un air taquin tandis qu'il la contemplait sans comprendre ce qu'elle voulait.

— Mais pas comme ça, dit-elle.

Et elle frétilla pour lui échapper. Heureusement, il la laissa faire, parce qu'elle n'aurait jamais eu la force de repousser un homme de sa carrure. Ensuite, elle passa une jambe sur sa taille. A califourchon sur lui, elle posa les deux mains sur son torse.

— Beaucoup mieux, assura-t-elle.

Elle entreprit d'imprimer à son corps un mouvement de va-et-vient et rejeta la tête en arrière, de peur qu'il ne lise dans son regard des choses qu'elle ne voulait pas lui révéler.

Il s'agissait juste de plaisir. Rien de répréhensible à ça.

Quand elle eut trouvé son rythme, il prit ses seins et en caressa les mamelons de ses doigts experts.

— J'aime ton corps, gronda-t-il. Il est très excitant.

— Et il est tout à toi. Pour l'instant.

Elle attribua le tressaillement de sa voix au plaisir physique, et non au chagrin d'avoir dû préciser : « Pour l'instant. »

Décidément, quelque chose n'allait pas chez elle.

Elle ferait beaucoup mieux de se concentrer sur ce qu'elle faisait. Elle s'immergea dans un plaisir physique intense et oublia ses tristes pensées. Et bientôt, leur bassin ondulant à l'unisson, elle s'abandonna à la spirale infinie d'un nouvel orgasme.

Elle retomba sur la poitrine de Jason et posa sa joue sur son torse, où elle entendit battre son cœur. Il la tint serrée contre lui, et elle ferma les yeux. Toutefois, elle ne pouvait pas dormir blottie contre cet homme comme elle en mourait d'envie. Aujourd'hui, cela signifierait tout autre chose qu'à Las Vegas.

Elle venait de faire la découverte bouleversante que, lorsqu'elle rêvait de renouer avec Jason Lynhurst, il ne s'agissait pas seulement de relations sexuelles. Et peut-être qu'à Las Vegas non plus. Sauf qu'elle n'avait pas pris la peine d'examiner la question.

Son cœur lui faisait mal. Etait-ce pour cette raison que, tout à l'heure, elle avait failli pleurer à cause d'un geste tendre ? Tout ce qu'elle voulait, c'était retrouver un peu de sa magie, la sensation de son corps et l'intensité de plaisir que lui seul savait lui donner.

Et il l'avait fait. Que lui demander de plus ? Une fois le divorce obtenu, elle rentrerait chez elle et deviendrait une brillante femme d'affaires. C'était bien ce qu'elle voulait, n'est-ce pas ?

Dans sa frustration, elle se mordit la lèvre. Ce désordre émotionnel n'était pas à l'ordre du jour.

— Tu as encore fait des prodiges, trésor, dit-elle quand elle se fut ressaisie. Quand tu voudras des relations sauvages et folles, fais-moi signe.

— Je m'en souviendrai.

Il l'embrassa sur la tempe et la serra contre lui.

— Tu veux que je reste ?

Naturellement qu'elle le voulait. Mais l'état de doute par lequel elle venait de passer la poussa à répondre :

— Tu n'y es pas obligé.

Malgré tout, elle espérait qu'il avait lu entre les lignes et insisterait pour rester. Cependant, hochant la tête, il s'assit au bord du lit, emportant toute sa chaleur avec lui.

— Je vais rentrer. J'ai une réunion de bonne heure demain matin.

Elle réussit à faire bonne figure et à sourire. Après tout, elle lui avait donné la permission de partir. Il ne s'agissait pas de vacances où ils pourraient passer tout un week-end au lit. Il était occupé ; elle aussi.

— A plus tard, dit-elle bravement.

Au fond, il valait mieux qu'il parte, pour tous les deux. C'était ainsi que les adultes menaient leurs aventures sans lendemain.

Elle ne le regarda pas s'habiller et ne leva pas les yeux quand elle entendit tourner la poignée de la porte. Soudain glacée, elle remonta la couverture sur elle.

Longtemps après que Jason fut parti, elle fixait encore le mur, se demandant par quel mystère, alors qu'ils avaient fini par faire l'amour comme des dieux, elle n'avait pas obtenu ce qu'elle voulait.

8

Au prix d'un effort surhumain, le lendemain matin, Jason franchit le seuil de son bureau à 8 heures. Il s'était tourné et retourné toute la nuit dans son lit pour finir par s'endormir à 5 heures... une demi-heure avant que son réveil sonne.

Si seulement il pouvait accuser de ses insomnies le vol des esquisses commis par Avery, ou les répercussions des diffamations de la presse. Cependant, même si c'étaient de réels soucis, ils ne concurrençaient pas l'image de Meredith qui tournait de façon obsessionnelle dans sa tête.

Bizarrement, bien qu'elle ait un corps de déesse, ce n'était pas une vision d'elle nue qui l'obsédait. Non, l'image qui le hantait, c'était celle où elle était installée sur ses genoux dans la voiture, avec sa jupe fendue jusqu'en haut des cuisses et ses seins débordant de son chemisier.

L'expression de son visage était... pleine d'ardeur. Il n'avait cessé de l'observer pendant qu'il lui procurait du plaisir. Dire qu'il avait agi ainsi dans une voiture circulant en pleine ville ! Voilà bien le genre de folies qu'elle était capable de susciter chez lui. Et pourtant, loin d'être consterné, il se sentait tout revigoré par l'idée qu'il pouvait la faire jouir en criant son prénom autant de fois qu'il le désirait.

C'était pour cette raison qu'il n'était pas resté. Parce qu'il avait beaucoup trop aimé ces retrouvailles.

Avec un grognement, il saisit la tasse de café posée sur son bureau et en but une gorgée dans l'espoir de chasser sa démoniaque épouse de ses pensées. Mais le café lui brûla la langue, et il poussa un juron coloré.

Il n'y aurait pas assez de caféine dans tout Manhattan pour l'aider à faire face à la journée qui se présentait. Et après tout, pour que sa matinée soit un désastre complet, autant appeler tout de suite Avery.

Comme elle répondait à la première sonnerie, il comprit que quelque chose se tramait. Il sentit se hérisser les poils de sa nuque.

— Bonjour, Avery. J'ai à te parler.

Comment amener l'affaire des dessins ? S'il l'accusait ouvertement, elle se débrouillerait pour ne rien reconnaître du tout. Non, mieux valait d'abord tâter le terrain.

— Moi aussi, figure-toi. J'ai parlé avec Paul de ton charmant communiqué de presse. Joli travail, petit frère.

Il sourit. La stratégie de Meredith avait fonctionné. Pour qu'Avery se montre d'emblée aussi désagréable, l'article avait dû beaucoup l'agacer.

— Marketing pur et simple. Je suis certain que toi, en particulier, tu apprécies la valeur de la vérité en publicité.

Elle marqua une pause si longue qu'il crut la communication coupée.

— J'apprécie la vérité, répliqua-t-elle enfin. C'est pourquoi j'ai expliqué à Paul que tu n'as pas entièrement tort. Hurst n'a pas la réputation de haute couture de Lyn. Et, si nous voulons jouer dans la cour des grands, il faut analyser nos faiblesses.

Voilà donc ce que cachait le vol des dessins. Elle envisageait de s'en servir pour lancer une ligne capable d'entrer en concurrence avec Lyn. Elle devait pourtant se rendre compte que vingt personnes au moins pourraient jurer sur l'honneur que ces dessins appartenaient à Lyn, sans parler de la trace que représentaient les copies sauvegardées. Avery perdait la tête. Hurst ne serait pas réputée pour ses modèles, mais pour abriter dans ses locaux des criminels convaincus de fraude.

— Qu'en dit Paul ?

— Tout et rien, répondit-elle. L'important, c'est que je jette les bases pour la fusion. Ainsi, en réalité, notre guerre médiatique ne peut que servir cette cause. Dans quelques jours, je mentionnerai la nécessité de changer de stratégie. Et puis, je laisserai tranquillement tomber une allusion sur les avantages de ramener l'entreprise dans le giron de Lynhurst Enterprises.

Elle était forte. Très forte. S'il n'avait pas eu connaissance des dessins volés, il aurait sans doute pris sa petite histoire pour argent comptant.

Soudain, il ne vit plus l'intérêt de mentionner le vol. Mieux valait attendre de voir comment elle allait jouer ses cartes. Mais il lui faudrait découvrir qui espionnait dans son entreprise pour le compte de Hurst.

— Formidable. Je ferai de même avec Bettina, bien que je me focalise sur les bénéfices. Elle berce l'idée de lancer une ligne de maillots de bain.

Normalement, il n'aurait pas mentionné ce détail, mais, mise au courant, Avery ne pourrait dérober ce projet.

— Ce serait le moment idéal pour parler finances, poursuivit-il, et insister sur le fait que les nouvelles collections sont coûteuses. Selon toi, les finances de Hurst sont meilleures qu'elles n'ont jamais été. C'est toujours vrai, n'est-ce pas ?

— Bien sûr. Hurst House est et sera toujours la poule aux œufs d'or de l'empire Lynhurst.

— Tant mieux. A présent, nous devons réfléchir à la manière de convaincre Paul et Bettina de renoncer à leurs postes en notre faveur.

Il faudrait leur faire miroiter les avantages de prendre leur retraite, ou d'aborder de nouveaux projets. Pour Bettina, ce ne devrait pas être trop difficile, elle avait la création dans le sang, mais pour Paul, qui s'occupait du commercial depuis la création de Lynhurst Enterprises, ce serait plus délicat.

Comme d'habitude, il se souciait davantage des sentiments de sa mère que de ceux de son père. Franchement, si Avery et lui étaient obligés d'en passer par une prise de contrôle hostile sur Hurst, Paul l'aurait bien mérité.

Après tout, il était responsable de la scission, et du fait que Hurst House et Lyn Couture s'en sortaient moins bien séparément.

Cependant, une OPA hostile serait coûteuse et risquerait d'engendrer de la mauvaise volonté. Il vaudrait mieux l'éviter.

— C'est un problème, concéda Avery.

Soudain, il eut un début d'idée.

— Quand tu aborderas le sujet de la fusion, insinue que Paul aimerait peut-être un poste moins important pour passer plus de temps avec Caozinha.

C'était la première fois qu'il appelait la femme de son père par son prénom. Et qu'il n'éprouve pas l'envie de se rincer la bouche au Jack Daniel's lui parut le signe d'une victoire sur lui-même.

— Ça peut marcher.

Approbation minimum, mais qui, dans la bouche d'Avery, valait une médaille d'or.

Ils s'entretinrent encore quelques minutes de détails légaux avant de mettre fin à la conversation. Et, quand il eut raccroché, il se rendit compte que c'était une des plus agréables conversations qu'il ait eues avec sa sœur depuis longtemps.

Soit la connaissance des plans secrets d'Avery l'avait amadoué, soit c'était Meredith. Ou les deux. Qui aurait cru qu'il gagnerait une recrue si talentueuse quand il avait tout d'abord conçu l'idée de ne pas signer les papiers du divorce ?

De bien meilleure humeur, il se mit à l'ouvrage et, à 11 heures, il se rendit compte qu'il avait abattu plus de travail qu'espéré. Une chance car, deux minutes plus tard, il recevait un texto de Meredith.

Retrouvons-nous à l'hôtel pour déjeuner. J'ai une idée.

Lui aussi avait une idée pour occuper agréablement ces instants de pause. Plusieurs, en réalité. Anticipant déjà le plaisir de sauter un repas, il répondit qu'il arrivait et annula son rendez-vous de 13 heures. En entrant dans l'ascenseur, il fredonnait gaiement, heureux d'être capable de faire des choses inconsidérées et folles en plein milieu de la journée.

Meredith était déjà dans sa chambre quand il en poussa la porte, exquise avec ses cheveux qui tombaient en cascade dans son dos. Il aurait pu contempler des heures son beau visage.

— Tu as fait vite, dit-elle, penchée sur le bureau tout en

griffonnant des notes sur le bloc du téléphone. Accorde-moi un instant.

— Prends ton temps.

Car elle se trouvait juste là où il la voulait.

Il vint se placer derrière elle et la saisit par la taille, attirant ses fesses contre son sexe déjà tendu de désir sous le pantalon. A présent dur comme du bois, il se frotta contre elle.

Elle s'immobilisa.

— C'est ce que tu veux ?

— Oui, murmura-t-il.

Et, rassemblant ses cheveux d'une main, il les écarta afin de l'embrasser dans le cou. Elle agrippa alors le bas de sa robe et la remonta jusqu'à sa taille.

— Si tu veux le faire, fais-le bien, chéri.

Et elle se cambra, le heurtant rudement de ses hanches.

Cela lui fit une telle impression qu'il faillit jouir tout habillé. Il réussit toutefois à se contenir le temps de baisser l'encolure de sa robe et de saisir un sein dans sa main. En grondant, il pinça la pointe entre ses doigts, la faisant durcir instantanément.

— Je veux te prendre, murmura-t-il dans son cou.

— Les préservatifs sont dans la salle de bains.

Au prix d'un effort, il la lâcha pour aller chercher les sachets. Quand il revint, Meredith se tenait appuyée des deux mains à la table, sa jupe retroussée sur son dos. Elle avait retiré sa culotte et écartait les jambes dans une manifeste invite.

Elle tourna la tête une fraction de seconde et le regarda à travers le rideau de ses cheveux. Son expression disait qu'il ferait mieux de se dépêcher.

C'était la vision la plus érotique de sa vie. Les mains tremblantes, il se débarrassa de son pantalon et enfila un préservatif. En quelques secondes, il reprit place derrière elle et, la saisissant par les hanches, la pénétra.

L'exquise pression du sexe de Meredith porta son excitation à son comble. Il chercha son clitoris et le titilla jusqu'à ce qu'elle crie de plaisir. Ses muscles se contractèrent de si délicieuse façon autour de lui qu'il ne tarda pas à la suivre dans la jouissance.

Haletant, il s'appuya d'une main sur le bureau pour ne pas s'effondrer sur Meredith.

— C'était...

Stupéfiant. Incroyable.

Mais ces mots ressemblaient trop à des clichés pour ce qu'elle lui avait fait ressentir.

— Sexy et cochon ? suggéra-t-elle.

— Et plus encore.

Ils avaient déjà fait l'amour dans toutes les positions et localisations possibles et imaginables, mais jamais au beau milieu d'une journée de travail, alors qu'ils s'apprêtaient à retourner au bureau.

Il s'écarta de Meredith, la fit pivoter dans ses bras et l'embrassa sur les lèvres. Cependant, alors qu'il s'apprêtait à détourner les yeux, il aperçut dans le regard de Meredith une lueur qui le glaça. Il y avait lu de la vulnérabilité et de la tendresse. Une bretelle de sa robe avait glissé de son épaule. Il la remit en place et posa sa main sur son épaule. Et ce moment d'harmonie le bouleversa.

Aussitôt, il se rappela de pareils instants vécus à Las Vegas. Alors qu'ils redescendaient des cimes, enlacés sur le lit, ils s'étaient mis à chuchoter dans le noir, à se raconter secrets, craintes, espoirs et rêves. Et c'était dans ces instants qu'elle lui avait apporté la paix.

C'était toujours la même chose.

Quand il laissait libre cours à son désir pour Meredith, il n'obtenait pas seulement le sexe débridé qu'il cherchait. D'ailleurs, ce n'était peut-être pas tout ce qu'il cherchait. Il avait besoin d'elle pour lui prouver qu'il n'était pas dépourvu de tout sentiment. Avec elle, il pouvait être un homme qu'il appréciait.

— Meredith, murmura-t-il.

Il l'embrassa, et elle se blottit dans son étreinte. Et il lui sembla que c'était sa place de toute éternité. Mais, comme il se penchait de nouveau pour prendre ses lèvres, elle se dégagea et s'éclaircit la gorge.

— Tu sais, normalement, les hommes commencent par embrasser. Et ensuite ils couchent. Mais ça ne me dérange pas que tu fasses le contraire.

Il la vit chercher des yeux sa culotte avant de disparaître dans la salle de bains. Légèrement déconcerté, il se rhabilla, puis consulta ses mails sur son téléphone pour se donner une contenance.

— Alors, concernant mon idée..., lança-t-elle en revenant de la salle de bains.

Et elle se percha très naturellement sur le coin du bureau où ils venaient de se livrer à de sauvages ébats.

— Ce n'était pas ça, ton idée ? demanda-t-il en désignant de la tête la scène du crime.

— Euh... non. C'était la tienne.

Sourcils froncés, il scruta son expression, mais elle ne laissait rien paraître de ses pensées intimes.

— Tu semblais pourtant sur la même longueur d'onde.

— Evidemment ! s'exclama-t-elle en repoussant une mèche de cheveux d'un geste plein d'impatience. Tu es si craquant qu'il te suffit de m'effleurer de ton souffle pour m'exciter. Mais ce n'est pas ce que j'avais en tête en t'envoyant mon message. Les préservatifs étaient dans la salle de bains, rappelle-toi. Pas sur le bureau.

Elle soufflait le chaud et froid. Compliment flatteur d'un côté, reproche de l'autre.

— C'est drôle, dit-il. J'ai pensé à toi toute la matinée.

— Si tu arrives à penser à autre chose qu'à coucher, nous pourrons peut-être parler.

Sa froideur attisa sa colère, parce qu'il ne comprenait pas ce qui la motivait.

— Tu es injuste, Meredith ! Tu m'as invité très librement à prendre du plaisir avec toi dans mon bureau. Ne viens pas jouer les prudes maintenant !

L'oasis de paix s'était évanouie si vite qu'il se demanda s'il l'avait rêvée.

— Comment dois-je me comporter ? rétorqua-t-elle d'un ton acerbe. Comme ta femme ? Parce que, figure-toi, c'est ce que j'essaie de faire. Te donner ce que tu veux de ce mariage pour que nous puissions divorcer !

Ses poings se crispèrent.

— Pourquoi me cherches-tu ?

— Parce que ! Je...

Soudain, elle parut se dégonfler comme un ballon qui se vide de son air et elle se laissa tomber sur une chaise, tête basse.

— Je ne te cherche pas, Jason, dit-elle après quelques instants. Je veux juste accomplir ma tâche et rentrer chez moi. Il faut que tu comprennes. J'ai besoin de rentrer chez moi.

Toute sa colère tomba en rencontrant son regard. Cette conversation le remuait profondément sans qu'il ne sache pourquoi. Avait-elle tellement envie de s'éloigner de lui ?

Apparemment oui. Et comment le lui reprocher ? Déjà, il l'avait retenue une semaine de plus que prévu. Elle avait une vie à Houston. Quoi de plus normal que de souhaiter la retrouver ? Une existence à son côté, à lutter ensemble contre la dureté de la vie quotidienne, ne l'intéressait visiblement pas.

— Explique-moi ton idée, dit-il en lui prenant doucement la main. Si ça marche et que je récupère les dessins, je considérerai que nous sommes quittes.

— Vraiment ?

Il ravala la boule qui lui obstruait la gorge. Trop tard pour revenir sur ses paroles.

— Je demanderai à mon avocat de régler au plus vite cette affaire, et tu seras dans l'avion avant de t'en être aperçue. Considères-tu que je t'ai comprise ?

C'était encore un mensonge. En réalité, il ne la comprenait pas du tout. Il n'avait pas envie qu'elle parte, et cela n'avait rien à voir avec un moyen de pression, le sexe ou n'importe quoi d'autre qu'il aurait pu nommer.

Meredith ouvrit de grands yeux.

— Juste comme ça ?

L'aventure était presque terminée. Elle allait pouvoir rentrer à Houston, divorce en main, et commencer à tenter d'oublier Jason. Plus vite elle partirait, plus facilement elle démêlerait les sentiments confus qui l'agitaient.

Manifestement, il était impatient de se débarrasser d'elle. La veille, il avait insisté pour que leur liaison comporte une date d'expiration, ce qu'elle avait ignoré, par pure commodité.

C'était avant qu'elle comprenne que relations physiques, affinités et tout ce dont elle rêvait depuis deux ans passaient par le cœur.

— Mais oui, comme ça.

Il haussa nonchalamment les épaules, comme si rien de tout cela n'avait d'importance.

— Quand j'aurai les dessins, que pourrais-tu faire de plus ? Tu as rempli ta mission mieux que j'aurais pu l'espérer.

Elle aurait dû se réjouir de ses compliments. Mais, en réalité, il lui semblait qu'elle manquait d'air.

— Tu attends donc de moi cette dernière chose et tu me libères ?

Il hocha la tête.

— Il me semble que c'est ce que j'ai dit.

Fantastique. Le moment n'aurait pu être mieux choisi. Elle ignorait combien de temps encore elle pourrait jouer à la maîtresse folle de sexe et désinhibée de Jason. Dire que, pendant qu'il lui faisait perdre la tête contre le bureau, elle avait eu conscience de vouloir beaucoup plus. Elle voulait retrouver le Jason de leurs moments volés, mais de façon permanente. Et elle avait beaucoup de mal à se retenir de le supplier de revenir.

Comment était-elle censée savoir que coucher avec quelqu'un pouvait générer un déluge d'émotions qu'elle serait incapable de gérer ? C'était sa faute à elle, pas celle de Jason. Et ç'aurait été injuste de lui demander autre chose qu'un divorce, d'autant qu'elle ne savait pas précisément ce qu'elle voulait.

Elle redressa bravement les épaules.

— Génial ! Voilà, Avery organise une réunion la semaine prochaine à propos de son mystérieux projet. J'ignore de quoi il s'agit, mais je sais que Paul est très mécontent du remue-ménage médiatique créé par ton communiqué de presse.

Elle avait ressenti un petit frisson d'excitation en sachant qu'elle était en partie responsable de l'humeur de chien d'Avery. Le personnel avait marché sur des œufs toute la matinée et avait fait de son mieux pour rester en dehors du chemin d'Avery. Sauf elle. Elle était entrée sans hésiter dans la gueule du lion et avait proposé son aide.

— Elle m'a dit, expliqua Jason, qu'ils allaient essayer de limiter les dégâts en frappant un grand coup. C'est sans doute là que les dessins volés entrent en scène.

Avery n'avait pas abordé le sujet avec elle.

— J'ignorais que tu l'avais rencontrée.

— J'ai oublié de t'en parler ? Ah, oui, exact. J'ai d'abord dû faire un peu de gymnastique sur le bureau, puis je me suis enlisé dans une dispute qui n'en était pas une.

— Tu exagères ! J'essaie d'avoir cette conversation depuis trois quarts d'heure maintenant. Et je te rappelle que c'est toi qui as eu l'idée du bureau !

— Et qui s'est penchée, vêtue d'une robe qui lui arrive aux fesses ? La prochaine fois, reste assise ou mets un sac à patates.

Son humour acerbe l'attrista.

Si seulement les choses n'étaient pas si compliquées, elle se serait montrée provocante, espérant le séduire de nouveau. Mais le fait qu'il ne voit rien de mal à coucher avec elle tout en l'informant qu'elle pouvait rentrer chez elle la renseignait sur ce qu'elle voulait savoir. Elle avait eu raison de ne pas divulguer ses sentiments.

— Mon idée est de proposer à Avery de la remplacer à cette réunion pour qu'elle puisse se concentrer sur les exigences de Paul. Elle refusera peut-être, mais ça vaut la peine d'essayer.

— Tu m'impressionnes, dit-il en croisant les bras. Quand doit avoir lieu cette réunion ?

— Lundi, je crois.

Elle avait donc le reste de l'après-midi pour réfléchir au moyen de persuader Avery d'accepter. Tout était une question de timing, surtout si elle arrivait à la coincer juste après les deux heures de la réunion qu'Avery avait planifiée avec Paul dans la journée. Cette réunion se terminerait sûrement avec un surcroît de travail pour Avery. Alors, d'un coup de baguette magique, Meredith se présenterait comme la bonne fée venue résoudre ses problèmes.

Et, si Avery ne voulait pas que Meredith connaisse son emploi du temps, elle n'avait qu'à pas laisser son agenda ouvert à côté du téléphone.

— M'étonnerait qu'elle accepte. Avery ne fait confiance à personne. Es-tu déjà si proche qu'elle te confie une mission aussi importante ?

— Ça ne coûte rien d'essayer, répliqua-t-elle en haussant les épaules. C'est le seul moyen dont je dispose pour mettre la main sur les dessins sans éveiller ses soupçons. Et puis, voilà que je les abîme accidentellement. Ils sont dans des fichiers de sauvegarde, n'est-ce pas ?

— Bien sûr.

— Avec de la chance, elle me vire. Et, comme je compte reprendre l'avion sans tarder, ça me fera une occasion de lui dire le fond de ma pensée.

A en juger par le sourire de Jason, son plan rencontrait son adhésion.

— Tu es donc d'accord ? demanda-t-elle. Tu te rends compte que, si tu la dénonces pour vol, tu ruines sa vie, ainsi que Hurst House, la maison fondée et dirigée par ton père. Tu n'as pas de regrets ?

— Quand il a scindé en deux l'entreprise, mon père a ruiné Hurst sans l'aide de personne, riposta-t-il. Il n'aura que ce qu'il mérite.

Son attitude avait changé en un claquement de doigts. Il vibrait d'une colère qui semblait rebondir contre les murs de la pièce. Le Jason ouvert et sensible de Las Vegas n'avait pas grandi, et il n'était pas devenu insensible. Il avait juste transféré son angoisse et son impuissance dans son projet de fusion. Comment ne l'avait-elle pas compris ?

Jusqu'ici, il parlait souvent de son projet, mais toujours d'un ton neutre. Aujourd'hui, c'était différent. Il n'en avait jamais tant révélé, en si peu de mots, sur ses sentiments envers son père.

— Parle-moi, demanda-t-elle doucement de peur qu'il ne se recroqueville dans sa coquille si elle se montrait trop insistante.

Il prit sa respiration, luttant pour garder son calme.

— Tu comprends pourquoi je tiens tant à réunir Lyn Couture et

Hurst House ? Je dois réparer le mal qui a été fait. Paul s'est montré minable comme père, comme mari et comme chef d'entreprise.

Elle vit les poings de Jason se crisper, sa bouche se tordre dans une grimace.

— Ma mère n'a jamais voulu diriger quoi que ce soit, mais, en partant, il l'a forcée à endosser le costume de P-DG.

L'expression dévastée de Jason lui serra le cœur. Elle avait mal, pour lui, pour sa mère. Pour Avery aussi, dont la personnalité cassante provenait certainement en partie du traumatisme subi deux ans plus tôt.

— Je suis désolée, Jason.

— Il ne faut pas. Je serai fort, celui qu'il n'a pas été. Je refonderai l'entreprise et lui ravirai le poste de P-DG. Ce sera une juste punition pour le mal qu'il a causé à Lynhurst Enterprises.

Elle hocha la tête sans pouvoir s'empêcher d'esquisser un sourire.

— Voyons, Jason, tu as beau te persuader qu'il s'agit d'une revanche, regarde les choses en face. Ce que tu fais, c'est pour ta mère.

La surprise de Jason fut sincère.

— Je t'accorde que c'est en partie vrai, avoua-t-il après quelques instants. J'avais oublié que tu lisais si facilement en moi.

Il avait échafaudé ce plan pour réparer le tort que son père avait causé à sa mère. C'était si touchant que l'émotion la submergea. Incapable de se retenir, elle se leva et l'étreignit tendrement.

— Tu as l'air d'avoir besoin d'un câlin, dit-elle pour toute explication.

En réalité, *elle* avait besoin de toucher l'homme complexe et merveilleux dissimulé sous sa façade de génie du crime organisé.

Il referma ses bras sur elle, la serra contre lui et appuya sa tête contre la sienne.

Cette étreinte la comblait. Qui l'eût cru alors qu'ils étaient tous les deux habillés ?

— Je dois retourner au bureau, dit-il d'un ton bourru. Il est tard.

— Oui.

L'après-midi ne serait pas une partie de plaisir. Endurer les brimades d'Allo, jouer au plus fin avec Avery. A l'idée de ce qui l'attendait, elle se sentit épuisée. Elle aurait juste aimé rester dans les bras de Jason et oublier la vraie vie.

Mais, comme ce n'était pas à l'ordre du jour, elle recula et le poussa doucement.

— Va. Mais reviens. Apporte de quoi dîner, et je te raconterai ma conversation avec Avery.

Tant qu'ils ne seraient pas divorcés, elle tirerait sur le lien qui les unissait.

9

Franchement, à quoi bon se remettre au travail si on ne le laissait pas se concentrer un minimum ?

Il y avait d'abord eu l'article paru tout dernièrement dans la presse, accusant une fois de plus Lyn d'infraction au droit du travail. L'information provenait cette fois d'une source anonyme prétendant être employée chez Lyn. Pas très joli. Et il avait le désagréable sentiment que, cette fois, Avery ne manipulait pas en coulisses.

Quand il reçut un mail de Bettina lui demandant de venir dans son bureau, il poussa un gémissement. Il ne supporterait pas d'écouter une fois de plus les lamentations de sa mère accusant les médias de les harceler. Certes, ils diffamaient la maison qui portait son nom, mais c'était également le sien et, si elle voulait qu'il arrange les choses, il fallait le laisser un peu tranquille.

Vu la tournure que prenaient les événements, il était bon pour passer la soirée au bureau. Autant dire que le projet de dîner avec Meredith était à l'eau.

— C'est la dernière fois, maman, dit-il à son écran.

Un pur mensonge. Il serait là pour sa mère autant de fois qu'elle le désirerait. Quand Paul l'avait quittée, deux ans plus tôt, Jason avait été son seul allié. Normal. Après tout ce qu'elle avait fait pour lui, il lui devait bien ça. Mais, surtout, c'était sa mère.

Quand il passa la tête par la porte entrouverte de son bureau, elle sourit.

— Te voilà ! Entre.

Elle se leva et contourna le bureau avec une agilité étonnante pour une femme de soixante ans. Puis elle se jeta à son cou et l'embrassa avec un enthousiasme qui ne lui était pas habituel. Il lui rendit son étreinte en se demandant ce qui avait motivé ce soudain changement de comportement.

— Avery m'a mise au courant, dit Bettina, le contemplant avec un sourire mouillé. Pourquoi ne pas t'en être chargé ? Je ne comprends pas.

— Qu'est-ce que j'aurais dû te dire, maman ?

— Eh bien, me parler de l'épouse que tu nous caches.

— Te parler de... quoi ?

Il sentit son estomac se contracter tandis que sa mère le prenait dans ses bras. Devait-il nier, ou tout avouer ? Mais il était un peu tard pour prétendre ignorer de quoi Avery voulait parler.

Avery. Il ne put retenir un juron. Une fois de plus, il l'avait sous-estimée. Comment avait-elle découvert son secret ? C'était encore pire que ses accusations d'exploitation des travailleurs. Il aurait dû voir venir.

— Pourquoi ne m'as-tu pas annoncé ton mariage ? demanda sa mère.

Mais la joie qui vibrait dans sa voix démentait le ton de réprimande.

— Euh... j'ai craint que la nouvelle ne te choque.

— Tout au contraire ! C'est la meilleure nouvelle que j'aie reçue depuis longtemps.

Elle baissa la voix.

— Je ne t'en aurais jamais parlé, mais je n'aimais pas l'idée que tu fasses un mariage de raison. Mais un coup de foudre, un mariage éclair, c'est merveilleux !

— Heureux que quelqu'un soit de cet avis, murmura-t-il, l'air sombre.

Au vu des bénéfices que Lyn en retirerait, il aurait cru que sa mère donnerait sa bénédiction au mariage arrangé avec Meiling. Drôle de moment pour découvrir que non.

— Je vais vous inviter à dîner au restaurant, ta femme et toi ! s'exclama Bettina en tapant dans ses mains. Que je fasse sa connaissance. Avery dit qu'elle travaille chez Hurst ? Ce que je ne comprends pas, mais je suis sûre que tu sauras tout m'expliquer.

Un nouveau juron lui échappa, et il ferma les yeux. Bettina était blessée qu'il laisse sa femme travailler pour l'ennemi.

Il allait tuer Avery. Et s'arranger pour que son agonie dure le plus longtemps possible.

— C'est compliqué.

Elle hocha la tête, redevenue sérieuse.

— Etant donné que ton père et moi sommes en si mauvais termes, comment en serait-il autrement ? Notre divorce a été douloureux pour tous. Mais ce n'est pas une raison pour me dissimuler la relation la plus importante de ta vie. Bien sûr, parfois je me sens seule, mais ça ne m'empêche pas de te souhaiter tout le bonheur du monde. Je suis sincèrement heureuse que tu aies trouvé l'amour.

Pas possible. Bettina croyait qu'il lui avait caché son mariage de peur d'éveiller sa jalousie ? Ce n'était pas exactement ce qu'il aurait craint si elle avait découvert qu'il avait épousé Meredith à Las Vegas, devant un sosie d'Elvis, après avoir beaucoup bu.

— Merci, maman. Et, pour information, Meredith occupe juste un emploi temporaire chez Hurst. Je suis désolé de ne pas t'avoir dit que c'était ma femme quand je t'ai demandé de la recommander.

Mais il y avait plus grave. Il fallait faire comprendre à sa mère que ce mariage ne durerait pas avant qu'elle commence à chercher des prénoms pour ses futurs petits-enfants.

— Maman, Meredith et moi ne sommes pas…

— Ne me dis pas que tu refuses mon invitation ! Je meurs d'envie de rencontrer ma toute nouvelle belle-fille. Je veux entendre raconter tous les détails du mariage. Et permets-moi de te dire que tu es un monstre de ne pas l'avoir emmenée en voyage de noces. J'espère seulement que tu vas te rattraper.

Sa toute nouvelle belle-fille ? Apparemment, Avery n'avait pas raconté toute l'histoire à leur mère, ou bien elle ne la connaissait pas. Dans ce cas, il y avait peut-être encore moyen de sauver la situation.

— S'il te plaît, maman. Je ne veux pas t'entendre m'expliquer ce que je dois faire pour me rattraper.

Bettina éclata de rire.

— Laisse-moi vous emmener au restaurant. Etes-vous libres ce soir ?

— Nous avons prévu des plats à emporter.

— Alors, c'est entendu.

Elle prit sa main. La peau de celle de sa mère était toute fine, striée de rides, et de grosses veines saillaient. Quand avait-elle vieilli ainsi ?

— Je suis heureuse que tu aies décidé de t'installer, Jason. Ce sera plus facile pour moi de penser à la retraite.

— Tu envisages de prendre ta retraite ?

Jamais le mot n'avait franchi les lèvres de Bettina. Sa mère était un des obstacles majeurs à la réalisation de son projet, parce qu'elle n'approuvait pas l'idée de fusion avec Hurst.

Mais si Bettina abandonnait les rênes de Lyn...

Elle lui tapota la main.

— Pas aujourd'hui, mais peut-être bientôt. Je ne voulais pas y songer mais, maintenant que tu es installé dans la vie, je peux te confier Lyn Couture en toute sérénité.

Soudain, mille pensées se mirent à tourbillonner dans son esprit. Et s'il n'était pas obligé de se séparer tout de suite de Meredith ?

Instantanément, sa vision de l'avenir se modifia. Il pouvait rester marié. Et il avait une parfaite excuse pour éviter de se demander pourquoi c'était si important.

— Tu feras un fantastique P-DG, conclut Bettina.

Evidemment. Voilà sur quoi il devait se concentrer, et non sur Meredith et son don si particulier de le rendre fou. Sa mère parlait de se retirer des affaires et de le nommer P-DG. Ce serait un pas énorme dans l'avancée de son projet.

Dommage que Meredith tienne à divorcer, ce qu'il avait incidemment oublié.

Dans l'univers sens dessus dessous dans lequel il évoluait maintenant, l'épouse dont il voulait se débarrasser était devenue celle qu'il devait à tout prix garder.

Le mariage était un outil, il l'avait toujours pensé. Meredith connaissant son point de vue, il suffirait d'une petite conversation avec elle pour l'amener à réviser ses projets de proche avenir.

Alors qu'il venait de lui dire qu'il allait signer ses fichus papiers ?

Il sentit ses paumes se mouiller de sueur.

— Je dois retourner travailler. Je te tiens au courant pour ce soir.

Le sourire radieux de Bettina l'accompagna tout le reste de l'après-midi, ainsi que d'affreuses crampes d'estomac.

Il ne pouvait pas signer les papiers, même si Meredith récupérait les dessins. Et, s'il lui jouait ce mauvais tour, il l'entendait déjà l'accuser d'être sans cœur, implacable, comme sa sœur. Ou alors, elle lui adresserait un petit sourire en l'accusant d'utiliser un prétexte pour la mettre dans son lit.

Autre complication. Pour qu'ils soient crédibles, il allait falloir qu'elle emménage chez lui. Et, là, il se voyait mal lui attribuer la chambre d'amis. Mais, s'il l'invitait à partager la sienne, cela impliquerait…

Eh bien, cela impliquerait qu'il lui demandait d'être sa femme dans tous les sens du terme. Quelque chose se décrocha dans sa poitrine quand il s'imagina s'éveillant chaque matin au côté de Meredith, le regard endormi et plein de promesses.

Vivre avec elle, dormir avec elle comme s'ils étaient un vrai couple, voilà exactement ce qu'il désirait.

Mais il ne devait pas la laisser espérer. Jamais il ne se marierait pour une autre raison que servir ses plans. Un jour ou l'autre, les gens qui tombaient amoureux cessaient aussi d'aimer. Et alors, ils dévastaient tout autour d'eux. Il n'infligerait cette épreuve à personne.

Pas plus qu'il ne donnerait à Meredith l'impression qu'il s'agissait d'une ruse pour passer plus de temps avec elle. Si seulement c'était arrivé avant qu'ils recommencent à coucher ensemble, ç'aurait été moins compliqué. Et il n'aurait pas à reconnaître, pas même en son for intérieur, qu'il avait bel et bien envie de saisir la chance de la garder près de lui.

Meredith mourait de faim, et Jason prenait son temps pour la rejoindre dans sa chambre d'hôtel. Finalement, il frappa à sa porte à 19 heures passées.

Son air sombre lui donna tout de suite envie d'effacer le pli qui se creusait entre ses yeux.

— Ça va devenir une habitude ? dit-elle en désignant ses mains vides. Je peux me charger du dîner si tu veux. A moins que tu ne tiennes encore à sauter le repas ? Parce que j'adhère complètement à l'idée.

La plaisanterie ne le fit pas rire.

— Nous sortons, annonça-il d'un ton brusque.

Elle baissa les yeux sur son pantalon de jogging et le T-shirt qui découvrait ses épaules, enfilés à son retour.

— C'est que...

— Avery sait que nous sommes mariés. Et elle l'a dit à Bettina. Ce sera de notoriété publique aux alentours de minuit, si ce n'est avant.

Et la nouvelle allait probablement filtrer jusqu'au Texas. Finalement, son père ne l'apprendrait ni de la bouche de son avocat, ni de la sienne, mais par la presse.

Elle laissa échapper un juron.

— Oui, dit Jason. C'est exactement ce que j'ai pensé.

— Comment Avery l'a-t-elle découvert ? Oh ! non. Pas les...

— Caméras de sécurité ?

Il hocha la tête et pressa un point entre ses deux yeux.

— Nous avons manqué de prudence. Elle t'a peut-être aussi surprise descendant de la voiture l'autre jour. D'une manière ou d'une autre, elle nous a vus, et a fourré son nez dans mes affaires.

— Que va-t-il se passer ? Je ne peux plus continuer à jouer les espionnes chez Hurst, n'est-ce pas ?

Et, si elle ne pouvait lui rendre ce service, il n'avait plus qu'à signer les papiers du divorce, qu'elle ait récupéré ou pas les dessins. Elle était un peu déçue de ne pouvoir prendre la place d'Avery à la réunion du lendemain. Elle avait très envie de voir comment se passaient les négociations dans une maison de couture.

Avery lui aurait-elle permis de la remplacer parce qu'elle savait déjà que Meredith était la femme de Jason ?

Au temps pour ses talents d'espionne, pensa-t-elle tristement.

— Il va se passer que ma mère est enchantée d'apprendre que je suis marié. Elle veut nous inviter au restaurant ce soir. Je n'ai pas pu refuser.

Dîner avec Bettina Hurst ? Comme s'ils étaient *en couple* ?

— Euh... ce n'est pas si difficile de dire non. *Non*, tu vois ?

Il la dévisagea d'un air si sombre qu'elle ouvrit grand la porte.

— Tu ferais mieux d'entrer.

Il passa devant elle comme si elle n'existait pas et se dirigea droit vers la penderie, dans laquelle il se mit à fouiller.

— Où as-tu mis le haut doré que je t'ai apporté ? Bettina l'aime bien. Tu devrais le porter avec le pantalon blanc et tes sandales Stuart Weitzman.

Elle posa unc main sur son bras.

— Calme-toi une seconde. Je n'irai pas dîner avec ta mère en feignant que nous sommes un couple heureux. Inutile d'insister. Nous divorçons, et je rentre à Houston.

— A ce propos...

Il lui fit face et, dans l'espace confiné de la penderie, son odeur de savon mêlée à la sienne propre l'enivra.

Malheureusement, la lueur calculatrice de son regard la fit redescendre sur terre.

— Eh bien, qu'y a-t-il ? Ne t'avise pas de me dire que finalement tu as une autre tâche à me confier avant de signer. Le secret étant éventé, je ne te suis plus d'aucune utilité.

— Je ne peux pas divorcer. Pas tout de suite.

— Il le faut ! C'est fini, Jason. Avery nous a démasqués. Je ne peux plus rien faire pour toi.

— Bettina est heureuse que je sois marié. Elle dit que, puisque je suis installé dans la vie, elle peut me confier la direction de Lyn et se retirer.

Il lui prit la main et la lui serra.

— Le plan d'Avery a échoué, dit-il encore. Ne le comprends-tu pas ?

Difficile de réfléchir avec Jason qui lui caressait la main.

— Elle l'a fait pour te décrédibiliser, dit-elle enfin. Elle a cru que Bettina jugerait que c'était une preuve d'irresponsabilité.

— Exactement. Mais c'est l'inverse qui s'est produit.

Un mauvais pressentiment s'empara d'elle tandis qu'elle additionnait deux et deux.

— Si je comprends bien, ta mère est prête à se retirer et à te confier le poste de P-DG de Lyn parce que tu es marié. Tu ne peux donc pas divorcer parce que tu as plus à gagner en étant marié.

— Parfaitement résumé.

Il lâcha sa main.

— Je voudrais que tu sois ma femme au grand jour. Nous ferons une annonce publique, et tu emménageras chez moi. Et, quand Bettina m'aura donné le poste, je divorcerai.

— Non, non, pas question ! s'exclama-t-elle pendant que son cœur criait :« Oui, oui ! »

Oui, être la femme de Jason pour de vrai, le temps que ça durerait. Et si elle s'habituait si bien à l'arrangement qu'elle ne voudrait plus le quitter ? Elle serait alors dans de beaux draps.

Il lui sourit, ce qui fit battre son cœur plus vite.

— Je te donnerai l'argent que tu comptais emprunter à ton père. Dis un chiffre.

— Cent mille dollars, répondit-elle sans hésiter.

— Accordé. Maintenant tu n'es plus obligée d'avouer à ta famille ce qui s'est passé à Las Vegas. Réfléchis. Plus d'emprunt à rembourser. Il te suffit de feindre d'être une jeune mariée heureuse pour que ma mère songe tranquillement à prendre sa retraite.

Elle avait mentionné une somme énorme en pensant qu'il allait refuser, et maintenant elle était coincée.

— Je ne peux pas… Tu veux que je *vive* avec toi ?

— Oui, mais tu ne seras pas obligée de partager mon lit. J'ai une chambre d'amis.

— Bien sûr. Dormir avec ta femme, ce serait un peu trop, dit-elle, plus sarcastique qu'elle n'aurait voulu.

Etait-elle déçue qu'il n'utilise pas leur mariage comme prétexte pour se comporter véritablement en mari et femme ? D'un autre côté, échanger des relations sexuelles contre de l'argent aurait été sordide.

Mais s'il avait suggéré quelque chose d'entièrement différent ? Par exemple, qu'ils aient des relations normales avec du sexe, des rires et de l'intimité. Cela, elle l'aurait accepté sans même réfléchir, parce que ç'aurait signifié qu'il était dans le même état de confusion et d'appréhension qu'elle.

Il la regarda avec insistance.

— Partager une chambre ne ferait que compliquer nos relations. C'est un arrangement d'affaires, Meredith. Comme le premier.

Comment l'aurait-elle oublié ? Elle voulait quelque chose qu'il ne lui donnerait jamais : l'homme dissimulé sous sa carapace d'individu calculateur, cynique et froid.

— Je sais. Le mariage est ton outil de choix.

Malgré toutes les difficultés, ce serait idiot de refuser.

En effet, cette solution résoudrait tous ses problèmes d'un coup. Sauf pour le crève-cœur que représenterait le fait de jouer les épouses heureuses auprès de Jason sans aucun des avantages de la situation.

Ce serait idiot d'accepter.

— J'ai besoin de toi, Meredith.

Devant son regard bleu empreint de vulnérabilité, son cœur se serra. Pitié, pas ça ! Pas le regard de chien perdu ! Il la ramenait à l'époque, deux ans auparavant, où Jason avait besoin d'elle.

C'était sa chance de savoir si elle avait commis une erreur en le quittant à Las Vegas. Et sa dernière chance de découvrir si elle faisait une erreur en voulant davantage, cette fois. Si vivre chez lui ne lui permettait pas d'obtenir les réponses à ces questions, elle ne les aurait jamais. Ensuite, elle pourrait repartir à Houston, sachant que Jason ne lui était pas destiné, et tourner la page.

— Combien de temps ? demanda-t-elle. Un autre travail m'attend. Mon vrai travail.

Lequel, à mesure qu'elle passait plus de temps dans le milieu de la mode new-yorkais, présentait de moins en moins d'attrait à ses yeux.

Les robes de mariée, c'était le point fort de Cara, sa passion.

Meredith ne travaillait avec elle que parce que c'était sa sœur, et que peu importait à Cara qu'elle ne sache rien apporter d'autre à son entreprise que de l'argent.

— Je ne sais pas. Une quinzaine de jours. C'est oui ?

L'espoir dans sa voix, la fragilité dans ses yeux emportèrent son acquiescement.

— Comment est-ce que ça pourrait marcher ? Ta mère doit se demander pourquoi nous ne nous sommes pas vus pendant deux ans.

— Elle croit que nous venons de nous marier et est tout attendrie par notre roman d'amour.

— Une minute. Tu comptes mentir sur la date de notre mariage ? Mais, à cette heure-ci, Avery doit connaître toute l'histoire. Veux-tu vraiment lui donner cette arme contre toi ?

Il sourit au lieu de paraître contrarié.

— J'aime l'acuité de ton esprit. S'il te plaît, ma très chère épouse, dis-moi ce que nous devrons faire.

— Nous allons dire à tout le monde que nous nous sommes mariés à Las Vegas, que nous avions l'intention de faire annuler notre mariage, mais que ni l'un ni l'autre ne s'en est préoccupé. Puis que nous avons repris contact parce que tu devais divorcer pour épouser Meiling, mais qu'alors nous nous sommes aperçus que nous n'avions jamais cessé de nous aimer. Et voilà.

— C'est...

— Génial. Bien sûr.

Génial mais faux. L'amour n'était pour rien dans leur union. Néanmoins, elle n'arrêtait pas de penser à ce qui pourrait se passer quand ils vivraient sous le même toit. Si seulement elle parvenait à lui faire baisser sa garde, comme quand il avait été pris d'émotion en évoquant son père, elle pourrait dire adieu à Jason Lynhurst, l'insensible homme d'affaires. Et alors, les paris seraient ouverts.

L'expression de Jason oscillait entre amusement et admiration.

— Tout est réglé dans ce cas. N'est-ce pas ?

Elle soupira.

— Je n'ai jamais eu davantage l'impression que ma vie ne ressemblait à rien.

— Tu vas être parfaite ! Mais nous sommes en retard. Décoiffe-toi un peu, que nous ayons l'air d'avoir une bonne excuse.

— Fais attention, ou je vais t'obliger à joindre le geste à la parole !

Il rit comme si elle plaisantait et consulta sa montre.

— Haut doré, pantalon blanc. On se dépêche, madame Lynhurst !

Mme Lynhurst. L'expression la fit frissonner d'un étrange mélange de crainte et d'émerveillement. Elle était venue à New York pour divorcer, et voilà qu'elle acceptait de jouer la comédie du bonheur dans l'espoir de transformer leur relation en davantage qu'un atout.

Elle lui tendit la télécommande.

— Installe-toi. Je me prépare en m'entraînant à déclarer à Allo que je démissionne.

— Mais nous sommes déjà en retard ! protesta-t-il.

— Tu as voulu une femme, tu en as une. Avec tous les inconvénients qui vont avec. Bienvenue dans la vie maritale !

Elle s'engouffra dans la salle de bains et, si elle accepta de se glisser dans le haut doré, c'était qu'elle n'aurait jamais à revoir Allo.

De cela, elle serait éternellement reconnaissante à Jason.

10

Heureusement, quand ils la retrouvèrent au restaurant avec près de une heure de retard, Bettina ne semblait pas le moins du monde irritée. Elle les accueillit avec un grand sourire, son regard passant rapidement sur lui pour s'arrêter sur sa compagne.

— Je te prie de nous excuser, maman, dit-il, préférant rester dans le vague plutôt que d'avancer une explication douteuse. Je te présente Meredith.

— Madame Lynhurst, c'est un plaisir, dit gracieusement celle-ci.

Elles se serrèrent la main, puis Meredith prit place en face de sa mère.

— J'adore vos jeans, déclara-t-elle. La coupe en est sublime. C'est grâce à vous que j'ai appris à coudre quand j'étais adolescente.

Il marqua un temps d'arrêt. Meredith n'en faisait-elle pas un peu trop ? Mais elle paraissait si sincère, et sa mère ravie.

— Appelez-moi Bettina, je vous en prie. Je suis si heureuse de faire enfin votre connaissance. J'en veux beaucoup à Jason de ne pas vous avoir présentée au gala Garment Center, l'autre soir.

— Maman…

— J'ai moi-même été déçue quand il m'a poussée vers la sortie peu de temps après notre arrivée. C'est qu'il avait très envie de se retrouver seul avec moi.

Fulminant intérieurement, il s'assit et fit signe au serveur. Ce qui ne troubla pas la conversation des deux femmes… qui ne semblaient pas avoir l'intention de l'y inclure.

Bettina rit.

— Je l'aurais parié ! Tout le temps de notre conversation, il n'a cessé de vous dévorer des yeux ! Il ne pensait qu'à une chose : vous ramener à la maison.

— Vraiment ?

Meredith posa une main sur sa cuisse et lui jeta un regard coquin qui fit circuler un peu plus vite le sang dans ses veines.

Il n'avait pas prévu exactement ainsi le déroulement du repas. C'était tout le problème avec Meredith. Elle avait sa propre vision des choses, qui coïncidait rarement avec la sienne.

— Ne parlons plus de ce gala, dit-il.

Mieux valait arrêter sa mère avant qu'elle fasse encore une remarque qui aiguillerait Meredith sur une fausse piste. Il ne faisait pas une fixation sur Meredith comme elle l'affirmait. Il l'observait parce qu'elle parlait avec Avery.

— Tout de même, insista Bettina. Tu aurais dû me dire qu'elle était ta femme quand je t'ai parlé d'elle.

Comme le serveur approchait, Bettina commanda une bouteille de vin scandaleusement onéreuse avant de reporter son attention sur Meredith.

— Aimez-vous travailler pour Hurst ?

Meredith fit mine d'hésiter.

— Leurs idées sont bonnes, mais elles manquent d'âme. On dirait que ces gens ne pensent qu'à l'argent.

— Entièrement d'accord avec vous.

Celle que *Vogue* avait autrefois baptisée « Première dame de la mode » examina Meredith à travers la table.

— Où avez-vous étudié ?

— Meredith n'est pas allée à l'université, intervint-il, vexé d'être exclu de la conversation.

Meredith lui jeta un regard glacial et retira sa main. Ce qu'il regretta aussitôt.

— Bettina s'adressait à moi, fit-elle d'un ton cassant. Tu as eu son attention trente et quelques années. Maintenant, c'est à mon tour.

Elle tourna la tête vers sa mère.

— Ma sœur est créatrice de mode, et je travaille pour elle depuis deux ans. Sinon, je suis autodidacte.

Le laissant mijoter devant son verre de vin, Meredith et sa mère s'engagèrent alors dans une discussion sur les mérites respectifs des éducations traditionnelle et marginale.

Il ne comprenait pas pourquoi il était aussi furieux. Après tout, comme il l'en avait priée, Meredith jouait son rôle d'épouse. Simplement, il ne s'était pas attendu à ce qu'elle le joue si bien, ni que sa mère apprécie autant.

Comment réagirait Bettina quand il lui annoncerait son divorce ? Il détestait ne pas avoir toutes les données d'une situation en main.

Il attaqua son filet mignon et ses pointes d'asperges en se résignant à attendre la fin du dîner pour emmener Meredith chercher ses affaires à l'hôtel.

L'introduire dans son espace personnel n'allait pas être une mince affaire. Il n'avait jamais vécu avec une femme et avait passé les six derniers mois à se faire à l'idée de partager son appartement avec Meiling.

Sauf que Meiling aurait respecté son intimité. Meiling n'aurait pas fait irruption dans la salle de bains quand il s'y trouvait, un fer à friser dans une main, un beignet à la confiture de framboises dans l'autre, son peignoir bâillant sur ses seins.

Quand Meredith s'était comportée ainsi, il avait fini par lécher la confiture sur ses seins, confiture dont il l'avait lui-même enduite pour leur plus grand plaisir à tous deux.

Peut-être la laisserait-il recommencer…

— N'est-il pas vrai, Jason ?

La voix de sa mère.

— Euh… comment ?

— Meredith me parle du partenariat novateur que tu mènes avec le Style Channel.

— Clairement, dit Meredith, haussant les sourcils, tu tiens ton instinct pour la mode et ton sens des affaires de ta mère. Et ton aptitude à écouter de ton père.

Bettina partit d'un grand éclat de rire. Il ne se rappelait pas quand il l'avait entendue rire de cette façon.

— Ma chère petite, nous allons très bien nous entendre, déclara Bettina. Quant à toi, mon grand, je te pardonne parce que tu as épousé une femme remarquable.

Mission accomplie, pensa-t-il avec un goût âcre dans la bouche. Et il décida de se taire le reste de la soirée. Ce qu'il parvint à faire jusqu'à ce qu'ils se retrouvent dans la voiture qui les ramenait à l'hôtel.

— Je vais t'aider à emballer tes affaires. Tu auras le week-end pour t'installer.

— Sais-tu à quoi tu t'engages ? Je suis une fille, avec des monceaux de trucs de fille.

— C'est le moins que je puisse faire.

Elle croisa ses jambes gainées dans le pantalon blanc, excitant son envie de les sentir nouées autour de sa taille.

— Et merci d'avoir porté la tenue que je te conseillais et d'avoir été si gentille avec ma mère. Tu as été parfaite.

— Tu disais que ta mère était une sorcière et que j'allais souffrir, mais, elle, c'est une grande dame. Si inspirée. J'ai eu du mal à contenir mon enthousiasme.

Nouveau pour lui. Mais il n'avait jamais vraiment parlé avec Meredith de ses intérêts. Il ne lui était même pas venu à l'esprit de parler avec elle de ses projets quand elle aurait racheté des parts de l'affaire de sa sœur.

Et, à présent, cette femme qu'il avait épousée l'intriguait de nouveau.

— Je croyais juste que tu voulais te montrer aimable.

Elle entortilla une mèche de cheveux acajou autour d'un doigt tout en battant des paupières.

— Dans ce cas, j'espère être indemnisée de mon temps.

— Comment ? Un divorce et cent mille dollars ne te suffisent pas ? ironisa-t-il.

— C'est un début.

Son sourire malicieux disait que, pour faire bonne mesure, la compensation devrait aussi inclure quelques étreintes.

— Sérieusement, Meredith. Si tu pouvais obtenir quelque chose qu'il serait en mon pouvoir de te donner, que demanderais-tu ?

La voiture était presque arrivée à l'hôtel, mais il n'avait aucune envie de mettre fin à cette conversation. Après une longue journée d'inquiétude et de négociations, il désirait juste être avec Meredith. Elle le détendait, et il appréciait.

Probablement un peu trop.

— Tu veux dire à part coucher ensemble ?

Puis le regard de Meredith s'adoucit.

— Bon, fini de flirter. Tu ne me devras plus rien. Je me suis bien amusée. J'ai travaillé pour un talentueux créateur de mode et j'ai beaucoup appris. Du point de vue humain, Allo est exécrable, mais ta mère le porte aux nues. Tu sais, parfois, j'ai l'impression d'avoir été parachutée au beau milieu d'un conte de fées.

— Pas possible !

Il scruta son expression, mais elle semblait sincère.

— Tu ne m'avais pas parlé de ton intention de devenir créatrice de mode. Comme ta sœur, ce sont les robes de mariée qui te branchent ?

Elle fronça les sourcils, hésita.

L'enseigne de l'hôtel de Meredith apparaissant, il demanda au chauffeur de faire le tour du quartier. Pas question d'interrompre cette conversation au moment où il découvrait une Meredith inconnue.

— Dis-moi, insista-t-il. Tu es au courant de toutes mes histoires, tu peux bien me raconter les tiennes. Que se passera-t-il à ton retour à Houston ?

Elle envisagea d'écarter la question de Jason en lançant une boutade. Cependant, à part à Cara, elle n'avait parlé à personne de son projet. Et sa sœur ne lui avait pas posé de questions. Elle l'avait serrée dans ses bras et lui avait assuré qu'elle l'accueillerait à bras ouverts dans sa maison.

Ce n'était pas exactement une reconnaissance éclatante de ses talents, ou le résultat de laborieux efforts pour parvenir à son but. Elle n'avait jamais passé d'entretien d'embauche de sa vie et n'imaginait pas qu'on la prenne au sérieux.

Elle regarda Jason. Il avait le dessin de mode et le sens des affaires dans le sang. Dès l'enfance, il avait été immergé dans le monde de la haute couture. Et, comme il l'avait vue nue, elle pouvait bien lui dévoiler son âme.

— Je vais prendre des parts dans une maison en pleine expansion, déclara-t-elle. Comme une vraie adulte.

— Qu'es-tu maintenant ? demanda Jason, ses yeux bleus pétillant d'amusement. Une fausse adulte ?

Evidemment, elle aurait mieux fait de se taire. Ce qui les avait rapprochés à Las Vegas, c'était leur indécision face à l'avenir. Seulement, depuis, il avait trouvé sa voie et il jugeait amusant qu'elle hésite encore.

— Tu veux savoir ce que je suis ? répliqua-t-elle sèchement. Une ancienne reine de beauté, le souffre-douleur d'Allo, l'épouse de Jason Lynhurst et la future associée d'une maison de couture. Voilà ce que suis ! Autant dire rien.

Il lui prit la main et l'embrassa gentiment.

— C'est une liste dont tu devrais être fière. Combien d'autres épouses ai-je ? Tu es unique.

Elle leva les yeux au ciel. *Les hommes.* Ou bien n'y avait-il que Jason pour être aussi imbu de sa personne ?

— Je devrais considérer comme un honneur que nous soyons toujours mariés ? Mais le mariage n'est qu'une arme de ton arsenal de guerre, n'est-ce pas ?

— Oui. Et je n'utilise pas mon lance-roquettes à tort et à travers. Si tu ne m'avais servi à rien, j'aurais signé les papiers du divorce le premier jour, et cherché à contracter un autre mariage utile. Pourquoi crois-tu que j'ai bataillé si fort pour te garder ?

La sortie de Jason la doucha. Il avait pourtant réussi à apporter une note romantique à leur marché.

— Parce que je te fais de l'effet, marmonna-t-elle. Je ne vois pas d'autre raison.

— Ne te sous-estime pas, Meredith. Tu représentes un atout remarquable, et ta sœur a bien de la chance de t'avoir pour associée. Surtout si tu es aussi douée pour dessiner des robes de mariée que pour saisir les méandres des affaires.

— Maintenant, tu te moques. Je suis probablement aussi douée pour les deux, c'est-à-dire nulle. Franchement, je serais incapable de créer une robe. Je sais coudre et couper des patrons. C'est à ça que Cara m'emploie.

Un frisson d'appréhension courut le long de son dos. Elle n'avait pas réfléchi à son projet au-delà de son retour à Houston, où elle se voyait tendre triomphalement l'argent à sa sœur. Elle s'était naïvement imaginé qu'à ce moment-là, d'un coup de baguette magique, elle deviendrait adulte.

Mais, le lendemain, que se passerait-il ? Cara et elle n'avaient pas discuté des modalités de leur association, et elle ignorait les attentes de sa sœur. En tant qu'associée, était-elle censée créer des modèles ?

— Tu peux apprendre le dessin si c'est la carrière que tu souhaites, dit doucement Jason, ou t'investir dans l'administratif et le marketing. A toi de décider.

— Tu me prêtes une multiplicité de talents que je n'ai pas !

En réalité, elle s'engageait dans la seule voie qui s'ouvrait à elle. Ce n'était pas comme si elle était capable de créer sa propre affaire.

A moins qu'elle ne le soit...

Soudain, son esprit se mit à bouillonner. Si Jason lui donnait cet argent, des possibilités infinies s'ouvriraient à elle. Son séjour à New York avait considérablement élargi sa vision du monde. Peut-être n'était-elle pas condamnée aux robes de mariée, après tout, et pouvait-elle chercher ce qui lui conviendrait vraiment.

— N'as-tu pas cette souplesse ?

Il lui prit le menton et plongea un regard hypnotique dans le sien.

— Tu ne vas tout de même pas passer ta vie à exercer un métier qui te déplaît. Qu'est-ce qui te passionne vraiment ?

L'intensité de l'expression de Jason, la force de conviction de sa voix la fascinèrent. Elle aimait quand il oubliait de jouer les esprits supérieurs et laissait parler son cœur.

— Je... je n'en sais rien.

C'était terrible. Elle avait envie de fournir une réponse, pour entretenir le lien intime qui les unissait en cet instant. Et, soudain, elle exprima tout ce qui lui passait par la tête.

— J'adore les vêtements, le contact des tissus, la beauté des formes, les associer avec les couleurs. J'ai tenté le dessin, mais je crois que je suis meilleure à repérer ce qui cloche qu'à créer moi-même à partir de rien.

— Très bien. Quoi d'autre ? Parle-moi un peu des impressions ressenties chez Hurst, comme tu l'as fait avec Bettina.

— Travailler chez Hurst est intéressant.

L'adjectif le plus politiquement correct qu'elle puisse utiliser pour décrire un environnement aussi peu accueillant que possible.

— Mais Lyn est différent, poursuivit-elle. C'est vraiment le temple de la mode. Cela m'a frappée dès que je suis entrée.

— Pourquoi ?

— Parce que l'ambiance est... vivante.

Peu à peu, l'attention de Jason, son sincère intérêt l'aidèrent à exprimer ce qu'elle ressentait.

— C'est comme si l'esprit créatif imbibait les murs. Chez Lyn, j'ai d'étranges réactions physiques. Des vertiges. Un sentiment d'anticipation. Tu dois penser que je suis folle.

— Pas du tout. Je pense que tu as la couture dans le sang. Continue comme ça, et je t'offre un poste de cadre chez Lyn en plus du reste.

Elle ouvrit de grands yeux.

— Un poste de cadre ? Chez Lyn ? Qu'est-ce qui te prend ? Je n'ai aucune aptitude dans ce domaine.

Il haussa les épaules.

— Je ne suis pas d'accord et, sans me vanter, je crois être bien placé pour appréhender chez les gens les qualités qui font les bons cadres. Tu as naturellement le sens de la stratégie et tu honores tes engagements. Tu es travailleuse. Et ton amour de la mode est évidemment un bonus.

— Je ne peux pas travailler chez Lyn ! protesta-t-elle.

A cet instant, l'image d'une plaque avec dessus « Meredith Chandler-Harris » se matérialisa dans son esprit et refusa de s'effacer.

— J'ai déjà un métier, reprit-elle. Et puis, je vis à Houston.

Mais, à New York, personne ne la connaissait. Si elle réussissait, elle pourrait dire qu'elle avait fait son chemin sans Cara, sans l'argent et le prestige de son père, sans les relations mondaines de sa mère, et sans l'aura du titre d'ex-Miss Texas.

Avant cette conversation, elle ne s'était pas rendu compte que c'était aussi important pour elle.

— De nos jours, les gens bougent tout le temps pour obtenir du travail.

Mais comment pourrait-elle accepter ? Parce que, si elle acceptait, elle verrait Jason tous les jours.

Tous les jours.

Un mélange d'espoir et d'anticipation la fit frissonner. Elle s'efforça de chasser l'idée avant qu'elle ne s'enracine.

— Plus important, nous allons divorcer.

— Et alors ? Bien des gens divorcés travaillent ensemble.

— Tes parents en sont incapables.

— Possible, mais c'est difficile parce qu'ils se sont aimés. Nous n'aurons pas ce problème.

— Exact.

Elle ne s'en sentit pas réconfortée pour autant.

— Réfléchis-y. Mon offre était sincère.

Cette fois, la voiture s'était arrêtée devant l'hôtel.

— Allons chercher tes affaires, proposa-t-il. La journée a été longue.

Dans l'esprit de Meredith, c'était le chaos.

A Houston, elle ne serait jamais cadre. Elle ne serait sans doute même pas une bonne associée pour Cara. Elle sentait qu'elle serait incapable de franchir le fossé qui séparait une ex-Miss Texas d'une grande personne sans l'aide et le soutien de Jason. Elle avait besoin de lui, besoin de sa confiance en elle pour grandir et développer ses compétences.

Plus que tout, elle avait besoin de lui parce que, en dépit de ses protestations, elle était quasi sûre d'être tombée amoureuse de l'homme qu'elle avait épousé par inadvertance et qui, comme elle l'espérait, commençait tout doucement à se débarrasser des couches sous lesquelles il se dissimulait.

Qui voulait aussi utiliser leur mariage pour obtenir un poste de P-DG et comptait ensuite divorcer.

Où tout cela allait-il la mener ?

11

L'appartement de Jason sur la Douzième Avenue était vraiment superbe. Quand elle passa la porte, Meredith ne put retenir un cri d'admiration en découvrant une salle de séjour dont trois côtés entièrement vitrés offraient une vue imprenable sur New York.

De l'autre côté des baies, la grande ville bourdonnait de signaux lumineux, de gens pressés et de véhicules. A l'ouest, étincelait le ruban de l'Hudson coulant vers l'Atlantique.

Quand Jason alluma, de nouveau, elle ne put réprimer son admiration. L'espace entièrement ouvert comprenait une pièce à vivre et une cuisine tout acier et granit qui semblait sortie des pages d'un magazine. Malgré l'absence de murs, l'ameublement masculin délimitait de façon inventive les différents espaces.

Un escalier menait à l'étage, où elle remarqua un salon ainsi que deux portes desservant sans doute les chambres.

Voilà donc où elle allait vivre, le plus de temps possible, souhaitait-elle. Avec Jason. L'idée lui donnait le vertige.

Elle laissa tomber son sac à terre et, posant une main sur son bras, se pencha vers Jason.

— Puis-je avoir cet appartement en compensation du divorce ?

— Pas à moins que tu n'aies un excellent avocat ! Je suppose que ça signifie que tu l'apprécies.

— Il est à couper le souffle. J'ignorais qu'un tel endroit puisse exister. Quand on les voit dans les magazines, on se figure qu'ils ont utilisé Photoshop pour retoucher les photos.

Avec un sourire, il ramassa son sac et lui fit signe de le précéder dans l'escalier.

— Ce n'est pas très grand, dit-il, et c'est en dehors des quartiers branchés, mais ça me plaît.

Le contraire eût été étonnant. Meubles et décor portaient la marque de Jason Lynhurst. Il était forcément fier du résultat et, entre ses murs, il y avait tout à parier qu'il oubliait ses costumes-cravates et ses chères affaires.

Elle avait hâte de s'en assurer.

Il lui souhaita bonne nuit à la porte de sa chambre, et elle le laissa aller, non sans regret. Mais dormir dans le même lit aurait entraîné des complications, encore qu'elle n'arrive plus à se rappeler lesquelles.

Après tout, ce n'était pas pire que dormir seule dans une chambre d'hôtel. Sauf que, à présent, elle se rendait compte de l'intensité des sentiments qu'elle lui portait.

Sa chambre était petite mais agréable et, détail appréciable, elle disposait d'une salle de bains.

Bientôt, prête pour la nuit, elle se glissa entre les draps. Malheureusement, le sommeil tarda à venir. L'offre surprise de Jason tournait en boucle dans sa tête. Bien sûr, assister Cara serait plus dans ses cordes, mais c'était un travail connu et sans surprise. Etait-ce réellement ce qu'elle voulait ? Franchement, New York était l'endroit idéal pour commencer une nouvelle vie.

Naturellement, Jason aurait peut-être changé d'avis à la dure lumière du jour. Ce ne serait pas la première fois qu'il prendrait une décision inconsidérée pour revenir dessus le lendemain.

Elle finit par s'endormir. Mais un rêve saisissant la jeta dans la confusion. Jason était parti. Elle se sentait seule... et elle avait peur...

Elle s'éveilla, couverte d'une sueur glacée, ne sachant pas où elle se trouvait. Puis, brusquement, elle reprit conscience de la réalité. Elle se trouvait à New York, dans l'appartement de Jason.

Son cœur battait la chamade, en dépit de ses efforts pour se calmer. Quelle idée stupide de faire chambre à part ! Elle avait besoin des bras de Jason autour d'elle. Tout de suite.

Elle sortit du lit et traversa le salon à toute vitesse, de peur que sa conscience ne la rappelle à l'ordre.

La porte de Jason était entrouverte. Elle se glissa dans la pièce et attendit que ses yeux s'accoutument à l'obscurité. Alors, elle aperçut le lit et, dedans, une forme allongée.

Jason. Elle soupira de soulagement.

Elle se glissa sous le drap et rampa vers la chaleur de son corps. Son odeur produisit sur elle un effet apaisant, et elle se blottit contre son dos.

A ce moment, il se retourna en soupirant.

— Tu dors là, marmonna-t-il.

La suite demeura inintelligible.

— J'ai fait un cauchemar, murmura-t-elle.

Et, sans qu'elle ne l'ait senti venir, sa voix se brisa dans un sanglot.

— Hé, dit-il doucement en lui caressant les cheveux et la joue. Mais, Meredith, tu trembles.

Il se tourna vers la table de nuit. Dans un ronronnement, le rideau noir derrière le lit se leva, découvrant une immense baie vitrée et le paysage urbain en dessous, tout scintillant de lumières.

Avec le drap qui lui arrivait à la taille, un bras replié derrière l'oreiller, Jason la regardait.

— Viens ici, fit-il en soulevant un bras. Tu es gelée.

C'était exact. Elle était gelée intérieurement, là où il ne pouvait pas l'atteindre. De la glace coulait dans ses veines.

Incapable de s'arrêter de grelotter, elle nicha son dos contre son torse. Il posa alors un bras sur sa taille, et elle ferma les yeux, enfin tranquillisée.

Mêlant ses doigts aux siens, elle absorba sa chaleur et la laissa pénétrer jusqu'à ses os.

— Ce n'était pas une ruse pour entrer dans ton lit, je t'assure.

Il demeura quelques instants silencieux, la serrant plus étroitement contre lui.

— Je m'en suis aperçu, dit-il enfin. Ça va mieux ?

— Oui. Merci.

Il lui caressa doucement la main. Savait-il combien c'était

réconfortant, à quel point elle avait besoin de lui ? Mais comment l'aurait-il su, puisqu'elle ne lui avait rien dit. Néanmoins, il avait trouvé instinctivement ce dont elle avait besoin.

— Tu veux me raconter ton cauchemar ? demanda-t-il doucement.

— Je cherchais... quelque chose.

Elle avait été à deux doigts de raconter les images et les émotions qui avaient traversé son rêve. Comment elle était sortie dans la rue en haut de pyjama de dentelle et short, cherchant la silhouette familière de Jason. Sans la voir nulle part.

Mais ce rêve était trop facile à interpréter pour être raconté.

— Quelque chose d'important ? s'enquit Jason.

— Très important. Mais je ne parvenais pas à le trouver, et cela me terrifiait.

Elle soupira.

— C'est idiot d'être effrayée à ce point.

D'autant que sa véritable crainte était à l'opposé. Elle avait peur, si elle fréquentait quotidiennement Jason pendant un certain temps, que cette proximité ne devienne une torture, car jamais elle ne déboucherait sur le dénouement qu'elle appelait de ses vœux.

— La peur est un sentiment irrationnel...

En entendant l'inflexion dans la voix de Jason, elle comprit qu'il luttait contre le sommeil. Pour elle.

— Désolée de t'avoir réveillé. J'ai juste besoin de me sentir en sécurité. Permets-moi de rester.

— D'accord.

Elle sentit le bras de Jason peser de plus en plus sur sa taille et sa respiration se régulariser. Elle lui savait gré de sa gentillesse. Il faisait attention à elle. Seulement, ce n'était pas suffisant.

Le moment était peut-être venu de définir ce qui serait suffisant à ses yeux.

Jason s'éveilla conscient de deux choses. Un, le rideau ouvert laissait passer beaucoup trop de lumière. Deux, Meredith dormait dans son lit, blottie tout contre lui malgré l'espace dont elle disposait.

Et il aimait la sentir là. Certaine partie de son corps approuvait même, si bien qu'elle était à présent totalement réveillée.

Ce ne serait pourtant pas très élégant de profiter de la situation. Elle était venue à lui au milieu de la nuit chercher du réconfort, pas du plaisir.

Elle produisit un petit bruit de gorge et, comme elle s'étirait, fit glisser ses fesses contre son sexe en poussant un gémissement sensuel. Puis elle murmura son prénom et se serra contre lui.

Il gémit. Il était marié à Meredith, pas à Meiling, et il ne savait pas lui résister. Elle était dans son lit, dans sa tête, et elle anéantissait sa volonté avec son charme irrésistible.

Il la prit par la taille pour la remonter vers la tête du lit. Dans le mouvement, elle se frotta sensuellement contre lui, provoquant une brutale éruption de désir.

— Meredith, gronda-t-il.

Elle avait deux secondes pour quitter le lit avant de recevoir une punition délicieuse et bien méritée.

— Oui, trésor ?

— Maintenant, il s'agit de sexe.

— Je l'espère bien !

Il ne se le fit pas répéter deux fois. En une seconde, son caleçon atterrissait au sol, et il lui ôtait haut de dentelle et short tout en maintenant son dos plaqué contre lui. Elle guida ses mains vers ses seins tandis qu'il lui mordillait le cou. Pleins et fermes, ils pesaient dans ses paumes, et il en explora les pointes durcies.

— Je te veux maintenant, murmura-t-elle d'une voix rauque.

Grognant sous l'effort, il se retourna pour chercher dans le tiroir de la table de nuit les préservatifs qui devaient rester de sa dernière relation terminée depuis six ou huit mois.

Il en trouva un qu'il enfila rapidement. Un instant plus tard, il entrait au paradis. Avec un petit cri, elle souleva ses hanches pour mieux l'accueillir, et la perfection du geste faillit déclencher une explosion prématurée.

— Doucement, dit-il.

— C'est trop bon ! Je ne peux pas attendre. Touche-moi.

Sans savoir comment il réussissait à se contenir, il glissa une main entre leurs corps et caressa son clitoris en lui faisant l'amour jusqu'à ce qu'elle crie de plaisir. Ses spasmes déclenchèrent le sien, et il atteignit l'extase en poussant un cri rauque.

— Tu peux avoir un cauchemar toutes les nuits si tu veux, murmura-t-il dans ses cheveux quand il reprit son souffle.

Comme elle ne répondait pas, il se demanda si elle l'avait entendu. A moins qu'il n'ait dit une sottise.

Elle roula sur elle pour lui faire face.

— Qu'est-ce qui se passe ? demanda-t-elle enfin.

— Je savoure mon samedi.

Elle fronça les sourcils.

— Je voulais dire, entre nous.

Il dissimula un sourire.

— Tu as profité de moi, voilà ce qui se passe. Oh ! non ! Je me sens tout misérable.

— Arrête de plaisanter et écoute-moi. Nous sommes mariés. Nous vivons dans le même appartement. Nous avons dormi ensemble, et tu m'as tenue contre toi parce que j'avais fait un cauchemar. Puis nous nous sommes réveillés et nous avons fait l'amour. En somme, nous faisons tout ce que font les vrais couples. Qu'est-ce qui est simulé dans notre mariage ?

Sa bonne humeur s'envola tandis qu'il réfléchissait.

— Eh bien… présenté comme ça, rien.

— C'est ça. C'est bien réel. Et je ne crois pas pouvoir faire autrement.

Là, elle allait un peu vite.

— Tu veux dire, tu voudrais que nous soyons un couple. Un vrai ?

Elle plongea son regard dans le sien.

— Et toi ?

Il s'attendit à un sentiment de panique, mais il n'en fut rien. Après tout, pourquoi ne pas vivre comme un vrai couple, du moins jusqu'au divorce. Les bénéfices lui convenaient parfaitement, et plus ils sembleraient *vrais* devant sa mère, mieux ce serait.

Il réussirait à dormir avec Meredith toutes les nuits. Et même, l'idée lui donnait un sentiment d'allégresse.

— Je n'avais pas prévu que ça se passe ainsi..., dit-il lentement.

C'était le problème avec Meredith ; elle brouillait sa vision des choses. Mais, au lieu de lutter contre, peut-être ferait-il mieux d'embrasser son point de vue.

— Mais je n'y suis pas opposé, ajouta-t-il. Si tu es d'accord.

Tant qu'ils comprenaient tous les deux qu'il s'agissait d'un mariage destiné à servir un but, tout irait bien. Pas question qu'il s'y mêle du sentiment pour tout compliquer. Il suffirait qu'il donne à Meredith un moyen de pression ou, pire, qu'il tombe amoureux d'elle, pour qu'elle gâche tout. Il ne laisserait certainement pas ses émotions ruiner son entreprise. Un Lynhurst avec ce genre d'antécédents suffisait.

— Oui. Mais ça me fait très peur.

— Quoi ? L'idée d'un mariage non simulé ?

Il haussa les épaules.

— Ça ne change pas grand-chose.

C'était là la clé. Tout devait rester comme avant.

Elle s'assit et remonta le drap sur sa poitrine, laissant par mégarde apercevoir un sein, pose qu'il trouva très érotique. Mais elle n'aurait sans doute pas apprécié de découvrir qu'elle l'avait excité en pleine discussion sérieuse.

— En fait, c'est un peu trop réel, déclara-elle. Un peu trop rapide. Ça ne te fait pas peur ?

— La seule chose qui m'effraie, c'est d'agir à l'encontre de mon projet de fusion. Tant que tu ne l'entraves pas, où est le problème ? Nous allons vivre ensemble deux ou trois semaines, habituer ma mère à l'idée d'abandonner la direction de Lyn à mon profit, et ensuite nous divorcerons.

— Mais pourquoi divorcer ?

Il lui sembla que la pièce se vidait de son air.

— Un instant. Nous n'avons jamais parlé de *ne pas* divorcer.

Impossible de rester marié à Meredith sur la durée ! Pour qu'elle l'influence, lui fasse perdre la tête ! Pas question d'envisager une telle éventualité !

— Regarde les choses en face, dit Meredith en secouant la tête. Nous n'avons plus besoin de divorcer. Tu n'aurais pas divorcé de Meiling au bout de quelques semaines, n'est-ce pas ? Pourquoi notre relation serait-elle différente ?

— Elle l'est !

Sans qu'il sache pourquoi, le tour pris par la conversation lui déplaisait fortement.

— Dans sa culture, reprit-il, on voit les divorces d'un mauvais œil, et puis, de toute façon, l'accord passé avec son père aurait été à long terme.

Il lui sembla que l'atmosphère se réfrigérait tandis qu'elle l'observait.

En réalité, sa peur ressemblait à du déni. Il était heureux de ne pas avoir épousé Meiling. Il aurait eu exactement l'union qu'il désirait, et aurait toujours ignoré à quel point il était malheureux.

Mais qu'est-ce qui le rendrait heureux ? Meredith ? Comment le saurait-il avant de commettre une erreur irréparable ou, pire, de s'attacher à elle au point qu'elle prenne dans son cœur une place plus importante que Lynhurst Enterprises ?

— Meiling et toi êtes différentes. Restons-en là.

— Tu accepterais donc d'obtenir ton poste de P-DG en mystifiant ta mère ? Tu veux vraiment que je croie que tu es ce genre d'hommes ?

Non ! voulait-il crier. Mais il n'y arrivait pas. A cause du remue-ménage dans sa tête, il n'arrivait plus à parler ni à penser. La question était trop essentielle pour y répondre, mais aussi pour ne pas y répondre.

Sans attendre, elle reprit, amère :

— Donc, si je comprends bien, tant que je te suis utile, j'ai le droit de vivre ici et de dormir dans ton lit. Ensuite, terminé, je suis licenciée. Même après cette nuit… et ce matin.

Il avait trouvé si merveilleux de la tenir dans ses bras cette nuit, de la réconforter, de respirer son odeur.

Quelque chose se noua dans sa poitrine, et il comprit qu'elle espérait que leur mariage devienne vrai dans tous les sens du terme. Physiquement *et* affectivement. Les sentiments de

Meredith se lisaient sur son visage, étincelaient dans son regard. Son expression l'encourageait à oser ouvrir son propre cœur, à exprimer des choses qui ne devaient pas exister parce qu'elles le mèneraient à agir en dépit du bon sens.

La douleur s'accrut. Il devait enlever tout espoir à Meredith de vivre autre chose que l'arrangement d'affaires sur lequel ils étaient tombés d'accord.

— Il me semble que nous avons déjà abordé le sujet. Je te rappelle que ce mariage est un marché. Que veux-tu qu'il soit d'autre ?

Elle détourna le regard.

— Rien. C'est très bien ainsi. Tiens-moi au courant de son évolution. Je vais prendre une douche.

Sans un mot, il la regarda fuir le lit. Il savait qu'elle était malheureuse, mais ne pouvait pas la consoler. Et cela lui faisait mal. Il n'aimait pas la décevoir, et il n'aimait pas rester dans le flou quant à ce qu'elle projetait de faire. Allait-elle le quitter ? L'idée l'inquiétait plus que celle de rester marié à vie.

Il s'agissait désormais d'un vrai mariage. Pour le pire et le meilleur.

Meredith n'aborda plus la question, et elle ne lui adressa que des monosyllabes de tout le week-end. Et quand il partit pour Lyn Couture, le lundi matin, elle ne lui dit même pas au revoir.

Trois jours d'un mariage qui n'aurait jamais dû exister, et c'était déjà un désastre. Deux fois au cours de la matinée, il tendit la main vers le téléphone pour l'appeler et aborder le sujet du divorce, et deux fois il suspendit son geste.

Que dirait-il ? Il ne voulait pas de divorce, mais il n'avait pas les mots pour expliquer pourquoi, ni même se le formuler. Encore que son cerveau n'ait aucun problème à lui rappeler que, s'ils divorçaient, elle lui trouverait un remplaçant, et il ne supportait pas l'idée qu'un autre pose les mains sur Meredith.

D'un autre côté, il était aussi peu préparé à entendre ce que Meredith voulait dire par vrai mariage. Comment espérer qu'ils entretiennent une vraie relation ? Il avait l'ADN des Lynhurst, qui, apparemment, faisait perdre la tête aux hommes de la lignée dès que se trouvait dans les parages une femme éprise d'eux.

Seulement, ils ne pouvaient pas rester éternellement dans le vague. Ils devaient parler.

Il ne fallut pas une demi-heure au bouche-à-oreille pour répandre le bruit que Jason Lynhurst avait épousé une employée de Hurst. Et, toute la journée, ce fut un défilé de gens venant le féliciter.

La seule personne de qui il n'eut aucune nouvelle fut Meredith.

Il avait espéré entendre sa voix en répondant au téléphone, ou bien recevoir un SMS coquin, ou encore un e-mail lui suggérant de rentrer chez lui à l'heure du déjeuner.

Il ne cessa de consulter l'heure jusqu'à 13 heures, et jura en comprenant qu'elle ne prendrait même pas deux minutes pour le rassurer, ou lui raconter ce qu'elle faisait en son absence.

Il essaya de ne pas penser à elle pendant les interminables heures de l'après-midi. En vain. Il se sentait misérable. Il l'avait blessée, et cette idée lui était insupportable.

En fin d'après-midi, ne supportant plus son silence, il rentra directement chez lui. Il était d'autant plus irrité qu'il ne comprenait pas pourquoi il l'était. Quand il pénétra en coup de vent dans l'appartement, elle était dans l'entrée, emplissant sa maison de sa présence. Cela lui fit un coup au cœur, et sa colère se dissipa aussitôt.

— Bonsoir, dit-il d'une voix rauque.

Il toussota.

Elle était si belle, si charmante. C'était un bonheur de la retrouver chez lui.

Elle se retourna et le salua d'un sourire forcé.

— J'allais sortir. J'espère que ça ne t'ennuie pas.

Trop, c'était trop. Il claqua la porte d'une main et, de l'autre, l'attira à lui sans douceur.

— Ça m'ennuie.

Et il déversa sa frustration et son désir dans un baiser volcanique. Il ne l'avait pas prévu, mais il n'aurait pas supporté une minute de plus sans la tenir dans ses bras.

Elle s'adoucit sous ses lèvres et posa ses mains sur ses épaules, tandis qu'il la plaquait contre la porte.

Ce qu'elle lui avait manqué ! Ils n'avaient été séparés que quelques heures, mais cela avait suffi à le rendre fou.

Apparemment dans le même état d'esprit, elle glissa une longue jambe contre lui, galvanisant ses sens. Tandis que leurs bouches se dévoraient, il tira son chemisier de soie de la ceinture de la jupe, glissa une main sous celle-ci et prit dans sa paume ses superbes fesses.

Elle se débarrassa de sa culotte en un éclair, et il ferma les yeux en glissant un doigt dans son sexe accueillant.

Le paradis. Le contact humide et tiède l'électrisa, et il eut le désir de la posséder, totalement. Irréversiblement.

Mais déjà elle baissait la fermeture de son pantalon, sortait son sexe et, tout en le caressant, glissait une jambe sur sa taille.

— Maintenant, dit-elle.

Il la pénétra avec un cri sourd. Un plaisir inouï, mêlé à un sentiment qu'il ne savait nommer, le submergea alors qu'il faisait l'amour à *sa* femme, contre la porte de *leur* foyer. Pas de préservatif, pas d'artifice ; juste deux personnes qui se complétaient merveilleusement.

Quelque chose se dilata douloureusement dans sa poitrine.

Il ne la possédait pas ; c'était même l'inverse. *Elle* le possédait. Corps et âme. Et depuis longtemps. C'était justement ce qu'il essayait d'éviter, mais il était trop tard pour prétendre qu'il n'éprouvait rien pour elle.

Elle frissonna longuement, et il sentit les spasmes de sa jouissance se répercuter en lui. Il la suivit aussitôt.

Ils s'effondrèrent, enlacés.

— Je ne m'excuserai pas, dit-il. J'en avais trop envie.

Comblée et rayonnante, elle le regarda par-dessous ses cils et sourit.

— Rien de surprenant. C'est devenu une habitude chez toi de me séduire.

— Moi ? C'est toi qui me sautes dessus sans arrêt.

Il lui rendit son sourire. Il aimait ça. C'était excitant d'être l'objet du désir de Meredith.

— Est-ce que tu te rends compte que, à chaque fois que nous couchons ensemble, c'est toi qui as pris l'initiative ?

Non. Il ne s'en était pas rendu compte. Telle une mythique déesse du sexe, elle l'invitait à goûter ses succulents appas.

— C'est...

Il s'interrompit brusquement. Dans la voiture, sur le bureau, samedi matin, cet après-midi, contre la porte. Comme au Cluedo, tous les indices le désignaient.

— Je ne m'en plains pas, remarque, poursuivit-elle. Mais comme tu sembles incapable de rester à distance, dorénavant, je porterai en permanence des préservatifs sur moi. Il ne manquerait plus qu'une grossesse non désirée pour rendre le divorce complet.

Ce serait effectivement la cerise sur le gâteau.

— Je t'emmène dîner. Et ne parlons plus divorce, murmura-t-il. Pour le moment.

Il faudrait d'abord qu'il comprenne comment Meredith s'était débrouillée pour vivre avec lui, alors qu'il avait fait vœu de célibat...

12

Le dîner fut moins tendu que Meredith l'avait craint. Bien sûr, l'hommage qu'il lui avait rendu, la porte franchie, poussait à l'indulgence.

En outre, il se montrait charmant, flirtant avec elle tout en savourant langouste et sauvignon blanc. Puis, en discutant de choses et d'autres, il lui avait tenu la main dans la voiture. Il lui avait même proposé de changer la décoration de son appartement pour qu'elle se sente chez elle.

A vrai dire, ces démonstrations de gentillesse éveillaient sa suspicion. Elle n'oubliait pas que, quelques jours plus tôt, il lui avait rappelé ce qu'il attendait du mariage. Et elle commençait à craindre qu'il ne s'autorise jamais à être l'homme sensible, attentionné, qu'il était quand il oubliait de jouer au chef, en général dans l'obscurité. L'homme qui n'aurait aucun mal à croire qu'ils pouvaient entretenir une relation fondée sur autre chose que les bénéfices de Lyn.

Néanmoins, elle n'avait pas renoncé à faire sortir de sa cachette le Jason qu'elle aimait. Le Jason capable de reconnaître qu'il éprouvait aussi des sentiments pour elle.

Etait-elle folle de rester ici en attendant que le miracle se produise ?

Le portable de Jason sonna au moment où ils franchissaient la porte de l'appartement.

— Avery, indiqua-t-il silencieusement avant de prendre la communication.

Elle entendit répéter plusieurs fois oui, puis dire qu'ils l'attendaient.

Quand il raccrocha, elle l'interrogea du regard.

— Elle veut nous parler. A tous les deux.

Elle sentit l'appréhension lui serrer la gorge.

— De quoi ?

— Elle n'a pas précisé, sauf que c'est important. Sa visite te contrarie ?

Elle soupira. Avery en mission n'avait pas de quoi réjouir.

— S'il faut en passer par là... Je vais ouvrir une bouteille de vin. A moins que ce ne soit superflu pour une visite d'affaires ?

Il haussa les épaules.

— De toute façon, Avery est aussi sociable qu'une veuve noire. Ouvre la bouteille. Ça nous donnera du courage pour la supporter.

Elle débouchait la bouteille au moment où la sonnette retentit. Pendant que Jason allait ouvrir, elle versa du vin dans trois verres. Puis elle en rajouta une bonne rasade dans celui qu'elle se destinait. Pour se donner du cœur au ventre.

Que pouvait bien leur réserver cette visite surprise ?

Avery entra dans l'appartement, impeccable comme à son habitude. Pas un cheveu ne dépassait de sa coiffure et, dans son tailleur Hurst House, elle écrasait de son élégance toutes les femmes à des kilomètres à la ronde. Parce qu'elle possédait une classe naturelle, quel que soit le vêtement qu'elle portait, il semblait avoir été créé pour elle.

En dépit de son antipathie pour la sœur de Jason, elle lui enviait ce talent.

— Bonsoir, Avery, dit-elle, avec amabilité. C'est gentil de passer nous rendre visite. Votre tailleur est divin. Un peu de vin ?

Jason lui jeta un regard surpris.

Elle était incapable d'oublier les bonnes manières inculquées par son éducation du Sud. Enfin, jusqu'à ce qu'Avery leur ait fait part de l'objet de sa visite. Après, les paris étaient ouverts.

— Merci.

Avec un signe de tête, Avery prit le verre à pied qu'elle lui tendait.

Meredith lui indiqua le canapé qui faisait face à l'Hudson et s'assit près de Jason à qui elle tendit un verre.

Cette petite réunion familiale n'était-elle pas charmante ?

Elle avala un tiers du contenu de son verre pendant que Jason glissait un bras autour de ses épaules. Cette marque de solidarité la toucha.

Le regard glacé d'Avery passa de l'un à l'autre.

— J'avoue. Je voulais constater de mes propres yeux que vous étiez en couple.

— Ne viens pas me raconter que tu ignorais que nous étions mariés depuis deux ans, dit sèchement Jason.

— Non, bien sûr. Mais j'imaginais une histoire plus scandaleuse que ce qu'elle semble être.

Plus scandaleuse qu'un mariage accidentel entre deux personnes ivres, ça paraissait difficile.

— Désolé de te décevoir, répliqua Jason. Si tu venais juste pour voir, tu peux t'en aller.

Meredith posa une main apaisante sur son bras. Elle trouvait amusant de jouer la moitié raisonnable de leur couple.

— Pas de problème, chéri. C'est normal que nous éveillions la curiosité des gens. Surtout des membres de ta famille.

Le regard perçant d'Avery se posa sur elle.

— Ce n'est pas la seule raison de ma présence. Je suis venue vous féliciter de votre mariage et éclaircir un point. Je ne comptais pas utiliser les dessins volés, du moins pas comme vous l'imaginiez. J'étais sûre qu'il y avait un mouchard de Lyn chez nous, et je les ai laissés traîner dans le but de démasquer le coupable.

— Votre stratagème a fonctionné, dit-elle poliment.

Mais il lui fallut faire appel à son éducation de Belle du Sud pour dissimuler son choc.

Elle était tombée dans un piège grossier. Elle qui se targuait de voir clair chez les gens, surtout chez les femmes. Si elle n'avait été si furieuse, elle aurait éprouvé de l'admiration pour son adversaire.

— Ce soir-là, reprit Avery, j'ai laissé Meredith seule, espérant la confondre. Quelle ne fut pas ma surprise en visionnant les vidéos de la sécurité de découvrir que mon propre frère était de mèche avec l'espionne.

— A partir de là, tu as fait des recherches sur Internet, marmonna Jason.

— Pour le bénéfice que j'en ai tiré. Maman n'a pas du tout réagi dans le sens que j'attendais.

D'un geste apprêté, Avery but un peu de vin avant de reprendre.

— Tu peux être content de toi. Tu t'en sors bien.

Jason eut un sourire satisfait.

— Ça te fait mal d'admettre ta défaite ?

— Pas autant que ce qui me reste à admettre.

Avec un haussement d'épaules, Avery reporta son attention sur Meredith.

— Quand vous avez appelé ce matin pour donner votre démission, je n'ai pas été étonnée. Jusqu'à ce qu'Allo fasse irruption dans mon bureau en menaçant de quitter Hurst si je ne vous réintégrais pas. Apparemment, les ressources humaines s'étaient fait une joie de l'informer que j'étais responsable de votre départ.

— Qu'est-ce que vous racontez ? s'écria-t-elle. Allo me hait !

— Allo hait la terre entière, dirent en même Jason et sa sœur.

— Quoi qu'il en soit, poursuivit Avery avec une moue amère, il a affirmé avec force que vous étiez la meilleure assistante qu'il ait eue et qu'il ne remettrait pas les pieds chez Hurst tant que vous n'accepteriez pas de revenir travailler pour lui.

Meredith secouait déjà la tête.

— Il n'en est pas question.

Décidément, les offres d'emploi pleuvaient en ce moment. Il y avait la proposition de Jason de travailler comme cadre chez Lyn. Et maintenant ceci. Et puis, si New York disparaissait de la carte, elle pourrait toujours investir dans l'affaire de Cara et trouver à s'y occuper. Elle pouvait aussi prendre l'argent de Jason et aller fabriquer des paniers à Tombouctou.

— Je crois que vous n'avez pas bien compris, dit Avery d'un ton impatient. Je ne peux pas me permettre de perdre Allo. Sans lui, nous mettons la clé sous la porte dans six mois. Je vous donne deux cent cinquante.

Elle dévisagea Avery, interdite.

— Deux cent cinquante quoi ?

— Deux cent cinquante mille dollars à l'année.

L'énormité de la somme la laissa pantoise. Les pensées se télescopaient dans sa tête, mais une prit soudain le dessus. Si elle acceptait l'offre d'Avery, elle n'aurait plus besoin de l'argent de Jason. Plus rien ne la retiendrait. Et New York lui appartiendrait !

— Allo est un être exécrable ! intervint Jason, indigné. Il a traité Meredith plus bas que terre et, même s'il se traînait à ses genoux, elle aurait tort de gâcher son talent avec un individu pareil. Mais je me tairai, parce que la décision lui appartient.

Venant de la part de Jason, cette sortie était sans doute le summum du romantisme. Et la chaleur de sa main sur son épaule l'emplissait de tendresse.

Se rendait-il compte qu'elle avait le pouvoir de mettre fin à sa rivalité avec sa sœur rien qu'en déclinant l'offre de cette dernière ? Celle-ci serait publiquement humiliée, Hurst connaîtrait de sérieux ennuis, et Jason apparaîtrait comme le sauveur avec son projet de fusion. Personne n'envisagerait de promouvoir Avery au poste de P-DG de la nouvelle entreprise alors qu'elle avait fait perdre un joyau à la couronne de Hurst.

Seulement, en agissant ainsi, elle encourageait le génie des affaires, pas l'homme qu'elle aimait.

Il y avait de quoi réfléchir.

Elle posa son verre vide sur la table et se leva.

— J'apprécie l'offre, mais la journée a été longue. Je vous tiendrai au courant de ma décision.

Avery se leva à son tour.

— Sachez que, si vous refusez, je pourrai vous rendre la vie infernale. Vous savez où me trouver.

Avery devait être exaspérée que Meredith ait tous les atouts. Et c'était la seule raison pour laquelle cette dernière s'était retenue d'écraser son poing sur sa bouche, tachant de sang le si élégant tailleur.

— Je sais où vous trouver, effectivement. Et c'est pourquoi vous feriez mieux de reconsidérer vos menaces.

En dépit de ce morceau de bravoure, elle tremblait de tous ses membres. Houston semblait si loin. Elle en avait par-dessus la tête des mensonges, des intrigues, des manipulations, de toute cette violence.

Jason raccompagna sa sœur à la porte et revint la prendre dans ses bras, lui murmurant des paroles rassurantes à l'oreille. Posant la tête sur son épaule, elle se laissa réconforter par sa tendresse.

— Ça va ? demanda-t-il après quelques instants. Je suis désolée que cette furie t'ait bouleversée. Avery ne fait pas dans la dentelle.

Habituellement, elle non plus, mais Jason l'avait déstabilisée.

— Je suis resté pour te soutenir. Tu ne pouvais pas l'affronter toute seule.

Le sourire de Jason la fit fondre.

— Elle, peut-être pas, mais toi, si.

En entendant ces mots, il la souleva dans ses bras et la porta à l'étage où il la déposa sur son lit. Puis il entreprit de la déshabiller avec une sorte de respect. Quand elle fut nue, il actionna la commande de lever de rideau, et la nuit illuminée de néons pénétra dans la chambre.

Il la contemplait avec une adoration muette.

— Jason, je...

— Tu veux que je te fasse l'amour ? C'était le projet.

Et il passa à l'acte, prenant un soin si exquis à lui procurer du plaisir que des larmes jaillirent de ses yeux quand enfin il la pénétra. Comme plus tôt, il ne s'embarrassa pas de préservatif, et cette absence de précaution prenait une nouvelle signification. Dans les mariages où le divorce ne se profilait pas à l'horizon, les préservatifs étaient inutiles...

Etait-ce sa façon de communiquer ?

Ensuite, il la prit contre lui, murmura son prénom, et tomba endormi pendant qu'elle lui caressait le bras.

Et soudain la lumière se fit dans son esprit. Elle aimait Jason Lynhurst et souhaitait être sa femme pour toujours. Toute cette confusion à propos de ses sentiments, ses hésitations concernant son avenir professionnel s'envolèrent, balayées par ses certitudes.

Elle l'aimait. Rien d'autre ne comptait. A part le fait qu'elle devait trouver le moyen de le lui dire.

En seulement quelques jours, Meredith avait pris ses marques dans son appartement.

Il ne voyait pas comment le dire autrement. Elle avait très peu d'affaires, mais une simple paire de chaussures à talons dans son séjour paraissait beaucoup plus invasive qu'une armée en campagne.

Quant à son parfum, il flottait dans l'air bien après son départ.

Leur relation avait évolué dans un sens qu'il ne comprenait pas. Il avait beau avoir opté pour le statu quo, Meredith n'en faisait qu'à sa tête. Les chaussures en étaient la preuve.

A cet instant, la porte s'ouvrit à la volée, le faisant tressaillir.

Elle était là, dans l'entrée de son appartement, ses cheveux fous sur les épaules, un sac d'épicerie au creux du bras. Et son cœur fit un bond. Par quel mystère en était-il arrivé à ce que le simple fait de la voir produise pareil effet sur lui ?

— Salut ! Je te croyais chez Lyn.

— On est samedi.

C'était bien inutile de le lui rappeler, puisqu'ils avaient eu cette conversation trois quarts d'heure plus tôt, quand elle était partie faire des courses.

— Tu as encore laissé tes chaussures dans le séjour.

C'était le genre de choses qui se serait peut-être produit avec Meiling, mais qu'ils auraient réglé en établissant des règles.

Seulement, quand il expliquait à Meredith que la coiffeuse n'était pas un fourre-tout pour ses produits de beauté, elle faisait la sourde oreille.

— Et ?

Meredith pénétra dans la cuisine, qu'il aurait jurée masculine quinze jours plus tôt. Mais, avec elle, les angles s'arrondissaient, et les surfaces de verre se faisaient plus douces. C'était ainsi. Meredith transformait tout ce qu'elle touchait, ou même seulement regardait.

Y compris lui. S'il n'y prenait garde, un jour, il se réveillerait dans la peau de son père.

— Quelqu'un pourrait trébucher dessus.

Elle lui jeta un regard par-dessus son épaule tout en rangeant des provisions dans le réfrigérateur.

— Des elfes, par exemple ?

Il réprima un sourire. C'était sérieux.

— C'est ça. Des elfes de l'agence de sécurité au travail, lâcha-t-il sans réfléchir.

Elle éclata d'un rire dont les échos se répercutèrent en lui. Il aimait son rire. Il faisait voler en éclats la tranquillité de l'appartement, mais était-ce un mal ?

Avant qu'il ait le temps de se ressaisir, elle faisait irruption dans le séjour et s'installait à califourchon sur ses genoux. Son pouls s'accéléra. C'était la position qu'il préférait pour la contempler.

— Alors, il faut me punir, murmura-t-elle.

Et ses mains se glissèrent sous sa chemise pour lui faire perdre la tête avec ses caresses.

— Meredith...

Il eut la présence d'esprit de prendre ses mains et de les immobiliser loin de lui. Et puis, il oublia pourquoi c'était si important.

— Oui, trésor ?

Elle mit ses mains dans son dos, entraînant les siennes avec. Ses seins glissèrent sur son torse et les pointes durcirent aussitôt. Avec sa bouche à quelques millimètres de la sienne, il ne songea plus qu'à l'embrasser.

— On ne pourra plus jamais avoir de discussion sérieuse ? murmura-t-il, vaincu.

— Parce que, discuter de la place de mes chaussures, c'est sérieux ? demanda-t-elle en cillant.

Soudain, sa désinvolture, son peu d'égards pour ses désirs attisèrent sa colère.

— Ne pourrait-on avoir une conversation, pour une fois ?

Elle fredonna gaiement.

— C'est ce que préfère. Parler et faire l'amour en même temps.

Les mains de Meredith échappèrent à son emprise et se glissèrent sous sa chemise.

— Sois un peu sérieuse, je t'en prie. Nous sommes sur le point de voir se réaliser nos projets, et nous ne pouvons pas nous permettre la moindre erreur.

D'un air impertinent, elle pencha la tête de côté et sourit.

— Mais c'est une bonne nouvelle, dites-moi ! Fêtons-la en faisant l'amour !

Elle se frotta alors à son sexe tout en enfouissant son visage dans son cou. Puis elle l'embrassa avec fougue.

Il faillit en perdre le fil de ses idées. Décidément, ça ne pouvait plus durer ! Il se tortilla pour lui échapper.

— Tu ne penses donc qu'à ça !

Très énervé, il repoussa ses mains. Il était incapable de réfléchir quand elle exerçait son charme sur lui.

Comprenant enfin que ce n'était pas le moment, elle recula d'un air boudeur.

— Non, trésor. Parfois, quand tu me fais l'amour, je résous des équations du second degré.

— Désolé de m'être énervé, dit-il en appuyant son front contre le sien.

— Pas de problème.

Elle lui caressa les cheveux avec une tendresse qui lui alla droit au cœur.

— C'est comme tu veux, ajouta-t-elle. Nous ne sommes pas obligés d'avoir des relations sexuelles.

En haussant les épaules, pour ne pas s'appesantir sur son émotion, il dit la première chose qui lui passait par la tête.

— On dirait que c'est le seul domaine dans lequel nous sommes bons. Ce qui, finalement, est approprié pour une relation fondée sur le sexe.

Elle lui prit le menton et, levant son visage vers le sien, le regarda dans les yeux.

— Tu dis n'importe quoi et tu le sais. Nous ne faisons pas que faire l'amour. Il existe entre nous une relation exceptionnelle, et je ne te permettrai pas de la dénigrer.

Pris de court par sa véhémence, il la considéra avec étonnement.

— Qu'est-ce qui t'arrive ?

Elle lui donna un petit coup sur la tête.

— Je t'aime, espèce d'idiot. Pourquoi sinon supporterais-je ta mégère de sœur, tes drôles de façons et ton manque de respect pour mes chaussures ?

Il en demeura comme assommé, le sang tambourinant à ses tempes.

— Tu m'aimes ? Mais c'est impossible !

Elle fronça les sourcils.

— Ce n'est pas à toi de me dicter mes sentiments. Et ta réaction répond à ma question : la réciproque n'est pas vraie.

Non ! Non ! Pas du tout.

En réalité, heureusement qu'elle ne lui avait pas directement posé la question, parce qu'il aurait été obligé de lui dire la vérité, c'est-à-dire qu'il ne savait pas et ne voulait pas y penser.

— Notre mariage présente des avantages, dit-il sèchement. C'est tout.

Sur ce point, au moins, c'était clair. Enfin, il l'avait cru. Quelque part en chemin, les choses avaient changé. Meredith avait embrouillé ses plans avec ses déclarations intempestives, sa douceur et son incroyable perspicacité pour... tout.

— Jason, être amoureux présente beaucoup plus d'avantages que ton mariage réduit à un outil.

— Pas pour moi. L'amour est destructeur. Je n'y crois pas. Je ne crois pas qu'il dure, ni qu'on puisse décider si vite qu'on va vivre avec quelqu'un jusqu'à la fin de ses jours !

Il lut sa déception sur son visage.

— Rien de ce qui s'est passé ces quinze derniers jours ne te fera changer d'avis ?

Tout ce qui s'était passé ces quinze derniers jours remettait en question son point de vue. Il avait essayé d'esquiver, de maintenir le statu quo, de négocier. Mais rien n'y avait fait. Meredith s'était installée dans son corps et dans son cœur.

Et il était bien obligé de se demander si, au fond, ce n'avait pas été son vœu secret.

— Je n'ai jamais fait mystère du bénéfice que j'espérais tirer de ce mariage.

— Tu veux savoir ce que, moi, j'espérais de ce mariage ?

— Un divorce. Tu as été assez claire.

Il avait fait ce qui était en son pouvoir pour l'éviter. Il ne se résignait pas à la perdre et feignait de ne penser qu'à la fusion, alors qu'en réalité il refusait de voir ce qui se passait entre eux pour n'avoir pas à affronter ses manques. Si ce mariage de raison se métamorphosait en histoire d'amour, il faudrait qu'il soit différent, meilleur que son père. Et s'il n'y arrivait pas ?

— Non. J'espérais découvrir qui je serais quand je serais grande.

Et, brusquement, il se souvint. La première nuit ensemble, dans sa chambre d'hôtel de Las Vegas. Après qu'elle eut transformé son univers en royaume des plaisirs, ils étaient restés enlacés sur son lit. Son parfum s'attardait sur sa peau. A l'aise dans sa splendide nudité, elle avait posé sa tête sur son ventre et lui avait dit que devenir adulte lui faisait peur, parce qu'elle ignorait qui elle serait alors.

Mais c'était deux ans auparavant.

— Tu ne sais toujours pas ? demanda-t-il, intrigué.

— Pendant longtemps, je n'ai pas su, mais, à présent, si.

Elle le contempla un long moment.

— Il y a une chose que je voudrais savoir. Tu as concocté le projet de réunion des deux entreprises familiales à Las Vegas, n'est-ce pas ?

Comme il hochait la tête, elle poursuivit.

— Mettons que Lynhurst Enterprises est reconstituée et que tu es devenu P-DG, comme tu le souhaites. Et alors ?

— Et alors, tout sera rentré dans l'ordre.

— Qu'y a-t-il de si fantastique à ça ? Chacune des deux moitiés a-t-elle tellement besoin de l'autre ? Quel exploit vas-tu accomplir pour prouver au monde entier que tu avais raison d'opérer cette fusion ?

Il la regarda sans mot dire. Il n'avait pas de réponse. Avery et lui avaient projeté de créer une nouvelle collection pour relancer l'affaire. A part ça, il n'avait élaboré aucune stratégie pour la suite.

Parce qu'il était beaucoup trop occupé à en élaborer une pour garder Meredith dans ses bras. Autant dire qu'elle lui avait davantage nui qu'il le croyait.

Le sourire de Meredith atténua son choc.

— Tu vois ? Toi non plus, tu n'as pas réfléchi si loin. C'est utile de se poser mutuellement des questions sur nos projets. Ça fait réfléchir. Nous avons besoin l'un de l'autre, Jason. Je t'aime, mais j'ignore les conséquences du fait d'être mariés, les répercussions sur nos rêves. Ne me laisse pas seule, cette fois. Découvrons ensemble ce que c'est qu'être adulte.

L'amour. Encore l'amour. Toutefois, ce n'était plus le concept nébuleux qu'il avait appris à haïr, parce que Paul excusait ses comportements égoïstes en son nom.

Mais alors, qu'était-ce ?

En un instant, tout avait été balayé. Plus de moyens de pression, plus de prétextes, juste une femme libre d'offrir son amour. Que se passerait-il s'il l'acceptait ? Deviendrait-il comme son père, le cas échéant capable de sacrifier le bien de Lynhurst Enterprises pour sa femme ?

Mais que savait-il du bien de Lynhurst Enterprises ? Il n'avait aucun projet post-fusion et, s'il obtenait le poste de P-DG, ce serait grâce à son mariage avec une épouse que Bettina approuvait.

Il s'était servi de sa mère comme levier pour empêcher Meredith de partir. Pas très joli tout ça. Au fond, il n'était pas meilleur qu'Avery...

Il n'arrivait pas à réfléchir avec Meredith sur les genoux. Doucement, il la poussa sur le canapé et tourna la tête pour qu'elle ne puisse lire dans son regard ce qu'il préférait garder pour lui.

— Je ne peux pas...

Il n'arriva même pas à terminer sa phrase. Elle ne méritait pas d'être mariée à un pauvre type qui passait sa vie à manipuler les gens.

— Pourquoi ne pas continuer comme c'était ? demanda-t-il, poussé par le désespoir. Pourquoi l'amour devrait-il jouer un rôle entre nous ?

Mais il était trop tard pour faire marche arrière. Deux ans trop tard.

— Parce que je le veux. J'ai passé deux ans à essayer de t'oublier, mais je n'ai pas réussi. Parce que j'étais tombée amoureuse de toi à Las Vegas et que j'étais trop bête pour le comprendre. Je veux ce que nous avons commencé là-bas.

— Las Vegas n'était pas réel.

C'était un mirage qui l'avait aiguillé sur une mauvaise piste, vers un but qu'il ne pourrait atteindre. On n'assisterait pas à la résurrection de Lynhurst Enterprises juste parce qu'il avait rédigé quelques documents décrivant la nouvelle structure administrative. Même si Avery et lui réussissaient la fusion, les problèmes relationnels qui l'opposaient à sa sœur et à son père ne disparaîtraient pas d'un coup de baguette magique.

— Si, ça l'était, insista Meredith. Aussi réel que ce qui nous est arrivé depuis. Tu ne comprends pas qu'à Las Vegas il était écrit que nous vivrions ensemble ?

— Là-bas, il s'agissait juste de sexe. Tu ne vas tout de même pas me raconter que tu philosophais quand tu criais mon nom, la deuxième fois, sous la douche ?

— Mais ensuite, riposta-t-elle froidement, je ne me suis pas rhabillée pour partir. Heureusement, parce que c'est à ce moment-là que nous avons établi un lien. Nous avons commencé à parler et, peu à peu, nous avons regardé vers l'avenir. Nous ne le savions pas, mais c'était un avenir commun. C'est là le problème. Nous sommes toujours ensemble, parce que aucun de nous n'a envie que notre relation se termine.

— Tu as raison. A plusieurs reprises, j'aurais pu mettre fin à ce petit jeu et je ne l'ai pas fait.

Par pur égoïsme. Voilà en quoi il ressemblait à son père.

Il avait tourné leur relation à son profit, s'assurant que lui seul avait un moyen de pression, analysant ses motivations pour s'assurer qu'elle ne prendrait pas le dessus. Durant tout ce temps, il s'était demandé ce qu'elle lui faisait sans s'interroger sur la réciproque. Et il lui avait donné à espérer en l'invitant chez lui et dans son lit.

Elle avait bien mérité qu'il lui accorde le divorce afin qu'elle puisse devenir adulte. Sans lui pour tout gâcher.

— Nous ne pouvons pas avoir un vrai mariage, et je ne peux pas t'aimer, dit-il d'une voix sourde.

Pas maintenant. Et peut-être jamais. Mais il n'allait pas lui demander d'attendre qu'il se débarrasse de son égoïsme. Il lui était redevable de tout ce qu'elle avait fait pour elle. Lui rendre sa liberté n'était que justice.

L'émotion de Meredith lui fit si mal qu'il ferma les paupières. Quand il les rouvrit, elle avait les yeux pleins de larmes.

Elle secoua la tête, incrédule.

— C'est tout ? Tu renonces à nous ?

— Il le faut.

Qu'elle interprète la remarque comme elle voudrait.

— Je signerai les papiers. C'est le moins que je puisse faire.

Elle se leva.

— C'est ta chance d'avoir tout, Jason, de vivre comme tu l'entends, comme il y a deux ans, comme à chaque fois que nous sommes ensemble. Cesse de laisser ta raison diriger ton cœur !

Il la regarda sans un mot. Il craignait, s'il commençait à parler, que la vérité ne jaillisse de sa bouche. A savoir qu'il aurait aimé faire ce qu'elle suggérait, mais que son sens de la justice le lui interdisait.

Elle méritait un mari adulte.

Elle hocha la tête, les lèvres pincées.

— Très bien. Je vais faire mes bagages.

— Tu pars ?

Que veux-tu qu'elle fasse d'autre, imbécile ?

— Oui. Mais cette fois je ne reviendrai pas.

De son sac, elle sortit une feuille de papier et y griffonna quelques mots.

— Envoie les papiers à cette adresse.

Il y jeta un coup d'œil. *Houston.* Elle rentrait chez elle. C'était le mieux.

— Je suis désolé que ça se termine ainsi, dit-il.

Elle hocha la tête et se hâta de gagner sa chambre.

Ne supportant pas de la voir faire ses bagages, il prit sa serviette et partit pour Lyn sans un au revoir.

Quand il fut à son bureau, il appuya sa tête contre le plastique froid de son ordinateur portable. Meredith s'était-elle rendu compte qu'il avait sacrifié son poste et compromis la fusion pour lui accorder un divorce dont elle ne voulait plus ?

Avery allait perdre Allo, et Hurst House ne s'en relèverait pas. Aucun des cadres de Lyn n'accepterait une fusion avec une entreprise en faillite. Et, sans une femme à son côté, Bettina lui retirerait son soutien pour sa promotion.

Pourtant, au milieu de ce gâchis, tout ce qui lui importait, c'était d'avoir blessé Meredith.

Il ne se le pardonnerait jamais.

13

La plage de sable blanc s'étendait aussi loin que portait le regard, et une douce brise marine jouait dans les cheveux de Meredith. Sous le soleil de la Barbade, elle paressait en maillot deux pièces. L'hôtel n'étant pas rouvert, il y avait peu de monde. Ç'aurait été le paradis si elle n'avait eu le cœur en miettes.

Jason et elle s'étaient encore séparés mais, cette fois, il l'avait mise à la porte. C'était fini. Elle avait perdu le seul homme qu'elle ait jamais aimé. Probablement le seul qu'elle aimerait jamais.

Il n'avait manifesté aucune émotion. En la regardant droit dans les yeux, il avait choisi le divorce plutôt que l'amour. Elle était bien sotte de n'avoir rien vu venir.

Elle aspira avec sa paille le fond de son verre de *piña colada* dans l'espoir d'apaiser un peu sa douleur.

Sa sœur, qui, installée près d'elle sur une chaise longue, cousait le bustier de ce qui deviendrait une robe de mariée, jeta un regard de convoitise à son verre.

— Envie d'alcool ? suggéra Meredith.

Quand elle avait débarqué à la Barbade sans prévenir, Cara l'avait simplement serrée dans ses bras, lui disant qu'elle était heureuse de la voir, parce qu'elle n'avait pas voulu lui apprendre la nouvelle au téléphone.

Cara attendait un enfant.

A ce moment, Meredith avait oublié ses malheurs pour se réjouir avec sa sœur. Cara avait perdu un enfant au cours de sa première grossesse, et Meredith croisait les doigts pour que, cette fois, tout se passe bien.

— Tu imagines, dit Cara en se tapotant le ventre. Je ne toucherai pas un verre d'alcool avant un an et demi puisque je prévois d'allaiter.

La remarque suffit à déclencher ses larmes. Pourquoi, elle n'en avait aucune idée. Elle n'en était pas arrivée au point de désirer un enfant de Jason. Elle n'avait pas la maternité dans l'âme, du moins, pas encore. Mais la compagnie d'un être heureux, qui savait naviguer dans les eaux agitées de l'amour, l'emplissait de nostalgie.

Une aptitude qui lui manquait, de toute évidence.

— Ma chérie, c'est la troisième fois que tu pleures en un rien de temps, reprit Cara en lui caressant affectueusement l'épaule. Il serait peut-être temps de me raconter ce qui s'est passé à New York ?

Meredith était arrivée à la Barbade une dizaine de jours plus tôt et, après la nouvelle de la grossesse de Cara et la reprise de ses activités à son côté, parler de Jason lui paraissait impossible.

— Des problèmes avec un type, marmonna-t-elle.

Que dire d'autre ?

Je suis allée à New York pour divorcer, suis tombée amoureuse de mon mari et il m'a jetée dehors. Comment, tu ignorais que j'étais mariée ? Eh bien, il y a deux ans, j'étais partie pour un week-end à Las Vegas...

— C'est bien la première fois que je te vois pleurer pour un homme ! s'exclama Cara. Tu n'as qu'à en chercher un autre. Tu en as toujours en réserve.

— Ça sonne comme un reproche, dit-elle en reniflant. De toute façon, j'ai essayé. C'est inutile.

— Voyons, chérie, tu viens d'arriver. Laisse-toi un peu de temps.

— Je m'en laisse depuis deux ans, murmura-t-elle.

Deux ans, plus le temps passé à New York, qui la laissait brisée.

— Trouve-toi un garçon de piscine, comme Paolo. Tu te souviens de lui ? Il te faisait rire.

Elle fouilla sa mémoire.

— Paolo ? De Grace Bay Resort.

L'automne précédent, Cara et elle assistaient à un salon nuptial aux îles Turques-et-Caïques, où sa sœur avait renoué avec Keith, l'homme responsable de son bonheur actuel. Meredith, qui cherchait déjà à oublier Jason, avait eu une aventure avec un éphèbe musclé.

— Franchement, il ne m'a pas laissé un souvenir impérissable.

— Apparemment.

Après quelques instants de silence, Cara reprit :

— Peux-tu au moins me dire si tu comptes rester ? Parce que, si tu rentres à Houston, j'aurai deux ou trois tâches à te confier. Enfin, si notre histoire d'association tient toujours.

C'était l'entrée en matière idéale pour aborder le sujet, comme une adulte.

— Pour être honnête, j'hésite. Je sais une chose, les robes de mariée, c'est ton rêve, pas le mien. M'en voudras-tu si je fais marche arrière ?

Il lui fallait trouver un métier dans lequel elle s'investisse par passion. Et ç'aurait été injuste pour Cara qu'elle s'engage dans un partenariat sans y mettre tout son cœur.

Cara secoua la tête en souriant.

— Pas du tout. J'espérais que tu te rendrais compte que ce n'était pas vraiment ton domaine. Mais je t'aurais néanmoins accueillie avec joie.

Quelle chance d'avoir une sœur aussi sage que bonne.

Cara s'étira.

— Il faut que je me mette à l'abri du soleil.

Tout en hochant la tête, elle aida sa sœur à rassembler son matériel de couture. Puis elles longèrent la piscine pour regagner le bâtiment principal. Et aucun garçon à la carrure athlétique n'accrocha son regard.

La mention de Grace Bay lui rappela que Cara avait vécu une histoire relativement semblable à la sienne, mais qui, elle, avait connu un dénouement heureux.

— Keith et toi avez renoué après deux ans. Comment avez-vous fait pour que ça marche ?

Cara haussa les épaules.

— Même si nous devions nous marier, nous ne nous connaissions pas bien la première fois, dit-elle, s'arrêtant devant le bureau de la réception pour rééquilibrer la robe sur son bras. Quand je l'ai retrouvé par hasard à Grace Bay, je me suis juré de ne pas retomber amoureuse de lui. Mais j'étais jalouse de toi, de la facilité avec laquelle tu prenais et jetais tes amants. Et j'avais envie d'essayer. Keith était censé être un amour de vacances antillaises. Mais il faut croire que j'ai raté quelque chose.

Cara se mit à rire, tandis que Meredith secouait la tête d'un air réprobateur.

— Je suis la dernière personne sur qui prendre exemple. Je gâche tout, tout le temps.

— La seule chose que tu gâches, chérie, c'est la paperasse, fit une voix masculine derrière elle.

Cara et elle tournèrent la tête dans un bel ensemble.

L'homme de ses rêves se tenait devant elle, en chair et en os, une main dans la poche de son pantalon et un grand sourire aux lèvres.

Il était venu pour elle. Elle lui manquait. Il s'excusait, voulait repartir de zéro.

— Jason, dit-elle d'une voix rauque, qu'est-ce que...

— Bonjour ! intervint sa sœur en tendant la main à Jason. Cara Mitchell. Je suppose que vous êtes à l'origine de la visite de ma sœur ?

— Je le crois, reconnut Jason en lui serrant la main. Jason Lynhurst, le mari de Meredith.

Incroyable. S'imaginait-il qu'il pouvait débarquer ici et qu'elle lui tomberait dans les bras comme si tout allait pour le mieux dans le meilleur des mondes ?

Cara porta une main à ses lèvres.

— Je sens que l'histoire est beaucoup plus intéressante que je le supposais ! Racontez.

Meredith lui donna un coup de coude dans les côtes.

— Je suis là, lui rappela-t-elle.

— Oui. Et tu n'as pas une seule fois prononcé le mot « mari » devant moi. Alors, je te prie de me laisser parler avec mon beau-frère.

— Dans tes rêves ! riposta-t-elle.

Puis, s'adressant à Jason en le toisant avec hauteur pour dissimuler sa profonde émotion :

— Ce n'est pas bien de venir surprendre quelqu'un qui est parti à des milliers de kilomètres pour ne plus te voir. Et je t'interdis de te présenter comme mon mari !

— Le plus simple aurait été de ne pas m'épouser, rétorqua-t-il gaiement.

Trop gaiement pour un homme qui, si la vie était juste, dépérissait loin d'elle et l'avait suivie jusqu'aux Antilles pour se jeter à ses pieds et implorer sa clémence.

Il lui faudrait manifester un peu plus d'humilité pour qu'elle lui pardonne. Ou pas. Il était trop tôt pour le dire.

Ce fut alors qu'elle remarqua le dossier sous son bras, et tout se glaça en elle. Il l'avait suivie, d'accord. Mais pour finaliser leur divorce.

Sa stupidité n'avait pas de limites.

— Qu'es-tu venu faire ici ? demanda-t-elle en croisant les bras pour dissimuler le tremblement de ses mains. Tu étais censé m'envoyer les papiers, pas me les remettre en mains propres.

— Je te les ai envoyés il y a trois semaines. Mais, c'est curieux, je n'ai pas reçu la copie signée.

A ce moment, Cara murmura qu'elle avait à faire et s'éclipsa sans qu'aucun d'eux ne relève.

— Je ne les ai pas reçus.

Evidemment, puisqu'elle avait pris tout de suite l'avion pour la Barbade, trop accablée pour signaler à sa mère qu'elle attendait des papiers importants. Preuve s'il en fallait qu'on ne pouvait pas lui faire confiance pour résoudre des problèmes d'adulte.

Elle le considéra sans aménité.

— Si tu es venu me dire que je suis nulle en paperasse, tu as deux ans de retard !

L'expression de Jason s'adoucit.

— Je suis venu te dire que j'ai finalement trouvé ce que je veux faire de ma vie d'adulte, mais que j'ai besoin de ton concours.

— Tu veux être P-DG, lui rappela-t-elle, et j'ai bien compris que tu n'avais pas besoin de moi pour ça.

Elle avait tout mis sur la table. Son cœur, son avenir, son bonheur. Même ses perspectives de carrière. Mais, au lieu de lui laisser ne serait-ce qu'un peu d'espoir, il lui avait assené la plus cruelle des vérités. Il ne lui donnerait jamais l'amour qu'elle réclamait.

— Les explications sont là-dedans, dit-il en lui tendant le dossier. Vas-y, lis.

Ses mains tremblaient tellement qu'elle faillit le laisser tomber. Avec un regard intense qu'elle se garda d'interpréter, il secoua la tête.

— Ce n'est pas ce que tu crois. Il contient le projet de restructuration de Lynhurst Enterprises rédigé par Bettina, Paul, Avery et moi.

Elle le regarda d'un air soupçonneux.

— Tous les quatre dans une même pièce sans que le sang ne coule ?

Son sourire la fit fondre. Son corps ignorait visiblement que cet homme ne lui était plus rien.

— Je t'avouerai que c'était plutôt tendu lors des premières réunions. Mais je me suis souvenu de nos discussions, quand tu disais que j'étais prêt à tout sacrifier pour Lynhurst Enterprises, parce que c'est une affaire familiale. Et je me suis dit qu'il était temps de faire le test.

Déroutée, elle ouvrit le dossier. Page après page, il détaillait un plan de restructuration dans un langage très ennuyeux.

— Je ne comprends pas. Qu'est devenu le projet de fusion sur lequel tu travaillais avec Avery ?

Impossible que le désir de revanche de Jason sur son père se soit envolé comme par miracle. Pas plus que la rivalité l'opposant à sa sœur. Ils avaient été son unique préoccupation depuis trop longtemps.

— Là-dedans, mais amélioré. Il s'agit d'utiliser l'âme de Lyn Couture et les capitaux de Hurst House pour refonder Lynhurst Enterprises.

Il lui prit la main et la porta à son cœur sans qu'elle ne songe à la lui retirer.

— Il manque juste l'approbation de quelqu'un d'important. Toi. La seule Lynhurst qui n'a pas encore examiné ce texte.

— Comment ? s'exclama-t-elle, les joues brûlantes. Tu veux m'inclure dans ce projet ? Mais pourquoi ? Je ne suis pas une Lynhurst !

Elle aurait aimé faire partie de cette brillante famille, et pas seulement pour être la femme de Jason. Elle avait cru avoir trouvé sa place dans le monde, une place où ses qualités intellectuelles comptaient plus que sa plastique, et Jason l'en avait chassée.

Seulement pour tomber du ciel et lui offrir… quoi ?

— Tu as été l'inspiratrice de toute cette affaire, Meredith. Depuis le début. Avery te cite. Bettina te cite. Je ne crois pas avoir eu une seule idée originale.

Il lui serra la main.

— Tu es une Lynhurst. Par le cœur, là où ça compte. C'est une des nombreuses choses que j'ai apprises de toi. Ecouter mon cœur n'est pas naturel chez moi, et il a fallu que j'apprenne. Malheureusement, j'ai payé le prix fort. Toi.

Devant la vulnérabilité qui se lisait dans le regard de Jason, elle se sentit bouleversée.

— Ça n'aurait pas dû te coûter quoi que ce soit. Je t'aimais gratuitement.

Un rappel qu'elle ne voulait ni de son argent, ni de son appartement, ni d'un poste offert par quiconque portait le nom de Lynhurst. Elle voulait juste son amour, et il l'avait repoussée.

Pourrait-elle de nouveau lui accorder sa confiance ?

Je t'aimais. Elle avait employé un passé de mauvais augure. Pourvu, oh, pourvu qu'il ne soit pas trop tard…

En quittant New York pour Houston, il espérait que, si elle n'avait pas signé les papiers, c'était qu'elle n'en avait pas envie, que, comme lui, elle voulait leur donner une seconde chance. Il ne lui était pas venu à l'esprit qu'elle avait pu partir pour les

Antilles, comme il venait de le découvrir, et qu'il allait devoir modifier son discours étant donné qu'il ignorait dans quel état d'esprit elle se trouvait.

Il ravala la boule d'angoisse qui lui serrait la gorge.

Il mourait d'envie de la prendre dans ses bras, mais son expression glaciale l'en dissuadait. Peut-être pourrait-il le faire bientôt s'il réussissait à lui expliquer ses décisions et par quel chemin il était passé depuis son départ. Convaincu qu'elle serait plus heureuse sans lui, il l'avait laissée sortir de sa vie. Pour découvrir très vite qu'il mourait d'envie d'être celui qu'elle méritait. Et il y avait travaillé encore plus intensément que quand il s'agissait d'affaires.

A présent, il s'agissait de découvrir si elle le jugeait digne d'elle.

— Tu m'as donné ton cœur librement, Meredith…

Il chercha avidement sur son visage un signe qu'elle éprouvait toujours des sentiments pour lui, mais elle demeurait impénétrable.

— Mais je n'ai rien fait pour mériter ton amour, poursuivit-il. Te laisser partir a été le sacrifice le plus cruel de ma vie. Je ne voulais pas te perdre…

Devenir adulte n'était pas de tout repos. Mais, si Meredith lui pardonnait d'avoir mis si longtemps à comprendre, le jeu en vaudrait la chandelle.

— Pourquoi m'as-tu laissée partir, alors ? Je t'aurais appris à suivre ton cœur. C'était mon seul et unique désir.

— Je sais.

L'expression de son visage quand il lui avait dit qu'il ne pourrait jamais l'aimer continuait de le hanter.

— Je suis tellement, tellement désolé de t'avoir fait du mal. Mais je ne te méritais pas. Je n'arrivais même pas à te donner ce dont tu avais besoin.

Les ombres du regard de Meredith ne s'évanouirent pas comme par magie.

— Tu prétends m'avoir repoussée pour mon bien ? Excuse-moi de ne pas te remercier. Tu l'as fait pour pouvoir te concentrer sur Lynhurst Enterprises. C'est toujours ce qui a le plus compté à tes yeux.

Son amertume l'atterra. Allait-il encore une fois tout gâcher ? Il était venu sans préparation, avec la seule chose qu'il pouvait lui offrir : son amour.

Il avait espéré que ce serait suffisant.

— Chérie, j'abandonne mes projets pour Lynhurst Enterprises. C'est le but du manifeste. J'avais besoin de grandir, et tu m'as aidé non seulement à le comprendre, mais en plus à y parvenir. C'est ton image qui me soutenait quand je suis entré dans cette pièce où se trouvait ma famille, avec l'intention d'obtenir d'eux que nous travaillions à un but commun. Et je l'ai fait parce que tu comptes pour moi plus que tout au monde.

Elle lui avait ouvert les yeux, non seulement sur lui, mais aussi sur l'avenir de l'entreprise. Qui aurait dit que l'amour ferait de lui un meilleur dirigeant ?

— Que dis-tu ? murmura-t-elle. Tu veux essayer, encore une fois ?

Elle le tuait. C'était la plus pénible conversation qu'il ait jamais eue, mais il n'apprendrait pas à être honnête avec ses sentiments en les gardant pour lui, ou en se cachant derrière une ridicule philosophie du mariage qui ne servait qu'à flatter son égoïsme.

— Cette fois, il ne s'agit pas d'essayer.

Il rouvrit le dossier, en tira les papiers du divorce qu'il avait glissés sous le manifeste.

— Voici l'arrêté de divorce. Si tu veux le signer, c'est ton droit. J'espère seulement de tout mon cœur que tu ne le feras pas.

L'incertitude faisait battre son cœur. Mais il devait aller jusqu'au bout. Il avait quitté New York en se jurant de lui avouer ce qu'elle signifiait pour lui.

Il s'agenouilla, tenant toujours sa main. Il avait l'impression que toute sa vie était suspendue à ce qu'elle allait dire. Ce qui, dans un sens, était vrai. Elle avait insufflé la vie dans son cœur glacé, et il n'imaginait pas qu'il continue à battre sans elle.

— Meredith, je t'aime. Il n'est plus question de moyens de pression, d'intérêts ou de marché. Je choisis de vivre avec toi tout simplement parce que je t'aime.

Elle le dévisagea, stupéfaite.

— Qu'est devenue ta rage de l'emporter sur Avery ? Ne me dis pas que tu l'as laissée te ravir le poste de P-DG. Je ne te croirais pas.

— Page quinze. Paul assurera les fonctions de P-DG jusqu'à sa retraite. Alors, le poste reviendra à la personne désignée par le comité de direction.

Il haussa les épaules.

— C'est plus juste, non ? Si j'obtiens le poste, tant mieux. Sinon, je continuerai mon travail de directeur d'exploitation.

Et il travaillerait pour son père. Une réalité qu'il n'aurait pu envisager sans Meredith à son côté. Il avait besoin d'elle pour l'empêcher de devenir fou après une longue journée dans la fosse aux lions du monde de la mode.

Elle ne prit pas la peine d'ouvrir le dossier.

— Si tu n'accomplis pas ton rêve de devenir P-DG une fois adulte, qui seras-tu ?

— Ton mari. Je t'aime tellement. Et je suis navré qu'il m'ait fallu autant de temps pour l'avouer.

A ces mots, elle se jeta dans ses bras et l'étreignit comme s'il n'était plus question qu'ils se séparent. Ce qui lui convenait très bien.

— Est-ce que...

— C'est oui, termina-t-elle pour lui. Oh ! Jason...

Il était si heureux qu'il eut la sensation que son cœur allait éclater.

— J'aime quand tu finis mes phrases.

— J'aime quand tu pars à ma recherche.

Il écarta tendrement ses cheveux de son visage.

— Dis-moi. Que veux-tu être quand tu seras adulte ?

— Mme Lynhurst, répondit-elle en jetant le dossier à terre.

L'entendre prononcer ces mots l'enchanta.

— Pas de divorce, alors ?

— Je vais déchirer les papiers. C'est bien ce qu'il faut faire quand on ne veut pas qu'ils tombent en de mauvaises mains ?

Au même instant, un toussotement se fit entendre derrière eux. Levant les yeux, il découvrit la sœur de Meredith, tenant par la main un homme brun qui dégageait une aura d'autorité.

Il se releva brusquement et attira Meredith à lui.

L'homme brun s'avança pour lui serrer la main.

— Keith Mitchell. J'étais impatient de faire votre connaissance.

— Je viens juste d'arriver.

— Certes. Mais j'avais hâte de rencontrer le malheureux qui avait eu la mauvaise idée de tomber amoureux de Meredith. J'espère que vous avez pensé à vous munir d'une armure.

Meredith assassina son beau-frère du regard.

— La ferme, Mitchell !

— Elle est dans ma valise, assura Jason en riant.

Keith hocha la tête.

— Homme avisé. Si vous avez le moindre problème durant votre séjour, faites-moi signe.

— Tu restes ? demanda-t-il à Meredith.

— A moins que tu n'aies une autre destination de lune de miel à me proposer ?

Une manière comme une autre de lui faire comprendre qu'elle avait hâte de se retrouver avec lui derrière une porte fermée. Il ne serait que trop heureux de l'obliger. Elle lui avait tant manqué.

Soudain, Cara claqua des doigts.

— Lynhurst ! Mais bien sûr. Je comprends pourquoi j'avais l'impression de vous connaître.

Elle fusilla sa sœur du regard.

— Je peux te pardonner de t'être mariée sans me le dire. Mais pas d'avoir épousé le fils de Bettina Lynhurst en secret. C'est trop cruel !

Avec un soupir, Meredith le désigna.

— Cara, je te présente l'héritier de l'empire de la haute couture Lynhurst, également connu pour être l'homme dont je ne peux me débarrasser malgré mes tentatives réitérées de divorce !

Cara les regarda tour à tour, comme si elle assistait à un fascinant match de tennis.

— Vraiment ? Combien de fois le lui as-tu demandé ?

— Trop, murmura Meredith.

— Jamais, dit-il. Elle me demandait de signer les papiers du divorce, pour me supplier ensuite de ne pas le faire.

— Franchement, ça vaut tous les feuilletons du monde ! s'exclama Cara. Depuis combien de temps êtes-vous mariés ?

— Deux ans, répondit Meredith.

— Mais seulement parce que nous l'ignorions, précisa-t-il.

— Je n'y comprends rien, intervint Keith, sourcils froncés. Comment vous êtes-vous retrouvés mariés il y a deux ans ?

Jason regarda Meredith.

— De toute façon, dit-elle en soupirant, cette histoire se saura un jour ou l'autre...

— Un cocktail de Las Vegas, tequilas et sosie d'Elvis, expliqua-t-il.

Il prit la main de Meredith et la porta à ses lèvres.

— La plus grosse erreur de ma vie.

— Ne dites pas ça ! s'exclama Cara.

— Nous n'avions pas l'intention de faire enregistrer le mariage, précisa Meredith. Mais, à cause de ma tête de linotte, les papiers n'ont pas été détruits. Et nous voilà...

Elle lui adressa un sourire qui le réchauffa jusqu'au cœur.

— Heureusement que tu as été assez écervelée pour tomber aussi amoureuse de moi.

Remarque qui lui valut un tendre baiser de sa femme.

Épilogue

Meredith poussa la porte de l'appartement en fredonnant joyeusement, malgré une journée de travail de dix heures au cours de laquelle Allo avait fait tomber un rouleau de tissu sur son pied, Avery lui avait imposé une réunion marketing de deux heures et Jason n'avait pas répondu à un texto coquin expédié sur le chemin du retour.

Mais tout était bon quand on vivait dans la ville la plus excitante du monde, avec un mari aimant pour vous soutenir.

Jason et Bettina l'avaient suppliée de venir travailler pour Lyn, mais elle avait refusé pour reprendre sa place d'assistante auprès d'Allo. C'était peut-être fou, mais elle voulait prouver qu'elle pouvait réussir à New York par ses propres moyens.

Le mari aimant et attentionné en question était arrivé avant elle à l'appartement, et elle s'arrêta un instant sur le seuil pour savourer le magnifique spectacle qui l'attendait dans le séjour. Certes, la vue spectaculaire sur New York avait son charme, mais elle ne pouvait rivaliser avec celle de l'homme séduisant se prélassant sur le canapé, un sourire facétieux aux lèvres.

— Tu n'es pas en avance, dit-il, feignant le mécontentement.

Surprise, elle examina la bouteille de tequila et les deux verres posés sur la table basse.

— Tu veux m'enivrer pour abuser de moi ? C'est idiot. Tu sais que tu n'as pas besoin d'alcool pour ça.

— J'ai pensé qu'un petit remontant te ferait du bien après dix heures de travail avec le plus détestable patron de la terre.

En souriant, elle s'installa à califourchon sur les genoux de Jason.

— Mais la tequila ?

— Pour fêter notre anniversaire.

Il la prit par la taille et la serra contre lui.

— C'est ce que nous avons bu pour notre nuit de noces. Il faut respecter la tradition.

Ce n'était pas leur anniversaire, il s'en fallait de deux mois, mais l'idée était gentille. Si gentille qu'elle se sentit tenue à une confession.

— Il faut que je t'avoue. Je n'ai pas bu les tequilas à Las Vegas. Je les versais dans un pot de fleurs quand tu ne regardais pas.

— Euh... moi non plus. Je n'aime pas la tequila.

Ils échangèrent un long regard tandis qu'ils prenaient peu à peu conscience de la portée de leur aveu.

— Mais alors, reprit-elle, combien de verres avais-tu réellement bus quand l'idée brillante de trouver une chapelle de mariage ouverte la nuit t'est passée par la tête ?

— Peut-être deux, dit-il, penaud.

Elle partit d'un grand éclat de rire.

— On ne pourra plus dire qu'on était ivres quand on s'est mariés. Qu'allons-nous raconter à la place ?

— La vérité ! Que nous sommes tombés amoureux et que nous nous sommes mariés, mais que nous avions trop peur de ce que penseraient les gens pour avouer notre bonheur.

— Dis donc. Heureusement que nous ne sommes plus jeunes et stupides.

Il sourit.

— Comment allons-nous fêter notre anniversaire maintenant qu'il est établi que nous détestons la tequila ?

— J'ai ma petite idée, dit-elle avec un sourire sensuel. Quelque chose que nous apprécions tous les deux.

Elle prit la télécommande.

— *Project Runway !*

Avec un grondement sourd, il jeta la télécommande sur le

tapis, puis il embrassa Meredith avec fougue, mettant dans ce baiser tout son amour et son désir pour elle.

Pourquoi regarder la mode à la télévision quand elle avait déjà trouvé ce qui lui allait parfaitement bien ?

VOTRE CO